제멜바이스
Y 교수와의 인터뷰

SEMMELWEIS
ENTRETIENS AVEC LE PROFESSEUR Y
by Louis-Ferdinand Céline

루이페르디낭 셀린
제멜바이스
Y 교수와의 인터뷰

김예령 옮김

wo
rk
—
ro
om

일러두기

「제멜바이스(Semmelweis)」는 루이페르디낭 셀린(Louis-Ferdinand Céline)의
의학박사 학위논문이다. 이 논문은 『셀린 연구지(Cahiers Céline)』 3호(갈리마르
출판사[Éditions Gallimard], 1977)에 그가 집필한 다른 의학적 성격의 글들과
함께 실려 있다. 본 번역에는 학위논문을 별도의 단행본으로 묶은 갈리마르
이마지네르 총서(Collection L'Imaginaire, 1999, 필리프 솔레르스[Philippe
Sollers]의 서문 추가)를 사용하였다. 본문의 주석 중 『셀린 연구지』 및 갈리마르
판본의 편집자들(장피에르 도팽[Jean-Pierre Dauphin]과 앙리 고다르[Henri
Godard])이 붙인 것들은 주 말미에 '원 편집자 주'로, 셀린이 직접 단 주석은 '저자
주'로 표기했다. 별도의 표기가 없거나 대괄호로 보충한 주석은 옮긴이의 것이다.

『Y 교수와의 인터뷰』는 갈리마르 플레이아드 총서(Bibliothèque de la Pléiade)
『셀린 소설집(Céline. Romans)』 IV권(전 5권)에 수록된 글을 옮긴 것이다.
본문의 주석들은 주로 『셀린 소설집』의 책임 편집자이자 셀린 연구의 권위자인
앙리 고다르의 주석을 요약하거나 보충한 것으로, 주 말미에 '원 편집자 주'로
표기했다. 별도의 표기가 없거나 대괄호로 보충한 주석은 옮긴이의 것이다.

원문에서 이탤릭체로 강조된 부분은 방점을 찍어 구분했고, 대문자로 강조된
부분은 고딕체로 옮겼다.

차례

작가에 대하여[*]

루이페르디낭 데투슈(Louis-Ferdinand Destouches, 1894~1961)는 1894년 5월 27일 쿠르브부아에서 태어났다. 부친 페르낭 데투슈(Fernand Destouches)는 르 아브르 출신으로 보험회사 직원이었고, 모친 마르그리트 기유(Marguerite Guillou)는 상인이었다. 그의 조부 오귀스트 데투슈(Auguste Destouches)는 교수 자격시험을 통과한 리세 뒤 아브르의 선생이었다.

　　루이 데투슈는 파리의 파사주 쇼아쇨에서 유년 시절을 보냈다. 루부아 소공원과 아르장퇴이 가에 인접한 공립학교 및 튈르리 가의 생조제프 학교에 다녔고, 졸업 후 독일과 영국에 잠시 체류했다. 이후 파리와 니스에 위치한 여러 보석상에서 수습생으로 일한다. 1912년 입대해 랑부예에 주둔하는 기갑부대 제12연대에 배치받았으며 1914년 플랑드르 지방에서 부상을 입어 무공훈장과 함께 신체장애를 얻게 된다. 얼마간의 런던 체류 후 1916년 카메룬의 옛 독일 식민지 지역에 교역 중개인으로 지원하지만 말라리아에 걸리는 바람에 1917년 프랑스로 돌아온다. 1919년 대학 입학 국가고시를 치른다. 이어 렌과 파리에서 의학을 공부하고, 1924년에 의학박사 논문 심사를 통과한다(「필리프 이그나즈 제멜바이스의 생애와 저작」). 1924년에서 1928년 사이에 국제연맹에서 일하며 미국과 서아프리카에 파견된다. 1927년부터 클리시 시 보건소에서 의사로 근무한다.

　　1932년, 셀린(Céline)이라는 가명으로 『밤 끝으로의 여행(Voyage au bout de la nuit)』을 발표해 르노도상을 수상한다.

[*] 본 내용은 『제멜바이스』 갈리마르 이마지네르 판본에 수록된 작가 소개 전문을 옮기고, 약간의 보충 설명을 덧붙인 것이다.

7

1936년 두 번째 소설『외상 죽음(Mort à crédit)』이 나온다. 구소련을 방문한 후『메아 쿨파(Mea culpa)』를 발표하고, 이어 1937년과 1938년에『학살을 위한 바가텔(Bagatelles pour un massacre)』과『시체들의 학교(L'École des cadavres)』를 낸다. 파리 서쪽에 위치한 도시 생제르맹앙레에 정착하나 그즈음 전쟁이 선포된다. 마르세유와 카사블랑카를 오가는 셸라 호의 선내 의사 자격으로 승선하지만, 배는 영국 정찰선과 충돌하여 정찰선을 지브롤터 앞바다에 침몰시킨다. 이 사고로 파리에 되돌아와 당시 동원령을 받은 사르트루빌 시 의사의 후임을 맡는다.

1940년 피난기에 환자들을 이송하는 구급차를 책임지게 되고, 이어 브종 시 보건소에서 일한다. 1941년에『꼴불견(Les Beaux draps)』을, 1944년에『꼭두각시 밴드(Guignol's band)』를 출판한다.

1944년에서 1951년 사이, 망명길에 올라 독일과 덴마크에 체류하다 전쟁이 끝날 무렵 덴마크에서 체포, 투옥된다. 프랑스에 돌아온 뒤에는 뫼동에 정착해 집필을 재개했으며, 이 시기에『다음번을 위한 몽환극(Féerie pour une autre fois)』과 독일 3부작『성에서 성으로(D'un château l'autre)』,『북쪽(Nord)』,『리고동(Rigodon)』을 쓴다. 1961년, 갈리마르에서『Y 교수와의 인터뷰(Entretiens avec le professeur Y)』가 출간된다.

1961년 7월 1일 사망한다.

이 책에 대하여

워크룸 문학 총서 '제안들'의 구성에 관한 한 나는 듣기에 따라서는 얼토당토않을 기준을 혼자 만들어 가지고 있다. '얇음'이 그것이다. 물론 물리적 두께를 두고 하는 얘기는 아니다. 내게 '제안들'은 역설적이게도 적산이 아니라 'n-1'이라는 감산 가능성을 겨냥하며 제 결과물을 쌓아가는 기획으로 이해되었다. 어느 이른 아침 아파트 현관문 아래로 난데없이 미끄러져 들어오던 전단지처럼. 전단지는 날렵하고, 전단지는 언제나 허를 찌른다. 그동안 번역되었고 앞으로 번역될 선정작 하나하나의 실제 두께와 상관없이, 내게는 이 총서가 제시하는 정서적, 정체적 부피감이 그처럼 본질적으로 얇고, 또 얇아야 했다.

막상 셀린의 작품을 옮긴다 했을 땐 '제안들'의 정체성에 내 마음대로 부여한 이 자질이야말로 선택을 난감하게 만드는 요소였다. 프루스트의 『잃어버린 시간을 찾아서』 연작이 그렇듯, 셀린 역시 전 작품을 거대한 한 권의 '책(Livre)'으로 읽어야 하는, 그래야 읽히는 작가일 거다. 그에게서 사적인 삶의 부침에 대한 진술은 그대로 1, 2차 대전이라는 시대의 질곡에 대한 묵시의 결과, 정확히 말해 그 묵시의 현기증이 일으키는 끝없고 어마어마한 구도다. 텍스트들 간에, 그리고 텍스트들과 그 외부 조건들 간에 복잡한 지시 맥락과 상호 연계망이 동시적으로 와글와글, 부글부글 확장되는 한복판에서(셀린은 그냥 그걸 금 간 머릿속의 뜨거운 열기쯤으로 부를 텐데) 과연 무엇이 글쓰기(내 머릿속에서 내 귓속으로 일혈[溢血]하는 이 이상한 소음들)의 궤적과 외연과 목표를 이루나. 전 생을 그것의 이면 곧 죽음으로 바꾸어가는 유일하고 한결같은 과정이다. 나는 지금 이 표현으로써 최선을 다해 셀린 글쓰기의 요체를 요약했다 생

9

각하지만, 그러나 정말 그럴까. 명징해야 할 것이 암연으로 깔려버렸을 것이다. 이 작가는 몹시 두텁고 무겁다.* 이 근본적인 문제에도 불구하고 별도로 떼낼 수 있는 작품을 들라면 맨 처음 출판된 작품이면서 대중적으로 가장 잘 알려진 『밤 끝으로의 여행』(1932, 이하 『여행』)이 번역에 가장 적절할 것이다. 이 작품은 여러모로 셀린의 핵심 주제들을 담고 있는 원형이면서, 특유의 구변과 정동(émotion)을 추구하는 그의 문체치고는 17세기 이래 표준 불어의 고전적 견고함을 가장 많이 보유하고 있고(즉 번역을 통한 감정선의 훼손이 그나마 가장 적고), 끊어질 듯 끊기지 않는 혼잣말(soliloque)**의 기나긴 띠랄 수 있는 그의 전작 중 가장 허구적인 형식 체제를 갖췄다. 그런 면에서 그의 작품 중 가장 이질적인 것이기도 하지만. 과연 이 소설이 기존에 출간되어 유통되고 있는 유일한 셀린의 작품이다.*** 여기 옮긴 것들은 그럼? 하나의 문학 장르로 수렴되지 않는 이 틈바구니의 텍스트들은 앞으로 올 본격적인 셀린의 '책'에 앞서 그

---

* 셀린은 자신의 소설을 이 '무거움'이라는 말로 정의하기도 하고(처음 출발할 때는 흥얼거림이나 오페레타처럼 가벼운 노래였던 것이 점점 더 무거워지면서 소설이 된다), 바로 그래서 그 무거움을 어떻게든 덜어내는 것이 글쓰기의 목표이자 자기 문체(작은 음악)의 이유라고 거듭 설명하기도 했다. 생을 죽음으로 바꾼다고 했을 때 주의해서 이해해야 할 점도 바로 그것이리라. 가볍게 만들기. 가벼운 죽음으로 이끌기. 오, 산 사람들은, 서 있는 사람들은 얼마나 무거운가! 여러 겹 누더기를 여봐란듯이 꿰어 입은 만년의 셀린은 장차 남기고 싶은 최후의 말을 묻는 한 인터뷰어의 질문에 이렇게 대답한다. "그들은 무거웠다(Ils étaient lourds)."(「알베르 즈빈뎅과의 인터뷰[Entretien avec Albert Zbinden]」[1957], 갈리마르 플레이아드판 『셀린 소설집[Céline. Romans]』 II권).

** 그러나 자신의 머릿속에 울려오는 무수한 목소리들, 소음들을 풀어 옮기는 목소리라는 점에서 이 독백(방백)은 근본적으로 다성적인 발화이기도 하다. 셀린의 표현을 따르면, "chanter faux". 머릿속 어디선가 웬 떼거지들이 몰려와 (이 꼭두각시 패들[guignols], 나를 엿보며[guigner] 노리는 이 불운[guigne]···) 고래고래 악쓰며 다 틀린 노래들을 부른다. 웃는 건지 싸우는 건지, 가락이고 음정이고 '반드시' 다 틀리는 노래들이다.

*** 셀린의 두 번째 작품 Mort à credit(1936)는 '외상 죽음'(이형식 옮김)이라는 제목으로 1984년 중앙일보사에서 발간한 '오늘의 세계문학'에 묶여 나왔으나 현재 절판되었다.

도래를 예비하는 최소한의 애벌 작업, 최소한의 자료에 해당한다고 대답해본다. 무겁고 두텁고 길게 떨어져내리는 모든 것들을 가벼운 상승과 조용한 마침으로 바꾸고자 그토록 오래 껑충거린 말들(무참하니까 광대다), 해서 종국엔 투각과 굴착과 레이스 뜨기의 도정이고자 했던 저 말들의 비밀을 보장하거나 슬쩍 열어보이는 몇 장의 문서 말이다.

알려진 대로 셀린은 의사였다. 근 마흔이 될 때까지 파리와 그 외곽 지역을 오가며 가난한 사람들을 보살피는 보건의로 근무했다. 이 책에 실린 『제멜바이스』는 그가 의학도 루이페르디낭 데투슈로서 준비했던 박사 학위논문을 한국어로 옮긴 것이다. 본래 1924년에 심사를 거친 것이나 그가 『여행』으로 작가로서의 명망을 얻은 이후인 1936년에야 비로소 단행본으로 세상에 나왔다. 헝가리의 위대한 의학자이자 소독법의 창시자인 이그나즈 필리프 제멜바이스(Ignaz Philipp Semmelweis / Semmelweis Ignác Fülöp, 1818~65)의 생애를 연구한다는 논문의 방향은 당시 그의 장인이자 렌 의대의 학과장이었던 A. 폴레 교수와의 상의하에 정해졌다. 그 결과물이 흥미로운 이유는, 그것이 '논문'이 요구하는 엄정한 양식과 관례를 따르면서도 마치 거기에 마지못해 자신의 몸을 구겨 넣는다는 듯 미래에 셀린이 될 사람의 세계관과 개성을 농후하게 드러내 보인다는 데 있다. 미라보의 대성일갈에 대한 묘사로부터 시작하는 맨 처음 구절부터 그렇고, 제멜바이스의 최후 장면을 극적으로 일그러뜨리고 확대하여 그려내는 말미는 그 최절정이다. 논증과 사실 확인보다는 자신의 상상력과 표현력의 진폭에 기댄 이 연구 보고서는 따라서 논문보다는 전기에, 전기보다는 소설에 가깝다. 이상적 모델의 생애를 객관적으로 재구성해야 할 과정이 차츰 작성자 자신의 절망과 희원을, 아무것도 아닌 젊은이를 의학이나 문학으로 데리고 간 마음속 동인을 맨얼굴, 제 목소리로 드러내는 계기가 되어갔으니,

11

의학도 루이페르디낭 데투슈로서는 논문을 쓰면서 장차 작가 셀린이 걷게 될 길의 지형도를 앞당겨 그린 셈이다. 그의 논문은 우수한 성적을 확보했는데(어쨌든 장인이 심사 위원이었던지라…), 그럼에도 심사단은 그것이 의학적 가치보다 문학적 개성이 우세함을 잊지 않고 지적했다. 부록으로 첨가한 열여덟 살 데투슈 병사의 내면 기록이 시사하듯이 셀린에게 의학을 향한 경도(傾倒)와 글쓰기에 대한 내적 필요는 일찌감치 공존했던 것으로 보인다. 동경이나 환상 따위는 동정(童貞)과 함께 일찌감치 뗀 것처럼 굴었지만 결국 엉엉 울지 않을 수 없는, 그럼에도 여전히 고난과 부침과 환멸의 끝에 그 자신의 것이든 인류의 것이든 하나의 '성공'이 있을 것이라 여기며 그것들 앞에 두 팔을 벌리는 민감한 청년에게서 두 소명감은 이미 긴밀히 연결되어 있다. 『제멜바이스』의 저자가 서문 말미에 쓴 구절을 참작하건대, 인간의 제일 큰 비밀이자 슬픔에 가장 가까이 관계하는 자들만이 갖는 "침착한 친밀함"이 의사의 특권을 구성한다면, 그에 마땅한 침묵을 지키지 못하고 그 핵을 후벼 발설해 버리려는 데서 나오는 절규(졸라가 그랬듯, "나는 규탄한다![J'accuse!]")는 의사의 과실 혹은 어쩔 수 없는 작가의 탄생*을 알린다. 그럴 때의 글쓰기란 의사라는 메마른 생업(vocation)에 결여된 어떤 것을 벌충하는 여가 행위(a-vocation)가 아니라 닫혔다 벌어지기를 거듭하는 입의 한 양상, 낫지 않는 상처 같은 고뇌가 흘려보내는 짐승의 소리, 동물의 노래라 할 것이다.

　　셀린은 여러 차례에 걸쳐 다른 모습으로 세상에 돌아와야 했다. 그중 그가 1936년부터 1940년경까지 발표한 정치적 팸플릿들, 그리고 그것들에 담긴 어수선한 내용들(반유태주의에 바탕을 둔 평

* 그 유명한 『여행』의 첫머리는 이렇게 일그러지면서 시작된다. "일은 다 이렇게 시작되었다. 나, 나는 결단코 아무 말도 안 했었어. 아무 말도. (Ça a débuté comme ça. Moi, j'avais jamais rien dit. Rien.)"

화주의 옹호, 독일과의 협력 필요성 역설 등)은 그의 생에 가장 큰 파란을 초래했다. 이 행보로 인해 그는 해방 직전 국외(덴마크)로 피신해야 했고, 투옥 등 천신만고 끝에 사면을 얻어 고국으로 돌아온 1951년에도 여론은 당연히 그의 편이 아니었다. 『Y 교수와의 인터뷰』(1955, 이하 『인터뷰』)는 그가 귀국해서 작가로서 다시 자리 잡기 위해 벌인 필사적인 노력의 일환이다. 셀린을 읽은 사람들은 대체로 그의 첫 두 소설을 읽은 사람들이다. 다시 말해, 셀린 글쓰기와 작품에 대해서 독자들이 가지고 있는 대부분의 이해는 이 두 작품이 그려낸 세계에 그친다. 중기에서 말년에 이르는 작품 세계의 점진적 변화라든가, 반대로 원형적 요소들의 꾸준한 돌출을 확인하는 데에는 이 두 시기 사이에 놓인 『인터뷰』가 간략하면서도 좋은 길잡이이다. 갈리마르의 권고대로 세상에 아직 자신이 살아 있음을 알리고 자신의 미학을 설파하려는 목적에서, 말하자면 좋든 싫든 자기 광고 격으로 시작된 이 텍스트는 한편으로는 뷔를레스크(bur-lesque) 전통을 잇는 세태 풍자와 야유, 비속성의 힘을 여실히 보여주고, 다른 한편으로는 셀린 자신이 지향하는 문체론의 구체적 내용과 목표를 "정동의 지하철"이라는 비유를 중심으로 전개한다. 정교하고 면밀히 구현된 자신만의 구어체를 통해 경화되어 죽어가는 문어체 프랑스어에 약동하는 생명력을 다시 불어넣는다는 것이 그것의 골자다. 웃음이 생명의 가열찬 자기 표명이자 그 자체로 저항이라는 얘길 굳이 할 필요가 있을까. 밑으로 떨어지면서, 죽음과 맞대면하면서 웃는다.* 그리하여, 사드가 그랬듯, 가장 끔찍한 생의 조건

---

* "저는 죽음의 경계의 그로테스크 속에서만 즐깁니다. 나머지 모든 것은 제게 헛됩니다. (Je ne me réjouis que dans le grotesque aux confins de la Mort. Tout le reste m'est vain.)" 1932년 12월 30일, 빈에서 브뤼헐의 그림 「바보들의 축제」를 본 후 잔뜩 고양되어 스승 격 레옹 도데(Léon Daudet, 1867~1942)에게 보낸 편지의 한 구절. 셀린을 이해하는 데 매우 중요한 구절이기도 하다.

조차도 궁극적으로는 작가가 주재하거나 처분할 '위희(慰戱, diver-tissement)'의 한 국면에 지나지 않음을 입증할 수 있을 때까지. 『여행』의 비극적 전망과 강렬한 어조에 익숙한 독자들에게는 우스운 셀린이 잘 떠오르지 않을 텐데, 사실 셀린은 초기 두 작품을 제외한 자신의 모든 '읽을 수 없는(illisible)' 작품들에서 웃음을 추구했다. 얄궂게도, 셀린의 이러한 문체적 특성이 정비된 건 판금되어 구하기가 좀처럼 어려운 팸플릿들*에서부터라 할 수 있다. 그의 첫 팸플 릿인 『학살을 위한 바가텔』(1937)(바가텔은 피아노를 위한 가벼운 음악 형식의 하나)이 발간 당시 놀라운 성공을 거둘 수 있었던 여러 요인 중 하나도 그것이 지닌 가학적 희극성이었다. 간단한 도식을 만들면, 역시 부록으로 올린 「졸라에게 바치는 헌사(Hommage à Zola)」의 비전과 『인터뷰』의 문체 및 분위기를 합치면 좁게는 팸플 릿들의 모양새가 잡히고, 넓게는 후기 대작들의 면모가 어렴풋하게 나마 떠오른다. 팸플릿들에서 거칠고 난폭한 공격 도구로 사용된 웃 음과 외설이 지드 같은 이에게는 도를 넘은 농담으로, 다른 몇몇에 게는 착란의 징후로 비쳤다면, 그 모든 풍파를 거치고 죄수의 모습 으로 돌아오는** 궁극의 셀린에게서 그것은 제가 지닐 수 있는 가장 깊은 미덕, 즉 "이성을 보호하는 것으로서의 분열증적인 유쾌함"(보르헤스)으로 변용될 것이다. 프랑스 현대문학사에서 셀린이 중요하 다 할 때 그 평가는 윤리적으로나, 비시정부의 최후에 대한 증언이 라는 특수하고도 역사적인 가치로 보나, 미학적 결실로서나 이 말 년 3부작***이 보여준 역량과 성과에 기댄 바 크다. 그것들이 아직 우

---

* 이 텍스트들은 셀린 자신의 유언에 따라 재출간이 금지되어 있다. 셀린과 흡사한 전철을 밟은 대부분의 대독 협력 작가들이 자신들의 문제된 저서에 내린 전형적인 선택이 그런 것이기도 하다.
** 뢰동으로 돌아와 발표한 첫 작품 『다음번을 위한 몽환극』 1권(1952)은 "동물들에게 / 병자들에게 / 죄수들에게(Aux animaux / Aux maladies / Aux prisonniers)" 바쳐졌다.
*** 독일에서 덴마크로 피신하는 과정을 옛 연대기풍으로 기록한 『성에서 성으로』(1957),

14

리에게 없는 지금, 나는 『인터뷰』가 조촐하게나마 거기 사용된 웃는 언어의 에토스를 선보일 수 있기를 바랐다. 셀린의 다른 힘, 즉 시간과 죽음의 변용이라는 대주제를 놓고 씨름하는 그의 장편들에 깃든 경탄할 만한 깊이와 완숙성, 유려함을 보여주는 데는 소품인 『인터뷰』에 원천적인 한계가 있지만, 다 천천히, 차츰차츰 채워져가겠지.

김예령

『북쪽』(1960), 『리고동』(1961, 출간은 1969)을 일컫는다. 이것들은 갈리마르 플레이아드판 II권에 묶여 있다. 참고로, 셀린의 주요 장편들의 경우 플레이아드 I권에 입대에서 중년의 의사가 되기까지의 시간 축을 따라가는 『여행』(1932)과 유년에서 입대 직전까지의 자전적 경험을 담은 『외상 죽음』(1936)이, III권에는 미완의 연작이자 런던 체류 시절을 환상적으로 담은 『꼭두각시 밴드』 1권(1944)과 2권(1946, 출간은 1964)이, IV권에는 1945년 몽마르트르의 폭격 광경부터 시작하여 덴마크 감옥에서 겪는 환각과 환청을 강렬하게 형상화한 『다음번을 위한 몽환극』 1권(1952)과 2권(1954)이 실려 있다. 2009년에 발간된 플레이아드 V권은 셀린의 편지들을 담았다. 플레이아드 판본에 그동안 숱하게 나온 셀린의 서한들이 작품의 자격으로 재차 총망라되었다는 사실의 의의는 생각보다 큰데, 당시 『르 몽드』지의 서적 관련 기사(Le Monde des livres, 2009년 12월 17일 자)에 따르면 이것은 서한문 작가 '톱 5'에 그가 꼽힌다는 뜻이기도 하다. 그 다섯의 나머지는 세비녜 부인, 볼테르, 사드(그러나 다섯 중 유일하게 아직 플레이아드 전집에 서한문이 포함되지 않았다), 플로베르란다.

제멜바이스

셀린의 탄생

우리는 셀린이 지녔던 의학적 소명을 항상 지나칠 정도로 금방 잊곤 한다. (좀 더 나중에 "이 똥 같은 것"이라 말하기야 하지만 그럼에도) 셀린은 의학을 믿었고 그것을 세상을 바라보는 자신의 특권적 관점으로 간직했으니, 작가로서 그의 이성이자 비이성은 그 흔적들을 끊임없이 입증한다. 그 전말의 기본 맥락은 다음과 같다. 고통을 겪고 헛되이 죽는 인류가 있다. 그 인류를 보살피고 치유해야 할 테지만, 그러나 궁극적으로 그것은 불가능한 일이다. 이 인류란 것 자체가 스스로의 불행 속에 잠긴 채 그것에 악착같이 집착할 뿐이며, 따라서 유일한 진실은 죽음이기 때문이다. 그렇다면 어딘가에 악마가 존재함이 틀림없다 (그렇지 않고서야 어찌 이 같은 어리석음과 고통의 세계가 있을 수 있다는 말이냐?). 의사는 사회적이다. 셀린은 사회적이다. 그리고 모든 이들은 인간의 유일한 현실이 사회적인 것이라 믿는다. 그런데 보라, 정작 있는 것이라곤 이따금 순간적인 미광(微光)이 번득이며 지나가는 밤의 세계다. 셀린은 거기에 고집스럽게 얽매이고, 그 점이 우리가 아는 바다. 우리가 사회(Société)라는 단어를 대문자로 강조하기에 셀린은 진실(Vérité)과 죽음(Mort)이라는 어휘에 대문자를 부여한다. "자유 아니면 죽음을(La liberté ou la mort)"— 우리는 예전에 이런 말이 기묘한 대칭, 기이한 균형을 이루며 프랑스어로 울려 퍼지는 것을 들은 적이 있다.

헝가리 의학자 필리프 이그나즈 제멜바이스에 관한 박사학위논문을 썼을 때 데투슈 의사는 서른 살이었다. 이미 보건의로서의 경험을 지녔던 덕에 어쩌면 그는 그 분야의 권위자가 될 수도 있었으리라. 하지만 천만에. 전쟁과 질병, 그리고 썩어 분해되는 육신들의 도살장보다 더 먼 곳에 문학이, 바꿔 말하면 역사를 일종의 병리학으로 이해하려는 어떤 필사적인 시도가 보인다. 병리학에는 목적이 없다. 역사도 그렇다. 이 점을 이해하는 일은 그것만으로도 이미 서정적이고 신비주의적인 참여이자, 우리로 하여금 "강렬하고 신속하며 충실하"기를 요구하는 신경질적인 영감과도 같다. 이와 같은 자세에 결코 거짓된 시성(詩性)이 끼어들어서는 안 된다. 전망하는 시선(vision)은 결투지를 향해 떠나고 두 손을 더럽혀 전염과 착란의 위험성을 기꺼이 떠안아야 하리라. "그 모든 혼돈에 전력을 다해 자신의 꿈을 가하는 것이야말로 발견의 세계 속에서 사는 일이다. 그것은 밤 속에서 보는 일이며, 아마도 어쩌면 세계로 하여금 자신의 꿈속에 들어가도록 강요하는 일이리라."* 파스칼이 말하길, 우리는 거대한 정신병원에서 산다. 이 비극적인 카니발에서 제정신을 유지한 누군가가

---

* 『제멜바이스』, 이 책 98쪽.

있었다면? 그는 그 사실로 인해 처벌받을 것인가? 유일하게 자기 시대의 맹목과 편견을 벗어난 이성적 판단을 내렸던 일이 빌미가 되어 이제는 그가 광인이 될 차례가 온 것일까? 셀린이 "거짓말을 하거나 아니면 죽어야 한다. 나는 결코 나 자신이 죽도록 놔둘 수 없었다"*라고 말할 때 우리는 그가 진심이며 논리적이라고 생각할 수 있다. 어쨌거나 무언가를 죽음의 높이에서 말하는 일이 불가능해서는 안 되는 것이다.

서사시풍의 문체로 작성된 이 희한한 '논문'을 보자. 그것은 청천벽력 같은 구절로 시작한다(심사 위원들의 얼굴 표정이 어땠을지). "미라보가 어찌나 큰 소리로 고함을 질러댔는지 베르사유는 겁에 질렸다. 로마제국의 멸망 이래 사람들 위로 이런 유(類)의 폭풍이 내리친 적은 단 한 번도 없었으니…." 우리는 이 대목에서 셀린의 시계가 어느 지점을 가리키는지 금방 알아본다. 우리 시대를 연 첫 몇 세기—다시 말해 대혁명과 특히 공포정치기, 그리고 대량 학살전이 그것이다. 거기서 셀린의 흥미를 끄는 것은 병적인 열기이다. "거대한 광란의 왕국." 그것에 대한 그의 진단은 이러하다. 피와 잔인함과 살육에 대한 갈증이 어느 순간에 다다르자 별안간 망각과 기만적인 평화로, 감정 과잉의 술어들과 감상벽으로 뒤바뀐다. 여기에 어떤

* 『밤 끝으로의 여행』 중에서.

21

법칙이라도 있는 것인지 그 누가 알랴? 인류는 살육을 향한 편집증의 국면으로부터 향수와 우울과 무미건조의 해안에 이르렀다가 이내 이전의 작태를 되풀이하리라. 어떤 때는 납골당, 어떤 때는 연가(戀歌). 어떤 때는 평등주의의 단두대, 어떤 때는 영혼의 파도와 떨리는 내향성. 어제의 살인자들이 오늘은 모럴리스트가 되어 과거의 참화가 다시는 되풀이되지 않을 것이라 신에게 맹세한다. 뻔하디뻔한 노래. 그러나 그것은 끈덕지게 계속된다. 마치 순교자들을 양산해내는 거대한 분쇄기처럼 말이다. 제멜바이스도 그 희생자 중의 하나, 그것도 충분히 그렇게 될 자격이 있는 사람이다. 그가 살던 당시 병원들에서는 무지로 인한 산모들의 죽음이 빈발하였는데, 이에 종지부를 찍은 이가 바로 그다. 성(性)과 관련된 이야기들을 전부 합친 것보다 훨씬 더 중요한 것이 출산이다, 라고 셀린은 말하게 되리라. 바로 출산을 통해 우리는 일하는 자연(la nature à l'œuvre)을 포착하고, 그럼으로써 마침내 "협로*에서의 전망(vision aux détroits)"을 획득할 수 있기 때문이다.

제멜바이스는 기묘한 천재다. 그는 방부 조치라는 중대한 발견을 해내지만 정작 그것을 어설픈 방식으로 강요하려 한다. 섬광 같은 직관을 지닌 반면, 성격은 모나고 거칠다.

* 'détroit'는 '협로' 외에도 해부학상으로 태아가 나오는 산도를 이루는 골반 부위를 지칭한다.

"스코다는 사람들을 다룰 줄 알았지만 제멜바이스는 그들을 꺾으려 들었다. 남을 꺾는다는 게 될 법한 일인가." 빈에서 제멜바이스는 상관들에게, 그중에서도 특히 아둔하며 바로 그 때문에 "죽음의 중대한 조력자"요 "후세 앞에 영원히 조롱받을 범죄자"인 클린에게 맞선다. 일상의 현실이 인습과 위선, 태만(셀린의 신학에 의하면 이것이야말로 죄악 중에서도 가장 큰 죄이다), 무관심, 그리고 어둠 속에서 이루어지는 죽음과의 협약으로 점철된다. 임산부들이 끊임없이 산욕열로 죽어간다고? 흠, 그게 운명이고 숙명이라네. 아니면 대속이거나, 어쩌면 신의 보복일 수도 있지. 게다가 그녀들은 가난하지 않은가. 시체를 해부하고 나서 손을 씻은 다음에 자궁 경부를 촉진하는 것만으로도 충분히 저 여자들을 살릴 수 있으리라는 말인가? 자네 의견은 놀랍지조차 않은 것이, 다 말도 안 되기 때문이라네. 자네는 우리를 피곤하게 만드는군. 나가주게. 셀린이 "주변 환경의 강박관념"이라 명명한 것으로부터 탈출할 도리가 없다. 병원균의 존재를 진지하게 고려하는 사람은 아직 아무도 없었으니, 그것이 가능해지려면 차후 광견병과 함께 파스퇴르가 인정받는 날이 와야 하리라(그리고 빈에 관한 한 프로이트는 여전히 많은 이야기를 하게 되리라). 당장으로서는 무기력한 관성만이 지배할 뿐이다. 그리고 진실이 사회와 묘지의 은밀한 공조를 방해하려 하자 격한 거부의 힘이 작동하기 시작한다. "시간의 효력 위에서 역사를 춤추게 만드는 온갖 정념과 터무니없는 광분 옆에서는 인간의 감내와 고통도 결국 별반 가치가 없다."*

이러한 문장들이 쓰인 해는 1924년이다. 세상이 지옥에서 벗어나고 나니, 지평에 또다시 뇌우가 몰려든다. 셀린이 자신의 박사 논문을 1936년, 다시 말해 『메아 쿨파』의 출판과 동일한 시기에 재발간한 것은 우연이 아니다. 그 사이에 발표된 "공산주의 소설" 『밤 끝으로의 여행』은 그로 하여금 러시아 현장에 가서 프롤레타리아 천국의 실상을 확인하도록 해주었다. 새로운 지옥. 이어진 결과는 치명적이다. "좌파" 작가 셀린은 "우파 무정부주의자"이자 끔찍하기 짝이 없는 『학살을 위한 바가텔』을 쓴 팸플릿 저자가 된다. 자신의 주인공을 본떠 그 또한 관통하는 과정에서 감염된다. 귀도 체로네티**가 쓴 대로, "셀린은 어리석음과 무용함, 그리고 공허한 문체에 맞선 놀라운 파괴자이자 언어에 대한 맹렬한 복수자이고, 확실하고 진정한 예언자이다. 그는 성서에 비견할 위험스런 유용성을 지니고 있을 뿐만 아니라 자기 적수가 뻗는 가증스런 촉수 사이에서 몸부림치며 죽어갈 자격을 갖춘 반(反)성서적 역사(力士)이기도 하다. (…) 그는 볼테르와 비슷하되 다만 자신의 편집증 때문에 상대적으로 더 어두워진 시선을 통해 성서를 일종의 비인간적인 잔혹함으로, 악의 싹으로,

* 『제멜바이스』, 이 책 126쪽.
** Guido Ceronetti(1927~). 이탈리아 출신의 시인, 소설가, 극작가, 철학자.

24

있을 수 있는 모든 사악함을 끌어당기는 셈족의 자석으로, 히브리 족장들이 모여들어 살육에 살육을 더해가는 사드 식의 성채로 바라본다. (…) 성서에 의지하듯 셀린에 의지하여 인간을 의심하려는 사람은 그로부터 만족스런 결과를 얻을 것이다. 무용한 것과 비열한 것을 멀리하고 싶은 사람은 성서의 뿔피리를 불듯 셀린의 뿔피리를 불면 되리라. 그 둘은 모두 물러서는 법이 없으니까."

셀린은 보여준다. 우리에게 단번에 큰 인상을 남기는 것은 그의 연극적 재능이다. 제멜바이스의 임종 장면을 보라. "저녁이 그 방에 스무 번 찾아들고 나자 마침내 죽음은 제게 뚜렷하고 잊을 수 없는 굴욕을 안긴 바 있는 사람을 데려갔다. 죽음이 막 거둬들이려는 그자는 그 순간 거의 인간이라 할 수도 없었으니, 윤곽이 점차로 고름에 덮여 사라지려는 가운데 헛소리를 지껄이며 썩어들어가는 형상에 지나지 않았다. 게다가 세상에서 가장 퇴락한 그 장소에서 **죽음**이 대체 어떤 종류의 승리를 기대할 수 있겠는가? 인간의 몸에 들끓은 이 구더기들, 음험하고 낯선 그것들, **정신병원**으로 이르는 길목에서 멸망을 따라 어슬렁거리는 그 위협적인 미소들을 놓고 죽음과 당당히 겨룰 자가 과연 존재하겠는가?"

그, 셀린은 존재의 근저를 뒤흔드는 발작— 예컨대 각종 괴롭힘으로 인해 미치광이가 되고, 빈(Wien) 병원의 해

25

부실에 불쑥 나타나 메스를 쥐고 사체에 뛰어들며, 그 속을 갈라 뒤적이다 스스로에게 치명적인 자상을 입히는 제멜바이스와 같은 사례를 내밀하게 이해하기 위한 나름의 적절한 근거들을 제시한다. 박해냐고? 인간의 사악한 심술궂음이냐고? 물론 그것들이다. "심지어 사람들이 그에게 잘못을 전가하는 끔찍한 만족감을 얻기 위해 고의로 임산부들을 감염시키는 것 같기까지 하다." 숱한 임신, 숱한 시체. 그 두 항 사이에서, 이것이 우리가 쓸 수 있을 최소한도의 표현일 텐데, 단락(短絡)의 압력은 높다. 셀린이 역설하길, 바로 그 지대에 "서로 투쟁하는 거대한 생물학적 힘들이" 존재한다. 대문자로 표기되는 **죽음(la Mort)**[*]이라니, 이런 죽음은 어쩐지 미성숙한 것 아닐까? 억측이다. 만약 그랬더라면 그것은 저 자신이 형상화하는 무(無)에 대한 사유를 은폐해버릴 것이며, 그 같은 오류를 바탕으로 수립되는 것은 전반적 허무주의일 터이니 말이다. 그런 이유에서, 모든 관례 추종적인 프로파간다에 맞서 우리에게 이렇듯 "인간 안에, 특히 인간의 집단 속에 뿌리 깊이 자리 잡고 있는 무의 욕망, 거의 불가항력적으로 일치단결하여 죽음을 향하는 이 갈망 어린 조바심의 일종"[**]을 상기시키는 셀린은 옳다. 짐작할 수 있듯 이것은 기묘

---

[*] 셀린이 종종 대문자로 표기하는 **죽음(la Mort)**, **진실(la Vérité)**, **행복(le Bonheur)** 등은 단순한 강조의 차원을 넘어 알레고리로, 다시 말해 죽음의 신, 진실의 신 등으로 이해될 수도 있다. 이런 우의 기법은 이솝이나 라 퐁텐 등의 옛 우화집은 물론, 보들레르의 『파리의 우울(Le Spleen de Paris)』과 같은 현대적 산문시들에서도 즐겨 차용된 것이다.
[**] 「졸라에게 바치는 헌사」, 이 책 338쪽.

한 사랑인바, 그에 관해 의심할 수 있으려면 아마도 우리
는 보다 철저하게 부정적이어야 하리라. 요컨대 덜 인간
적이어야 하리라.

필리프 솔레르스*
1999년 7월

---

* Philippe Sollers(1936~). 소설가이자 비평가. 1960년대 전위 문학지 『텔
켈(Tel Quel)』의 창시자 중 한 사람이며, 롤랑 바르트(Roland Barthes), 줄리아
크리스테바(Julia Kristeva), 자크 라캉(Jacques Lacan), 루이 알튀세르(Louis
Althusser) 등과 함께 당대 지성과 문학의 주요 흐름을 이끌었다. 『텔 켈』지가
종간된 1982년에는 『랭피니(L'Infini)』지를 창간하였다. 일찍부터 셀린의
문학에 깊은 관심과 이해를 보여온 터라 그와 관련해 쓴 글들을 모아 책
『셀린(Céline)』(에크리튀르[Écriture], 2009)을 펴내기도 했다.

1936년 재판본의 서문

이것은 필리프 이그나즈 제멜바이스의 삶에 관한 참혹한 전기이다.

세세한 사항들과 각종 숫자, 그리고 상세한 설명들로 인해 이 이야기는 좀 메마르게 느껴질 수도, 첫 보기에 반감을 불러일으킬 수도 있다. 하지만 그런 것에 굴복하지 않는 독자라면 이내 그 보상을 얻을 수 있으리라. 그만큼 읽는 수고와 노력을 기울일 가치가 있는 이야기인 것이다. 나는 이 논문을 아예 첫머리에서부터* 다시 손보고 다듬어 더 빈틈없는 것으로 만들 수도 있었다. 그것은 쉬운 일이긴 했지만, 그러나 그렇게 하고 싶지 않았다. 따라서 나는 이 논문을 애초 그대로의 모습(1924년, 파리에서 발표된 의학박사 논문)으로 독자 앞에 내어놓는다.

형식은 중요하지 않을진대, 헤아려야 할 것은 근본 내용이다. 그것이 기대에 부응하는 풍부한 것이리라, 나는 그렇게 추정해본다. 그 골자가 우리에게 입증하는 바는 사람들에게 지나치게 많은 덕목을 바라는 것은 위험한 일이라는 사실이다. 이는 오래되었으나 여전히 신선한 교훈이기도 하다.

오늘날에도 그와 마찬가지로 또 다른 순수한 한 인

---

* du début. 1952년의 갈리마르 판본에는 "au début". —원 편집자 주

간이 등장하여 암을 완치하는 임무에 착수한다고 치자. 그는 세상이 자신으로 하여금 어떤 가락에 맞추어 춤을 추게 할지 까맣게 모르고 있는 것이다! 그렇다면 진정 볼 만한 광경이 펼쳐지리라! 아! 그는 신중에 신중을 기해야 하리라! 아! 그는 사전에 귀띔을 받는 편이 나았으리라. 그는 엄청나게 조심해야 하리라! 아! 그러느니 차라리 어디 외인부대에라도 즉각 입대하는 편이 훨씬 잘하는 짓이리라! 이승에 공짜란 없는 것을. 모든 것은 죄과를 치르게 마련이다. 선이건 악이건, 이르게든 늦게든, 제값을 지불하는 것이다. 훨씬 더 죗값이 비싼 것은, 불가피하게도, 선이다.

필리프 이그나즈 제멜바이스(1818~65)의 생애와 저작*

* 1936년 '제멜바이스(Semmelweis)'라는 제목하에 첫 상업적 간행물로 출판된 텍스트는 약간의 삭제와 세부의 사소한 정정 사항 외에는 1924년의 판본에서 달라진 점이 없다. 본 갈리마르 이마지네르 판본의 경우 『셀린 연구지』의 근본 취지를 따라 이 논문의 1924년 첫 판본을 채택하되, 다만 1936년의 재판본에서 독서의 편의성을 위해 가한 몇몇 구두점의 수정 사항들은 적용하기로 하였다. 소수의 의미 있는 이문(異文)들은 해당 페이지 아래쪽에 함께 실었다.

　다음 장에 실린 제멜바이스의 초상화는 당시 셀린의 아내였던 에디트 폴레(Édith Follet)가 제공한 것이다. ─원 편집자 주

[제멜바이스의 성명은 우리나라처럼 성 뒤에 이름을 쓰는 헝가리 표기법에 의하면 'Semmelweis Ignác Fülöp', 일반적으로 통용되는 영어식 표기법을 따르면 'Ignaz Philipp Semmelweis'이다. 자신의 논문에서 셀린은 단 한 차례를 제외하고(이 책 45쪽) 모두 이를 'Philippe Ignace Semmelweis'로 표기하였다. 본 번역에서는 저자의 표기 방식을 그대로 따랐다.]

P. I. 제멜바이스

그가 산후 감염에 대처해 취해야 할 예방 조처를 단번에 또 대단히 정확한 방식으로 지시하였던 고로 현대 소독법은 그가 처방한 규칙들에 덧붙일 내용이 아무것도 없었다.

— 비달 교수*

---

* Georges Fernand Isidore Widal(1862~1929). 프랑스의 세균학자. 1896년 장티푸스, 파라티푸스 같은 티푸스성 질환에 대한 혈청 진단법인 '비달반응'을 발견하였다.

파리 의학대학 산부인과 교수,
레지옹 도뇌르 4등장 수훈자,
논문 심사 위원장
브랭도 교수님께

우리에게 베풀어주신 정신적 지지와 너그러운 비판에 대해 진심으로 심심한 감사의 뜻을 올린다. 그것들이 없었다면 우리는 이 연구를 계획할 수 없었을 것이다.

　　교수님이 주신 지극히 정확하고 현명한 과학적, 인문학적인 충고에 관해서도 사의를 표명하는바, 그 충고들이 우리로 하여금 인간들과 통계 수치로 시달리는 이 고통스런 분야를 헤쳐나갈 수 있도록 허락해주었다.

논문 심사 위원:

레지옹 도뇌르 4등장 수훈자,
렌 의과대학 학과장,
의학 아카데미 통신 위원
폴레 교수님께

　　　나의 애정 어린 찬사를 바친다.

레지옹 도뇌르 5등장 수훈자
록펠러재단
건 교수님께

깊은 감사의 마음을 전한다.

파리 의학대학 임상교육과
앙리 마레샬 과장님께

한없는 호의와 늘 아낌없이 베풀어주신 소중한 후원에
대해 사의를 표한다.

서문

우리 의학계가 소설 문학과 연극 분야 출신의 일부 공공 연한 아첨꾼들과 열성적인 삼류 저자들이 부활시킨 각종 교태를 상당히 관대하게 참고 겪어야 할 듯 보이는 오늘 날, 약간의 글재주와 종이 몇 장을 앞에 갖춘 온갖 문외한 들이 앞다투어 우리의 부패상을 고발하려 들고 우리의 정 신 상태가 비난받아 마땅하다며 쉽사리 그 증인을 자처하 는 작금, 우리의 박사 학위논문을 어느 위대한 의학자의 생애와 저작에 바치는 것은 여간 기쁜 일이 아닐 수 없었 다. 우리는 우연히 이 인물을 취한 것이 결코 아닌바, 의 학자로서의 자질과 헌신을 놓고 볼 때 결코 그에 못지않 았던 여러 사람들 중에서 고르고 골라 그를 선택한 것이 다. 우리의 눈길이 P. I. 제멜바이스에 멈춘 것은 그토록 아름답고 관대한 의학적 사유, 아마도 세상에 있을 수 있 는 것 중 진정으로 인간적인 유일한 사유가 그의 생애 매 페이지마다 지극히 뚜렷하게 나타났기 때문이다.

그와 같은 힘을 입증한 다른 예들을 상대적으로 그 보다 덜 비극적이면서도 그와 마찬가지의 풍요함을 보인 의학인들의 운명 중에서 여유롭게 찾을 수도 분명 있었으 리라. 약간의 재주만 가지고도 말이다. 하지만 쉽사리 우 리의 펜을 이끈 것은 다름 아닌 이 주제였고, 우리가 이 비극적인 내력과 그토록 완벽하게 하나가 되어 움직였던

37

데에는 가능하다면 강렬하고 신속하며 충실하고 싶은 욕망이 있었다. 그러니 이 점에 대해서 우리를 이해하고 양해해주기 바란다. 우리는 어떤 점에서도, 심지어 우리의 직업적 자존심에 가장 큰 상처를 줄 만한 사항에서조차도 진실의 무게를 경감하지 않았다. 마찬가지로 의학계의 그 어떤 적대 행위나 태만도 용서하지 않았다. 우리의 오류나 어리석음에 대해 우리는 단호히, 아마도 문외한이 그럴 수 있었을 것보다 훨씬 더 가차 없는 태도를 취했다.

바로 그것을 통해 우리는 자칭 우리를 비판한다고 믿고 있는 저 안이한 풍자 작가들에게 재주가 전문교육을 대체할 수는 없다는 것을, 그리고 의사가 아닌 사람들은 자신들이 우리 직업의 넋을 갈기갈기 찢고 있다고 생각하지만 실은 그저 무시해도 좋을 하찮은 사항들이나 계속 공격하고 있을 뿐이라는 것을 보여주고자 하였다.

세간에서는 우리 의사들의 소굴에서 무시무시한 일들이 벌어져 왔다고들 했다. 그런데, 다른 많은 일들이 아직도 버젓이 벌어지고 있으며, 그것들을 보고 이해하려면 반드시 의사여야만 하는 것이다.

게다가, 우리가 우리 자신을 변호해야만 하는가? 우리로서는 그저 다른 직업군을 향해 P. I. 제멜바이스의 경우처럼 진실되고 빛나는 인간적 범례를 생산해보라고 요구하는 것으로 충분하리라.

우리를 비방하는 자들의 눈에는 하나같이 결정적으로 비칠 논쟁들에 일일이 대꾸하는 일로 말하자면, 그런 수고는 포기해야 맞으리라. 우리와 그들은 같은 언어를 말하지 않기 때문이다. 세상은 청춘이 지닌 경이로운 힘 중 하나이자 배은망덕과 불손함까지도 포함하는 저 건강이라는 너그러운 도취에 의해서만 지속되는 법이다.

너무나도 슬픈 시간은 언제나 **행복**이, 삶에 대한 이 터무니없고도 눈부신 믿음이 인간의 마음속에서 **진실**에 제 자리를 물려줄 때 온다.

우리의 모든 형제들 사이에 서서 이 가공할 **진실**을 가장 유용하고 가장 지혜롭게 직시하는 것이야말로 바로 우리의 역할이 아니겠는가? 그리고 그들의 가장 큰 비밀과 관계하는 우리의 이 침착한 친밀함이야말로 어쩌면 인간들의 오만함이 우리 의사들에게서 가장 용서할 수 없는 점 아니겠는가.

미라보가 어찌나 큰 소리로 고함을 질러댔는지 베르사유는 겁에 질렸다. 로마제국의 **멸망** 이래 사람들 위로 이런 유(類)의 폭풍이 내리친 적은 단 한 번도 없었으니, 열광은 무시무시한 파도가 되어 하늘까지 솟아올랐다. 유럽으로부터 스무 민족의 힘과 흥분이 치솟아 대륙의 배를 갈랐다. 도처에 인간들과 사물들의 대혼란뿐이었다. 이곳에는 온갖 이해관계와 수치와 오만이 뒤얽힌 소요들이, 저곳에는 어둡고 속을 꿰뚫어 볼 수 없는 투쟁들이, 그리고 더 먼 곳에는 숭고한 영웅주의가. 인간이 지닌 모든 가능성들이 한데 뒤섞이고, 걷잡을 수 없이 흩어지고, 맹렬한 기세 속에 마치 굶주린 듯 불가능을 탐하며 세상의 길과 늪들로 달려갔다. 죽음이 제 잡다한 군대들의 피거품 속에서 고래고래 절규하고 있었다. 나일강에서 스톡홀름까지, 방데 지방에서 러시아까지, 100개의 군대들이 야만적이어도 될 100가지 이유들을 한날한시에 내걸었다. 거대한 **광란**의 왕국 속에서 국경들이 쑥대밭이 되거나 새로 세워졌고, 인간들은 진보를 원하고 진보는 인간들을 원했으니, 바로 그런 것이 이 거창한 혼인의 내막이었다. 인류는 권태로웠기에 몇몇 신들을 불태웠고, 옷차림을 바꿨고, 몇 가지의 새로운 치적으로써 역사에 대가를 지불하였다.

그런 후 소요는 평정되었고, 미래를 향한 위대한 희망은 또다시 몇 세기를 지하에 매몰되기에 이르렀으며, '가신'이 되어 바스티유로 떠났던 저 복수의 여신들은 제각기 '시민'의 자격으로 귀향하여 자신들의 시시한 일상으로 되돌아갔고, 이웃을 염탐하고, 말에 물을 먹이고, 선의의 신이 우리에게 부여한 창백한 살가죽 포대 속에서 스스로의 악덕과 미덕을 발효시켰다.

1793년, 사람들은 마침내 왕 하나를 희생시켰다.

그는 보기 좋게 그레브 광장에서 제물이 되었다. 바야흐로 그의 목이 잘리는 그 순간 이전에 몰랐던 격한 감격이 솟구쳐 올랐으니, **평등**이 그것이었다.

모든 이가 앙심을 품었고, 그것은 광분이 되었다. 살인이야 민족들이 서로 간에 행사하는 일상적인 일이지만, **시역**(弑逆)은, 적어도 프랑스에서는, 새로운 것으로 간주될 만한 일이었다. 사람들은 그것을 감행했다. 그 누구도 그런 말을 하려 들지는 않았으나 **짐승**은 우리들 사이에, **법정**의 발아래에, 기요틴 아래 드리워진 휘장 속에 아가리를 벌린 채 도사리고 있었다. 그 짐승을 제대로 상대해 줘야만 했다.

짐승은 왕의 값어치가 얼마만큼의 귀족들과 맞먹는지 알고 싶어 했다. 사람들은 이 **짐승**이 진정 기발하다고 생각했다.

그리하여 도살장의 분위기는 근사하게 호조되었다. 사람들은 먼저 **이성**의 이름으로, 아직 규정조차 되지 않은 원칙들을 걸고 죽였다. 좀 더 나은 이들은 살육을 정의에 결부하기 위해 많은 재능을 활용하였다. 좀처럼 이루기 힘든 과업이었다. 사람들은 그것을 이루지 못했다. 그러나 결국 그게 뭐가 중요하겠는가? 군중은 파괴하기를 원했으며, 그럼 그것으로 충분했다. 마치 사랑에 빠진 사내가 자신이 탐하는 이의 살을 애무하는 첫 순간에는 오랫동안 고만한 정도의 고백에 머무르겠다 생각하지만, 그러나 그다음 순간엔 자기를 억누르지 못한 채 허겁지겁… 그리되듯이. 마찬가지로 유럽은 저를 길러온 긴 세기들을 가증스러운 방탕 속에 익사시키고자 했다. 그것도 스스로 상상하고 있던 것보다 훨씬 더 빠르게.

열에 들뜬 군중을 공연히 자극하는 것은 굶주린 사자들을 건드리는 것만큼 적절치 않은 일이다. 따라서 그 후로 사람들은 기요틴에 보낼 평계들을 구태여 찾는 일을 그만두었다. 하나의 파벌이 송두리째 지명되고, 죽임을 당하고, 고깃덩어리처럼 조각조각 잘려나갔다. 기계적으로. 더 이상 영혼 같은 것은 존재하지 않았다.

이렇게 해서 한 시대의 꽃이 갈갈이 찢겨졌다. 이 일은 한순간은 쾌감을 주었다. 계속 그렇게 머무를 수 있다면 좋았으련만, 그러나 이 세심한 과정의 느린 속도가 지루해서 하품을 해대던 100개의 열정은 마침내 싫증이 날 대로 난 어느 날 저녁 단두대를 뒤엎어버렸다.

그러자 단번에 스무 개의 종족들이 가공할 착란의 상태에 앞다투어 몸을 던졌다. 스무 개의 민족들이 검은 피부 흰 피부, 금빛 머리 갈색 머리 가릴 것 없이 한데 엉기고, 섞이고, 적대하며, 사방에서 몰려들어 **이상**을 쟁취하려 했다.

서로 밀고, 죽이고, 헛된 미사여구에 의지하거나 기아에 이끌리거나 죽음에 사로잡힌 채, 매일같이 그들은

43

다른 이들이 내일 빼앗길 어느 부질없는 왕국을 습격하고, 약탈하고, 정복하였다. 세상은 그들이 세계의 모든 아치 밑을 통과하면서, 우스꽝스럽고도 화염이 이글거리는 론도 속에, 차례차례, 이쪽에서 파도처럼 부서지고, 저쪽에서 두드려 맞고, 사방에서 솟아 넘어가고, 끊임없이 미지로부터 무를 향해 퇴각하면서, 사는 것만큼이나 죽는 것에도 만족하는 광경을 목도하였다.

피가 흐르고, 생명이 분사되어 동시에 1천 명의 가슴에 녹아내리고, 전쟁 속에 인간들의 허리가 마치 압착기의 포도처럼 수확되어 으깨어지는 이 잔악한 세월이 필요로 하는 것은 한 명의 대장부다.

거대한 뇌우의 첫 번째 섬광이 번쩍이던 무렵 나폴레옹은 유럽을 점령했고, 그 후 그럭저럭, 15년의 세월 동안 그것을 유지했다.

나폴레옹의 천재가 유지되는 동안에는 민족들의 광분에도 기강이 잡히는 듯 보였으며, 폭풍은 자진하여 그의 명령들을 받아들였다.

서서히, 사람들은 아름다운 시절과 평화를 다시 믿기 시작했다.

그러고 나서 그들은, 15년 전에 죽음을 찬미했던 것과 마찬가지로, 이제 평화를 욕망하고, 사랑하고, 마침내 그것을 우러르기에 이르렀다. 그들은 상당히 빠른 시간 안에 멧비둘기들이 겪는 불행을 놓고 눈물을 흘리게 되었으니, 그 눈물은 이전에 사형선고를 받은 죄인들의 수레를

44

향해 그들이 퍼붓던 욕설만큼이나 진짜였고 진실한 것이
었다. 다들 달콤함과 부드러움 외에는 더 이상 아무것도
알려 들지 않았다. 그들은 예전에 **왕비**의 목을 자르기 위해
동원해야 했던 그 많은 웅변술로 동정심을 느끼는 지아비
와 세심한 지어미가 신성하다고 부르짖었다. 세상은 다 잊
고 싶었다. 그래서 잊어버렸다. 그리고 질기게도 살아남은
나폴레옹은 암종 한 덩어리를 품고 섬 하나에 유배되었다.

경보 소리를 듣고 몰려든 시인들이 자신들의 군단
을 재정비한 덕에, 봄날 단 하루 동안 100편의 교태 어린
시들이 읊어져 민감한 영혼들에 황홀감을 안겼다. 그들은
일찍이 자신들이 파괴를 위해 사용했던 동일한 과장에 힘
입어 창조하였다. 부드러움의 입김이 무수한 무덤들을 어
루만졌다. 양 떼의 목에 작은 방울이 매달리지 않는 일 따
위는 이제 결코 없었다. 모든 사람들 위로 시의 실개천들
이 속삭이며 흘러갔다. 진정 다감한 아가씨가 눈물을 머
금는 데에는 활짝 핀 데이지 한 송이 이상의 것이 필요치
않았다.* 훌륭한 자질을 갖춘 남자가 평생 변치 않는 사랑
에 빠지는 데에도 역시 그 이상의 것이 필요치 않았다.

이그나즈 필리프 제멜바이스는 바로 이 회복의 시
대에 세상에서 가장 생기 있는 도시 중 하나, 곧 성 이슈
트반 대성당의 옆모습이 보이는 도나우 강가의 부다페스
트에서 식료품상의 넷째 아들로 태어났다. 여름이 한창인

---

* pas plus d'une marguerite. 이본에는 "pas plus qu'une marguerite". ―원 편집자 주

무렵, 정확히 1818년 7월 18일의 일이었다.

＊

성 이슈트반 대성당의 옆모습이 보인다고…? 도나우강 근처라고… 그 집을 찾아보자. 집은 오늘날엔 더 이상 존재하지 않는다. 더 이상 아무것도 없다…. 그래도 계속 찾아보자. 세상 속에서… 또 시간 속에서. 우리를 진실을 향해 이끄는 무언가를… 찾아보자! 저기 점점 멀어져가는 광란의 론도 한복판이라면 혹 어떠냐… 1818년… 1817년… 1816년… 1812년…. 시간의 흐름을 거슬러 가보자…. 이번엔 공간이다…. 부다페스트… 브라티슬라바… 빈… 1812년… 1807년… 1806년… 1805년…. "12월 2일 새벽 4시, 행동은 안개 속에서 개시되었다. 안개는 이내 걷혔다…"라, 그렇다면 여기는 아우스터리츠*…. 우리가 원하는 대상은 아직 이것이 아닌바… 우리는 우리들 가운데에서, 우리와 같은 혈통, 같은 인종 중에서, 제멜바이스와 보다 가까운 한 사내를 찾고 있으니, 코르비자르**가 바로 그이다…! 코르비자르….

---

* 나폴레옹1세는 1805년 11월의 빈 공략을 발판으로, 프랑스 제국에 대항하기 위해 뭉친 러시아-오스트리아의 3차 동맹군을 모라비아(현재의 체코 슬라프코프우브르나)의 아우스터리츠 부근으로 몰아 격퇴하였다. 오스트리아는 브라티슬라바 평화조약에 서명함으로써 더 이상 전쟁에 참여하지 않는 데 동의하였다. '삼제회전(三帝會戰)'이라고도 불리는 이 아우스터리츠전투는 나폴레옹의 전술이 빛을 발한 명승부전으로 간주된다.
** Jean-Nicolas Corvisart(1755~1821). 프랑스 의학사에서 심장병학에 관한 명의로 손꼽히는 코르비자르는 나폴레옹이 엘바섬으로 유배되는 순간까지 그를 보살폈다.

이 거대한 포화의 아침에 코르비자르는 벌판에 나와 있지 않다. 그렇다면 그는 어디에 있는가? 황제의 의사, 그런 그가 있을 자리는 바로 여기가 아니냐!

자신을 붙잡아두는 특별한 명령도 없는데 어째서 그는 빈의 종합병원에 머무르고 있는 걸까?

거대한 건물이다, 이 병원은! 음산하기도 하다…! 우리는 좀 더 나중에, 제멜바이스의 시간이 도래를 고할 그때에 비로소 이곳에 되돌아와 긴 얘기를 하리라. 지금으로서는 그의 운명의 자취는 아직 눈에 띄는 바가 없으며 따라서 그의 천재가 빛을 발해야 할 바로 그 장소에는—그에 관한 어떤 것도 없다.

우리 감각의 보잘것없음이여!

이들 병실의 사방에서 온갖 군대의 군인들이, 민간인들 사이에 섞여 누인 채, 부상을 입거나 사경(死境)에 들어, 자신들이 할 수 있는 방식대로 숨을 거둔다.

그리고 코르비자르… 대체 그는 이 순간 무엇을 하고 있는가?

천재적인 주인이 옆에 두고 영광을 부여한 저명한 의사가 그 아닌가? 오늘 아침 혹여 그는 의견 차에 의해 자기 주인으로부터 멀어지기라도 한 것일까? 어쩌면… 질투심 때문에?

그런 것은 생각할 수 없는 일이다. 의학이란, 어쨌거나, 그저 있을 수 있는 작은 섬광 한 줄기만을 지닐 뿐이다. 그는 그 사실을 잘 알고 있다. 자기 시대의 모든 과학적 총애를 누린 그, 자신이 돌보는 환자에 의해 받을 수 있는 최고의 훈장을 받았고 스스로의 자부심에 값하는 가장 높은 직업적 영예인 콜레주드프랑스의 정교수직을 확보하고 있는 그, 한술 더 떠 이 전쟁의 시기에 세계에서 가장 위대한 군대를 위한 검역과 업무까지 담당하는 그가 말이다. 심지어 총사령관에 비견될 만한 선망의 대상이자 그만큼 행복하고 빛나는 사람이 그 아니던가?

이 야심가, 눈부신 빛을 발하며 전투라는 소란스러운 사라반드에 합류한 그가 그럼 복무 이외의 취미를 가졌더란 말인가?

혹은 자신이 보유한 기술 분야에 일어난 진보를 기꺼이 맞아들이려는 개인적 신념까지 지니고 있었던 것인가? 그것이 맞는 답이다.

아우스터리츠전투가 벌어지는 동안, 자기 시대를 결정짓는 가장 긴박한 그 시간에, 코르비자르는 자신의 소임으로부터 한발 벗어나서, 그리고 그것에 얼굴을 들이미는 데 아마도 지친 채, 큰 수고를 감수하면서까지 한 권의 중요한 저서를 번역하고 있었으니, 아우엔브루거의 『타진법』*이 바로 그 책이다.

---

* Leopold Auenbrugger(1722~1809). 오스트리아 의사로, 오늘날에도 진단술의 기본으로 여겨지는 타진법을 창안하였다. 신체 부위의 표면을 두드려서 그 안쪽의 병세를 판단하는 타진법을 술해한 그의 저서 『신발명(Inventum Novum)』(1761)은 1808년 코르비자르의 번역에 의해 프랑스에 소개되고 난 후에야 비로소 그 타당성을 널리 인정받았다. 의사로 하여금 시각적 관찰과 문진(問診)에서 한 걸음 더 나아가 적극적 진단을 할 수 있도록 한 타진법은 청진법 또는 청진학의 효시이다.

오래도 걸린 진보! 50년을 묵힌 침묵의 세월!

코르비자르는 그 책을 소생시켰고, 그것에 자신의 목소리를 빌려주었다. 이 일은 이 인물의 이력에서 매우 순수하고 지극히 아름다운 행적이 된다. 서사시에 동행하는 의사라는 경이로운 직책이 자신에게 부여해준 엄청난 권위를 이보다 더 훌륭히 사용할 수 있었을까?

코르비자르에게 경의를! 어쩌면 나폴레옹에게도 약간의 경의를!

이렇게 코르비자르에 의해서 우리는 우리가 애타게 찾던 조화라는 위안 속으로, 인간들을 향해 동정심을 느낄 줄 안다는 이 좀처럼 드문 힘의 형태 속으로 상승해갈 수 있었던 것이다. 이제 우리의 책이 이끄는 대로 부다페스트로 돌아가보자.

그곳에서 어느 한 사람의 영혼이 지극히 위대한 연민 속에 꽃피어나리라. 그 피어남이 너무도 장엄하기에 인류의 운명은 그로 인하여, 또 그에 기대어 영원히 순화되리라.

*

우리가 원하는 날들이 과거의 울 안에서 빠져나와 밝아오기를 기다리자.

우선 동이 트고….

진실로, 어떤 예외적인 존재의 유년을 둘러싼 눈멀고 귀 먼 일상에서는 매번 똑같은 결함, 똑같이 어리석은 고집이 발견되는 법이다….

아무도 짐작하지 못하고… 아무도 그들을 돕지 않으니… 그렇다면 사람들의 영혼은 나날의 삶으로부터 그 정도로 멀리 떨어져 있는 것이란 말인가?

그러니까, 부다페스트에서 미리 운명이 결정지어진 이는 넷째 아들 필리프였지만…. 그러나 다른 사람들뿐만 아니라 그의 어머니 역시 그 점을 전혀 눈치채지 못한다. 전해지는 말에 의하면 근면한 여성으로, 일찍 결혼했고, 일찍 기상했으며, 예쁜 데다 지칠 줄 모르는 사람이었던 그녀는 갑작스런 병으로 자리에 누운 1846년 겨울 이래 영영 세상을 뜨고 말았다.

이 커다란 불행이 닥치기 전까지 이 집안에서는 노랫소리가 심심치 않게 들리곤 했다. 그 못지않게 떠들썩한 고함 소리도. 애들이 여덟 명이었으니 말이다!

가게 장사는 잘되었고, 제멜바이스 집안 아이들은 풍족하게 먹고 자랐으며, 필리프는 순탄하게 어느 날 네 살을, 또 열 살을 맞았다. 모든 이의 눈에, 그리고 어떤 장소에서든 아이는 행복해 보였는데, 단 학교에서만은 예외였다. 아이는 학교를 전혀 좋아하지 않았고 학교에 대한 이 같은 염오는 아이의 아버지를 낙담케 했다. 필리프는 길거리를 좋아했다. 표면의 삶과 깊이의 삶을 함께 사는 것은 어른들보다는 아이들이다. 아이들의 표면의 삶은 아주 단순해서 얼마간의 훈육만으로도 수습이 된다. 그러나 어떤 아이가 됐든 그에게 깊이의 삶이란 이제 막 형성되는

50

한 세계의 지난한 조화 과정이다. 아이는 그 세계 안에, 매일같이, 지상의 온갖 슬픔과 아름다움을 들여놓아야 하는 것이다. 그것은 내적인 삶이 겪어야 할 거대한 노동이다.

선생들과 그들이 지닌 지식은 이 같은 정신의 잉태 과정을 위해, 모든 것이 수수께끼인 이 두 번째 탄생을 위해 무엇을 할 수 있는가? 거의 아무것도 하지 못한다.

막 자각하는 단계에 도달한 존재에게 위대한 선생은 우연이다.

그리고 우연은 곧 길거리이다. 길거리는 갖가지 진실들로 인해 무한히 다양하고 복합적이며, 책들보다 단순하다.

＊

우리에게 길이란?

우리는 길에서 무엇을 가장 많이 하는가? 우리는 꿈꾼다.

우리는 더 분명하거나 덜 분명한 것들에 관해 꿈꾸고, 그러면서 자신의 야망이나 원한, 또는 과거를 따라 실려 간다. 길은 우리 시대에 가장 명상적인 장소 중 하나이자 현대의 신전이다.

멜로디의 나라, 연극의 나라, 프랑스인들보다 한층 표현적인 사람들이 사는 나라인 헝가리에서 음악은 특별한 노력 없이도 대기 속으로 솟아오른다.

우리의 어린 제멜바이스가 열성을 보인 대상은 학

51

교가 아니라 노래였다. 노래가 주는 유혹은 크고도 다양했다. 그 시절, 특히 점심시간의 부다*에는 유행가 가수들이 길거리 건물들의 거의 모든 포치**마다 서 있을 정도로 많았다.

　그러니 그들 앞에 잠깐 멈춰 서지 않을 이유가 있겠는가?

　마지막 내린 비가 파놓은 물웅덩이들 사이로, 얼룩덜룩한 누더기 옷을 걸친 가수가 멈춰 서서는, 서슴없이 가려운 몸을 긁어대며, 지나가는 세상 사람들을… 자신의 불행을 거쳐 지나가는 이들을 쳐다본다…. 그는 바삐 점심을 먹으러 가는 그 모든 사람에 대해 약간은 심술궂은 선망을 가지리라…. 그에겐 아직, 뱃속에도, 주머니에도, 밥이 들어 있지 않다. 그는 누렇게 색 바랜 보퉁이에서 줄이 지쳐 늘어진 기타 한 대를 꺼내고… 물건은 이제 더러운 그의 손가락 아래서 서서히 신음한다….

　가수는 고개를 들어 위를, 불어오는 바람 쪽을 본다….

　그는 고약한 목소리로 몇 개의 음정을 내며 목청을 가다듬는다. 사람들이, 우리와 함께 다른 이들이 그를 기다린다… 그리고 그 옛날의 꼬마 필리프도. 가수를 에워싼 원이 만들어지고, 원은 보도를 잠식하고 노상의 마차

---

* 헝가리의 수도이자 중유럽 최대 도시인 부다페스트(부더페슈트)는 1873년에 세 도시 부다(부더, Buda)와 오부다(오부더, Óbuda), 페스트(페슈트, Pest)가 하나로 통합되어 만들어졌다. 이 논문에서 셀린은 부다와 부다페스트란 명칭을 엄밀히 구분하지 않고 함께 사용하였다.

** porch. 건물 입구나 현관에 지붕을 갖춰 잠시 차를 대거나 비바람을 피하도록 만든 곳.

들을 피하면서 점점 커진다. 그것은 마술에 사로잡힌 원이다. 자, 준비됐다! 어서 시작하자. 미천한 악사는 삶으로부터 빠져나오고 싶다… 무얼로? 바로 이걸로…. 과연 그런지 듣다 보면 알게 되겠지… 그를 따라가보자… **꿈**으로 가는 길의 끝자락을.

정오가 지나가는데도 이 사람들의 무리는 식욕도 어쩌지 못하는 매혹에 빠져 노래를 부른다.

그 노래들은 즐겁지도 슬프지도 않은즉, 마법의 물질이 가득하거나 모자랄 뿐이어서, 신통치 않은 것들은 잊히지만 풍요로운 것들은 듣는 이의 심장을 건드린다.

위대한 음악 못지않게 그와 같은 유행가들도 **신성함**을 이해하게 해준다. 다만, 위대한 음악을 위해서는 적어도 얼마간의 교육을 받아 음악가가 되어야 할 뿐. 민중의 노래, 진짜 노래인 그것을 사랑하는 데에는 그저 사랑을 사랑하거나 감정이란 것을 갖고 있기만 하면 충분하다. 게다가 노랫말이 도와주기까지 하지 않는가….

어둠으로부터 약간 벗어난다는 사실에 한껏 놀라고 즐거워진 넋 속에서 이 네 개의 음정들이 어울려 만들어내는 매혹에 귀 기울여보면 어떤가…. 빛을 발하는 이 네 개의 음이야말로… 행복해지는 법을 모르는… 다시 말해 그럴 수 있을 만큼 충분히 유쾌하고 충분히 믿음을 지니고 충분히 진실하고 충분히 강할 수 없는 사람들에게 재능이 부여하는 용기의 선물이며 서원의 힘인 것이다.

그러나 음악은 꺼지고… 모여들었던 군중의 원도

흩어지고··· 약간 지친 가수는 이제 자신의 밥을 찾아 나선다. 모든 이가 배고프다. 부드러운 신비로움이 꺼져가는구나··· 애석하게도, 모든 이의 마음속에서. 길은 다시 빗물 줄기의 낮은 높이로 내려앉는다. 마음속의 교회가 문을 닫고 오르간들은 입을 다무니 슬픔은 이전보다 더하다. 그렇더라도 운명이 무한한 사랑의 영원한 예배를 위하여 지목한 이들은 여전히 있는 법. 다만 그들만이 공간과 시간 속에 광명의 작디작은 예배당을 형성할 뿐이다.

*

그런데 우리는 삶의 반대편에서 솟아오르는 영적인 꼭대기들, 인간들의 지나치게 정확한 시선에는 외려 불확실하게 보일 그것들을 관조하느라 막상 나날의 노정을 잃어버린 것은 아닌가?

해가 바뀌어 나이를 먹을 때마다 그 노정에는 갖가지 사건들이 모이고, 그리하여 그 사건들은 스스로의 단순한 언어를 통해 인간들이 각기 제 **운명**의 비밀 속에서 발휘하는 힘과 아름다움을 증명해야만 한다.

어린 필리프의 인생에서 최초의 몇 해 동안 일어났던 사건들 중에는 우리에게 명확한 가르침을 주는 것이 거의 없다.

그는 자신의 아버지가 입학 허가를 받아낸 페스트의 고등학교에 아무런 열의 없이 들어가 라틴어 규칙들을 배우는데, 당시의 우등상 명단을 참조해볼 때 학업 결과 또한 신통치는 않았던 듯하다. 알다시피 그곳의 수업은 엄격했으며, 키케로는 어려웠고, 청춘은 이해받지 못했다.

그렇게 이태 동안 필리프는 일요일마다 도나우강의 아름다운 다리를 건너 부모의 집에 점심을 먹으러 갔고, 거기서 어김없이 갖가지 격려와 충고를 듣곤 했다. 식료품상은 야심 찬 전망을 지니고 있었으니, 그는 필리프가 오스트리아의 프란츠 황제*가 이끄는 군대의 법무관이 되기를 바라지 않았던가? 확실히 그것은 보수가 매우 높고, 사람들의 부러움을 사며, 근엄한 판사들 즉 들판의 부랑자 무리와 불평과 불만투성이인 지주들 사이에 시시각각 일어나곤 하는 범법 행위를 심판하는 판관들이 수행하는 직업이었다.

그러나, 아버지의 욕망과 아들의 운명 사이의 거리는 얼마나 먼 것인가!

필리프는 그럭저럭 첫 단계의 학업을 마친 후, 오스트리아에서 일할 자격을 얻기 위해 1837년 11월 4일 부다페스트를 떠나 빈으로 향했다.

이 여행은 본디 나흘 정도 걸려야 맞았다. 그러나 브라티슬라바 근방에서 일어난 작은 사고 때문에 일정은 지

---

* 프란츠1세라는 칭호로 오스트리아 제국의 첫 번째 황제를(1804~35), 프란츠2세라는 칭호로 신성로마제국의 마지막 게르만계 황제를(1792~1806) 지냈다. 재위 기간 동안 그가 주로 한 일은 나폴레옹과 프랑스혁명에 맞서 싸우는 것이었다. 발미 전투, 이탈리아 전투, 아우스터리츠전투에서 번번이 나폴레옹에게 패배했으나 마지막이자 네 번째 전투(1813)에서는 연합군과 손잡고 마침내 프랑스 군을 꺾어 민주주의에 반하는 보수 반동 정책을 고수하는 데 성공하였다.

체되었다. 빈에 도착했을 때 필리프는 지치고 우울한 기분이었다.

그가 이 도시에서 받은 최초의 인상은 솔직히 나빴다. 그는 도착한 다음 날 마르쿠소브스키에게 이렇게 쓴다. "벗이여, 우리의 도시와 정원들, 우리가 했던 산책들이 얼마나 그리운지 몰라. 이곳의 모든 것이 마음에 들지 않네…."

이후로도 그는 결코 빈을 사랑할 수 없을 것이다. 아직까지는 이 반감의 진정한 원인이 감춰져 있으나, 이후 삶은 그에게 그것을 명백하게 드러내 보이리라.

어찌 되었건 빈에 체류한 첫날부터 이미 그는 그곳에서 자신이 이방인이며 사람들의 마음에 들지 않도록 운명 지어진 것처럼 느꼈다. 그가 느끼는 감정들은 하나같이 여전한 헝가리인의 것이어서 다른 이들이 판독할 수 없었다. 그는 그것들에 대한 절대적인 신념을 오랫동안 지켰다. 자신의 동포들이 그를 저버리고 등을 돌리는 날이 오기 전까지는. 아마도 그가 인간들 사이에서 불행하도록 운명 지어져 있었거나, 또는 이런 정도의 역량을 가진 존재들에게는 그냥 사람의 흔한 감정에 해당하는 것도 어김없이 일종의 약점이 되는 것인가 보다. 찬탄할 만한 것들을 창조해야 하는 이들은 그들 자신의 놀라운 운명을 휩쓸 정서적 힘을 특정한 한두 가지 감정에 기대어 구하지 않는 법이다. 신비로운 연결선들이 그들을 존재하는 모든 것에, 맥 뛰는 모든 것에 이어주고 보호해줄 뿐만 아니라, 그들을 종종 신성한 열광의 상태로 이끌어가기도 한다. 그들은 결코 우리 대다수가 그런 것처럼 사랑하는 여인이나 자식을 우리의 존재 이유의 가장 생생한 부분으로 여기지 않는 것이다.

결국 제멜바이스는 다른 사람들이 제대로 이해하기에는 지나치게 고귀한 원천들로부터 자신의 존재를 길어오는 셈이었다. 그는 너무나도 희귀한 부류의 사람들, 그러니까 삶을 그것의 가장 단순하며 가장 아름다운 형태인 '살다'의 방식으로서만 사랑할 수 있는 이들에 속해 있었다. 그는 삶을 지나치게 사랑했다.

시간의 역사에서 삶은 단지 하나의 도취일 따름이며 진실은 죽음이다.

한편 의학으로 말하자면, 우주에서 그것은 그저 하나의 감정이나 회한, 또는 다른 것들보다 조금 더 효력 있는 연민에 지나지 않을뿐더러, 제멜바이스가 그것에 접한 시절에는 거의 무력하기까지 한 학문이었다. 제멜바이스는 아주 자연스럽게 의학으로 향해 갔다. 법학은 그를 오래 잡아두지 못했다.

어느 날 제멜바이스는 아버지에게 자신의 결정을 알리지 않은 채 병원에서 실시된 강의 하나를 들었고, 그 다음에는 지하실에서 과학이 메스를 들고 시신을 탐색하는 과정을 좇으며 해부학을 수강했다…. 이어 그는 다른 학생들과 함께 한 열병 환자의 침상을 둘러싼 채, 당시의 위대한 의학자 스코다*가 환자의 상태와 그에게 앞으로 닥칠 일에 대해 설명하는 바를 듣게 되었다. 스코다는 뛰어난 인물이었으니, 박학과 함께 대단한 섬세함을 갖춘 그는 병세를 마치 오래된 지기의 얼굴을 그려내듯 묘사하였다. 오늘밤쯤, 열이 오를 것이고, 영혼은 새어 나가리라… 날이 밝았을 때면, 형체는 굳고, 열기는 사라지고, 시트가 덮인 채… 그렇게 시신은 밖으로 들어 옮겨지리라. 해부로 말하자면… 여기서 스코다는 한층 더 출중한 박학과 섬세함을 발휘한다. 모여든 이는 그것에 익숙해지고, 시야에서 죽음을 놓치고, 그들에게 보이는 것은 오직 스코다, 들리는 것은 오직 스코다의 말뿐이니, 그들 또한 어느 날 자신의 차례가 오면 지나치게 큰 반항 없이 죽음을 맞아들이리라…. 의사들의 행복은 바로 그런 값을 치르면서 얻어진다.

스코다의 영향력이 제멜바이스의 일생에서 가장 큰 역할을 담당한 만큼 이쯤에서 우리는 그에 관해, 적어도 그의 의학적 활동에 관해 기술해야만 하리라. 더욱이 그는 자신이 누려 마땅한 명성을 구가하던 의학계의 제일인

* Joseph Skoda(1805~81). 체코 출신의 명망 높은 의학교수이자 피부병 학자로, 코르비자르가 번역하여 널리 알린 선배 의학자 아우엔브루거의 연구를 이어받아 진단학에서 커다란 공로를 남겼다. 걸출한 병리해부학 교수이자 동료인 카를 폰 로키탄스키(Karl von Rokitansky, 1804~78)와 함께 빈 현대 의학교를 세움으로써, 19세기 초반 유럽에서 가장 먼저 의료 정책학과를 신설했음에도 그동안 쇠퇴의 길을 걷던 빈 의학계를 다시금 유럽 임상학의 중심부로 만들었다. 이들이 주도한 신(新)빈학파의 최고 업적으로 손꼽히는 것이 바로 두 사람의 제자이면서 당시 임산부 사망의 주된 요인이었던 산욕열의 원인을 밝혀낸 제멜바이스의 연구다.

자가 아닌가. 그의 의학 강의를 듣는 학생 수는 나날이 불어났으며, 빈 의학계의 젊은 구성원들 전체가 그를 향해 드러내는 강한 호감은 의심할 나위가 없는 것이었다. 아우엔브루거의 저서에 뒤이은 그의 청진학 관련 연구는 대단히 대담한 것이어서 맹렬한 반대자들을 만들어냈다. 따라서 그의 명성에는 중대한 과학적 이력에 흔히 부재하기 마련인 무언가 뜨거운 요소가 섞여 있었다.

제멜바이스가 열광적으로 의학을 향해 이끌려 갔으리라는 추정을 충분히 해볼 수 있지만 실상 우리가 알고 있는 정보는 그저 그가 상당히 빨리 스코다의 직속 제자가 되었으며 법대에서는 그가 첫 수료증을 받기 이전에 이미 그의 학업 태만 사실을 기록해 놓았다는 정도에 그친다.

이상의 진로 변경에 대해 제멜바이스의 부친이 어떤 태도를 취했는지에 관해서도 우리는 아는 바가 전혀 없다.

제멜바이스는 스코다의 가르침을 통해서 자연 속에서 임상 진단의 정신이 무엇을 할 수 있는지를 배웠다. 그리고 그가 이 분야에서 결코 자신의 스승처럼 섬세한 사람일 수는 없었을지언정 그가 창안한 바는 그보다 훨씬 더 강건했다. 진실의 측면에 있어 그는 스승보다 훨씬 더 멀리 나아가야만 하는 사람이었다.

한편, 스코다보다 덜 알려졌고 무엇보다도 그보다 덜 소란스럽되, 저술을 통해 훨씬 더 큰 영향력을 발휘하던 또 다른 이가 필수적인 과학적 방법론을 통해 제멜바이스의 사고를 풍부하게 해주었으니, 그 스승은 로키탄스키였다.

빈 의대 병리해부학의 첫 번째 교수직을 맡은 이가 그였다. 알려진 대로, 로키탄스키는 중부 유럽의 병리학사 연구의 진원지로서 무수한 기념비적 저작을 배출한 이 위대한 학교의 기초를 닦았다. 제멜바이스는 초창기의 열렬한 추종자들에 포함된다. 그리고 그의 사고 중에서도 가장 유용하고 절박한 것들 속에는 어김없이 그곳에서 배운 내용이 배어 있는 것으로 보인다.

로키탄스키가 제자의 머릿속에 모아준 대수롭지 않은 지침들 앞에서 그때까지 불가해한 괴물 같았던 산욕열의 재난이 사라지게 된 일이 과연 어떤 효력, 어떤 조화의 섭리에 의해서 가능했는지 자문해봐도 될까? 진보를 향한 용기란 약하디약한 것이니 말이다! 실제로 인간은 자신이 교묘히 피해가야 할 온갖 위험을 떠올리며, 또는 의기양양한 행군의 와중에 자신이 의지할 수밖에 없는 수단들의 무력함을 생각하며 몸을 떤다. 그리고 천재에게 사소한 방편 따위는 존재하지 않아서, 그에게는 단지 가능한 것과 불가능한 것만 있다. 당시 현미경의 규모로는 그 어떤 진실도 **무한**의 노정을 멀리 밟아갈 수 없었기에, 가장 대담하며 가장 정확한 연구자의 역량도 이 **병리해부학**의 단계에 이르러서는 멈춰 서곤 했다.

얼마 안 되는 이 염색 자수의 범위를 넘어서면, 그때

부터 감염의 여정에는 오직 죽음과 몇 마디 이런저런 말들만이 남을 뿐이었다….

요컨대 제멜바이스는 이 두 스승으로부터 근본적인 무기들을 물려받았다. 더구나 그들이 그에게 준 것은 그것이 다가 아니었다. 그들은 이 잊을 수 없는 제자의 연구와 행적을 그의 전 인생에 걸쳐 초조하게 추적했다. 그들은 커다란 슬픔을 느끼며 제멜바이스가 자신의 골고다 언덕 계단을 기어오르는 광경을 바라보았고, 그런 그를 언제나 이해할 수 있었던 것은 아니었다.

두 스승은 제멜바이스를 지지하거나 그에게 조언해주려고 노력하는 한편 그의 격렬한 충동을 누그러뜨리고자 애썼으며, 오만불손한 태도를 취하거나 악의 어린 반대자들과 끝없이 논쟁을 벌이는 일이 얼마나 무용한지를 그에게 납득시키려고 했다. 무자비한 시련의 세월이 흐르는 사이, 적들의 무리가 제멜바이스를 궁지에 내몰며 그를 향해 증오의 함성을 외칠 때마다 늙은 두 스승은, 개인적 싸움에 지칠 대로 지쳤음에도 어쨌든, 제자를 옹호하기 위해 힘을 모았다. 스코다는 사람들을 다룰 줄 알았지만 제멜바이스는 그들을 꺾으려 들었다. 남을 꺾는다는 게 될 법한 일인가. 그러나 그는 말을 듣지 않는 문들을 모조리 뚫어버리려 했고, 그로 인해 스스로 가혹한 상처를 입었다. 그 문들은 그가 죽은 후에야 비로소 열릴 것이다.[*]

* s'ouvriront qu'après. 이본에는 "비로소 열렸다(s'ouvrirent qu'après)". — 원 편집자 주

우리는 진실에 기대어 제멜바이스의 중대한 단점을 드러낼 수밖에 없는데, 모든 점에서, 특히 자기 자신에 대해서 난폭하다는 사실이 바로 그의 결함이었다.

빈에서 몇 달에 걸친 접촉이 끝났을 때 이미 스코다는 지칠 대로 지친 제자가 그 여파로 심각한 정신적 비탄에 빠지는 것을 막기 위해 손써야 하는 형편이었다.

욱하는 성미에다 헝가리 억양이 역력한 자신의 말투를 놓고 다른 학생들이 던지는 대수롭지 않은 농담에 지나치게 민감하던 제멜바이스는 자신이 그런 식으로 박해받고 있다고 여겼으며, 그로 인해 거의 강박증에 걸릴 지경이었다. 스코다는 그런 그를 진정시키고, 알아주고, 이해해주었다. 그리고 속내 이야기가 나온 김에 제멜바이스가 장기간의 휴식을 취하도록 조처한다. 처방전에 이어 근심에 찬 어머니의 편지들도 뒤따르는바, 모든 정황이 마침내 제멜바이스로 하여금 자신에게 절실하기 이를 데 없는 휴가를 떠나도록 결심하게 만들었다.

1839년 봄에 제멜바이스는 모든 이들이 초조하게 그를 기다리고 있는 부다페스트를 향해 출발한다. 고향으로 돌아가는 기쁨, 자기 집을 되찾는 감미로움, 시골벽적한 길거리에서의 오랜 산책 등, 전환의 요소들은 다행히도 그의 기분을 바꾸고 건강을 다져주었으나 다만 그의 정신을 만족시켜 주지는 못했다. 그는 지루했다.

신(新)부다페스트 의대가 막 문을 연 참이어서, 그는 거기 등록한다. 그러나 그곳의 강의는 그의 마음에 들지 않는다. 그는 그 얘기를 하고, 사람들은 그 말을 되풀이해 옮겼다. 이런저런 말썽이 이어진 끝에 그는 1841년 다시 빈의 스승들 곁으로 돌아온다. 한데, 제멜바이스에 대한 선생들의 태도는 변함이 없었으나 그 자신은 깊이 바뀌어 있었다. 로키탄스키가 그에게 간 조직의 변화 과정을 다루는 오랜 연구를 시키려고 할 때, 혹은 스코다가 그가 늘 재주를 보였던 청진기 손질하는 일을 맡기려 할 때 제멜바이스는 자신이 변한 것을 알아차린다. 그는 그 일들을 딱 잘라 거절한다. 놀라는 선생들의 모습을 견디기 어려웠던 나머지 그는 잠시 해부실을 멀리하며 심지어 여러 달 동안 병원에 나가지 않는다.

의대에서 하는 일들이 이제 그에게는 약간 미묘하고 공허하게 비쳤다. 요컨대 그것들은 그가 무엇보다도 먼저 염두에 두고픈 환자들의 관점에서 보자면 아무 쓸모없는 것으로 보인 것이다.

이렇듯 직업적 소명에 대한 의구심이 지속되는 동안 제멜바이스는 차라리 식물원으로 긴 산책을 나가는 편을 택한다. 그리고 거기서 식물 전문가이자 단순한 것들의 덕목을 끝없이 상찬하는 보자토프라는 인물과 접촉한다. 이 식물학자가 보유한 철저히 경험적인 과학이 그를 매료한다. 그 방면에 빠져든 제멜바이스는 관련 주제에 대한 방대한 양의 논문을 읽게 되리라. 이 치유의 음악은 모호하고 허풍스럽기는 했지만, 그래도 그는 그것에서 절대적인 매력을 발견한다. 그리고 여러 달 동안 이 보잘것없는 치유책에 스스로를 맡긴다. 그는 스코다의 확신에 대해서도, 로키탄스키의 정확함에 대해서도 더 이상 열광할 수 없었다. 논문을 쓸 시간이 다가왔음에도 그는 여전히 그 같은 감정 상태에 전적으로 빠져 있는 상태다.

논문이 그를 덮친다.

연구 결과물은 짧았다. 고작해야 열두 쪽 정도.

그런데 그 열두 쪽은 고도로 집중된 시와 전원의 이미지들로 가득 차 있다. 논문은 당시의 고전적 경향을 따라 라틴어로, 그것도 있을 수 있는 가장 쉬운 라틴어로 작성된다. 제목은 '식물들의 삶'이라 명명되는데, 그것은 그저 논문에서 진달래나 데이지나 작약, 그 외 다른 많은 식물들의 특징들을 우러르기 위한 구실에 지나지 않는다.

논문 도중에 저자는 대단히 중요하지만 동시에 지극히 안전한 제반 현상들을 기꺼이 확인시키기도 한다. 그 가운데에는 태양의 열기는 꽃의 개화에 도움을 주나 반대로 추위는 꽃에게 전적으로 유해하다는 지적도 있다.

그보다 더 단순할 수 없을 내용임에도 그 어조의 비장함은 대단해서, 그 예로는 다음과 같은 대목을 들 수 있다.

그는 이렇게 쓴다. "식물들의 정경보다 더 인간의 정신과 마음을 기쁘게 하는 것이 있을까! 경이로운 다양성 속에 그토록 그윽한 향기를 퍼뜨리는 이 빛나는 꽃들보다! 사람의 입맛에 그 무엇보다도 달콤한 즙을 선사하는 꽃들보다! 우리의 몸에 자양분을 제공하고 질병을 낫게 해주는 꽃들보다! 식물들의 정기가 시인들의 무리에 신성한 아폴론의 영감을 주니, 그들은 일찌감치 그것들의 무수한 형태에 감동하였다. 인간의 이성은 제가 밝혀낼 수 없는 이 현상들을 이해하기를 거부하나 자연철학은 그것들을 받아들이고 존중하는바, 기실 존재하는 모든 것으로부터 신성한 전능이 발산된다."

논문의 곳곳마다 그와 동일한 음악적 영감과 가치를 띤 대목들이 점철된다.

의대 논문 심사위를 주재하던 지도 교수 스코다는, 필시 그냥 꾸어다논 것처럼 앉아만 있지 않기 위해서였을 텐데, 제멜바이스를 향해 각종 질병의 치료에서 수은을 어떤 종류 꽃들의 즙으로 대체하는 일이 가능할지 질문했고, 이어 '의약과 감정'이라는 이 미묘한 주제에 대해 치밀한 논증을 하라고 요청했다. 물론 그 모든 것을 형편없는 라틴어로.

요점은 제멜바이스가 이날로 의학박사가 되었다는 데 있다. 어떤 저자들은 그 날짜를 3월로 잡고 또 다른 저자들은 5월로 추정하지만, 어쨌거나 1844년 봄에 일어난 일이다.

*

알다시피 스코다는 단지 뛰어난 임상의에 그치는 사람이 아니었다. 학문적 저서들을 통해 입증된 그의 섬세한 직관력과 명민함은 그가 빛나는 경력을 쌓는 데에도 큰 도움이 되었다.

스코다가 내리 5년 동안 제멜바이스를 가까이했다면 그것은 의심할 나위 없이 그가 자신의 제자에 대해 매우 명석한 견해를 지니고 있었다는 뜻이 된다. 확실히 그는 이 젊은 헝가리인이 발견에 필요한 온갖 힘—그것이 무엇인지는 누구보다도 그 자신이 잘 알고 있었다—과 가치와 균형 감각을 지니고 있다는 사실을 예감하였다. 그 점에 관해 당시 그가 얼마간의 질투심을 갖게 되었다고까지 말할 수는 없을 것이다. 그럴지라도 스코다는 자기 자신의 명예를 쌓기 위해 주도면밀한 정성을 기울였고, 빈 병원의 내과 임상 교실에서 이론의 여지없는 스승으로 남고자 했다.

한편, 막 출간된 그의 『청진론』은 분명 반박할 수 없는 여러 가지 새로운 발견들을 포함하고 있긴 했어도 그 못지않게 많은 미묘한 문제점들도 지니고 있었다.

적수들은 주저치 않고 그 점을 드러내려 했고, 스코다는, 매일같이, 아직 아무것도 입증되거나 수용된 기미가 보이지 않는 자신의 과학적 견해들을 옹호해야만 했다.

때는 힘든 시기였고, 지나치게 뛰어난 학생들이야말로 통상 스승들의 가장 무서운 파괴자라는 사실을 스코다 자신이 그 누구보다도 더 잘 알고 있었다. 아마도 그는 이 예언적인 생각 때문에 제멜바이스가 내과학에 관한 스승의 가르침에 그토록 빨리, 또 열정에 차서 접근해오는 것을 두려워했던 것이리라. 그 부문에서 자신이 쥐고 있는 것은 빛나지만 부서지기 쉬운 패권이므로.

스코다가 「식물들의 삶」 건을 잊어버리고 나자 제멜바이스는 자연스럽게 그의 곁으로 되돌아왔다.

스코다는 매우 기뻐하며 제멜바이스를 맞아들였고 그에게 자신이 꾸리는 임상강의실의 자리 하나를 주선해 주겠노라는 의향을 비쳤다. 그는, 당장보다는 더 나은 앞날을 기약하며, 문자 그대로 자기에게 딸린 작은 부속 강의 하나를 제멜바이스에게 주었다.

제멜바이스는 그 정도로 만족했다. 그런데, 1844년 9월, 스코다의 조교 한 명을 뽑는 공식적인 임용 시험이 열리고 그가 신뢰에 가득 차서 이에 응시하고 보니, 불쑥 경쟁자가 한 명 등장했다. 뢰블 박사가 그 사람이었다.

제멜바이스는 선발되지 못했다.

스코다는 즉시 탈락의 정당한 근거를 설명하면서 나이라는 치명적인 문제를 들었다. 실제로 그것이 뢰블 쪽으로 유리하게 작용한 요소였다.

그는 이렇게 말했다. "이것은 또한 참고 기다리면 되는 문제이기도 하네. 머지않아 다음번 선발이 시작될 테고, 그러면 모든 것이 다 잘 정리될 걸세!" 그럭저럭 받아들일 만한 수준의 해명이었음을 인정하지 않을 수 없지만, 그러나 이는 무엇보다 스코다 자신의 계획을 순조롭게 이행하는 데 대단히 유용한 것이었기에 사람들은 그말에서 다시 한 번 그의 교묘한 처신술을 발견하지 않을 수 없었다.

그럼에도 이 일을 근거로 제멜바이스에 대한 스코

다의 진심을 냉혹하게 평가해서는 안 될 것이다. 분명 스코다는 제멜바이스를 한결같이 사랑했으나, 다만 그러기 위해서 그는 자신이 결코 포기하려 한 적 없는 신중함과 거리 두기라는 일련의 행동 규칙을 따랐을 뿐이었다. 아마도 그가 옳았던 것일까? 불길의 열기를 사랑할 수는 있지만, 그렇다고 해서 그로 인해 화상을 입기를 원하는 이는 아무도 없다. 그리고 제멜바이스는 바로 그런 불길이었다.

요컨대 우리 눈앞에 나타나는 이 시절의 제멜바이스는 스코다의 그림자 속에서 자신의 차례가 빛을 볼 때를 기다리며 그럭저럭 위안을 삼는 모습이다. 만약 그 당시 **감염**에 관련한 연구 때문에 매일같이 외과 쪽을 들락날락해야 했던 로키탄스키가 제멜바이스 및 그가 지닌 치유가의 열정을 이끌어 그때까지 모든 것이 무지와 재난으로 남아 있던 그 영역으로 불러들이지 않았더라면, 아마도 그는 몇 해 내내 여전히 그 상태에 머물렀을 것이다. 이 부분에서 실제로 우리가 상기해야 할 점이 있는데, 파스퇴르* 이전의 외과 수술은 평균 열에 아홉 이상이 사망이나 감염으로 끝나곤 했으며, 감염 또한 느리고 더욱더 잔혹한 죽음에 지나지 않았다는 사실이 그것이다.

따라서 성공의 기회가 그처럼 낮은 만큼 당시 수술은 아주 드문 경우에만 실시되었다는 점을 알아야만 한다. 빈의 경우 아주 적은 수의 외과의들이 공식적으로 서

---

* Louis Pasteur(1822~95). 프랑스의 위대한 생화학자이자 세균학자. 백신학의 원칙과 저온살균법 등을 발견해냈다.

너 건의 수술을 놓고 경쟁했는데, 그나마도 필요 이상으로 남아도는 인력이나 진배없었다.

제멜바이스는 이 외과의들의 세계에 발을 들여놓으면서, 그들이 감염을 둘러싸고 사용하는 말들의 교향곡과 그 갖가지 미묘한 어조들을 들으면서 최초의 혐오감을 느꼈다. 그 뉘앙스란 거의 헤아릴 수 없을 정도로 다양했다. 말하자면 그것은 죽음을 설명하면서 "아주 걸쭉한 농포", "양질의 농포", "갸륵한 농포" 따위의 표현을 사용하는 재주 자랑 놀이였다. 그리고 근본적으로는 거창한 말을 입은 숙명주의요, 무력감의 반향일 따름이었다.

이 외과의들은 자신들에게 허용된 드문 종류의 영예를 스스로 거머쥐었다는 사실에 지나치게 만족한 나머지, 하나같이 진정성이라는 문제에 대해서는 신경 쓰지 않았다. 로키탄스키를 제외하면 이 사람들의 무리 속에서 인류의 미래에 대한 희망은 좀처럼 찾아보기 힘들었다.

박사 논문에 흘러넘치던 제멜바이스의 자연주의적 낙관론은 이제 혹독한 시련을 겪어야 했다.

그는 그 시련을 결코 잊지 못할 것이다.

외과 병동에서 보낸 이 두 해가 끝나갈 무렵에 제멜바이스는 이미 그의 성마른 문장들의 특징이 된 일말의 공격성을 드러내며 이렇게 쓴다. "여기서 실행되는 모든 일이 내게는 참으로 무용하게 보이는 것이, 환자들의 사망이 버젓이 이어지고 있기 때문이다. 의사들의 경우, 동일한 질병 사례임에도 어째서 어떤 환자는 그렇지 않은데 다른 환자는 견디지 못하고 죽는 것인지 그 원인을 진정으로 알아내려고 노력하지 않은 채 그저 수술만 계속하고 있다."

이 문장들을 읽고 있으면 드디어 올 것이 왔다고 말하게 되리라!

그의 범신주의가 드디어 매장되고 말았다고. 그가 반항하기 시작했으며, 빛의 길에 들어섰다고 말이다! 이후로 그 어떤 것도 그를 막지 못하리라. 그는 자기 자신이 과연 어떤 면에서 이 저주받은 외과술에 위대한 변혁을 기하게 될 것인지 아직 몰랐지만, 그럼에도 자신이 그 사명을 띤 인간이라고, 그렇게 느낀다. 무엇보다 가장 강력한 사실은, 약간만 더 보태면 그 생각이 실로 맞다는 점이었다. 빛나는 성적으로 선발 시험을 통과한 제멜바이스는 1846년* 11월 26일에 외과 교수로 임명되었다. 다만, 가능한 강의 중 어느 것에도 공석이 나지 않는 바람에 그는 초조하지 않을 수 없었다. 가족에게서 받던 지원금도 점점 뜸해진 데다 머지않아 아들의 생활비를 대주지 못할 것을 두려워한 양친이 공부를 끝마친 후 개업해서 정착하라고 압력을 넣은 터라 그의 조바심은 더욱 컸다. 제멜바이스의 아버지는 병에 걸린 상태였다. 그 때문이었겠지만 가게는 번영의 기세를 일부분 잃었다. 제멜바이스는 자신의 옹색한 근심거리를 선생들에게 털어놓았고, 그들은 즉각 자신들의 전 영향력을 동원하여 장관에게 의뢰를 한다.

* 전후 맥락을 고려할 때 1845년의 오기로 보인다.

일이 빠르게 돌아가기 시작한다.

외과에 날 만한 자리가 없자 그들이 눈을 돌린 것은 분만 쪽이었다. 마침 클린*이 조수를 요구하던 참이라 그들은 그에게 제멜바이스를 제안한다. 제멜바이스에게는 그 분과가 원하는 자격증이 없었다. 단 두 달 사이에 그는 필요한 모든 시험을 치른다.

1846년 1월 10일 산부인과 박사가 된 제멜바이스는 같은 해 2월 27일 클린의 조교수로 임명된다. 이후로 그는 빈 종합 시료원의 직원이 될 터였고, 클린 교수는 이 시료원의 조산실 중 하나를 이끌고 있었다. 지적인 수준에서 볼 때 클린은 자만심만 가득했을 뿐, 엄밀히 말해 무능하고 한심한 사람이었다. 이 사실에 대해서는 모든 저자들이 상세히 언급한 바 있다. 따라서 수하 조교의 천재성이 드러나는 최초의 징후들을 접한 클린이 그에게 가차 없는 태도를 보이기 시작했다는 것은 놀랄 일이 아니리라. 사태는 몇 달을 갔다. 산욕열에 관한 진실을 대면하는 순간 이미 그는 동원할 수 있는 모든 수단과 발휘할 수 있는 모

---

* 셀린은 당시 빈 의대 산부인과의 교수였던 이 인물의 이름을 'Klin'으로 표기했지만 그의 실제 이름은 'Johann Klein'(1788~1856)이다. 민족적 흔적을 지닌 고유한 이름과 성을 변형해 사용하는 것은 셀린의 글쓰기에서 자주 발견되는 현상이기는 하다. '클린'의 경우, 정신분석학사인 루디네스코가 지적하듯, 이 같은 '체코식' 변형은 원명이 갖는 독일어의 조성감과 유태인의 표징을 지워버린다. É. 루디네스코(É. Roudinesko), 「셀린과 제멜바이스: 의학, 헛소리 그리고 죽음(Céline et Semmelweis: la médecine, le délire et la mort)」, 『정신분석학자들이 죽음에 대해 말하다(Des psychanalystes vous parlent de la mort)』(파리, 추[Tchou], 1979). 조안 베나르(Johanne Bénard), 「제멜바이스: 전기인가 자서전인가?(Semmelweis: biographie ou autobiographie?)」, 『문학 연구지(Études littéraires)』 18권 2호(1985), 281쪽에서 재인용.

든 영향력을 사용해서 그 진실을 덮을 결심을 굳혔다.

클린은 이와 같은 태도를 바탕으로 제멜바이스 및 제멜바이스가 발견한 진실의 개화에 맞서 온갖 종류의 질투와 어리석음을 집결시키는 서글픈 재주를 발휘했으니, 그점에서 그는 후세 앞에 영원히 조롱받을 범죄자로 남는다.

타고난 어리석음과 거머쥔 사회적 위치도 클린을 위험한 사람으로 만들었지만, 무엇보다도 그가 누리던 조정의 애호가 그를 만만치 않은 인물이 되게 했다.

해산실을 둘러싸고 일어나는 믿기지 않는 참극에서 클린은 "죽음의 중대한 조력자"였다. 이를 두고 베르니에는 훗날 그가 행사한 파탄적인 영향력과 어리석고도 분노에 찬 방해 행위에 관해 언급하면서 "이 점은 그의 영원한 수치이리니…"라고 규탄했다.

물론 위의 판단은 위대하고도 아름다운 정의의 측면에 해당할 것이다. 그러나 이와 판이한, 그리고 공정한 역사가라면 결코 몰라서는 안 될 또 다른 측면도 존재하는 것 아닌가?

기실 당신의 천재가 당신에게 높이를 부여한다 한들, 사람들이 발설하는 진실들이 아무리 순수하다 한들, 그렇다고 해서 당신에게 온갖 부조리한 일들이 지닌 놀라운 힘을 무시할 권리까지 있다고 하겠는가? 세상의 혼돈 속에서 의식이란 아주 작은 빛, 소중하지만 취약한 빛에 지나지 않는 것이다. 초 한 자루로 화산에 불을 붙일 수는 없다. 망치 하나로 지상을 천상에 박을 수는 없다.

그러니 다른 수많은 선구자와 마찬가지로 제멜바이스에게도 어리석음이 부리는 온갖 변덕에 복종하는 일은 필시 끔찍하게 고통스러웠으리라. 그것도 그가 클린의 분만실에서 하루하루 입증해보인 것처럼 혁혁한, 그리고 인간의 행복에 유용한 발견을 해낸 경우에는 말이다.

어쨌든, 제멜바이스가 겪어야 했던 비극을 다룬 문서들 및 그의 저서를 다시 읽어보면, 형식에 대해 더 염려하면서 처신에 신중을 기하던 클린, 오만한 가운데 치졸하기 짝이 없던 그는 결국 자기 조교에게 가한 비난을 받쳐줄 지극히 현실적인 지지를 얻어내지는 못했다는 생각을 하지 않을 수 없다.

제멜바이스가 산산조각 나고 만 지점의 경우, 사실 그것이 간단한 조심성과 기초적인 섬세함만 있으면 우리들 대개가 성공적으로 피해가는 대목이라는 점엔 거의 의심할 나위가 없다. 제멜바이스는 자기 시대의 부박한 법률들을 상대하는 데 꼭 필요한 감각을 지니지 못했거나 소홀히 여겼던 것으로 보인다. 어느 시대의 법률인들 부박하지 않을까마는, 그러나 그것 바깥에서 어리석음은 그야말로 제어할 수 없는 힘이 되는 것임에랴.

인간으로서는 서툰 사람이었다.

*

1846년 그해에 빈 종합 시료원의 정원 한가운데에는 똑같은 구조의 분만동 두 채가 인접하여 세워졌다. 클린 교

73

수는 그 둘 중 하나를 이끌었다. 다른 하나는 4년 가까운 세월 동안 바르츠 교수의 감독하에 놓여 있었다.

2월 27일 아침 제멜바이스는 가차 없는 바람에 성에가 덮이고 눈이 쌓인 그 정원을 거쳐 새 일터로 출근해야 했다.

그는 그때까지 외과에서 접했던 것보다 한층 더 큰 슬픔을 이제부터 시작될 업무 분과에서 발견하게 되리라는 예상 정도는 해둔 상태였지만, 그러나 클린 교수 병동의 일상생활이 과연 얼마나 높은 감정적 흥분과 비극적 강도를 띠고 흘러가는지에 대해서는 전혀 짐작하지 못하고 있었다.

당장 다음 날부터 제멜바이스는 두 개의 참혹한 병동을 둘러싸고 벌어지는 끝 모를 죽음의 무도에 포획되고, 휩쓸리고, 정신적 상처를 입었다. 어느 화요일이었다. 그는 도시의 서민 밀집 지역 출신 임산부들의 입원 허가 절차를 밟아야 했다.

이처럼 우울한 평판이 난 병원에는 처한 조건이 극도로 열악한 여자들만이 체념 상태로 분만하러 오는 것이 뻔했다.

임산부들이 불안스럽게 털어놓는 말을 듣고 제멜바이스가 알게 된 사실은, 바르츠의 병동에서 산욕열의 발병 위험이 상당히 컸다 한다면 클린의 병동에서는 심지어 어느 기간 동안 사망 위험이 확실성의 수준에 육박했다는 점이었다.

74

도시 사는 여자들 가운데에서 흔한 일이 되고 만 이 통계자료가 제멜바이스에게는 진실을 향한 출발점이 되었다.

"진통을 시작한" 임산부들을 들이는 일은 당시 두 병동이 24시간의 순번 교대를 통해 실시하곤 했다. 그 화요일에도 어김없이, 4시가 울리자 바르츠의 병동 문이 닫히고 클린의 병동 문이 열렸다….

제멜바이스의 발 바로 앞에서 너무나도 비통한, 그야말로 아무런 기감 없이 비극적인 장면들이 벌어지고 있었으니, 그에 관한 기록을 읽다 보면 ─ 그에 상반되는 숱한 근거들에도 불구하고 ─ 놀랍게도 우리는 진보에 대한 절대적 열정을 전혀 가질 수 없게 되는 것이다.

이 첫날의 경험에 관해 훗날 그는 이렇게 서술한다. "어떤 여자는 오후 5시경 길거리에서 갑자기 진통에 사로잡힌다…. 그녀는 거처가 없어(…), 서둘러 병원을 찾아오지만 이내 자신이 너무 늦게 온 것임을 알게 되는데(…), 이제 그녀는 다른 자식들을 위해 목숨을 건져야 한다며 제발 바르츠의 병동으로 들어가게 해달라고 애원하고 간청한다… 그러나 병원은 그러한 호의를 베풀기를 거절한다. 지금 애 낳을 사람이 당신 하나가 아니오!"

그때부터 입원 수속실은 뜨거운 비탄의 장작더미가 되고 만다. 스무 무리는 됨 직한 가족들이 흐느끼며 애걸하는가 하면… 종종 자신들이 데려온 아내나 어머니를 강제로 끌어내간다.

그들은 거의 항상 차라리 산모가 거리에서 분만하는 편을 택하는데, 실제로 그곳이 위험이 훨씬 덜하다.

클린의 병동에는 결국 최후의 순간에 봉착한, 즉 돈도 아무런 지원 수단도 없으며 심지어 그녀들을 이 저주받은 장소로부터 끌고 나갈 팔 하나의 원조조차 갖지 못한 여자들만이 들어온다. 대부분의 경우 이들은 그 시대의 완강한 풍속이 가장 탄압하고 비난하던 종류의 여자들이었으니, 거개가 미혼모들이었다.

커다란 불행이 다반사로 여겨질 제멜바이스의 운명임에도, 그 안에서 일어나는 비탄은 때로 너무나 무거워서 아예 터무니없어 보이기까지 한다.

실제로, 그가 자신의 새 업무를 이렇듯 처음으로 또 고통스럽게 접한 지 얼마 안 되어, 그가 시간의 사형선고를 받은 여인들의 신음 소리가 더 이상 들려오지 않는 곳으로 적당히 멀어져간 지 얼마 안 되어⋯ 두 통의 편지가 그에게 건네진다. 그 하나는 어머니의 죽음을, 다른 하나는 그보다 며칠 후 세상을 뜬 아버지의 죽음을 고하고 있었다.

이 인물의 생애에 관한 이야기를 전개하다 보면 마치 불행과 관련된 온갖 표현을 남김없이 길어낼 수 있을 듯하다. 그의 저서를 제대로 따라가기 위해 끊임없이 참조해야 하는 학술 용어들은 그 전체가 장례의 문장들로 이루어진 육중한 장막으로부터 나오는 것 같다.

게다가 묘사된 바에 비할 때 실상은 더할 나위 없을 정도로 어두웠다. 이후로, 클린 병동에 팽배한 그 음울한 숙명이 제멜바이스를 에워싼다. 그것이 제 반경 내에서 몸부림치는 남자들을, 또 여자들과 사물들을 짓밟는다. 제멜바이스만이 홀로 **운명**에 굴하기를 거부하고 그에 의해 으스러지지 않았으나, 대신 그는 그로 인해 다른 어떤 이보다도 큰 고통을 겪는다. 빈에서와 마찬가지로 파리에서도, 런던에서와 마찬가지로 밀라노에서도, 줄곧. 다른 이들은 모두 산욕열의 재앙이 통과해갈 때 앞서거나 뒤서거니 머리를 조아렸다. 위선적으로, 무심의 그늘 속에서, 그렇게 그들은 **죽음**과 협약을 맺었다. 그리고 가장 박식한 자들이 그래도 가끔은 민감한 발언들에 의해 자극받곤한다면 그것은 그저 그들이 시시한 자기들 재능의 보잘것없는 원천들을 이미 다 고갈시켜 버렸기 때문이며, 따라서 결코 어떤 것에도 도달할 수 없는 만큼 그들은 이내 공식적인 론도 쪽으로 되돌아간다. 산욕열이라! 무시무시한 신성이로다! 가증스럽지! 하지만 너무나 익숙한 일 아닌가!

결국 이런 식으로 해서 산욕열은 우주적이며 불가피한 대재앙들의 영역에 드는 것이 되고 말았다….

인습에 길들여진 경건하고 비굴한 자들은, 내놓고 그런 말을 하지는 않았지만, 산욕열이 서민층 아낙네들이 모성의 삶에 들어오면서 종종 치러야 했던 일종의 고통스런 조공이라 여기고 있었다.

간혹 직업적 관례에 익숙해지지 않은 이들이 분노하거나, 질겁하거나, 큰 소동을 일으키는 경우도 있기는 하다….

그럴 때면 위원회가 구성되었다.

위원회는 언제나 책임 있는 학자들을 한데 불러 모은다.

끝도 없이 계속되는 이 우스꽝스러운 위원회들을 다시 소개하는 것은 얼마나 쉬운 장난인가마는! 그러느니 차라리 그들이 기울인 노력의 결과가 어땠는지 평가해보도록 하자.

1842년, 클린의 병동에 산욕열이 다시 크게 돌아 8월에 산모들의 27퍼센트가, 같은 해 10월에는 29퍼센트가,* 심지어 12월에는 100건의 출산당 평균 33명이 사망하게 됨에 따라 소집된 위원회는 여느 때와 다름없이 아무런 소용이 되지 않았다.

시대를 막론하고, 이 산욕열이라는 문제를 놓고 열렸던 위원회들은 너 나 할 것 없이 전부 맥없이 무너졌었다. 그간 구성되었던 모든 위원회들 중 그나마 가장 덜 무용했던 예는 파리 시립 병원에서 숱한 목숨을 앗아간 1774년의 산욕열 확산기에 루이16세가 소집했던 위원회였다. 이 당시 위원회는 전염병이 돈 탓을 젖에서 찾았고, 따라서 파리 의사단은 이 전염병에 대한 대책으로서 왕에게 모든 조산원을 폐쇄하고 젖먹이들을 격리시켜야 한다는 의견을 올렸다.

그 효과는 크게 좋지도, 크게 나쁘지도 않았다.

* 20퍼센트가. —원 편집자 주

1846년, 역시 빈에서 제국 위원회가 또 한차례 긴급히 소집되었으니, 이때의 통계 수치가 고발한 바에 따르면 100명 중 96명이 줄지어 사망하는 일이 클린의 병동에서 발생했다. 이 위원회들을 구성했던 모든 이들에 대해 어떤 판단을 내려야 할까? 그들은 정녕 개인적으로 그들 자신이 제안한 처방만큼이나 무지하고 유독 무능한 자들이었나? 전혀 그렇지 않다. 다만 그들에게는 천재가 없었다. 마침내 파스퇴르가 나타나 범용한 이들에게 자신의 광명을 내어주기 전까지, 얽히고설킨 병리학의 실타래를 풀기 위해서는 그야말로 다수의 천재가 필요했다는 말이다.

더구나 물질적이며 정신적인, 어둡고 혼돈된 힘들의 급류가 인간들로 하여금 요란스러우면서도 고분고분한 무리의 군중을 이뤄 살상의 종말로 향하도록 이끄는 데 반드시 세상의 거창한 상황이 필요한 것은 아니다. 재주가 남다르다는 이들 중에도 남보다 더 빨리 심연을 향해 달려간다든지 다른 비명보다 더한층 날카로운 비명을 지름으로써 자신을 알리는 것 이외의 일을 할 줄 아는 사람은 매우 드물다. 숙명이라 불리는 이 주변 환경의 강박 한가운데에 버티어 서고, 무엇인가를 감행하고, 그러면서 자신을 휩쓸어가려는 공동의 운명에 맞서기 위해 필요한 힘을 제 안에서 발견하는 이는 극히 드물다. 그런 이는 어둠 속에서 그 이전엔 무시무시했던 신비를 풀 열쇠를 찾아낼 것이다. 충분한 믿음을 지니고서 열쇠를 원하는 자는 거의 언제나 그것을 발견하기 마련이다. 열쇠는 항상 존재하니까. 그러면 숙명의 격류는 그의 대담함 앞에서 방향을 꺾어 또 다른 무지를 향해 나아간다. 다른 천재가 나타날 그날까지.

제멜바이스는 자신의 역량과 시대에 걸맞은 그 임무를 선택한다. 그리고 좀 더 나중에, 인간 세상에서 자신이 맡은 역할을 아주 단순한 방식으로 자각한다.

그는 이렇게 쓴다. "산욕열이라는 재앙을 피하고 그것과 싸우기 위해 취해야 할 여러 조처와 관련하여, 운명은 그 진실을 알리기 위한 포교자로 나를 선택했다. 나는 줄곧 나를 겨냥해온 각종 공격에 대답하는 일을 오래전에 관두었다. 내가 전적으로 옳았다는 사실을 만사의 질서가 적들에게 반드시 증명해줄 것인 만큼, 향후 진실의 진전에 아무런 도움이 안 될 논쟁에는 끼어들 필요가 없을 것이다."

우리는 다른 영역에서 사상가나 정치인들이 흔히 행하곤 하는, 제멜바이스 못지않게 엄숙하지만 실은 명확하거나 확고한 사실에 근거한 바라고는 아무것도 없는 선언들에 익숙해져 있다. 결국 그들의 선언은 문학적인 유희에 그칠 뿐이다. 반면 제멜바이스의 선언은 생물학에 찾아든 결정적 전환의 계기를 상징한다.

우리는 잠시 제멜바이스를 1846년에 남겨두고 떠나왔다. 이제 다시 그 무렵으로 되돌아가보자. 그의 상황은 아직 저 놀라운 안전 조치를 확보하는 것과는 거리가 멀다. 그와 달리, 당장으로서는 그의 주변에서 일어나는 모든 것이 모순되며 앞뒤가 맞지 않는다. 그는 제국 위원

80

회의 보고서들을 검토한다. 위원회가 지시한 혹시나 하는 처방책 중 실제로 적용해서 제대로 결과를 낸 것은 단 하나도 없다. 희망은 열릴 기미조차 보이지 않는다.

제멜바이스는 스스로 대책을 강구할 처지에 놓인다.

그는 진실을 덮고 있는 오류와 거짓을 하나하나 들춰낸 후 그것들을 마치 자신이 찾고 있는 꽃의 숨을 막고 있는 낙엽들이라도 되듯 멀리 던져버림으로써 과거의 연속적 소거를 실시한다. 원인 규명을 위해 그가 자기 지성의 출발점으로 삼은 초석이자 결정적 근거는 다음의 사실이리라. 뱌르츠의 병동에서보다 클린의 병동에서 더 많은 임산부들이 죽는다.

제멜바이스에 앞서 이미 모든 이들이 그 점을 주목했지만, 그처럼 단호하게 그것을 물고 늘어진 이는 한 사람도 없었다. 그는 모든 것이 모호하기만 한 이 비극의 전개 과정에서 그것만이 유일한 기정사실이라고 판단한다. 그는 늘 그로부터 출발할 것이며, 자기 자신으로 되돌아올 때도 늘 그 사실을 기반으로 삼을 것이다. 사람들이 그에게 제안하는 온갖 단서들은 외려 그보고 길을 잃으라고 쥐여주는 것이나 다름없었다. 그는 그것들을 거절한다. 마침내, 제멜바이스가 설득 끝에 그리고 (안타깝게도!) 종종 거친 언행을 사용한 끝에 그를 돕기를 원하거나 원하는 척하는 이들을 문제의 출발점으로 끌어오는 데 성공하자, 강구책들이 쏟아져 나오기 시작한다. 제멜바이스의 주변에서 사람들은 앞다투어 기발함을, 아니 실은 자기 자랑을 선보인다. 행여 자신이 한발 늦을까 우려한 이 재사(才士)들은 서둘러 이런 주장을 펼친다. "바르츠의 병동에서 사망률이 더 낮다면 그 이유는 그의 병동의 경우 산모들과의 접촉이 전적으로 산파술 견습생들에 의해 실시되는 데 반해 클린의 병동에서는 임산부들을 대상으로 한 동일 작업을 의대생들이 아무런 조심 없이 하고 있고 따라서 그들의 난폭함이 치명적인 감염을 유발하기 때문이다." 그러면서 감염이 산욕열의 병인이라는 주장이 단호하게 펼쳐지게 되었다.

"야호! 이제 세상은 구조된 거야!"

제멜바이스는 곧 자신의 경쟁자들이 내어준 기회를 붙잡고 실험을 통한 결론 도출에 들어간다.

바르츠의 병동에서 실습 중이던 산파들이 클린 병동의 의대생들로 교체되었다.

죽음은 학생들을 따라갔으며, 바르츠 병동의 사망률 통계 수치는 근심스런 단계에 달한다. 질겁한 바르츠는 학생들을 그들이 원래 있던 곳으로 되돌려 보낸다.

이제 제멜바이스는 (그리고 그러기를 원하기만 한다면 다른 이들 역시) 이 재앙에서 학생들이 제일 중요한 역할을 담당하고 있다는 사실을 깨닫는다. 대단한 일이 아닐 수 없다. 그 바람에 제멜바이스를 향해 각종 조언이 홍수처럼 쏟아진다. 하다못해 휘하의 조수가 자신의 저주받은 봉토 내에 일으키려는 혁명 때문에 안절부절못하는 클린마저도, 그러니까 자신의 산과(産科)학 의료 행위를 통

82

해 오스트리아 전역에서 비극적인 명성을 얻어 갖게 된 클린마저도 산욕열을 퍼뜨리고 있는 것은 외국인 학생들이라는 해명을 하려 든다.

주임 의사의 뜻에 따라 원내에 유학생 축출 명령이 내려지고, 외국 출신 학생들의 퇴거와 함께 병동 내 학생들의 수는 42명에서 20명으로 줄어든다.

이 조처 후 사망률은 몇 주 동안 내려가기는 한다….

이와 같은 종류의 미미한 개선이 미지의 표면을 열정적으로 관찰하는 자에게는 혼란을 일으킬 수도 있음을 유념하라. 연구자의 지력이 그 대목에 필요 이상으로 머무르다 길을 잃고 그만 무용한 추론으로 빠진다면, 아뿔싸, 옹색한 연구의 수레는 주저하고 혼란을 겪다 오랫동안 아니 아마도 영원히 진창에 빠지고 마는 것이다.

영감을 지닌 제멜바이스의 경우는 그렇지 않았으니 천만다행이었다!

그는 이 무의미한 단계들을 극복하며, 그 이상을 바라고, 절대적으로 명료하게 보고자 하고, 그 모든 것을 지나치게 폭력적인 방식으로 원한다.

그의 열광에는 미묘한 뉘앙스라는 것이 없었다. 형식이라곤 갖추지 않는 통에 그는 클린에게 관용과 존중을 보이지 않는다는 비난을 받는다. 게다가, 아쉽기도 해라, 그건 사실이기도 했다.

어떤 이들은 제멜바이스의 오만이 참기 힘들 정도라고 느낀다. 그가 "콜럼버스의 달걀을 가지고" 놀고 있

83

다고 말하는 사람들도 나올 것이다. 그는 연구의 열기에 사로잡혀 일상의 생활로부터 스스로를 끊어내버렸고, 그렇기에 일상생활이 무엇인지 모른다. 그는 오직 열정적으로만 존재하며, 그러한 힘, 그와 같은 고정성에 힘입어 그때까지 입증되고 감지된 유일한 사실, 곧 "산파들을 데리고 일하는 바르츠의 병동보다 학생들을 데리고 일하는 클린의 병동에서 더 많이 죽는다"는 지점으로 집요하게 되돌아온다. 그는 자기 말을 듣든 말든 모든 이에게 똑같은 말을 하고 돌아다닌다. "산욕열에 관해 사람들이 내세우는 온갖 우주, 대지, 습도상의 근거들은 아무런 고려의 가치가 없다. 임산부들이 바르츠의 병동에서보다 클린의 병동에서, 시내보다 병원에서 더 많이 죽는데, 사실 이들 장소에서 우주, 대지, 습도상의 조건이나 그 외 댈 수 있는 모든 사항은 전부 똑같기 때문이다."

그러던 어느 날 그는 그 모든 어둠의 한복판에서, 아득하게나마, 찰나적이지만 의심할 나위 없는 빛 한 줄기를 감지한다. 그는 놀라지 않고 그것을 알아본다. 이것 역시 과학적 미지 속에서 승리를 거두는 이들에게서 두드러지는, 그리고 아마도 가장 소중한 또 다른 자질이 아니겠는가? 결코 없어서는 안 될 확실한 사실을 알아볼 줄 아는 것, 비록 그 사실이 순간적으로 나타났다 그처럼 순식간에 사라지는 것일지라도 그에 병행되는 여타의 모든 중요치 않은—즉각적으로든 가능성의 형태로든, 당시로서는 활용 가능한 힘의 범위를 넘어서는 것들이기에 그러

84

한—사실들로부터 그것을 가려낼 줄 아는 능력 말이다. 그리고 이 계시는 분명하고 정확했다.

"내가 찾고 있는 원인은 다른 어떤 곳이 아닌 바로 우리 병동 내에 존재한다." 1846년 7월 14일 혁명 기념일 저녁에 마르쿠소브스키가 들은 말이다.

그러나 적대감이라는 인간의 감정이 제멜바이스가 (아마도 그것을 무시해버렸기 때문에) 미처 눈치채지 못하는 새 그를 향해 몰아쳤다. 좋지 못한 파도가 그의 이름 주변에서 일렁인다. 이제 그의 태도를 높이 평가하는 세간의 말들이 그가 진작부터 유발해온 갖가지 증오심을 완전히 덮을 수 없을 지경에 이른다.

침묵 속에 증오가 범람한다.

클린은 더 이상 그에게 말을 걸지 않는다. 다섯 달이라는 기간 동안 그들의 관계는 그만큼 험해졌다. 한 차례 교수들의 모임이 열린 자리에서 클린은, 아마도 자기 조수를 골탕 먹이려는 의도에서였는지, 제멜바이스가 찾고 있는 산욕열 감염은 시설의 노후에 원인이 있는 것이 틀림없다고 말한다. 그러자 제멜바이스는 즉각, 그것도 가차 없이, 뵈르스의 병동은 빈에서 가장 오래되었지만 자신이 속해 있는 병동에서보다 사람이 확연히 훨씬 덜 죽는다고 대꾸한다.

이렇듯 무례한 공격이 새로이 덧붙여진 다음부터는 그저 클린이 결정적으로 들고 일어날 차례만 기다리면 되었으리라.

이후로 클린은 자신의 조수를 쫓아낼 첫 기회가 오기만을 노릴 것이다. 제멜바이스도 그 점을 눈치챈다. 자신이 병원에서 지낼 수 있는 나날이 얼마 남지 않았음을 예감한 그는 그 순간부터 떠나는 날까지 자신의 모든 밤을 병동과 산모들의 침대 머리맡에서, 그중에서도 특히 죽어가는 여인들의 곁에서 보낸다…. 진실은 그의 손 아래에 놓여 있는데, 그러나 그것을 쥐려는 그의 손힘은 아직 너무 허약해서 진실을 그것이 깊숙이 파묻혀 있는 침묵으로부터 나오게 하기에는 역부족이었다….

또한 그는 나날이 늘어만 가는 적들이 자신의 노력을 조롱하고 있으며, 따라서 무슨 일이 있어도 신속히 목표에 도달하거나… 아니면 훨씬 더 낮은 곳으로 다시 추락하여… 자신이 결코 견디고 살아갈 수 없을 저 수동적인 무리 속에 한데 섞일 수밖에 없다는 점도 깨닫는다.

끔찍한 낮과 밤들이 흘러가니, 특히 더한 것은 밤이다….

제멜바이스는 자신을 찾아온 마르쿠소브스키에게 "더 이상 잠을 잘 수 없으니, 임종하는 이에게 베풀 성체를 든 사제의 방문을 알리는 절망스런 종소리가 내 평화롭던 영혼 속에 영원히 들어와 박히고 말았다. 나 자신이 매일같이 무력한 증인 노릇이나 하고 있을 따름인 이 모든 끔찍한 일들 때문에 살 수가 없다. 모든 것이 모호하되 단지 사망자 수만이 분명할 뿐인 이 상태로 계속 머무를 순 없다"고 털어놓는다.

다른 이들 귀에도 그 종소리는 들리기 마련이다. 그러자 이번에 사람들은 그 소리가 출산하려는 산모들을 불안하게 만들고 그네들이 산욕열 발병에 괜히 미리 반응하도록 한다고 탓하기에 이른다(무엇인들 탓하지 못하겠는가?). 그들은 임시방편으로 종을 없앤다. 그리고 사제는 죽어가는 여자들의 머리맡으로 갈 때 길을 빙 돌아간다.

그러고 난 다음에는 다른 미묘한 지표가 다시 얼마간의 희망을 품도록 허락한다. 본디 출산이 가까워질수록 결혼하지 않은 여자들, 즉 미혼모들이 다른 임산부들보다 더 우울에 빠진다는 사실을 다들 주목하지 않았더냐? 그러면서 심리학자들은 이렇게 공언한다. 자, 바로 그것이 더할 나위 없는 이유인 것이다! 다시 한두 달이 더 지났다. 그러자 이번에 책임을 뒤집어쓸 차례가 된 것은 (더위에 이어, 식이요법에 이어, 달[月]에 이어) 추위였다.

이처럼 우스꽝스럽고 진정성이라고는 거의 없다시피 한 시도들이 잇따르는 동안 제멜바이스가 관찰한 사실은 거리에서 급작스럽게 아이를 낳고 나서 클린의 병동에 들른 산모들은 심지어 전염이란 것이 한창 기승을 부리던 시기에도 거의 한결같이 감염되지 않았다는 점이었다.

이미 앞선 경험에 의해 유독 학생들을 중심으로 저주가 확산된다는 사실을 알고 있던 그는 그들의 거취와 행동 하나하나를 아주 가까이에서, 점점 더 가까이에서 예의 주시하였다. 그와 동시에, 스스로 오랜 시간을 로키탄스키의 강의실에서 행해지던 해부 실습 한복판에서 보냈던 만큼, 이 학생들이 더러운 기구들로 시체를 절단하다 살을 베어 종종 사망에 이르곤 했던 일도 기억해냈다.

그의 추론이 급박하게 전개된다.

이어지는 날들에 제멜바이스는 로키탄스키를 찾아 시체 부검 및 사체 조직 절단을 실시할 수 있도록 자신에게 라우트너 박사를 붙여달라고 부탁한다. 더구나 이 조직학 연구를 위한 사전 틀도 짜지 않은 채. 요컨대 이것은 훗날 클로드 베르나르*가 "확인을 위한 실험"이라 부른 것에 해당된다.

이 무렵의 그는 진실에 매우 가까이 접근하여 그것의 윤곽을 명확히 하는 단계에 와 있다. 그리고 모든 학생들로 하여금 임산부들과 접촉하기 전에 손을 씻도록 할 생각을 할 때 그는 진실에 더욱더 가까이 다가간 상태다. 사람들은 이 조치를 두고 '왜'를 따지는데, 이유인즉 당시의 의학적 사고에서 그것은 아무것도 떠올리는 바가 없었기 때문이다. 다시 말해 그것은 순전한 창안에 해당했다. 어쨌거나 제멜바이스는 임상실 문 앞에 대야를 설치하게 했고 학생들에게 연구를 하거나 산모들을 다룰 때 반드시 사전에 세심하게 손을 씻을 것을 명령했다.

그러나 처음에는 무심했고 다음에는 적대적으로 변

---

* Claude Bernard(1813~78). 프랑스의 생리학자이자 실험 의학의 시조. 근대 조직학의 창시자로 불리는 비샤(Marie François Xavier Bichat, 1771~1802)의 생기론(生氣論)에 맞서 실증과 귀납법이 생물학 연구의 원칙이 되도록 터를 닦았으며, 소화와 내분비 연구에서 탁월한 업적을 냈다. 그가 1865년에 펴낸 『실험 의학 연구 서설(Introduction à l'étude de la médecine expérimentale)』은 불후의 고전으로 평가된다.

한 일상의 타성은 제멜바이스가 그것을 지나치게 소홀히 여기는 사이에도 그를 기다리며 언제고 튀어나와 공격을 가할 채비를 하고 있었다. 그것은 다음 날 클린의 발걸음과 함께 따라 들어왔다.

클린이 병원에 도착하자 제멜바이스는 학생들에게 지시한 자신의 청결 조치에 대해 얘기하고, 클린 또한 몸소 이에 따라줄 것을 요구했다. 그가 그 제안을 할 때 대체 어떤 표현들이 사용되었을지…? 클린이 이처럼 예비적으로 손을 씻게 하는 이유를 물었음은 물론이다. 그에게 그 조치는 이유를 따지기에 앞서 완전히 말도 안 되는 것으로 비쳤다.

클린은 심지어 그것이 일종의 모욕이라 생각했으리라….

한편 제멜바이스는 제멜바이스대로, 어디까지나 우연을 시험하고픈 것이었으므로, 클린에게 마땅한 대답이나 적합한 이론을 댈 수가 없었다. 클린은 딱 잘라 거절했다.

그 태도에 그간 녹초가 될 정도로 철야 근무를 해왔던 제멜바이스는 흥분하여 이성을 잃고 말았다. 그는 비록 스승들 중 가장 형편없는 이가 되었다 할지라도 어쨌거나 그에게 마땅히 존중을 보여야 한다는 사실을 깜빡 잊고 말았다.

클린에게는 놓쳐 버리기에는 더할 나위 없이 좋은 기회였음이 물론이다. 다음 날인 1846년 10월 20일, 제멜바이스는 갑작스럽게 해임되고 말았다.

두 병동에서는 일순간 세가 움츠러들었던 **열병**이 다시 승승장구하기 시작하여… 제가 원하면 언제든 어디서든 닥치는 대로, 무자비하게 죽여나가는데… 빈에서는… 사망률이 11월엔 28퍼센트이더니… 1월에는 40퍼센트에 달하고… 이제 론도는 점점 확장되어 세계 전역을 돈다. 죽음이 무도를 주도하며… 제 주위에 종소리를 울려대니… 파리의 뒤부아 병원에서는… 18퍼센트… 베를린의 슐트에서는 26퍼센트… 심프슨에서는 22퍼센트… 그리고 토리노에서는 산모 100명당 32명이 죽어나간다.

*

그런 일이 벌어질 것이라 예견들은 하고 있었음에도 이 사건은 의학계와 심지어 조정에까지 커다란 반향을 일으켰다. 조정에서는 제멜바이스의 해임이 어떤 정황에서 이루어진 것인지 조사하도록 명령을 내렸다. 스코다는 종합병원에서 주임 의사의 직책을 맡고 있었던 탓에 일련의 조치를 통해 자기 제자의 파면을 인준해야만 했었다. 비록 그 자신은 그 문제에서 결백했지만 말이다. 결코 그가 제멜바이스의 운명을 적들의 손에 내어준 것이라 할 수는 없겠다. 다만, 위험을 감수하기에는 클린이 조정에서 누리고 있는 총애가 너무 커서, 자칫 단호한 태도로 나왔다간 자신의 피보호자와 스스로의 신망을 함께 영원히 잃고 말리라는 점을 그가 잘 알고 있었을 뿐이다. 게다가 스코다는 무수히 많은 현을 위한 여러 개의 활을 지니고 있었고 그 모두를 시기적절하게 사용할 줄 알았다. 그는 그중에서 특히 자신이 한때 황실 가문의 시의(侍醫)였다는 사실을 기억해냈고, 클린이 적당히 진정하고 나자 곧 조정에 대해 자신이 행사할 수 있는 모든 수단을 동원하여 제멜바이스에게 잃어버린 자리를 되찾아주려 했다.

무릇 궁정인들의 세계란, 그 바닥에서 늘 수월하게 활로를 찾곤 하는 각종 음모며 온갖 좋거나 나쁜 대의명분을 보호하는 데에서만 그 존재 이유를 갖는 셈이다. 스코다의 보호를 받던 제멜바이스의 경우도 그에 해당되었다. 다만, 모든 계략은 해당 대상이 그 자리에 부재하는 경우에만 성공적으로 달성되는 게 사실 아닌가? 그러므로 사람들은 이 격한 성미의 필리프를 격리시켜 일정 기간 여행을 보내기로 했다. 그를 어디로 보낼지 선택해야 했을 무렵, 한창 유행을 타던 곳은 베네치아였다. 뮈세*가 그로부터 돌아와** 파르나스파***의 자기만족적인 반향에 맞추어 자신이 겪은 모험을 한탄하던 시절이니까.

---

* Alfred de Musset(1810~57). 프랑스의 시인이자 소설가, 극작가. 젊은 나이에 19세기 초 낭만주의와 세기병(mal du siècle)을 대변하는 작품 세계로 명성을 떨쳤다.
** 뮈세는 사실 1834년 1월 1일에 베네치아를 떠났다. 장 뒤쿠르노(Jean Ducourneau), 『L. -F. 셀린의 작품들(Œuvres de L. -F. Céline)』 1권, 주 5 참조. —원 편집자 주
*** 19세기 중반, 뮈세나 라마르틴 유의 낭만주의 시에 대한 반동으로 나온 파르나스(Parnasse) 운동은 지나친 서정과 감상을 배제하고 '예술을 위한 예술'이라는 기치하에 형식의 완결성과 비개인성, 무상성 등을 추구하였다. 1866년 『당대의 파르나스(Le Parnasse contemporain)』지 발간을 필두로 시작된 이 광범한 운동에서 가장 알려진 이들로는 테오필 고티에(Théophile Gautier), 르콩트 드 릴(Leconte de Lisle), 빌리에 드 릴라당(Villers de L'Isle-Adam), 스테판 말라르메(Stéphane Mallarmé), 카튈 멘데스(Catulle Mendès) 등이 있다.

"인간은 수습공에 불과하며 **고통은 그의 스승이니**"라고 고통에 빠진 그의 뮤즈는 노래하였으니.

당시의 계몽된 낭만주의의 유럽에서는 이 번민하는 리라의 어조에 맞추어 흐느끼는 일이 섬세한 영혼의 특허였다.

넘쳐나는 회한과 이우는 장미들로 이루어진 침상에서 보내는 리도 섬의 안개 긴 저녁을 알기 위해서라면 제 목숨뿐만 아니라 그 이상의 어떤 것이라도 바치기를 마다하지 않았을 예술가들이 한둘이 아니었던 것이다….

그토록 가혹한 충격의 여파에서 아직 벗어나지 못하고 비틀대던 제멜바이스는 따라서 쉽사리 이 센티멘털한 순례자들의 무리에 적을 올렸다. 사람들은 제멜바이스가 음악과 노래에 대해, 그리고 심지어 그동안 그가 약간 무심히 제쳐놨던 「식물들의 삶」 속에서 저 그윽한 아폴론에 대해 내보였던 본래의 취향을 때맞춰 기억해냈다.

스코다의 요청에 따라 제멜바이스의 변함없는 친구이자 같은 병원 동료인 마르쿠소브스키가 그를 동반하였다. 어느 봄날 아침 그 둘은 드디어 이 긴 여행길에 올랐다.

필로티*와 뱃노래와 탄식의 도시를 향하여 출발! 슬픔이여 영원히 안녕!

여행은 엿새 걸렸다.

그들은 트리에스테로 우회해 갈 수밖에 없었는데,

---

* pilotis. 건축물 1층에는 기둥만 세우고 방은 2층 이상에 짓는 근대 건축법.

알프스 행로가 아직 눈에 막혀 있었기 때문이었다…. 온통 황금빛으로 물든 우디네를 지나…. 트레비소에서 하루를 머물고…. 드디어 베네치아다! 제멜바이스는 자신이 겪은 시련과 환멸을 잊는다.

이 경탄하리만치 선량하고 전적으로 관대한 기질은 모든 것을 잊을 수 있다. 단, 그의 심장만이 예외다. 그의 심장은 빈에 도착했을 때와 마찬가지로, 하지만 다른 이유에서 비롯한 열광 속에서 걷잡을 수 없는 리듬으로 고동친다. 제멜바이스는 클린 병동의 불행 한가운데에서 스스로에게 가했던 것과 동일한 열정으로 베네치아의 아름다움을 향해 뛰어든다.

그는 베네치아에 도착하기 무섭게 모든 것을 보고, 모든 것을 듣고, 모든 것을 알려 든다. 말 그대로 이탈리아라는 욕조에 몸을 풍덩 담그는 것이다. 게다가 그는 어떤 일이건 열정 없이 하는 법을 알지 못한다. 스물아홉이라는 나이가 그를 이글이글 불태운다. 그를 동반했던 마르쿠소브스키는 친구의 미친 듯한 행동에 지칠 대로 지친다. 그들은 사방을 쏘다니고 어디서나 변함없이 황홀지경에 빠진다. 곤돌라를 타도, 걸어다녀도, 마차를 타도, 낮이건, 밤이건. 아무것도 제멜바이스를 제어할 수 없다. 그가 단 한마디도 하지 못하는 이 나라 말도, 그가 그 복잡한 위엄에 대해서 아는 바라곤 없는 이 막중하고 호화로운 베네치아의 역사도. 게다가 이제부터 그는 그것들을 배울 것이 아닌가. 그는 그것들을 배운다.

한 권, 두 권, 열 권의 책이 연달아 그 배움에 기여하고, 혈기 왕성한 이 문화 애호가의 호기심은 그 책들의 글자를 눈 깜짝할 새 휩쓴다. 그는 또 박물관에 들러 이것저것 적어두지만, 이내 그 기록들을 여기저기에 잃어버린다. 참을성이 없는 딱 그만큼 덤벙거리기도 하는 사람이었으니 말이다. 마침내 그는 자신의 기호에 비할 때 지나치게 느린 이 곤돌라 속에 들어앉아 아무것도 하지 않는 것에 진력이 난다. 그는 이 작은 배들을 스스로 모는 방법을 배우고, 얼마 지나지 않아 마르쿠소브스키와 뱃사공을 이끌고 온갖 운하의 구석구석을 돌아다니려 한다.

100가지 경이로움을 지녔다는 베네치아도 이보다 더 성급한 연인을 상대해본 적은 결코 없으리라. 그런데 이 신기루의 도시를 사랑한 모든 이 가운데 그보다 더 빛나는 방식으로 감사를 표한 이가 있었던가?

온갖 보석들로 넘쳐나는 이 거대한 정원에서 사무치게 아름다운 두 달을 보낸 후 두 사람은 빈으로 돌아온다. 그리고 그로부터 채 몇 시간도 되지 않아 제멜바이스는 한 친구의 사망 소식을 전달받고 충격에 빠진다. 그 같은 운명의 잔인함이 과연 그의 일생에 드문 일이겠는가?

해부학 교수인 콜레츠카는 해부 실습 중 메스에 찔렸는데, 그 여파로 결국 바로 전날 목숨을 잃은 것이었다. 콜레츠카는 언제나 제멜바이스에 대해 매우 열렬하고 진실된 호감을 보여왔다. 그렇기에 그의 죽음은 제멜바이스를 한층 더 고립시켰을 뿐만 아니라 그에게 이상스러울 만치 고통스러운 사건이었다. 그러나, 슬픔이건 기쁨이건, 제멜바이스를 덮치는 모든 일 중 그가 심오한 업적을 갈고닦는 데 소용되지 않는 것은 없었다. 제멜바이스는 자신의 삶을 이미 남김없이 받아들인 후였으며, 따라서 그가 자기 운명의 숱한 행로에서 겪게 되는 모든 정신적인 힘들은 어김없이 그의 영혼이 갈 길을 찾아내곤 했다.

"나는 베네치아의 아름다움이 남긴 잔향이 아직 가시지 않은 상태로, 그 비할 데 없는 경이의 장소에서 보낸 두 달 동안 느꼈던 예술적 감동에 가슴이 한껏 벅찬 채로 저 불행한 콜레츠카의 사망 소식을 알게 되었다. 그 사실로 인해 나는 극도로 예민해졌다. 내가 그를 죽인 병세의 세부를 낱낱이 파악하고 났을 때, 불현듯 산모들의 사망 원인이 되었던 산욕열과 이 병이 일치한다는 생각이 지극히 환한 빛을 띠며 머릿속에 떠올랐다. 나는 그때부터 다른 데서 원인을 찾는 일을 그만두었다."

"정맥염… 림프관염… 복막염… 늑막염… 심막염… 뇌막염… 모든 것의 열쇠가 다 거기에 있었다! 그것이야말로 내가 어둠 속에서 줄곧 찾아왔던 이 진실, 바로 그것이었다."

음악과 미는 우리 안에 있지 우리를 둘러싼 무정한 세계 속의 다른 어디에 있는 것이 아니다.

위대한 작품이란 우리의 천재를 일깨우는 작품이요 위대한 인간이란 그 천재에 하나의 형태를 부여하는 인간이다.

자신에게 관련된 일인 한, 제멜바이스는 아무런 야심도 갖고 있지 않았다. 흔히 과학 분야의 연구자들에게 동력이 되곤 하는 순수한 진리에의 근심 또한 지니고 있지 않았다. 자신의 병자들이 겪는 신체적이며 정신적인 비탄을 향한 뜨거운 동정심에 이끌리지 않았다면 그는 결코 연구의 길에 발을 들여놓지 않았으리라고 단언할 수 있으리라.

"요컨대 그는 선의의 시인이었고, 그 선의를 다른 이들보다 더 많이 구현하는 사람이었다."

브루크 의사가 쓴 위 문장과 제멜바이스가 자신의 계속적인 발견 과정에서 보여준 놀라울 정도의 통찰을 비교해보면, 커다란 재능을 보유한 의학자들 대부분의 천재에 가장 큰 장애가 되는 것은 결국 미온적인 태도와 이기심이 아닌가 자문하지 않을 수 없다. 괴로운 생각이긴 하지만, 이 비극적이고도 경탄할 만한 모험의 파란만장한 내력을 고찰하다 보면 그와 같은 가설이 우리 앞에 떠오르는 듯한 느낌을 갖지 않기란 불가능하다. 특히 막 발견의 직전에 다다른 찰나 진실이 '거의'의 아래 쪽으로 사라져버리고 마는, 연구에 수반되는 그 극한의 순간들에서는 말이다.

그리고 이 '거의'야말로 쾌적한 형태의 실패이자 유혹적인 위안인 것이다….

그것을 뛰어넘기 위해서는 일상적인 명석함만으로는 충분치 않다. 그러려면 연구자에게는 더한층 열렬한 힘이, 마치 질투심이 그러하듯 통찰력과 감정을 동시에 갖춘 명석함이 요구된다. 가장 빛나는 정신의 자질일지라도 확고함과 확실함이 받쳐주지 않는다면 그저 무력할 따름이다. 단지 재능만 가지고 진정한 가설을 발견해낼 수는 없으리라. 그도 그럴 것이 재능의 본질은 진실의 토로에 있기보다는 기발함에 있기 때문이다.

다른 의학자들의 생을 통해 우리가 간파한 바에 의하면, 분명한 진실을 향한 이 숭고한 상승은 일반적으로 사람들이 그 유일한 진원지로 치부하려 드는 실험적 방법의 엄정함에서 나왔다기보다는 거의 예외 없이 그보다 훨씬 더 시적인 열광으로부터 비롯하였음에랴.

실험적 방법은 하나의 기술에 불과하며, 무한히 정확하지만 사람을 의기소침하게 만든다. 그것은 저를 따라 황량한 여정을 밟아야 하는 연구자가 스스로 목표하는 바에 도달하기 전에 기진맥진하지 않도록 하기 위해 추가분의 열정을 요구한다.

인간은 감정의 존재다. 감정을 떠나서는 그 어떤 위대한 창조도 있을 수 없지만, 그러나 대다수 사람들에게서 열광은 그들이 자신의 꿈으로부터 멀어질수록 빠른 속도로 고갈되어 버리는 것이다.

제멜바이스는 그처럼 갖가지 잔인한 불행이 잇따르는 환경마저도 결코 꺾지 못한, 나아가 적수들이 생겨날 때마다 오히려 번번이 높아졌던 꿈의 서원으로부터 출발하였다. 그는, 그토록 민감한 사람임에도, 너무나도 끔찍한 나머지 개라도 비명을 지르며 달아날 고통의 한복판에서 살았다. 그러나 바로 그와 같이 그 모든 혼돈에 전력을 다해 자신의 꿈을 가하는 것이야말로 발견의 세계 속에서 사는 일이다. 그것은 밤 속에서 보는 일이며, 아마도 어쩌면 세계로 하여금 자신의 꿈속에 들어가도록 강요하는 일이리라. 그는 인간들이 겪는 고통에 온통 마음을 빼앗긴 나머지, 자기 자신에 대해 돌아보는 드문 나날들의 어느 하루에 이렇게 쓴다. "친애하는 마르쿠소브스키, 나의 소중한 벗이자 따뜻한 지지자여, 나는 자네에게 내 삶이 지옥과 같았다는 사실을, 내 환자들에게 일어나는 죽음에 대한 생각이 나로선 버티기 힘들었다는 사실을 고백해야만 하겠네. 특히 죽음이 삶의 두 가지 커다란 환희 사이로, 다시 말해 젊다는 사실과 새 생명을 부여하는 일 사이로 미끄러져 들어올 때 더욱 그러하네."

전기 연구자(biographe)*에게 이 고백은 얼마나 소중할 것인가! 그것은 우리로 하여금 위대한 발견에 함께하는 내면의 조화를 알 수 있게 해준다. 이 고백이 없었더라면 발견은 돌연한 섬광처럼 설명되지 않은 채로 남았으리라.

빈으로 되돌아온 후 마침내 베일이 찢겨나가며 해부학자 콜레츠카의 죽음과 산욕열로 인한 사망의 원인이

---

* 모든 판본은 이 부분을 "서지학자(bibliographe)"로 기입해놓고 있다. 이 오류는 1966년 장 뒤쿠르노(Jean Ducourneau)에 의해 처음으로 수정되었다. 『L. -F. 셀린의 작품들』 1권 604쪽 참조. —원 편집자 주

같다는 데에 더 이상 의심의 여지가 없어지자, 그는 분명한 사실들로 단단히 무장한 채 여태껏 미지의 영역으로 남아 있던 것을 향해 발을 내디뎠다.

그는 이렇게 생각했다. 콜레츠카는 시체 해부 중 자상을 입은 결과 사망하게 된 만큼 감염 현상의 발병 요인으로 간주해야 할 것은 시신에서 채취된 삼출물일 것이다.

"막 실시한 해부 과정에서 오염된 학생들의 손가락이 임산부들의 생식기 내에, 특히 자궁 경부 부위에 치명적인 사체의 입자를 옮기는 것이다."

이 결론은 그에 앞서 실시된 모든 임상 기록에서 확인된 바였다.

그러나 그보다 한층 더 나아가려면 제멜바이스는 기술적으로 매우 난해한, 적어도 그 당시의 과학으로 볼 때 중요하기 그지없는 문제를 풀어야만 했다. 그는 그 문제를 정묘히 해결하였을뿐더러 행운이 그의 편을 들어주었다.

이 미소하기 그지없는 시신의 입자들의 경우— 제멜바이스는 그저 그것들과 닿는 것만으로도 산욕열을 야기하기에 전적으로 충분하다고 믿었는데— 규명해내는 것이 불가능했다. 당시의 조직학은 이 입자들을 현미경으로 포착할 수 있을 정도로 뚜렷하게 염색하는 방법을 아직 알지 못했다. 그러므로 그것들을 간파할 수 있는 유일한 방법은 냄새였다.

이에 제멜바이스는 "손의 냄새를 없앤다"라고 결심

했다. "모든 문제가 거기에 있다." 이 방법은 취약했다. 그것은 제멜바이스로 하여금 감염의 원인에 이런 식으로 접근하는 것이 모든 걸 해명하기엔 불충분하다는 사실을 그럭저럭 납득시키는 데 그쳤다.

제멜바이스가 스스로 착안해낸 이 예방 조치를 실천에 옮기기 위해서는 필요한 항목이 하나 더 있었으니, 바로 시립 조산원 중 한 곳을 자유롭게 드나드는 것이었다.

그러나 그가 시도하려는 기획은 앞서 클린의 병동에서 그를 나가도록 만들었던 바로 그 기획과 지나칠 정도로 비슷했다. 따라서 스코다가 개입하여 큰 영향력을 행사했음에도 불구하고 사람들은 그를 그냥 앞서 재직했던 같은 자리에 다시 앉히는 쪽으로 생각을 굳힌다. 대신, 이번에 열린 것은 다른 쪽 문이었다.

스코다의 끈질긴 부탁을 못 이긴 제2조산원의 주임 의사 바르츠는 당시 사실 따로 사람이 필요하지 않았음에도 제멜바이스를 자신의 추가 조수 자격으로 받아들인다.

제멜바이스가 이 임무를 맡자마자, 그의 요구에 따라, 평상시 클린의 수업을 듣는 학생들이 바르츠 병동의 산파들을 대체하게 된다.

그토록 숱하게 봐왔던 예의 현상이 곧 충실하게 재현되기 시작한다.

1847년 5월, 바르츠 병동에서 산욕열로 인한 사망률은 27퍼센트로 상승한다. 전달에 비해 18퍼센트가 증가한 수치였다. 그에 따라 결정적인 실험이 준비된다. 탈취를 위한 자신의 기술적 아이디어를 꾸준히 검토해온 제멜바이스는 염화칼슘액을 비치하도록 했다. 그날 혹은 전날 해부를 한 모든 학생들은 어떤 연구가 되었건 임산부들에게 접근을 실시하는 경우 반드시 그것으로 세심히 손을 씻어야 했다. 이 조처를 적용하자 이어지는 달의 사망률은 12퍼센트로 떨어진다.

결과는 아주 명확했지만 제멜바이스가 원하는 결정적 승리에는 아직 미치지 못하는 것이었다. 그때까지 그는 산욕열을 야기하는 원인이 시신이라는 관점에만 온 생각을 고정하고 있었다. 그런데 어느 무렵부터 그에게는 이 원인이 확실하고 맞는 것이기는 하되 불충분한 것으로 보였다.

그가 회피하고 꺼리는 것은 '거의'였다. 그는 진실을 완전히 알기를 원했다. 어쩌면 그 몇 주 사이 죽음이 제멜바이스를 상대로 대담한 술수를 행하려 했다고 할 수 있을지도 모른다. 그러나 이긴 것은 그였다.

그는 이제 세균들을 보지 못하는 상태에서 그것들에 손을 쓰려 하고 있었다.

남은 숙제는 그것들을 박멸하는 일이었다. 그것은 그때까지 아무도 해내지 못했던 최선의 실천이었다. 벌어진 일은 다음과 같다. 6월, 바르츠의 병동에 여자 하나가 들어왔다. 사람들은 증세를 제대로 확인하지 않고서 그녀가 임신한 것이라 믿었지만, 회진을 돌던 제멜바이스는 내진을 행함으로써 그녀의 자궁 경부에 암이 있는 것을 발견한다. 그는 손을 씻지 않고 그대로 자궁 팽창기에 든 다섯 명의 산모에게 연달아 촉진을 실시한다.

이어지는 몇 주 사이 이 다섯 명의 임산부들은 전형적인 산욕열 증세를 보이며 사망했다.*

마지막 베일이 떨어진다. 드디어 빛이 밝혀진다. "손은, 단순히 그것으로 접촉하는 것만으로도 감염을 일으킬 수 있다"라고 그는 기록한다… 이후로는 모든 사람이, 앞선 날들 동안 해부를 했건 하지 않았건 간에, 염화칼슘액으로 손을 꼼꼼히 소독해야만 한다.

그 결과는 즉각 가시화된다. 그야말로 마술 같은 결과다. 이어지는 달에 산욕열로 인한 사망률은 거의 제로에 가까운 수치를 보인다. 처음으로 사망률이 세계에서 가장 훌륭하다는 조산원들의 현행 수치로까지 떨어진다. 0.23퍼센트!**

*

> 만약 기하학적 진리들이 인간들을 속박할 수도 있는 것으로 드러났다면 이미 오래전에 그들은 그것들이 틀렸다고 판단했을 것이다.
> —스튜어트 밀

---

* 사망한다. —원 편집자 주
** 브랭도 교수님의 대단히 정확한 지적에 의하면, 이 통계 수치는 우리 시대가 아니라 제멜바이스 시대에 적용되는 것이다. 오늘날 산욕열의 발병은, 그 증세의 경중 정도에 관계없이, 극히 적은 경우에 해당한다. —저자 주

위 철학자는, 그 자신은 지극히 단호해 보인다만, 실은 진실로부터 한참 아래에 있으니, 다음 내용이 그 증거다. 이성이 조금이라도 있다면 인류가 명석한 학자들에 의해 인도됨으로써 그간 그들을 죽여왔던 모든 종류의 감염으로부터, 아니 이 1848년 6월 이후로는 다른 것은 몰라도 최소한 산욕열로부터는 영원히 해방될 수 있기를 바라는 게 당연할 것 같지 않은가? 아마도 그래야 맞으리라.

그러나 이성이란 필시 우주의 지극히 작디작은 힘에 지나지 않는 게 틀림없다. 그도 그럴 것이, 최고의 지성들이 마침내 제멜바이스의 발견을 인정하고 적용하기까지에는 40년도 넘는 세월이 걸릴 테니 말이다.

산부인과와 외과는 거의 만장일치의 충동에 이끌려서, 증오심에 사로잡힌 채, 스스로에게 제공된 이 거대한 진보를 거부하였다.

두 분과는 이상스런 과민 반응을 보이며 저 치명적인 운명의 장난에 관한 한 여전히 자신들의 부패한 어리석음의 늪 속에 남아 있기를 고집했다.

더구나, 그토록 시급했던 이 위대한 (또는, 인간에게는 고통받지 않고 쾌적하게 삶을 누리기 위해 각종 의료 조치를 받을 권한이 있으리라는 점을 믿는다면 그 믿음을 근거로 최소한 소중하다고는 평가할 수 있을) 선행이 승리를 거머쥔 것은 결코 제멜바이스 자신에 의해서가 아니다.

만약 파스퇴르가 와서 의학 분과에 만연한 '충분 이론'의 숭배를 파괴하지 않았더라면, 만약 그가 단순한 거짓말을 내세워 반박하기에는 너무나도 엄밀한 실제 사실들에 의거해 그 숭배를 무너뜨리지 않았더라면, 오늘날까지 산부인과나 외과에 그 어떤 현실적 진보도 도래하지 않았으리라고 해도 과언이 아니리라. 미하엘리스*와 타르니에**와 같이 위대한 재능을 지닌 몇몇 예외적 인물들의 노력에도 불구하고 말이다.

인간들의 마음속에는 전쟁만 존재하는 것이 아니다.

*

빈 종합병원이 모든 종류의 증명을 그토록 쉽게 해보일 수 있는 장소였음에도, 막상 제멜바이스의 발견은 그곳에서 우리가 예상할 법한 행운을 전혀 맛보지 못했다. 그 반대였다.

어떻게 그럴 수 있었는지 퍽 기이하지만, 클린은 처음부터 아예 의대 자체 내에서 이 새로운 방법에 확연히 반대하는 다수의 적대자들을, 즉 자기 동료들의 대다수를 규합하는 데 성공했다. 겨우 다섯 명의 의사만이 제멜바

---

* Gustav Adolf Michaelis(1798~1848). 독일 의학자. 골반 측정법을 제시하여 산부인과학과 난산 연구에 혁신을 일으켰다. 그는 산욕열을 방지하기 위해 제멜바이스가 제시한 소독법을 실제로 적용한 최초의 산부인과 의사들 중 한 명이지만, 사랑하던 사촌 누이가 산욕열로 사망하자 자살하였다. 출산의 마지막 단계에서 중요한 역할을 하는 등 아래의 마름모꼴 부위는 그의 이름을 따 '미하엘리스 능형(菱形)'이라 불린다.

** Stéphane Étienne Tarnier(1828~97). 프랑스 의학자. 조산아를 위한 인큐베이터 연구로 신생아의 사망율을 낮췄다. 후에 그의 이름을 달게 된 '타르니에 겸자(鉗子)분만법'을 고안했다.

이스와 동일한 수준에 도달할 수 있었으니, 로키탄스키, 헤브라, 헬러, 헬름, 그리고 스코다가 그들이었다. 나머지 사람들은 즉각 그들을 미워하기 시작했다. 그러나 이 용 감한 의사들에게 더 큰 실망을 안겨준 것은 그들이 개별 적 조언을 열망하며 접촉한 외국 교수들이 보낸 갖가지 대답이었을 것이다. 이에 관해 헬러는 이렇게 기록했다. "우리는 제멜바이스의 실험 결과에 이론의 여지가 없다는 점을 간과할 리 없는 사람들로부터 같은 병원 내 질투나 원한과는 거리가 먼, 전적인 찬동을 얻어낼 수 있으리라 굳게 믿었다."

유감스러워라! 제멜바이스의 편지에 대답할 수고조 차 기울이지 않은 암스테르담의 틸라누스나 베를린의 슈 미트에 대해 과연 뭐라고 생각해야 할지.

애석한 일은 거기서 끝이 아니었다! 에든버러의 심 프슨은, 그 자신이 그간의 경력을 통해 재능을 입증해보 인 사람임에도 불구하고, 헤브라를 통해 전달된 이 조산 학 내부의 혁신적 발견을 전혀 이해하지 못했다. 그는 깍 듯하지만 아무 의미 없는 몇 마디 말로 문제를 피해갔다. 위선적인 몰이해의 기운을 예감하고 어떻게 해서든 문제 를 해결하기로 마음먹은 헬러는 친구들 중 젊은 빈 출신 의사인 루트를 영국으로 급파했다. 루트는 런던의 의학 협회를 상대로 빈 조산원에서 제멜바이스가 얻은 실험 결 과를 상세히 설명하는 강연을 열 임무를 받았다.

실제로 의사들은 루트의 설명을 경청하고 심지어

박수갈채도 보낼 심산이었다. 그러나 이 의학자로 구성된 청중 중 그의 강연을 듣고 나서 설복당한 사람은 아무도 없었다. 이 노력에 그 어떤 진보도 상으로 주어지지 않는다. 다른 곳과 마찬가지로 영국에서도 역시 무기력이 이긴다. 그리고 우리가 지금까지 거론한 모든 이들의 대부분은 자신들에게 제공된 진실을 그저 경멸하는 선에서 만족했다. 그 나머지 이들은 훨씬 더 가열찬 어리석음과 공격성을 보였다.

먼저 스칸조니가, 그다음엔 프라하의 자이페르트가 각각의 임상실에서 다섯 달 반 동안 실험을 한 끝에, 제멜바이스가 보고한 결과는 자신들이 직접 관찰한 바에 전혀 부합하지 않는다고 공식적으로 선언했다. 이 저주받은 통지문은 당연히 클린 파를 기쁘게 했다. 이제 그들은 이 사실을 바탕으로 1846년에 제멜바이스에 의해 발표된 통계 수치가 틀리거나 거짓이라고 주장하려고 했다. 온갖 종류의 질투와 허영이 고삐 풀린 듯 마구잡이로 쏟아져 나온다. 병원 소속원들이, 다음엔 학생들이 염화칼슘액으로 하는 이 "유해한 손 세정"에 지쳤다고 공언한다. 그들은 이제 그것을 지키는 것이 아무 쓸데 없다고 판단하고 있었다. 그러던 중, 로테나우에 거주하던 당시 가장 명망 높은 독일 출신 조산사 키비히가 빈에 들러 장안의 화제인 이 실험 결과를 자신이 몸소 확인하고 싶다고 밝혔다. 그는 이 장소를 심지어 두 차례나 다시 찾았다.

키비히 또한 아무것도 발견하지 못했다. 그는 그렇

게 기록하고, 그 사실을 자랑하기까지 할 것이다….

후에 헤브라는 이렇게 단언한다. "훗날 인간 과오의 역사를 작성하게 된다면 아마도 이보다 더 막강한 과실의 예는 찾아내기 힘들 것이며, 사람들은 이처럼 유능하고 이처럼 전문적인 자들이 자기들 본연의 학문에서 이처럼 맹목적이고 어리석을 수 있었다는 사실에 놀라움을 금치 못하리라."

그러나 불행하게도 이 위대한 고위 관계자들은 단지 맹목적이기만 한 것이 아니었다.

그들은 소란스러운 동시에 거짓말쟁이였던 데다 특히 멍청하고 심술궂었다.

제멜바이스를 향한 심술. 그의 건강은 이 믿을 수 없는 시련 속에 무너지고 만다. 그 이후로 그는 병원에 나올 때마다 "환자들뿐만 아니라 학생들과 간호사들까지" 던지기 일쑤인 온갖 욕설을 피할 수 없다. 자고로 인간의 양심이 제멜바이스를 향한 증오로 얼룩진 1849년의 이 몇 달 동안보다 더 뚜렷하게 수치로 덮인 적은 없다. 그보다 더 비천하게 타락한 적은 없다.

당연히, 대학촌에 벌어진 이 사태가 오래 지속될 수는 없었다. 유례없는 기원을 가진 이 추문은 일파만파로 퍼졌고, 결국 1849년 3월 20일 장관은 두 번째로 제멜바이스를 소환해야만 할 입장에 놓인다.

다음 날, 스코다는 또 하나의 촌극 앞에서 자신의 입장을 견지하는 한편 최근 직접 "일정 수의 동물들에 산욕열 감염 실험"을 적용해 얻어낸, 제멜바이스의 이론이 옳다는 것을 완벽히 입증하며 따라서 그것에 절대적으로 유리한 결론을 유도하는 결과를 적은 보고문을 과학 협회에 전달한다.

또한 같은 날 저녁 헤브라는 빈 의사 협회에서 "제멜바이스의 발견은 외과학과 산부인과학의 장래에 대단히 큰 혜택을 제공하는 이상 조속히 위원회를 구성해 그가 얻은 결과를 지극히 공정하게 검토할 것을 요구한다"고 선언한다.

이렇게 되자 광분의 기세는 더 이상 걷잡을 수 없을 정도에 달한다. 모인 이들이 야유를 퍼붓고, 심지어 이 점잖은 무리들의 세계에서 서로 뜯고 싸우는 사태까지 벌어질 지경이 된다.

마침내 장관은 위원회의 결성을 금하는 동시에 제멜바이스에게 가능한 한 조속히 빈을 떠나라고 명령한다.

이 모두 구전된, 또 기록으로 남겨진 이야기다.

*

쫓겨난 제멜바이스가 오스트리아를 빠져나와 발견하게 될 것은 선거의 열기가 한창인 자신의 **고향 도시**이다. 시 곳곳마다 정치 그룹들이 조성되어 열변을 토하거나 투쟁하고 있었다. 포부르 생앙투안에서 일어난 사격전은 도나우 강가에도 영향을 미친다. 그리고 폭력이 위협의 뒤를 따른다.

108

혁명이 부다페스트에도 행진해 들어온다.

메테르니히는 노쇠하였고, 한 국가가 한 사람에 의해 쇄신된다.

젊은 헝가리가 메테르니히를 덮친다. 20년 전 이래로 그가 헝가리에 강제로 부과해왔던 체제가 좀먹어 들어가기 시작했다.[*]

어제의 그 무시무시하던 철골이 오늘에 와선 가난한 관리들의 군대가 구멍 낸 낡은 깃발에 지나지 않는다. 메테르니히의 절대주의는 웃음을 사니, 이제는 케케묵은 대로 묶어 지나치게 무거운 동시에 지나치게 가벼운 수단일 따름이다. 아니면 끓어 넘치는 냄비 위에 얹힌 바보 같은 덮개거나.

모든 것은 1848년 12월 2일에 터져 나온다.

제멜바이스는 홀로 고립되려 하지 않는다. 다른 모든 사람들처럼 그 역시 역사적 사건에 온 정신이 사로잡힌다. 그의 친구들이 그를 잡아 이끌고 애국자들은 그에게 열광할 것을 요구하는데, 그런 것이야말로 그가 세상에서 가장 풍성하고 관대하게 펴보일 수 있는 것 아닌가. 그는 그들을 따른다. 그리고 얼마 가지 않아 그가 그들을

---

[*] 1848년 프랑스에서 비롯된 2월혁명은 유럽 전역에 개혁의 기운을 파급하여 메테르니히와 오스트리아가 주도하던 '독일화' 및 그 반동 통치의 상징인 빈 체제를 무너뜨린다. 이후 '민족'의 독립과 민족국가 고유어의 문제를 전면에 내걸게 될 이 국제적 정치 변화에 가장 먼저 반응한 나라가 헝가리이다. 헝가리의 독립운동은 온건파의 이스트반 세체니(Istvan Szeczenyi), 급진파의 러요시 코슈트(Lajos Kossuth) 등에 의해 주도되었다.

이끈다. 산욕열, 스코다, 클린 따위의 얘기에 귀를 기울일 시간이 있는 사람은 아무도 없다. 더구나 그건 그 또한 마찬가지다. 모든 이의 정신은 거리에, 집회에, 오스트리아에 대한 증오심에 모인다. 부다에는 바리케이드들이 세워진다. 헝가리 사람들 사이에도 살상은 일어나지만 그러나 우리 프랑스에서만큼은 아니다. 그곳에서 무정부 상태는 너무나도 쉽게 이뤄진다. 그리고 사람들은 신속하게 얻어낸 이 정치적 승리를 찬양하는 편을 택한다.

지나치게 비싼 값을 치르는 승리는 슬프기만 할 뿐 아무에게도 기쁨을 주지 않는다. 자유는 단지 이 조건이 지켜질 때만 즐겁다. 헝가리 사람들은 즐거움을 누린다.

그들은 "예속의 종식", "언론의 자유", "집회의 권리"와 같은 것들을 요구한다. 빈은 그들이 원하는 모든 것을, 아니 그보다 훨씬 많은 것을 죄다 인정해준다….

빈은 두려워한다. 부다페스트는 기쁨에, 진심에서 우러나온 춤과도 같은 기쁨에 빠진다. 여기저기에서 사람들이 춤을 춘다. 반(反)오스트리아파든 자유주의파든, 모든 정치적 회합은 어김없이 무도회로 끝난다. 제멜바이스도 거기 낀다. 이 무도회들에서 그는 자신이 몸과 정신 모두 혈기 왕성하고 빛나는 자임을 입증한다. 이런 그를 두고 후에 브루크 박사는 "한 멋들어진 무용수(Ein flotter tanzer)"라 표현하리라.

뿐인가, 그가 오스트리아인들에 대한 미움을 어찌나 그럴듯한 방식으로 표현했는지 그가 그들을 저주하는 것을 듣는 것만도 쏠쏠한 재미였다!

그 같은 달변은 사교계에서 제멜바이스에게 큰 성공을 안겨주게 되고, 그 바람에 그는 의학에서 한층 더 멀어져간다. 이제 자신의 과거 발견엔 더 이상 관심이 가지 않는 듯, 그는 연구에서 거의 손을 놓는다. 그는 단 몇 달 사이에 부모에게서 받은 얼마 안 되는 유산을 탕진해버린다. 그것은 별로 어렵지도 않은 일이었으니, 유산의 액수는 달랑 2000굴덴*이었다.

제멜바이스가 드나들게 돼, 주로 정치인들과 예술가들로 구성된 사교계의 일원들은 그의 진정한 가치를 알아보지 못한다. 그들은 그저 그를 변덕스럽고 교양을 갖추었으며 출신이 약간 위험하긴 하지만 그래도 상당히 재미있는 의사 정도로 여긴다.

사교계와 춤은 그를 여자들의 세계로 이끌어간다. 그는 자신에게 거의 남지 않은 시간을 거기서 허비한다.

그리고 마침내 스포츠가 제멜바이스를 유혹한다. 그는 서른의 나이에 처음으로 승마를 배운다. 사람들은 곧 매일 아침 그가 도시에서 가장 뛰어나다는 사람들과 어울려 말을 타는 모습을 목격하기에 이른다. 그것이 다가 아니다. 그는 또 한겨울에 수영을 배운다. 그가 물에 들어가는 시간이면 어김없이 그 주변에 사람들이 몰려든다. 베

---

* 오스트리아 · 헝가리제국에서 1892년 이전 통용되었던 화폐단위. 1892년부터 제국이 붕괴하는 1918년까지는 크로네가 쓰였다. 굴덴에 해당하는 현행 헝가리 화폐단위는 '포린트(forint)'이며, 크로네 계통은 체코, 덴마크, 노르웨이, 스웨덴에서 쓰이고 있다.

네치아 체류 시절 이후로 그가 그처럼 유흥에 빠진 적은 없었다.

이 모든 열정을 가능하게 한 것은 물론 그의 강건한 체력이었다. 다만 그의 수입원은 그렇지가 못했다. 얼마 가지 않아 제멜바이스는 먹고살 일에 대해 생각해야만 했는데, 이때 그가 고객을 만드는 데 큰 도움이 된 것은— 이 점은 어쨌거나 인정해야만 할 것이다—그동안 정치 쪽으로 한눈을 판 덕택에 갖게 된 인맥이었다.

이 면에서 그는 대단히 큰 성공을, 그것도 거의 아무런 어려움 없이 거두었다. 이미 스스로 어느 정도의 명성을 획득해놓은 터였으니 말이다. 한데, 그 무렵 일어난 사소하지만 어처구니없는 사건 하나가 그에게 막대한 피해를 입힌다.

어느 날 그는 알고 지내던 친구 한 사람의 추천에 의해 헝가리에서 가장 이름 높은 인사 중 하나인 그러디니시 백작 부인의 침대 머리맡으로 불려가게 된다.

사례는 단순하지 않았고 병자는 유명한 사람이었다. 요컨대 상황 전체가 의사 한 사람의 명성에 위험이 되는 경우였다.

앞서 들른 여러 의사들은 각기 상반되는 진단을 내리고 갔다.

짐작할 수 있듯, 환자의 가족들은 바짝 불안해하고 있었다. 환자를 처음 진찰하고 난 후 제멜바이스가 내놓은 소견은 가장 암울한 것에 속했다. 그에 의하면 부인의 병은 자궁 경부암이며, 그는 그 점을 아주 설득력 있게 확언한다. 단호하게.

그의 말을 듣기 위해 모였던 가족들은 낙담하여 자리를 뜬다. 백작이 제멜바이스를 문가까지 배웅하며 마지막으로 한 번 더 그의 의견을 구하지만, 제멜바이스는 그에게 아무런 희망의 여지를 남겨주지 않는다.

백작의 가족들은 최악의 경우를 대비하고 있었다. 그런데, 밤늦은 시간 거리 쪽 문이 별안간 거칠게 흔들렸다. 문을 열자 입구에 웬 남자가 모습을 드러내더니, 하인을 밀치고 계단으로 올라가 백작과 그 부인이 누워 있는 침실로 냅다 뛰어든다.* 제멜바이스다.

그가 아무런 사전 설명도 없이 불쑥 이불 속으로 손을 넣더니, 아침나절에 이미 검진했지만 그 이후로 스스로 미진하다 생각했던 부분을 한 번 더 확인하기 시작한다. 잠시 후 그가 의기양양하게 몸을 일으킨다. 그러더니 이렇게 외친다. "부인, 축하드립니다. 아까 제가 틀렸으니까요. 이것은 암이 아니라 단순한 염증입니다."

이 엉뚱한 행동은 곧 사교계에 입소문을 타고 퍼지고, 그 바람에 그의 고객 중 가장 비중 있는 인사들 대부분이 떨어져나간다.

하지만 그 일이 아니었더라도 어쨌든 그는 고객들을 잃었으리라는 점 또한 인정해야 하리라. 이어진 몇 달 새

* 계단을 올라가~ 뛰어든다. —원 편집자 주

전쟁이 선포되기 때문이다. 부다는 크로아티아 군에 의해 거의 즉각적으로 점령되고 약탈된다. 기근이 시작된다. 오스트리아 군으로서는 굶주린 크로아티아 군을 등 떠미는 일이 한결 쉬워지며, 얼마 가지 않아 그들은 헝가리를 짓밟기 위해 러시아와 연합한다. 결국 헝가리는 메테르니히의 퇴각과 거의 동시에 시작된 이 혼돈에 비싼 값을 치르면서 빌라고스 전투를 끝낸다. 이 커다란 패배 후 무정부 상태는 새로운 질서의 국면하에 탐욕스럽고도 주도면밀한 군사독재 체제로 굳는다. 독재 체제하에서, 그리고 그것에 의해, 헝가리는 정기적으로 토막토막 잘리며 초토화된다. 개인들로 볼 때는 불행이요, 지성이라는 측면에서 볼 때는 1848년에서 1867년까지 계속되는 밤이었다.[*]

밤으로 치자면 거의 절대적이라 할 밤이었으니, 대다수 지식인들은 추방되고 말았다. 특히 의사들이 그랬다.

부다페스트 대학 학장이었던 벌러셔가 투옥되었을 뿐만 아니라 거의 모든 교수들이 망명을 떠나야 했다. 학술지 발간도 금지되었다. 『의학지(Gazette médicale)』의 간행자 부여츠 박사는 스위스로 도피할 수밖에 없었다.

---

[*] 1848년 혁명과 더불어 헝가리의 민족운동은 주류인 마자르 족을 중심으로 전개되었다. 이는 오스트리아 합스부르크 제국 내의 독일화 정책에 대항해 범슬라브주의를 표방하던 크로아티아를 비롯, 여타 비(非)마자르계 민족 집단의 반발을 산다. 크로아티아는 헝가리로부터의 독립을 선언하고, 합스부르크 군의 지원하에 헝가리를 침공한다. 코슈트를 중심으로 뭉친 마자르 족은 그들만으로 구성된 헝가리의 건국을 공표하지만, 이 국가는 타 민족과 합스부르크-크로아티아 군, 그리고 이들 편을 든 러시아 군의 잇단 개입으로 말미암아 1849년 8월, 출범 5개월 만에 붕괴되고 만다. 최후의 빌라고스 전투에서 패배한 결과, 헝가리는 다시 합스부르크 제국의 휘하에 복속된다.

헝가리에는 단 하나의 의사 협회만이 허용되었으며, 이 협회는 월 한 차례 페스트에서 경찰관 한 명의 실질적인 감시 아래 모였다.

전제정치가 이보다 더 가증스럽게 속속들이 스며든 적은 없었다. 사람들은 차라리 메테르니히 시절을 그리워하기 시작했다.

"우리는 더 이상 아무도 만날 수 없다. 이제 그 누구도 공동의 노력에 관한 소식을 듣거나 대항 의식을 가질 수 없다. 우리는 완전한 암흑 속에 살고 있다." 이 무시무시한 세월이 흐르는 동안 코터니 교수가 남긴 탄식이다. 이러한 정신적, 신체적 불행 속에서도 사람들은 계속 살아남아야만 할 것이고, 이 살아남는다는 것이 그 시대의 의사들에게는 매 순간 고통스런 문제가 된다. 말하자면 이제 아무도 그들에게 진료비를 지불하지 않는다. 뭘로 그것을 지불한단 말인가? 상례적인 세금의 뒤를 이어 엄청난 세금이 부과된다. 벌금은 말할 것도 없다. 그러고 남는 쥐꼬리만 한 돈으로는 하루 한 끼라도 먹는 데 써야 하지 않겠는가? 그러니….

헝가리가 누렸던 기쁨은 제멜바이스가 탕진해버린 바처럼, 그가 활기찬 삶—다른 이들과 마찬가지로 그 또한 강하게 원하나, 다만 남들보다 한층 비극적이고 높이 결정지어진 운명이 항상 그로부터 멀리 떼어놓았던 자기중심적인 삶—을 누리면서 맛보았던 행복처럼 짧은 것이었다.

1849년의 제멜바이스는 의료 행위를 통해 어렵사리 생계를 이어간다. 그는 비좁은 골목길, '란더가세'에 위치한 방 하나에 세를 든다. 살아남기 위해 가지고 있던 가구 대부분은 팔아야만 했다. 만사가 그보다 더 열악할 수는 없다시피 흘러가던 그즈음, 설상가상으로 그는 연달아 두 차례의 사고를 겪고 완전히 무너진다.

며칠 간격을 두고 그는 먼저 팔 한쪽이, 그다음에는 그의 동네에서 으레 그렇듯이 거의 지나다닐 수 없을 정도로 구불구불한 계단을 지나다 왼쪽 다리가 부러진다.

이 두 차례의 골절상 때문에 제멜바이스는 꼼짝 못하고 침대에 누워 있어야 했고, 이후로 배고픔과 추위로부터 스스로를 보호할 수 없었다. 몇몇 친구들이 그의 목숨을 보전하기 위해 자신들을 희생해가며 헌신하지 않았더라면 아마도 그는 이 1848년의* 겨울에 다른 수많은 지식인들처럼 궁핍으로 죽고 말았으리라.

고통의 돌풍 속에서, 또 고립과 폭력 속에서, 그가 지니고 있던 불은 재 아래에 파묻혀 거의 꺼져버린다.

제멜바이스의 과거는 더 이상 그에게 아무런 말도 걸지 않는다.

소진된 그의 마음에 그것은 열정이 지나쳤던 옛 시절에 불과했다. 그의 기력은 이제 그 뜨거운 불길의 기세를 감당할 수 없다. 그는 그저 배가 고프다.

* 1849년의. —원 편집자 주

이 같은 비통이 지속되는 시절 내내 제멜바이스의 삶은 반수 상태로 잠자며, 그의 꿈은 무기력하다. 살기 위해선 꿈을 꿔야 하는 그로서는 이것은 거의 무에 가까운 삶이다. 아무것도 그의 흥미를 끌지 못한다. 그는 글을 쓰지도 않는다. 빈의 스승들은 그가 어찌 되었는지 염려한다. 그를 다시 빈으로 오도록 하면 어떨까? 하지만 클린과 다른 이들의 증오심은 그 어느 때보다도 강력하게 오스트리아의 병원들로부터 제멜바이스를 배제한다. 어느 날, 빈에는 그와 관련해 가장 걱정스런 소문이 전해진다. 수차례의 시도 후, 그리고 강력한 보호 세력의 배려에 힘입어, 마침내 마르쿠소브스키는 금지된 도시 부다페스트에 갈 허가를 받아낸다. 그는 도착하자마자 제멜바이스를 찾아 나선다. 그가 친구를 보지 못한 지도 7년의 세월이 흘렀다.

처음에 그는 어디서도 제멜바이스를 발견하지 못하다 저녁 늦게서야 겨우 친구와 조우한다.

마르쿠소브스키는 스코다에게 보낸 편지에 이렇게 쓴다. "드디어 만났습니다! 우리의 제일 좋은 친구를 살아 있는 상태로 되찾았어요. 하지만 그는 어찌나 늙어 버렸는지요. 그의 방 어둠 속에서 마주친 그의 모습보다는 그의 목소리를 지침 삼아 가까스로 그를 알아보았습니다. 그의 이목구비에는 크나큰 우수가 서려 있었습니다. 우려컨대 사라지지 않고 영원히 남을 듯한 우수가요. 그는 선생님과 로키탄스키 선생님 얘기를 했습니다. 애정이 가득 담긴 표현을 써가며 선생님의 생활과 건강에 대해 아

117

주 자세히 물었지요. 자기가 겪고 있는 물질적 불편에 대해서는 아무 말도 안 했지만 안타깝게도 고생이 역력해 보였습니다! 저는 선생님께서 써주신 추천장을 가지고 성 로슈 조산원 원장인 비얼레이 교수를 찾아갔습니다. 교수님은 병원 내 공석으로 남아 있는 제1조수 자리를 제멜바이스에게 줄 것을 고려해 보겠다고 확약하셨습니다. 그렇게만 된다면 얼마나 공정한 처사이겠습니까! 그러나 빈에서 그가 행한 연구에 관해서는 교수님은 여전히 아무 말씀도 하지 않으셨습니다.

이런 침묵이 지속된 것도 벌써 7년이 되어가는군요….

나머지는 선생님을 만나 뵙고 직접 말씀드리도록 하겠습니다."

마르쿠소브스키는 며칠 뒤에 떠났다.

이어지는 몇 달 새에도 제멜바이스는 아무런 새로운 일도 벌이지 않았다. 심지어는 친절한 편지를 보내면서 그를 초대한 비얼레이를 만나러 가지도 않았다.

그는 그처럼 허송세월하고 수고를 게을리하며 어떤 것도 기대하지 않았다. 그러나, 그 무렵 벌어진 한 우연한 사건이 그를 다시금 자신의 운명으로 되돌려놓게 된다.

어느 아침결에 한 방문객이 그를 찾아와 물었다. "혹시 예전에 클린 교수님의 조수로 일했던 제멜바이스 박사 아니십니까?"

"…"

"맞다면, 제가 선생님께 전할 말을 가지고 왔습니다.

고통스러운 소식이긴 하지만 그래도 앞서 선생님께서 주장하셨던 논의에 득이 되는 내용입니다. 자초지종은 이렇습니다. 키엘의 미하엘리스 교수가 최근에 매우 특별한 상황에서 자살을 했습니다. 저는 그분의 제자였기에 미하엘리스 선생님의 평소 생각이 어떠했는지 잘 알고 있습니다. 특히 선생님을 온통 사로잡아 자살로까지 이끈 생각이 무엇이었는지를요. 선생님은 얼마 전 사촌 누이들 중 한 분의 출산 과정에 입회하셨는데, 그 누이께서 그만 출산 며칠 후 산욕열 감염으로 사망하였답니다.

미하엘리스 선생님이 느낀 고통은 대단히 컸습니다. 선생님은 얼마나 끔찍하게 절망하셨던지, 즉각 매우 심층적인 조사를 벌여 이 불행에서 당신의 책임이 어디에 있는지 찾으셨지요. 그리고 이내 누이의 죽음이 전적으로 자신의 책임이라는 확신을 가지게 되었습니다. 그도 그럴 것이, 출산에 앞서 선생님께서는 바로 산욕열에 감염된 환자 몇 명을 치료하셨고, 그리고 난 뒤에 예전에 제멜바이스 선생님께서 지시하셨으며 자신 또한 오래전부터 알고 있었던 바로 그 조치를 취하지 않으셨으니까요.

당신을 절망케 한 강박 증세가 너무나도 집요하고 참기 어려운 것이 된 어느 날, 선생님은 그만 기차를 향해 몸을 던지고 말았습니다…."

바로 그 순간, 마치 방금 자신의 침묵을 관통해 날아들어온 화살 소리에 마음이 흔들리기라도 한 듯, 제멜바이스는 그동안의 마비 상태에서 깨어났다.

그는 즉석에서 비얼레이를 방문해 산부인과 일을 다시 할 수 있게 해달라고 요청한다.

비얼레이는 선량한 사람이었다. 그는 제멜바이스에게 호의적이었으나, 다만 자신의 병원에서 예의 빈 조산원에서 벌어졌던 일들이 재개되는 것을 두고 볼 생각은 없었다. 따라서 그는 제멜바이스를 친절히 받아들이되, 조건을 단다.

그는 제멜바이스에게 다음과 같이 말한다. "선생을 내게 추천한 이는 스코다 교수입니다. 그분의 후원만으로도 내가 선생에 대해 호의를 가지기에는 충분한 것이지요. 그렇지만 현재 우리 조산원의 형편을 고려하면 내가 선생에게 일을 제공할 수 있는 기간은 7~8월, 이 두 달에 불과합니다. 또 마지막으로 부탁하고 싶은 바는 내 학생들에게 염화칼슘액으로 손을 씻는 얘기는 더 이상 꺼내지 말아달라는 것입니다. 그럴 경우 우리에겐 막대한 피해가 초래될 테니까요….

더구나 나는 선생이 예전에 클린의 병원에서 관측했던 그 가공할 사망률에 관해서도 오랫동안 생각해 보았습니다. 내 보기에 나름 타당하다 싶은 그 사태의 원인을 얘기해보죠. 클린은 임산부들에게 체계적으로 관장을 실시하지 않았습니다만, 이곳에서는…."

예외적으로 고분고분한 태도를 취한 제멜바이스는 난생처음으로 말대답하지 않고 가만히 있었다. 이렇게 해서 그는 그 보잘것없는 비정규직 업무를 맡게 되었다. 그

120

리고 바로 그곳에서 자신의 주저 『산욕열의 병인학』 집필
을 시작했다.

*

빈 조산원에서 행한 관측 내용을 이론적으로 다듬는 데에
는 4년의 시간이 걸렸다. 제멜바이스는 느리고 힘겹게, 그
리고 남몰래 써내려갔다. 자신이 맡은 변변치 못한 일자
리를 잃지 않기 위해서, 또 자신을 감시하고 있는 게 뻔히
보이는 소심한 비얼레이에게 불안감을 주지 않기 위해서
였다. 그 와중에도 외국으로부터 자신의 발견에 대한 반
향이 전혀 들려오지 않자 그는 6년의 공백을 뛰어넘어 재
차 자이페르트와 위대한 피르호,* 그리고 다른 이들에게
편지를 쓴다. 아무에게서도 답신은 오지 않는다.

당시 그는 이렇게 기록했다. "내가 알고 있는 조산
사들을 통틀어 정말이지 저 가련한 미하엘리스만이 지나
칠 정도로 직업의식을 가졌다 할 수 있을 최초이자 유일
한 의사다." 맞는 얘기다. 그리고 그것은 제멜바이스가 파
리 의학 아카데미에 자신의 연구 논문 요약본을 보냈을

---

* Rudolf Ludwig Karl Virchow(1821~1902). 19세기를 대표하는 독일의 위대한
병리학자이자 인류학자. 모든 병원체는 세포의 이상에 의해서 이루어진다는 생각을
바탕으로 세포병리학을 창시하였다. 정치가로서 독일 진보당을 창당하여 혁혁한
업적을 남겼으며, 고고학과 인류학 분과에서 1천 편이 넘는 논문을 발표하는 한편, 미국
학자 슐리만과 함께 트로이유적 발굴에 참여하기도 했다. 독일 의학계의 교황이라는
별명으로 불릴 정도로 존경받는 위인이었던 피르호는 순수 혈통이나 특정 민족의
우월성을 부정함으로써 후에 히틀러의 비난을 사기도 했다.

때 잔인한 사실이 되고 말았으니, 오르필라가 주재한 위원회의 중재를 거친 파리 의학 아카데미는 그에게 답신을 보내려고조차 하지 않았다. 그 이유는 알 수 없다. 당시 논쟁의 전말은 비밀로 남았다.

그러는 사이 그의 조국 헝가리의 물질적, 정신적 조건은 약간 개선되었다.* 그 결과 1855년에 제멜바이스는 처음으로 자신의 생계를 꾸리기에 충분한 약간의 액수, 월 400플로린**을 벌게 되었다.

시간이 지나간다.

1856년에 비얼레이가 사망한다.

제멜바이스가 비얼레이의 뒤를 이어 성 로슈 조산원의 운영을 맡게 된다.

이후로 그는 마음대로 산부인과 운영의 주도권을 행사할 수 있게 된 듯하다.

세간에서는 그가 영원히 잠든 것으로 믿고들 있었다 해야 하리라. 두려움이나 스스로의 과오에 묻혀서 말이다! 그러니 사람들은 다시 조우한 그가 빈 시절보다 더한층 공격적으로 변한 것을 발견하고 매우 놀라게 되리라. 그가 주도적으로 행한 일들이 전부 다행스러운 것은 아니었으니, 특히 초반의 것들은 더욱 그러했다! 그가 10년 동안

---

* 약간 개선된다. —원 편집자 주
** 유럽에서 국제적으로 통용되던 옛 화폐(금화)단위 중 하나. 1252년 피렌체에서 주조한 서유럽 최초의 금화가 그 기원이다. 근대에는 네덜란드 플랑드르 지방에서 찍어낸 플랑드르 플로린이 유럽 전체의 기축통화로 사용되기도 하였다.

의 침묵을 깸과 동시에 시도한「모든 산부인과 교수들에게 보내는 공개서한」이 그 한 예다.

"나의 발견이 물리적 질서에 속하는 것이었다면 얼마나 좋으랴. 우리는 빛에 관해서 하고 싶은 대로 설명을 가할 수 있고 그렇게 하더라도 그 행위는 빛이 사물을 비추는 데 아무런 방해도 되지 않으니, 빛은 그 어떤 점에서도 물리학자들에게 종속되지 않기 때문이다. 하지만 유감스럽게도 나의 발견은 어떠한가! 그것은 조산사들의 손에 달린 문제다! 그 이상은 더 말할 필요도 없으리라….

살인자들! 내가 산욕열을 피하기 위해 처방한 규칙들에 반대하여 들고일어나는 모든 이들을 나는 그렇게 부른다.

어떤 범죄의 신봉자들 앞에서 당연히 봉기해야 하는 것과 같은 이치로, 나는 그들에게 단호한 적수의 자격으로 맞설 것이다! 나로서는 그들을 살인자 외 다른 것으로 대할 방법이 없다. 제대로 된 양심을 가진 자라면 누구나 나처럼 생각하리라! 사람들이 비통해하는 재난을 멈추려면 조산원의 문을 닫을 것이 아니라 거기서 일하는 조산사들을 바깥으로 내보내야 마땅할 것인바, 진정한 전염병처럼 처신하고 다니는 것은 바로 그들이다 등등…."

이러한 진실을 알리는 일은 분명 너무나도 절실하지만, 그렇다 해서 그것을 이처럼 용인할 수 없는 형태로 포고하는 것은 철없는 행동이었다. 이 선동문이 야기한 증오는 그가 10년 전 빈에서 겪었던 증오의 거센 반향을 더욱더 확대하는 것이나 다름없었다.

억눌린 듯한, 일종의 망연자실한 분위기에 잠긴 이 도시, 특히 의학계의 경우 비열함이 사람들로 하여금 자연스레 만사에 입 다물고 살도록 만드는 듯한 이곳에서 통상과 전혀 다른 일이 벌어졌다. 제멜바이스가 엄연히 주임 의사로 근무하고 있던 병원 내에서조차 상스러운 짓과 직업적으로 비열한 행실이 어찌나 많이 저질러졌던지, 직원들이 산욕열에 대해 내린 제멜바이스의 처방을 의도적으로 하나도 지키지 않을 정도였다. 심지어 제멜바이스에게 타격을 가하는 가공할 만족감을 위해 일부러 임산부들을 감염시키는 행위까지 자행된 듯하다. 이것이 근거 없는 주장은 아니어서, 연로한 비얼레이가 운영하던 시절 성 로슈 조산원에서는 임산부들이 산욕열로 사망한 비율이 2퍼센트에 불과하였으나 제멜바이스가 부임하고 난 이후부터는 그 수치가 1857년에는 4퍼센트, 이듬해 1858년에는 7퍼센트, 마침내 1859년에는 12퍼센트에 달하게 된다는 사실을 확인할 수 있기 때문이다.

상상할 수 없을 정도로 기가 막힌 일들도 일어난다. 예를 들어 부다의 시의회 의원이 제멜바이스 교수에게 보낸 다음 서한이 그러한데, 그에 의하면 "시는 제멜바이스가 자신이 운영하는 병원을 위해 주문한 100개의 시트 세트 비용을 대주는 행위를 단호히 거부한다". 의원의 선언에 의하면 그것은 "불필요한 구매로", "같은 시트에서 수차례의 출산을 얼마든지 연달아 시행할 수 있기 때문이다".

그때부터 제멜바이스가 어떤 결정을 내릴 때마다, 예전에 빈에서 그랬듯, 전면적인 적대감이 사사건건 그에 반대하고 든다. 믿었던 동조 기반이 남김없이 떨어져나가고, 그에게는 단 한 명의 친구만이 남는다. 아쉬워라, 이 친구는 공식적인 지지 기반이라곤 갖추지 못했지만 그러나 젊고, 활동적이고, 관대한 인물이었으니, 어르네트 의사가 곧 그 사람이었다.

제멜바이스의 주장은 어르네트를 열광시킨다. 그는 파리까지 가 거기서 제멜바이스의 주장을 변호하여 그것이 승리를 거두게끔 할 수 있기를 원한다.

파리에서 가치 있는 것으로 인정받은 아이디어는 어떤 것이나 전 세계에서 순탄하게 제 갈 길을 갈 수 있을 것이다, 어르네트에게는 세상일이 그렇게 보인 듯하다.

어르네트가 자신의 환상 속에서 보는 프랑스는 법의 공화국일 뿐만 아니라 지성의 공화국이다.

두 번의 혁명이 그 사실을 입증하지 않았는가?

두 사람은 공식적인 실험을 실시하고 그에 대해 프랑스의 위대한 스승들의 결정적인 인정을 얻어내는 꿈을 함께 품는다.

갖은 고생 끝에 마침내 그들은 이 대담한 여행에 필요한 경비를 모을 수 있었다. 여권을 얻어내는 일은 그보다 더 어려웠다. 어르네트가 드디어 『병인학』의 수고(手稿)를 가지고 출발한 일자는 대략 1858년 3월 13일이었으리라.*

인간이 겪는 진정한 사건들에 관한 신비스런 이야기를 글로 쓸 수 있다면, 이 여행은 얼마나 감도 높고 위험천만한 순간을 제공해줄 것인가!

그러나 시간의 효력 위에서 역사를 춤추게 만드는 온갖 정념과 터무니없는 광분 옆에서는 인간의 감내와 고통도 결국 별반 가치가 없다는 것 또한 사실이다.

가련하고 외톨이에다 하급 국가의 아들에 불과한 이 여행객이 파리행 여로를 거쳐가는 것을 목격한 자들의 시선엔 그 사람이 제 가방 속에 인도 전체의 비전(祕典)을 통튼 것보다도 더 소중한 두루마리 원고를 지니고 있다는 사실을, 그가 그저 읽는 것만으로도 매년 수백만 인류의 목숨을 구하고 끝없는 고통으로부터 인류를 건져줄 경이로운 진실을 들고 가는 사람이라는 사실을 밝혀줄 그 어떤 신호도 발견되지 않았다.

함께 역마차를 탄 사람들에게 어르네트는 그저 가난한 여행객일 뿐, 그 외 어떤 것도 아니다. 만약 그가 자신이 알고 있는 바에 대해 입을 연다면 그는 모든 이를 따분하게 하리라. 그가 그래도 굽히지 않고 주장을 계속한다면 사람들은 그를 죽여버릴 수도 있지 않을까? 선의란 여러 감정의 흐름들 중 사소하고도 알 수 없는 어느 하나에 불과해서, 사람들은 그것이 무례해지는 일을 쉽게 참

---

* 다른 저자들에 의하면 3월 18일로 추정되기도 한다. —저자 주

126

아 넘기지 못한다.

반대로, 한창 중인 전쟁을 눈여겨보라. 자고로 전쟁에게 지나치게 번쩍거리는 것, 지나치게 시끄러운 것, 혹은 지나치게 무절제한 것이란 없는 법이다.

일반 또는 대다수의 영광은 즉각적으로 이해되는 영광이다. 그것은 번쩍거리고, 거창하며, 값이 비싸게 나간다.

하지만 위대한 박애주의자는, 말이건 행동이건,[*] 항상 어딘가 진부하고 약간은 낡은 아름다움에 속하는 듯 보이게 마련이다. 물이나 소금의 아름다움처럼 말이다. 그러니 집단 지성이란 일종의 초인적 노력의 결과일 수밖에.

어르네트가 몇 주간 머무른 파리에서는 의학 아카데미가 정확히 1858년 2월 23일에서 7월 6일 사이에 산욕열에 관련된 문제들을 연구하는 일정 수의 회의를 마련해두고 있었다.

어르네트는 기회를 놓치지 않고 그 자리에 참석하였다. 그러나 그 세계에 속한 사람들이 얼마나 진실을 외면하고 싶어 하는지 깨달은 순간, 특히 박식한 회중의 견해를 한마디로 요약하는 당대 가장 유명한 조산사 뒤부아가 유감스러운 발표문을 통해 공표하는 말을 듣는 순간, 그의 희망은 꺾이고 말았다. "제멜바이스의 이 이론은, 기억들 하실 테지만 오스트리아뿐만 아니라 다른 나라들에

---

[*] bien qu'on dise ou qu'on fass. 이본에는 "어떤 말을 하건 어떤 행위를 하건(quoi qu'on dise ou qu'on fasse)". —원 편집자 주

서도 산부인과계에 대단히 강력한 논쟁을 불러일으킨 바 있으며, 그 결과 오늘날에는 완전히 폐기된 것으로 보입니다. 심지어 예전에 그가 근무했던 학교에서조차 그러한 상황입니다.

그 이론에도 몇 가지 훌륭한 원칙들은 있다고 할 수 있을 겁니다. 그러나 그것을 정밀하게 적용하기엔 너무나 많은 난점들이 드러나니, 예를 들어 파리라면, 여러 병원의 직원들을 1년 중 상당 기간 동안 별도로 격리해야만 했을 것입니다. 그것도 막상 그렇게 해서 어떤 결과가 나올지 전적으로 의심스러운 문제를 두고서 말입니다."

이런 앞뒤 안 맞는 말을 하는 인간 앞에서 대체 무엇을 할 수 있겠는가? 어르네트는 그에게 맞서는 것을 꿈도 꿀 수 없었다. 그는 예전 빈에서 제멜바이스가 행했던 바를 토대로 파리 소재 병원들에서 몇 차례의 실험을 할 수 있도록 해주겠다는 약조를 받아내고자 무던히 애썼다. 그러나 시간이 얼마 흐르고 난 뒤에는 그 노력을 포기할 수밖에 없었다. 어떤 이들에게서 적의감을, 다른 이들에게서 소심함을, 그리고 모든 이들에게서 프랑스 산부인과계를 지배하는 난공불락의 권위자 뒤부아의 선고에 대한 맹목적 복종만을 발견하고 난 터였다.

낙담하여 부다페스트 귀향길에 오른 어르네트는 자신이 보고 들은 바에 대해, 특히 앞으로 이어질 모든 노력의 부질없음에 대해 제멜바이스를 어떻게 설복해야 할지 알 수 없었다.

어르네트는 이성적이었고, 제멜바이스는 더 이상 그렇지 못했다.

추정하는 것, 예견하는 것, 특히 기다리는 것은 길을 벗어나기 시작한 그의 정신에겐 견딜 수 없는 횡포에 속하는 일처럼 느껴졌다.

어쩌면 이미 그는 우리가 지닌 상식의 현명한 한계를 넘어선 상태였는지도 모른다. 상식이라는 이 위대한 정신의 전통 앞에서, 원하든 원하지 않든 우리 모두는, 공동체적 삶의 첫날부터 끝 날까지, 우리 가운데 가장 재능 있는 자를 가장 비천한 자와 한데 얽어매는 저 **이성**의 사슬에 관습의 힘으로 얌전히 용접된 주의 깊은 어린아이가 아닌가. 그런데 이 무거운 사슬의 코 하나가 끊기자 제멜바이스는 그로부터 튕겨 나와… 비일관성 속으로 떨어지고 만다. 그는 자신의 명료함을, 우주의 명확한 한 점 위에 우리의 미래 전체를 집중시키는 이 힘 중의 힘을 상실한 상태였다. 명료함이 없다면 흐르는 생에서 어떻게 우리에게 적합한 세계의 형태를 선택할 수 있겠는가? 어떻게 자신을 상실하지 않을 수 있겠는가? 인간이 동물들 틈에서 스스로를 높일 수 있었던 것은 바로 그가 우주에서 보다 많은 수의 양상(樣相)들을 발견해낼 수 있었기 때문이 아닌가?

그 본성상 인간은 가장 창의적인 추종자이다. 그리고 불안정하고, 유동적이며, 삶에서 죽음을 향해 기우는 그의 행복이란 그에게는 결코 채워지지 않을 보상이다.

인간의 이 같은 감수성은 얼마나 위험스러운가! 그는 이 취약한 경이의 균형을 유지하기 위해 매 순간 끊임없이 각고의 노력을 기울이도록 운명 지어진 것 아닌가!

인간의 정신은 가장 깊은 잠에 빠진 순간에도 거의 휴식을 모른다. 절대적인 게으름은 동물의 것인즉, 우리 인간의 구조는 우리에게 그것을 금지한다. **생각**의 도형수, 바로 그런 것이 우리들이다. 그저 두 눈을 뜨는 행위조차도 그러자마자 곧 제 머리 위에 세상을 떨어지지 않도록 올려놓는 일이나 다름없지 않은가? 술 마시고, 잡담하고, 오락하는 것, 어쩌면 꿈꾸는 것마저도 결국엔 이 세상에 존재하는 모든 양상 중에서 인간적이며 전통적인 것들을 선택하는 쉴 없는 과정이자, 그 나머지에 해당하는 것들을 지칠 새 없이 멀리 밀쳐놓는 과정이 아닌가. 매 하루가 끝날 무렵 어김없이 피로가 우리를 덮칠 때까지.

우리 인류의 운명에 적합한 양상을 선택할 줄 모르는 이에게 수치를! 그는 짐승이고 미치광이이리니.

한편 우리의 오만함이 자부해 마지않는 기발한 환상이나 독창성에 관해서 말하자면, 아뿔싸! 그것들은 한계가 명확할 뿐만 아니라 훈육에 의해 둔중해지기까지 한 것 아니냐! 우리에게 허용되는 것이라곤 오직 상식으로 단단히 굳어진 상상에 기초한 환상뿐이다. 이 규약에서 지나치게 멀어지면 당신을 이해해줄 이성과 정신은 더 이상 존재하지 않는다. 따라서, 제멜바이스가 자신의 수업을 모든 산부인과 교수들을 겨냥해 늘어놓는 긴 욕설로

130

바꾸고 있을 때 그는 쓸모없이 힘을 낭비하고 있는 셈이었다.

결국 그는 몸소 시내 곳곳의 담벽에 선언문을 붙이러 다님으로써 자기 자신을 용납할 수 없는 자, 무용한 자로 만들고 말았다. 그 선언문의 한 대목을 인용해보기로 한다. "한 집안의 가장이여, 당신은 출산하려는 당신 아내의 침대 머리맡으로 의사나 산파를 불러오는 행위가 무엇을 의미하는지 아는가? 그것은 곧 당신이 기꺼이 그녀로 하여금 치명적인 위험을 겪도록 하겠다는 뜻이다. 체계적인 방법을 통해 그 위험을 아주 쉽게 피할 수 있는데도 말이다, 기타 등등."

이 일 이후 필경 제멜바이스의 원장 직위는 즉각 박탈되어 버렸으리라. 그러기에 앞서 그의 건강이 날로 악화되는 바람에 굳이 그 가혹한 조처를 취할 필요조차 없어지지 않았더라면 말이다. 실제로, 얼마 가지 않아 제멜바이스가 발음하는 말들은 더 이상 그것들이 겨냥하는 대상에 가닿지 못했으며, 대부분의 경우 어느 누구도 이해시킬 수 없는 것이 되었다. 그의 몸은 불규칙하게 흔들리는 듯한, 전에 없던 자세를 취하기 시작했다. 모든 사람들의 눈에 그는 마치 주저하며 미지의 땅으로 나아가는 듯 보였다….

사람들은 자기 방 벽에 구멍을 파고 있는 제멜바이스를 발견했다. 그의 말로는 알고 지내던 신부 한 사람이 거기 묻어둔 중대한 비밀을 찾는 중이라는 것이었다. 몇 달 사이 그의 얼굴에는 깊은 애수의 흔적이 패였고 그의 시선은 사물들의 지지를 잃은 채 우리의 뒤편에서 헤매고 있는 것 같았다.

예전에 그토록 강력했던 제멜바이스의 능력들은 모조리 제어력을 잃고 빠른 속도로 부조리의 지경에 봉착했고, 그는 그것들의 꼭두각시가 되었다.

그는 차례차례로 웃음에, 처벌에, 선의에 사로잡혔는데, 완전히 또 아무런 논리적 질서 없이 발생하는 그 각각의 감정들은 그 자신만을 낚아 뒤흔들며 마치 이 가련한 사나이의 힘을 앞선 발광 때보다 한층 더 완벽하게 소진시키는 데에 전력을 기울이는 듯 보였다. 광기가 고문의 바퀴를 돌리기 시작하자 육체뿐만 아니라 하나의 인격까지도 무참하게 산산조각 나고 만다.

사유의 준엄함이나 그 구속에 대해 통탄하려 들거나 물질의 족쇄가 순수한 정신의 창공을 향한 자신들의 경탄할 만한 비상을 억누른다 주장하며 그것을 저주하는 시인들을 믿지 말지어다! 아무 생각 없어 복 받은 자들이여! 절대적인 자유를 원한다 우기지만 실상 떠올릴 줄 아는 것이라곤 고작 그것의 예쁘장한 한 귀퉁이에 불과한, 한낱 거드름이나 피우는 배은망덕자들이여! 지옥은 우리의 육중한 이성의 문 앞에서 시작된다는 사실을 이들, 이 경솔한 자들이 짐작이라도 한다면! 그들이 개탄해 마지않는, 때로 과도한 반항심에 사로잡혀 들부딪다 기어이 자신들의 리라마저 부숴버리게 되는 바로 그 문 앞에서 말

132

이다. 그들이 그 사실을 알고 있다면! 그렇다면 그들은 우리 정신의 감미로운 무력함을, 무한 지성으로부터 우리를 보호해주는 이 행복한 지각의 감옥을 열렬히 감사하며 찬양하지 않았겠는가. 그 무한 지성 앞에서는 가장 섬세하다는 인간의 명석함조차도 지극히 보잘것없는 찰나의 일별에 지나지 않으니. 제멜바이스는 우리 종족의 거대하고도 연약한 힘이 적대적인 우주 속에서 스스로를 보호하기 위해 일찌감치 찾아들었던 이성이라는 이 안온한 피신처를 벗어나 있었다. 그는 이제 광인들과 함께 절대(對絶) 속을, 그 얼음 같은 고독 속을 헤매 다녔으니, 거기서 열정은 더 이상 아무런 반향을 불러일으키지 않는다. 그리고 공포에 질린 채 무(無)의 길 위에서 터질 듯 두근거리는 인간의 마음은 어리석고 방향 잃은 작은 동물에 지나지 않는다.

착란이라는 이 가혹한 움직이는 미궁 속을 나아가는 제멜바이스의 눈에는 무거운 자책감에 사로잡혀 흐느끼는 미하엘리스가 보였다. 거대하고 뚱뚱한 모습의 스코다도. 갖가지 지옥 같은 증오심으로 낯빛이 하얘진 채 노기 띤 비난을 퍼붓는 클린도. 그리고 자이페르트와 스칸조니도….

사물들이, 사람들이, 다시 사물들이, 이름 붙일 수 없는 공포의 무거운 흐름들이, 불분명한 형태들이 제멜바이스를 끌어다 평행하고, 교차하고, 위협적이고, 뒤섞여 녹아내리는 과거의 갖가지 상황 속으로 혼란스럽게 몰아

133

넣었다….

한계를 잃어버린 정신의 저주로 인해 그의 주위에 널린 현실과 진부한 일상마저도 부조리의 영역에 덧붙여졌다. 탁자와 전등, 의자 세 개, 창문 등, 밋밋하기 그지없으며 가장 흔한 일용품들이 비밀스런 훈영을, 적대적인 빛을 띠기 시작했다. 윤곽들이, 또 원인과 결과들이 액체처럼 녹아 흐르는 이 기이한 유동성 속에는 이제 안전 같은 것은 존재하지 않았다. 광인에 의해 시공간 바깥으로 옮겨진 이 방 안으로 또다시 환상의 방문객들이 몰려들었다.*

그들을 하나하나 뒤따르며** 제멜바이스는 예전에 행했던 반론을 다시 시도하곤 했다. 그는 오래오래, 때로는 논리적으로, 그리고 흔히 그들이 떠난 지 한참 후에야 논증을 펼쳤다. 그러나 이러한 환영들은 거의 어김없이 폭력으로 마무리되곤 했다. 그의 침대 주변에는 히죽거리며 거짓말을 일삼는 망령들이 너무나 많았다. 너무나 많아서 그것들을 정면에서 다 바라볼 수가 없었으니, 등 뒤에서마저 저 망령들, 저 음흉한 적들이 음모를 꾸미는 소리가 들려오는 것 아닌가?

망령들이 눈앞에서 달아날 때면 제멜바이스의 광기는 숨이 막힐 정도에 달했다. 그는 아주 자주 그 망령들의

---

* revinrent encore les visiteurs. 이본에는 "방 안으로 환상의 방문객들이 몰려들었다(revinrent les visiteurs)". —원 편집자 주
** après chacun d'eux. 이본에는 "그들 하나하나와 함께(avec chacun d'eux)". —원 편집자 주

뒤를 쫓아 층계까지, 심지어 길거리까지 달려 나왔다.

제멜바이스의 정신 질환에서 이 같은 양상은 1865년* 4월까지 이어졌다. 그를 무너뜨렸던 환각은 이 무렵에 들어서 돌연 멈추었다. 이는 가짜 호전 상태 또는 기껏해야 잠깐의 정지에 불과했지만, 그래도 이 상황을 계기로 그간 그를 향했던 감시가 완화되었다. 심지어 그에게는 얼마간의 시내 산책이 허락되기까지 했다. 제멜바이스는 뜨거운 길거리를 거의 항상 모자도 쓰지 않은 채 걸어 다녔다. 모든 이가 그에게 닥친 불행을 알고 있었고 따라서 다들 그가 자유로이 지나갈 수 있도록 길을 비키곤 했다…. 의대 측이 그를 대신할 사람을 구하기로 결정한 것도 이 일시적 소강기의 일이다. 관련 심의회 일을 담당한 그의 동료들은 학교 측의 조처에 제멜바이스가 동의하도록 하는 과정에서 그에게 많은 배려를 기울였다. 그에 더해, 제멜바이스가 학교를 그만둔 이후에도 그에게 '휴직' 교수로서의 자격을 여전히 유지할 수 있도록 하자는 데에도 뜻이 모아졌다. 제멜바이스는 기꺼이 이러한 결론을 받아들인 것으로 보였다. 그러나 같은 날 오후, 그는 유례없이 강렬한 정신 발작에 사로잡혔다.

두 시경, 사람들은 떼거지로 따라오는 허구의 적들에 쫓겨 마구 길거리로 달려 나온 제멜바이스를 목격했다. 그가 그렇게 옷섶이 다 풀린 채 고함을 질러대며 당도

---

* 이전의 모든 판본은 오류에 의해 이 연도를 1856년으로 표기해왔다. —원 편집자 주

한 곳은 의대의 해부실*이었다. 한창 수업 중인 그곳의 작업대 위에는 예증을 위해 시체 한 구가 놓여 있었다. 제멜바이스가 메스 하나를 집어 들더니 의자들을 밀치고 모여든 학생들을 사이를 지나 해부대 앞으로 다가간다. 그러더니, 미처 사람들이 말릴 새도 없이, 시체의 살갗에 칼집을 내어 자신의 충동이 시키는 대로 아무렇게나 부패한 조직을 베어내거나 근육을 조각조각 잘라 멀리 집어 던진다. 그러는 내내 그는 고함을 지르거나 두서없는 말들을 중얼거린다….

학생들은 그 사람이 제멜바이스인 것을 알아보았다. 하지만 그의 태도가 워낙 위협적이라 아무도 그의 행동을 중단시킬 엄두를 내지 못한다…. 그리고 그는 더 이상 아무것도 알지 못한다…. 그가 다시 메스를 집어 든다. 그러더니 손가락으로, 동시에 칼날로 분비물이 흘러내리는 시체의 공동(空洞)을 파헤친다. 그의 동작이 한층 더 헐떡거리는가 싶더니 그만 그는 깊이 자상을 입고 만다.

제멜바이스의 상처에서 피가 흐른다. 그가 비명을 지른다. 그가 을러대고 협박한다. 사람들이 그의 메스를 빼앗고 그를 에워싼다. 하지만 이미 너무 늦었다….

이전의 콜레츠카처럼 그 또한 방금 치명적으로 감염된 것이었다.

---

* anathomie de la Faculté. 이본에는 "의대의 강당(amphithéâtre de la Faculté)".
　—원 편집자 주

세계의 밤이 신의 빛으로 비추어졌다.

— 로맹 롤랑*

이 더할 나위 없이 불행한 소식을 전해 들은 스코다는 즉시 부다페스트로 향했다. 그는 그곳에 도착하기 무섭게 제멜바이스를 데리고 귀향길에 올랐다. 역마차로 가는 이긴 여정은 얼마나 힘들었던가! 노인과 다친 상태로 헛소리를 지껄이는, 어쩌면 위험스럽기까지 한 병자인 제멜바이스에게 이 여행은 얼마나 큰 시련이었던가! 그들은 대체 무슨 바랄 것이 있다고 다시 뭉쳐 그처럼 절망적인 모험을 감행한 것일까? 스코다는 잠시 외과 수술을 실시할 생각을 했던 것일까…? 그러나 그는 발길을 거기서 멈추지 않았는바, 1865년 6월 22일 아침결에 빈에 도착한 제멜바이스는 그대로 정신병원으로 옮겨졌다.

그가 입원했던 방은 — 오늘날에도 그곳은 방문이 가능하다 — 병원 건물의 왼편 회랑, 긴 복도의 맨 끝에 위치해 있다. 그는 거기서 1865년 8월 16일에 사망했다. 향년 44세. 3주 동안 최후의 고통을 겪고 난 끝이었다. 늙은 스승이 그 마지막 계단을, 인생에서 가장 험난한 그 단계를 그와 함께 올랐다.** 스코다에게 그 우울한 건물은 친숙

* 이 제사는 1936년의 재판본부터 삭제되었다. —원 편집자 주
** 1924년 6월, 데투슈가 『의학 신문(La Presse Médicale)』 51호에 발표한 학위논문 요약본에 대한 죄리 교수의 지적에서 알 수 있듯(이 책에 실린 부록 「「제멜바이스의

한 장소였다. 예전에 그는 징계 처분을 받고 종합병원에서 나와 그 병원 의사의 일원으로 재직한 적이 있었다.

그 일은 스코다의 이력에서 아주 초기인 1826년에, 클린(그렇다, 안타깝게도 또 그다!)이 당시 수하 조수였던 그를 이 정신병원으로 처박아두면서 일어났다. 그때의 구실은 스코다가 "타진법을 지나치게 자주 실시해 환자들을 피곤하게 한다"는 것이었다.

이 세 주 동안 제멜바이스는 아마도 불분명한 우연들의 일치 속에 존재하는 기이한 조화에 대해 언급한 듯하다. 어쩌면 그 점에 관한 한 그의 기억력은 그의 마음이 감당하기에는 너무나 고통스러운 비밀을 간직하고 있었던 것일까? 행복이 그렇듯 보복 또한 결코 완벽하게 이뤄지는 법은 없으며, 그럼에도 그것이 항상 너무나 무거워서 우리는 놀라게 되는 것이다….

저녁이 그 방에 스무 번 찾아들고 나자 마침내 죽음은 제게 뚜렷하고 잊을 수 없는 굴욕을 안긴바 있는 사람을 데려갔다. 죽음이 막 거둬들이려던 그자는 그 순간 거의 인간이라 할 수도 없었으니, 그것은 점차로 고름에 덮

마지막 나날」에 관한 몇 가지 지적 사항」 참조), 그의 논문에 그려진 제멜바이스의 생은 여러 대목에서 실제 사실과 차이를 지닌다. 논문의 저자는 대상의 삶의 면면을 훨씬 더 극적으로, 자신의 비전과 세계관이 비추는 대로 그려냈는데, 이 스코다의 동반 장면 역시 그러하다. 스코다가 실제로 제멜바이스의 최후를 함께하지 않은 것이 객관적 사실에 해당한다면, 이 허구적 장면 구성은 의사는 죽어가는 이의 임종을 지키고 죽음의 비밀, 죽음의 침묵을 끝까지 동반하여 그 완성을 선언하는 자라는 작가적 믿음 속에서 나름의 진실성을 획득한다.

여 사라지는 윤곽 속에 착란의 헛소리를 지껄이며 썩어드는 하나의 형태에 지나지 않았다. 게다가 이처럼 세상에서 가장 퇴락한 장소에서 **죽음**이 대체 어떤 종류의 승리를 기대할 수 있겠는가? 이 인간의 구더기들, 이 음험한 이방인들, 정신병원으로 이르는 길목에서 멸망을 따라 어슬렁거리는 이 위협적인 미소들을 놓고 과연 죽음과 겨룰 수 있을 자가 존재하겠는가?

본능들의 감옥이여, 광인들의 요양소여, 부디 괴성을 지르거나 신음하며 허둥대는 이 미치광이들을 받아주오!

광인이 시작되는 곳에서 인간은 끝난다. 동물도 그보다는 높으며, 뱀들 중 가장 미천한 것조차 적어도 광인의 아비 자격으로서 꼬리를 흔드는 것이다.

제멜바이스는 이 모든 것보다 더욱더 낮은 자리에 있었다. 광인들 한가운데에 무기력하게, 시체보다도 더 썩어서.

감염은 꽤 느리게, 그리고 꽤 정교하게 진행되었다. 그리하여 최후의 안식을 향한 행로에서 제멜바이스는 그 어떤 전투도 피해갈 수 없었다.

림프관염… 복막염… 늑막염… 그리고 이어 뇌막염의 단계에 이르렀을 때 제멜바이스는 일종의 간단없는 다변증 상태에 빠져 끝없는 회상을 늘어놓았다. 산산조각난 그의 머리는 그 과정을 통해 길디긴 죽은 문장들을 게워냄으로써 스스로를 비워내는 듯했다. 그리고 이제 그 말들은 그가 부다페스트에서 광기의 발작을 일으킨 초창기에 그랬던 것처럼 학대당한 배우가 착란에 기반하여 펼치는 자기 생의 지옥 같은 재구성이 아니었다. 그의 비극적인 힘은 열 속에서 남김없이 고갈되고 난 터였다. 이제 제멜바이스는 자신이 지나간 시절에 보였던 경이로운 생동력에 의해서만 산 자들의 틈에 끼어 있었다.

8월 16일 아침, **죽음**이 마침내 그의 목을 거머쥐었다. 제멜바이스는 숨이 막혔다.

방 안에는 썩는 냄새가 진동했다. 정말로 그가 떠나가야 할 시간이었다. 그러나 제멜바이스는 누더기가 된 몸 위에 더 이상 아무것도 가능하지 않게 된 뇌를 얹은 채 우리의 세계에서 버틸 수 있는 한 악착같이 버텼다. 그는 마침내 어둠 속에 정신을 잃고 기절한 것처럼 보였다. 그렇게 거의 마지막이 가까워졌을 때, 돌연 최후의 반항이 시작되면서 그것이 그에게 빛과 고통을 돌려주었다. 그가 갑자기 침대에서 벌떡 몸을 일으켰다. 사람들은 그를 다시 자리에 눕혀야 했다. 그러자 그가 여러 차례 외쳤다. "안 돼, 안 돼…." 마치 제멜바이스라는 존재의 심저에는 **죽음**이라는 공동의 운명에 대한 면죄 같은 건 일체 들어 있지 않으며, 그에게 가능한 것은 오로지 생명에 대한 커다란 믿음뿐이라는 듯이. 그가 또다시 외치는 소리가 들렸다. "스코다…! 스코다…!" 정작 그 자신은 스코다를 알아보지 못했었다. 제멜바이스는 저녁 7시에 마침내 안식에 들었다.

*

결론

이상이 1818년 부다페스트에서 출생하여 1865년 같은 도시에서* 사망한 필리프 이그나즈 제멜바이스의 슬픈** 이야기이다.

제멜바이스는 지극히 너른 마음씨를 지닌 인간이자 위대한 의학적 천재였다. 그가 방부 의학의 선구자라는 데에는 아무런 의심의 여지가 없다. 그가 산욕열을 피하기 위해 마련한 방책들은 오늘날에도 여전히 유효하며, 앞으로도 늘 그러할 것이기 때문이다. 제멜바이스의 저서는 영원하다. 그러나 그것은 그의 생전에는 완전히 무시되었다.

이 논문을 통해 우리는 제멜바이스에게 쏠렸던 예외적인 적대감의 원인을 어느 정도 설명해줄 것으로 보이는 일련의 요소들을 밝히고자 했다. 그러나 모든 것이 사실 자료와 사상과 말에 의거해서 설명되는 것은 아니다. 더구나 사람이 이해할 수 없는, 또 앞으로도 결코 이해할 수 없을 온갖 것이 존재하는 법이다.

세균학의 진실은 제멜바이스 이래로 50년이 지나서, 파스퇴르가 한층 더 강력한 빛을 들고 나와 반박 불가능한 전면적 방식으로 비춰내야만 했다.

* dans cette même ville. 이본에는 "빈에서(à Vienne)". —원 편집자 주
** la triste. 이본에는 "매우 슬픈(la très triste)". —원 편집자 주

제멜바이스의 경우, 그가 이룬 발견은 그가 지닌 천재의 힘을 능가했던 것으로 보인다. 아마도 그것이야말로 그의 모든 불행을 초래한 심오한 원인이었으리라.

검토: 검토:
박사 논문 심사 위원장, 브랭도.   학장, 로제.

검토 및 인쇄 승인:
파리 아카데미 원장, 아펠.

참고 문헌

제멜바이스, 『산욕열의 병인학(Die Aetiologie des Kindbettfiebers)』(페스트, 하르틀레벤[Hartleben], 1861).

──────, 「슈패트 박사에게 보내는 두 통의 공개서한(Deux lettres ouvertes au Dr Spaeth)」(1861).

──────, 「스칸조니 박사에게 보내는 두 통의 공개서한(Deux lettres ouvertes au Dr Scanzoni)」(1861).

──────, 「지볼트 박사에게 보내는 두 통의 공개서한(Deux lettres ouvertes au Dr Siebold)」(1861).

D. 브루크(D. Bruck), 『P. I. 제멜바이스』(빈, 치에신[Teschen], 1887).

A. 헤가(A. Hegar), 『제멜바이스』(프라이부르크, 튀빙겐, 1882).

──────, 『서설(Discours)』(1882).

A. 싱클레어 경(Sir A. Sinclair), 『제멜바이스. 생애와 학설(Semmelweis life and doctrine)』(맨체스터, 1909).

블럼버그(Blumberg), 『P. I. 제멜바이스. 살균의 원칙(P. I. Semmelweis Principien des Asepsie)』(베를린, 1906).

글로크너(Glockner), 『낙성식 기념지(Gedenkblatt zur Einweihung)』(『작센 조산원 신문[Sächsische Hebammen-Zeitung]』, 드레스덴, 1906).

본 죄리(Von Györy), 여러 저서들(부다페스트, 1886~1901).

더 랜싯(The Lancet), 『제멜바이스 기념비(Monument to Semmelweis)』(런던, 1892).

올리버 웬들 홈스(Oliver Wendell Holmes), 『P. I. 제멜바이스』(런던, 1909).

로즈(Rose), 『제멜바이스』(뉴욕 메디컬[New York medical], 1904).

테네스배리(Tennesvary), 『개막. 제멜바이스 기념비(Enthulung, Semmelweis denkmal)』(베를린, 1906).

베케를링(Weckerling), 『제멜바이스인가 리스터인가?(Semmelweis oder Lister?)』(뮌헨, 1907).

L. 영(L. Young), 『P. I. 제멜바이스 전기(P. I. Semmelweis. Biography)』(뉴질랜드, 1909).

에르고(Hergot), 『산부인과학의 역사에 관한 시론(Essai d'une Histoire de l'Obstétrique)』(마송[Masson], 1902).

피나르(Pinard), 『제멜바이스 기념비 낙성식 개회사(Discours d'inauguration du momument de Semmelweis)』(부다페스트, 1906).

부록
「제멜바이스의 마지막 나날」에 관한 몇 가지 지적 사항*

헝가리 의학진은 『의학 신문(La Presse Médicale)』 51호에 '제멜바이스의 마지막 나날'이란 제명으로 실린 데투슈 씨의 소논문을 대단히 흥미롭게, 또 매우 즐겁게 읽었습니다. 이 논문은 우리 헝가리 의학계의 위대한 순교자에 대한 깊은 공감과 드높은 존경을 보여주고 있었습니다. 다만 날짜와 실제 사실에 관련하여 몇 가지 사소한 오류가 확인되기에, 저는 제멜바이스의 전기 작가이자 그의 전 저서 출판을 책임지는 편집인이라는 이중의 자격으로 이를 바로잡아줄 것을 요청합니다. 『의학 신문』의 1906년 92호에 실렸던 명망 높은 피나르 교수의 축사를 참조하면 사실 확인이 가능한 이상, 이 같은 수정 요청이 크게 무리가 되는 일은 아닐 것입니다.

* 루이페르디낭 데투슈 의사, 즉 셀린은 1924년 5월 1일에 박사 논문 심사를 통과했고 논문의 요약본 「제멜바이스의 마지막 나날(Les Derniers jours de Semmelweis)」을 그해 6월 25일에 발표하였다. 세부 표현과 분량만 다를 뿐, 이 요약본의 근본 관점과 전개는 원문과 거의 동일하다. 권위 있는 제멜바이스 연구가이자 그의 저작물 책임 편찬자인 헝가리의 티베리우스 데 죄리(Tiberius de Györy) 교수는 셀린 논문의 요약본을 검토한 후 몇 가지 수정 권고 사항을 전달했다. 본 부록은 그것을 옮긴 것이다. 셀린 논문의 오류가 결국엔 제멜바이스라는 연구 대상에 대한 객관적 정보보다는 장래 작가의 근본 성향과 특징을 앞서 드러내준다는 점에서 죄리의 지적은 흥미롭게 참조할 만하다. 죄리의 글은 『제멜바이스』 갈리마르 이마지네르 판본에 함께 실려 있다.

우선, 제멜바이스는 "빈 출신 조산사"가 아니었습니다. 이 위대한 의사는 오스트리아인도, 독일인도 아닌 "헝가리인"입니다. 여러 가지 확실한 단서에 의거할 때— 피나르 교수는 이 점을 올바르게 지적하고 있습니다—"제멜바이스의 선조들은 17세기에 이미 헝가리 시민이었기" 때문입니다. 그의 빈 체류는 상대적으로 단기간에 해당하는 것이었습니다.

"클린(정정: 클라인) 병동의 연속적인 치사율 96퍼센트"는 대단히 과장된 수치입니다. "사망률 수치는 100명당 16명에서 31명에 달했다"는 것이 진실이며 이에 관해서는 피나르 교수도 같은 말을 남겼습니다. 그러니 통계 수치의 끔찍함은 이 정도로 만족해야만 할 것입니다.

"제멜바이스의 동포들이 그전에는 그에게 등을 돌리기 좋아했다"는 중대한 오류 또한 수정되어야만 할 것입니다. 실은 그 반대였으니까요! 제멜바이스가 자신의 위대한 저서 증정본에 편지 한 통을 첨부해 헝가리 아카데미에 보내면서 스스로 밝힌 바로는 "내 고국에서는 결코 아무도 나의 가르침에 반대하려 하지 않기 때문에 부득이 나는 헝가리어가 아닌 독일어로, 즉 내 말을 경청하게 하고 싶은 나라들의 언어로" 집필해야만 했다는 겁니다.

이어 데투슈 씨는 제멜바이스가 "몸소 시내 곳곳의 담벽에 선언문을 붙이러 다님으로써 자기 자신을 용납할 수 없는 자로 만들고 말았다"고 기술하고, 관련된 한 대목을 인용하고 있습니다. 그런데 이것은 이중의 오류입니다. 제멜바이스는 결코 선언문을 게시한 적이 없으며, 인용된 대목은 1862년에 그가 모든 산부인과 의사들에게 보낸 공개서한의 말미에 그대로 등장하는 구절일 뿐입니다.

제멜바이스의 마지막 나날에 관련된 모든 내용 또한 정정해야 할 것입니다. 시신을 둘러싼 장면은 그 전체가 순전히 상상의 소산입니다. 사실 제멜바이스는 정신병원에 들어올 때 이미 몸에 거의 눈에 띄지 않을 정도로 작은 상처를 입고 있었습니다. 그것은 수술대에서 작업할 때 생긴 상처로, 그 결과 초래된 것은 흡수열 및 농혈증이었습니다. 그가 평생 동안 대항하여 싸워왔던, 바로 그 병입니다.

사건들이 발생한 날짜들에 관해서도 고쳐야 할 점이 있을 듯합니다. 제멜바이스의 정신 발작이 일어난 것은 1865년 7월 말의 어느 날들이 아닙니다. 또한 그의 발작은 부다페스트 대학교 의대에서 수업하던 중 느닷없이, 그야말로 기습처럼 일어났습니다. 제멜바이스는 갑자기 자리에서 일어나서 조산사 서약문을 읽기 시작했습니다. 그때까지 제멜바이스에게서 신경 체계의 동요 외에 다른 징후를 발견한 이는 아무도 없었습니다. 그리고 그 정도의 신경 증세는 그에게 "감시의 대상"이 되도록 요구하지는 않았습니다. 제멜바이스의 헝가리 동료들이 그를 빈 정신병원으로 데려간 날짜는 ("6월 22일"이 아니라) 7월 31일이었습니다. 스코다는 "부다페스트행 여로를" 밟지 않았으며 따라서 그는 빈을 향한 슬픈 여행으로 제멜바이스를 인도하지도 않았지요. 제멜바이스는 그곳에서 ("16일"이 아니라) 8월 13일에 사망했습니다.

　　　이상이 제가 정정하고자 하는 내용입니다. 이 몇 가지 오류에도 불구하고 (더구나 그것들은 쉽게 고칠 수 있는 사항들입니다), 데투슈 씨의 논문은 매우 고상하고 열렬한 필치로 쓰여졌으며, 그렇기에 우리 헝가리인들은 그의 훌륭한 연구 결과에 깊은 감사를 표하는 바입니다. 이 논문을 통해 그는 우리의 위대한 동포 제멜바이스에 대한 기억을 새로이 해주었습니다.

티베리우스 데 죄리
부다페스트 대학교수

상기하자면, 부다페스트에서 국제 의학 학술 대회가 개최되었을 당시 파리 의대의 명망 높은 학장 랑두지 교수는 부다페스트에 소재한 제멜바이스 동상을 찾아 그 발아래에 프랑스 의학계의 이름으로 화환을 헌정하였습니다. 피나르 교수 또한 열정적인 즉흥 연설을 통해 이 저명한 헝가리 의학자가 과학과 인류를 위해 크나큰 공헌을 하였음을 공표했습니다.

Y 교수와의 인터뷰

뭐, 그냥 딱 잘라 사실을 말하자면, 서점가는 대단히 심각한 불황에 허덕이는 중. 다들 100000부 찍었네! 40000부 찍었네! 그러고들 우기는데 그 숫자 중 0 자 단 하나도 믿지 말라는 거지… 하다못해 400부를 찍었대도…! 말짱 거짓말이오! 얼래스…! 얼래스…!* 단 하나 '연애담 전문지'는… 글쎄! 그럭저럭 선방이고… '흑색 총서'도 약간은… 그리고 '창백 총서'**로 말하자면…. 실상엔 더 이상 아무 책도 안 팔리는 셈이니… 심각하다마다…! 영화다, 텔레비전이다, 각종 생활용품에, 스쿠터에, 2, 4, 6마력 자동차들이 책에 커다란 타격을 입히니 말이야… 왜 그 '할부판매'란 걸 좀 생각해보쇼! 그리고 '위크엔드'는 또 어떻고…! 뿐인가, 그 잘난 월 2회, 아니 3회의 휴가도 가야지…! 또 룰루랄라 크루즈 여행도 있네…! 쥐꼬리 예산아, 안녕…! 이런 이거 이 빚진 것 좀 봐…! 한 푼도 남은 게 없네그려…! 그러니 무슨 책을 사, 안 그런가…! 뭐, 캠핑카라고? 또 돈 써야지…! 책이라…? 그건 그 무엇보다

---

* "Alas!… Alas!…"(프랑스어로는 "Hélas!") 셀린은 가끔 셰익스피어의 「햄릿(Hamlet)」 5막에 나오는 대사 한 토막 "아아, 가엾은 요릭!(Alas, poor Yorick!)"을 이런 식으로 인용하곤 했다.

** 갈리마르의 추리소설 총서 두 시리즈는 모두 마르셀 뒤아멜(Marcel Duhamel)에 의해서 창시되었으며, 그 출범 연도는 각기 첫 번째 것이 1945년, (오늘날엔 존재하지 않는) 두 번째 것이 1949년이다. ―원 편집자 주
[유서 깊은 갈리마르 '흑색 총서(série noire)'의 경우 그 명칭은 시인 자크 프레베르(Jacques Prévert)가 고안하였다. 이와 관련해 1948년에 뒤아멜이 작성한 글은 이 시리즈의 의의를 공언하는 일종의 선언문으로 간주되기도 한다. 두 번째 시리즈인 '창백 총서(série blême)'는 1949년에 출범하였으나 흑색 총서와의 차별성을 획득하지 못한 탓에 1951년 종간되고 말았다.]

도 빌리기 좋은 물건 아닌가…! 알다시피 책은 한 권당 적어도 스물… 혹은 스물다섯 명의 독자들이 읽을 수 있으니… 아아, 가령 빵이나 햄이 딱 한 조각으로 그처럼 여러 사람에게 만족을 줄 수 있다면! 한 조각으로 스물… 혹은 스물다섯 명의 소비자들에게! 그럴 수 있다면 그게 웬 횡재일꼬…! 곱절로 불어나는 빵의 기적은 당신을 몽상가로 남겨둘 일일 테지만 불어나는 책의 기적이란, 그리고 그 결과인 작가 노동의 무상성이라는 기적은 당연지사에 불과하오. 이 기적은 '아귀다툼의 시장'에서 세상 그 어디보다도 평온하게 이루어지거나, 아니면 도서관 열람실 등등에서 좀 태를 부리면서 벌어지지. 그리고 어떤 경우에든 무일푼으로 남는 건 작가인 게지. 그게 원칙! 그러니까 이들, 작가들이란 엄청난 개인 재산을 누리고 살거나, 대단히 큰 액수의 연금을 받거나, 그도 아니면 안 처먹고도 살 수 있는 (핵융합*보다도 더 강력한) 비법이라도 발견한 것으로 치부되는 것이냐. 게다가 지체 높은 (특권층에 속한, 이익배당금을 원 없이 받는) 양반들이란 하나같이 당

---

* 셀린은 핵무기의 발달 추이를 바짝 추적하긴 했지만 과학적인 세부 사항까지 따라가지는 못했다. '분열(fission)'이라는 용어 대신 '융합(fusion)'이라는 표현을 쓴 위의 용법이 그 점을 증명한다. —원 편집자 주
[그러나, 사소한 것이기는 해도 이 부분에서는 고다르의 지적에 고개를 갸우뚱하게 된다. 핵무기의 원리에는 어쨌든 핵의 분열과 융합이 모두 존재하니까. 서구인의 기억에 가장 뚜렷하게 남아 있는 핵의 악몽은 2차 대전 당시 미국이 일본 히로시마에 투하한 원자폭탄이겠지만, 또한 자료에 의하면 소련과 미국이 각기 최초로 (핵융합 무기의 대명사인) 수소폭탄 실험에 성공한 것이 1949년과 1952년의 일이다. 다시 말해 셀린이 『Y 교수와의 인터뷰』를 구상하던 무렵(1953년)과 거의 동시대에 일어난 사건이다.]

신에게 이런 말을 마치 재론의 여지없는 진리처럼, 그것도 아무런 악의 없이 하리란 것이지. 궁핍만이 천재를 해방시켜 주지요… 예술가는 고생을 해야 합니다…! 그것도 약간으로는 어림없어요…! 가급적 아주 많이…! 예술가란 고통 속에서만 작품을 배태할 뿐이니까요…! 그러니부디 **고통**이 그의 스승이 되길…! (받침돌 위의 M.*) 한술더 떠, 다들 감옥이 예술가에게는 아무런 해도 끼치지 않는 줄 아나 본데… 그 반대요…! 진짜 예술가의 진짜 삶은오직 감옥을 상대로 벌이는 길거나 짧은 숨바꼭질일 뿐이니… 또 다들 단두대가 비록 보기에는 무시무시해도 실은예술가에게 큰 기쁨을 안긴다고들 아나 본데… 천만에,말하자면 단두대가 예술가를 기다리고 있는 게지! 단두대를 (아니면 기둥을, 당신들 마음대로 생각하시오) 피해간모든 예술가는 아마도 40대를 넘기면 일종의 광대로 간주될 수도 있으리…. 집단에서 따로 떨어져 나왔으니, 스스로를 별나게 눈에 띄도록 만들었으니 본보기로 벌받는 게당연하고 자연스럽지… 그가 형벌을 받는 현장에 참여하기 위해, 그가 마침내 진짜로 얼굴을 찡그리는 광경을 보기 위해 창문이란 창문은 죄다, 그것도 비싼 값에 일찌감치 예약되고 마는 법! 가령 콩코르드광장** 같은 곳… 군중

---

* 초석을 받친 뮈세의 동상은 테아트르프랑세 광장에 있다. —원 편집자 주
[인용된 구절은 알프레드 드 뮈세의 시집 『밤들(Les Nuits)』 중 「10월 밤(La Nuit d'octobre)」에 나오는 것으로, 셀린은 제멜바이스를 대상으로 한 박사 논문에서도 동일 시구를 끌어 쓴 바 있다. 이 책 91~92쪽 참조.]

** 고다르는 이 대목의 주에서 셀린에게 콩코르드광장은 대혁명기에 그곳에서

은 일찌감치 나무들을 뽑아내고 거기에 튈르리*라는 거
대한 빈 공간을 만들어놓는데! 이 예술가의 목이 작디작
은 단검으로 살근살근, 아주 살근살근 잘리기 시작할 때
그의 얼굴 꼬락서니가 어떻게 되는지를 똑똑히 보고 싶
은 게라… 광대의 최후라, 사람들이 기다려 마지않는 바
로 그것이다만, 그런데 요 정도로서는 달큰한 쾌감만 되
지 어디 저놈이 제 오쟁이 진 처지를 뼈저리게 느끼겠느
냐! 그러니 그를 고문대에 틀어 매라! 아니면 바퀴에 묶
어 차형(車刑)을 가하든지! 그래서 한 네 시간… 다섯 시
간 동안 비명을 지르게 만드는 게다… 이런 것이 작가를
위해 준비되는 일! 작가 역시 광대거든…! 의심의 여지없
이…! 그가 사람들이 자신을 겨냥해 꾸미는 음모를 피할
수 있으려면 오직 간계나 굴종, 또는 타르튀프**류의 위선
에 힘입거나, 아니면… 크거나 작은 아카데미 중 하나에,***

공개적으로 행해졌던 기요틴 처형을 의미함을 지적한다. 1차 대전 참전 시 커다란
충격을 받았을 뿐만 아니라 프랑스가 나치 독일로부터 해방되기 직전인 1944년, 죽음의
위협(부역 혐의로 해방 후 처형될 가능성, 레지스탕스 측의 살해 협박)을 면하고자 모진
피신길에 올라야 했던 셀린은 집단이 저지르는 박해와 광기 어린 살육이라는 문제에
대해 늘 대단히 민감하게 반응했고, 자신이 그 희생양이라 느꼈다.
* Tuileries. 앙리2세의 죽음(1559) 후 카트린 드 메디시스(Catherine de Médicis)
왕비가 루브르 성 인근에 짓기 시작한 궁성. 1871년 파리코뮌 당시 화재로 인해 궁
전체가 소실되었고, 이후 터에는 크고 작은 정원들만 남았다.
** Tartuffe. 원래 이탈리아 희극에 등장하는 인물로, 1664년에 프랑스 극작가
몰리에르가 가져다 재창조한 이래 '위선자'를 가리키는 대표적 이름이 되었다.
*** 각기 아카데미프랑세즈와 아카데미 공쿠르를 가리킨다. 『Y 교수와의 인터뷰』의 여섯
번째 초벌 원고의 경우 셀린은 다음과 같이 상술하였다. "대체 아카데미 사람들은
건립할 줄 아는 게 무언가? 자전거…? 하나의 양식…? 아니면 셔츠 깃 단추? 더구나
그들은 대단히 잔인하기까지 하다…! 그들은 회중을 웃기기 위해 자기네 노인들을
원숭이처럼 치장해놓곤 하며… 잔인하기론 그보다 한 수 위인 '공쿠르' 쪽은 아예 그들이

154

또는 **교권**이나… **정당**… 아무튼 그에 맞먹는 그 모든 헛되기 그지없는 피신처들에 기대야만 하니…! 이에 관해 환상을 가져서는 아니 되리오! 소위 '피신처'라 불리는 이것들은 얼마나 쉽게, 그리고 빈번하게, 해로운 것으로 변질되는가…! 그리고 저 '정치적 참여'라는 것도 그렇고… 아아! 안타깝도다…! '등록 카드'*를 서너 장씩 챙겨 가진 이들이라고 얘기가 달라질쏘냐…! 결국 그들은 그만큼씩 간**악함**과 협정을 맺은 거나 마찬가지인 셈…!

요컨대, 당신이 잘 쳐다보기만 한다면, 빈털터리로 종치고 마는 작가들은 이내 수월찮이 눈에 띌 건데, 반면 출판업자치고 다리 밑에 나앉는 이는 좀처럼 찾아볼 수 없을 것이니… 거참 희한하지 않소…? 나는, 일전에, 이 모든 것에 관해 가스통과 얘기한 적이 있지, 거 가스통 갈리마르** 말이오… 아니 글쎄, 가스통도 그 점에 대해 쪼

존재하지 않도록 처단해 버리는바…." —원 편집자 주

* 각종 정당에 가입하면서 발급받는 등록 카드. 고다르의 보충 설명에 의하면, 프랑스에서는 19세기 초 이래로 (1946년 마르트 리샤르[Marthe Richard]법에 의해 폐지될 때까지) 카드 등록제를 통해 창녀들을 관리했다. 셀린은 이처럼 등록제를 통해 정치 정당에 참여하는 지식인들을 바로 그 몸 파는 여인들에 비유하곤 했다. 덧붙일 만한 점은 다음과 같다. 문학사에서 볼 때 1945년 즈음부터 사르트르가 주창한 참여문학론이 큰 반향을 일으킨다는 점, 그러나 1936년경부터 1940년대 초반까지 연이은 셀린의 강력한 반유태주의적 발언은 애초 그의 소설에 우호적이었던 사르트르로 하여금 대단히 공격적인 비판을 가하게 만들었고, 그에 격분한 셀린은 이후 작품의 곳곳에서 사르트르를 웃음거리로 언급하게 된다는 점. 어쨌거나 알려진 대로 사르트르의 『구토(La Nausée)』(1938)는 셀린의 첫 문학적 시도이자 유일한 희곡 『교회(L'Église)』(1926년 집필, 1933년 출간)의 한 구절을 제사로 취했을 뿐만 아니라, 여러 점에서 셀린의 그 유명한 첫 소설 『밤 끝으로의 여행』(1932)의 영향을 드러낸다.

** Gaston Gallimard(1881~1975). 갈리마르 출판사를 세운 굴지의 편집인. 이적죄 및 국가모독죄 혐의로 결석재판을 받았던 셀린이 온갖 수단을 동원하여 사면을 받고

금은 알고 있던데…! 내 경우는, 그의 생각으로는, 침묵을 깨려고 갖은 노력을 기울여야 옳다는 거요, 그간 입 다물고 산 통에 큰 손실을 입었으니까! 그러니까 침묵을 깨는 거다! 한 방에 확실히 가는 거다! 그래서 말짱 지워지고만 그간의 내 존재감을 극복하고 나의 천재를 온 누리에 알려가지고는….

"알았소!"

나는 그렇게 대답했지.

"당신은 제대로 수를 써볼 생각을 안 합니다…!" 이것이 그의 결론이라나… 나를 비난하려는 뜻은 전혀 아니나… 그래도 어쨌든 사실이 그렇다나…!* 가스통이 고

덴마크에서 프랑스로 돌아온 1952년 직후 갈리마르는 셀린 작품의 모든 판권을 사들였다. 프루스트의 경우와 비슷하게, 갈리마르 측은 『밤 끝으로의 여행』 원고를 처음 받았을 당시 그 내용과 분량을 수정해야 출판하겠다는 유보적 태도를 취했다가 드노엘 출판사(Éditions Denoël)에 판권을 빼앗기고 뒤늦게 후회한 경험이 있다. 귀국 후 갈리마르 출판사와의 전격적인 계약 덕에 셀린은 재정적인 활로를 마련한 셈이었지만, 이후 쓰는 작품마다 툭하면 편집인들과 자신 사이에 있었던 갈등 관계를 희화화하여 집어넣곤 했다.

* "물론, 선생이 이런저런 수를 쓰는 것을 원치 않으며 그렇기에 그와 관련된 모든 계약을 거절한다는 점을 나는 깊이 이해합니다. 그 점은 심지어 내 마음에 들기까지 합니다. 하지만 판매 부진의 책임을 N. R. F. 쪽에 돌리지는 마시오. 그것은 단지 선생의 태도에서 기인한 것일 뿐이니까요."(갈리마르가 셀린에게 보낸 1952년 9월 17일의 편지, 『N. R. F.에 보낸 셀린 서한집[Lettres à N. R. F.]』, 174쪽) ─ 원 편집자 주
[1908년 앙드레 지드(André Gide), 자크 코포(Jacques Copeau), 장 슐롱베르제(Jean Schlumberger) 등이 힘을 합쳐 만든 문학평론지 『누벨 르뷔 프랑세즈(Nouvelle Revue Française)』(N. R. F.)는 1909년에 창간호를 냈다. 평론지에 참여한 일원이었던 갈리마르는 1910년부터 잡지의 실무적 운영을 담당했고(잡지의 요체 즉 그 문학적 향방을 이끈 이는 지드이다), 1911년에 이 잡지에 기고하는 문인들의 작품을 출판하기 위한 출판사를 설립했다. 이 출판사의 당시 정식 명칭은 '누벨 르뷔 프랑세즈 리브레리 갈리마르(Nouvelle revue française librairie Gallimard)'였다. 갈리마르는 1919년

매한 예술 후원자인 건 두말할 나위 없는 사실이다만…
그러나 그와 동시에 장사하는 업자이기도 한 것 아니냐,
이 가스통도… 그런 그에게 피해를 끼쳐서야 쓰나 싶었
기에… 나는 부랴부랴, 단 1분도 허비하지 않고, 제대로
"수를 쓰는" 능력을 갖추고자 방법을 강구하기 시작했으
니… 명색이 자연과학자인 나 아닌가, 그러니 이 "수를 쓰
는" 능력으로 무엇이 있는지 얼마나 열심히 조사했겠나,
한번 생각들 해보시라…! 나는 전광석화 같은 속도로 단
박에 깨달았으니, 제일 중요한 그 첫째란! 무엇보다도! 라
디오에 나가는 것, 그것이 바로 제대로 "수를 쓰는" 첩경
인바… 모든 일에서 즉각 손을 떼고!* 그쪽을 뒤적거려볼
것! 별수 있나! 아무 데나 죽이 됐든 밥이 됐든…! 중요한
건 그쪽으로부터 자기 이름이 100번은 족히 불리게끔 하
는 것…! 아니 1천 번은…! 그래서 당신이 "부글부글 거품
잘 나는 비누" 짝이도록… 아니면 "날 없는 면도기 가투
이야"나… 그도 아니면 "천재 작가 일리지"든가…! 죄다
같은 소스에! 같은 수법으로! 그리고 마이크 앞에서 물러
나자마자 이번엔 영상으로 찍히는 거다! 샅샅이! 당신의
어린 시절과 사춘기, 장년기, 사소한 인생의 변천사를 남

독자적으로 리브레리 갈리마르(Librairie Gallimard)를 차렸으나 여전히 N. R. F. 와
긴밀한 관계를 유지했다.]
* 실제로 이후 셀린은 기회가 주어졌을 때 그렇게 한다. 그는 우선 이 『Y 교수와의
인터뷰』가 단행본으로 출간된 1955년 3월부터 라디오 스위스 로망드에, 이어 라디오
로잔에, 마지막으로 1957년 『성에서 성으로』의 발간을 계기로 프랑스 텔레비전에
출연하였다. —원 편집자 주

김없이 찍고… 그리고 촬영이 끝나면, 다음엔 전화질…! 장안의 모든 기자들이 몰려들도록…! 그러면 당신은 그들에게 어째서 당신이 당신의 어린 시절과 사춘기, 장년기… 등등에 관해 찍도록 했는지 설명한다… 그들이 친절하게 그 모든 걸 인쇄할 수 있도록, 그리고 나서 그들이 또다시 당신 사진을 찍을 수 있도록! 또다시…! 이런 과정이 100가지 신문에서 되풀이되도록…! 자꾸만…! 자꾸만…! 그리고 이 나로 말하자면 벌써부터 그 끔찍스런 난리 통 어딘가에 끼어든 내 모습이 떠올랐으니…! 이러이러한 점을 정당화한다…?* 저러저러한 점을 자화자찬한다…? 게다가 몇몇 친구들은, 광고 쪽에 종사하는 이들인데, 곧 내놓고 냉랭한 반응을 보였겠다.

---

* 셀린이 정당화할 만한 사항이 무엇인지 읽는 이는 짐작 가능할 것이다. —원 편집자 주 [셀린에게서 항상 문제가 되어온 것은, 아주 단순화하여 말한다면 이런 것이다. 그가 1936년에서 1941년까지 발표한 일련의 팸플릿들에 드러나는 반유태주의. 당시 유럽 전역에서 반유태주의가 고조되었으며 일부 지식인들 또한 공공연하게는 아니더라도 은밀하게 그것에 공감하였다는 점을 감안하더라도, 셀린의 팸플릿은 작정한 듯 난폭하고 노골적이었다. 그중 가장 대표적인 동시에 나오자마자 많이 팔리고 인기리에 읽히기까지 한 것은 『학살을 위한 바가텔』(1936)이다. 그의 첫 소설 『밤 끝으로의 여행』은 세상으로 하여금 중년의 변두리 보건소 의사 데투슈를 하루아침에 가장 주목받을 만한 '(극)좌파' 작가로 간주하도록 만들었기 때문에(정작 이 신인 작가 자신은 스스로 아나키스트를 자처했을 뿐 자신의 정치적 입장에 관해 드러내놓고 소견을 밝힌 적은 없다) 이 팸플릿은 좌파에겐 경악을, 우파에겐 거북스러움을 안겨주었다. 그 이후로 자연 문제가 된 것은 그가 과연 나치 점령기에 독일에 협조하고 공식적인 단체에 가담하여 프로파간다 지식인 역할을 했느냐 하는 것이다. 셀린은 항상 개인적 판단에 의해 움직였을 뿐 공식적으로 어느 단체에 가입하여 친독 협력 행위를 한 적은 없다. 그는 자신이 평화주의와 애국심의 발로에서 프랑스 혹은 유럽인과 유럽 문명을 말살하려는 유태인들을 고발한다고 강변했고, 그건 처음부터 변함없는 그의 입장이기는 했다.]

158

"페르디낭,* 자넨 자기 자신을 들여다본 적이 없는 겐가? 돈 거 아니야? 아예 텔레비전에도 나가지 그래? 그 낯짝으로 뭘 하겠다고? 그 목소리로? 자네 자기 목소리 들어본 적 한 번도 없나…? 거울로 안 봤나? 자네 꼬락서니를?"

오냐 맞다, 거울 자주 안 보고, 뿐이냐 잠깐만 내 모습을 바라봐도 알 수 있는 건 세월이 가면 갈수록 내 몰골이 점점 더 추해졌다는 사실… 이것은 내 아버지의 의견이기도 했으니… 아버지는 내가 추접스럽게 생겼다 판단했고… 그리하여 나보고 수염을 기르라 충고를 던졌던 것이다….

"하지만 이 수염이란 것은, 세심하게 관리를 해야 하는 법이다, 아들아! 그런데 너는 영 돼지처럼 지저분하지! 그러니까 보나 마나 냄새나 풀풀 풍기고 다니겠구나…!"

아버지가 내린 최종 결론이라니… 한편 내 목소리로 말하면, 나도 그게 어떤지 잘 알고 있으니… "불이야아" 하고 외치는 데 딱이로세! 쩡쩡하니 잘도 울려 퍼지거든…! 그것한테 매력 있기는 바라지도 않으련다… 요컨대 나는, 목소리가 들어줄 만하지도, 면상이 쳐다봐줄 만하지도 않은 것이다…! 나는 이 사실을 가스통에게 털어놓

---

* 『밤 끝으로의 여행』의 화자, 그리고 흔히 그 전신으로 여겨지는 희곡 『교회』의 주인공이 공히 '바르다뮈(Bardamu)'라는 가공의 이름을 가진 것을 제외하면, 그 이후 셀린 저작의 화자는 모두 자기 자신이다. 즉 화자는 스스로를 '셀린'으로 칭하거나 두 번째 이름 '페르디낭'을 통해 표지한다. 실생활에서 가족이나 친구들은 그를 흔히 첫 번째 이름 '루이'로 부르곤 했다 한다.

지 않고⋯ 방향을 휙 돌려 폴랑에게로 갔다⋯ 급사장 폴랑* 말이다⋯.

"폴랑, 우리가 이 인터비유우란 걸 좀 하면 어떨까 하는데요⋯? 아니 그보다 당신이 나를 인터비유우하면! 꽤 괜찮을 것 같지 않소, '인터비유우'란 게? 그렇게 하면 혹시라도 가스통에게 도움이 될지 아오? 그는 내가 '제대로 수를 쓰기'를 바라고 있으니 말이오⋯! 그러자면 인터비유우, 이게 '대단한 한 수' 아니겠소? 안 그렇소? 그리고 당신이 그 인터비유우 내용을 당신들이 경영하는 『구식 구식 잡지』**에 싣는다면 저들에게 그것이 일종의 작은 충격이 되지 않을까⋯ 아무튼 해봐서 해가 되는 일은 없을 터인데!"

폴랑은 내 의견에 동의하는 편이란다⋯ 기꺼이 그럴 의향이 있다고⋯ 그러나 자기 시간이 일정으로 빈틈없

---

* Jean Paulhan(1884~1968). 작가이자 비평가, 편집인. 1925년에서 1940년까지, 이후 1953년에서 1968년까지 『누벨 르뷔 프랑세즈』의 디렉터를 지냈다. 폴랑은 (자신의 정치적 신념과는 별도로) 해방 후 아라공을 중심으로 문학계에 인 숙청 작업이 점차 완강한 검열의 잣대로 굳어지는 것을 문제 삼으며 셀린의 작품을 재출간하려는 용기를 보였다. 그러나 출판사 쪽에 격하고 험한 어조의 편지를 보내기 일쑤였던 셀린의 등쌀을 견디지 못하고 결국 『Y 교수와의 인터뷰』 출간 준비 과정에서 그와 결별하고 만다.
** 카이에 앙티크 앙티크(Cahiers antiques antiques). 물론 이는 『누벨 누벨 르뷔 프랑세즈(Nouvelle Nouvelle Revue française)』를 비꼬아 이른 표현이다. '신(新) 프랑스 평론지' 즉 『누벨 르뷔 프랑세즈』는 1940년부터 1943년까지 유태인 출신 혹은 공산주의 작가의 참여를 배제한 채 파시스트이자 대독 협력 작가인 피에르 드리외 라 로셀(Pierre Drieu La Rochelle)의 편집 체제로 운영되었다. 자기 출판사의 독립성을 유지하기 위해 갈리마르가 나치 측과 협의한 절충안의 결과였다. 해방 후 이 일이 문제가 되어 잡지는 폐간당했다가, 1953년부터 '누벨 누벨 르뷔 프랑세즈'(신 신프랑스 평론지)라는 이름으로 복간되었다. 이 시기부터 장 폴랑이 다시 돌아와 마르셀 아를랑(Marcel Arland)과 공동 편집인으로 일하였다. 몇 년 후 잡지는 원래의 이름으로 회귀하였다.

이 꽉 차 있지 뭐냐고… 벌써부터 몇 달치 스케줄이 잡혀 있어 옴짝달싹 못한다고! 그리고 그다음엔 다시 치료를 받으러 떠나야 한다고… 누군가를 가스통네 출판사로 발굴해 데려온다는 것은 늘 어지간히도 힘들며 험난한 일인지라… 그들은 항상 치료차 떠나거나 치료받고 돌아오는 길… 그리고 일단 돌아오면 검토가 늦어진 편지들이 하도 많아 몇 달을 꼬박 그것들에 답신을 써보내야 하고… 따라서 구술하고 또 구술하며… 그렇게 해서 작성된 편지들을 봉투에 넣고 우표를 붙이고 나면 이거 원 기진맥진, 완전 녹초일세… 다시 치료받으러 떠나니… 이들, 가스통의 **참모진**은 이렇듯 모두 진정으로 눈코 뜰 새 없이 바쁘건만… 그러나 당신은 그걸 당최 이해를 못 하고… 그래서 바보 같은 질문들이나 자꾸 던지는구나… 할 일 없고, 또 아무짝에도 쓸모없는 당신! 게을러빠진 작가이자…! 출판사의 기생충인 당신은 말이다…! 당신은, 그렇지, 꿈꾸는 거다…! 꿈만 꾸는 거야…! 현실은 늘 당신으로부터 빠져 달아난다…! 폴랑과 관련한 실제 현실은 그래서 무엇이었느냐, 그가 실은 다시 크루즈 여행을 떠났다는 사실인바… 가고…! 또 가고…! 아무튼 형편이 그렇다니 나는 다른 인사를 찾아볼 수밖에… 치료받으러 떠나지 않고 남아 있는 인터비유우 진행자를…! 그런 사람 하나를 찾아낸다…! 그다음엔 둘을…! 셋을…! 열을…! 매우 유능한 데다… 기꺼이 그 일을 할 생각이 있던 이들을… 그러나 그들은 내게 조건을 달았는즉, "나쁜 일에 나를 끼워 넣지

161

마시라"가 그것이었다…! 나보고 그들 이름을 인용하지 말아 달라고! 인터뷰해 주기는 하겠는데, 그러나 반드시 "익명으로" 하겠다고…!

나는 신중함에 대해선 아주 이해심이 깊다… 암 그렇다마다…! 신중함에는 결코 지나침이 없는 법…! 이리하여 인터뷰를 해주겠다는 이들은 마침내 50명에 이르게 되었으니! 이젠 고르기가 곤란해졌네…! 그 누구의 성미도 건드리지 않으려 애쓴 덕에… 다름 아닌 나 자신이 곤란지경에 빠진 것이다…! 어떤 이들은 지나치게 미사여구를 남발하고… 또 다른 이들은 아니 이거 또 왜 이렇게 시시콜콜 따지고 들어…! 그중에서 나는 드디어 한 사람을 찾아냈는데, 나에게 전적으로 적대적인 인물로서, 아 그점이 오히려 낫긴 하다마는… 엉큼한 데다 경계심은 많아 가지고… 내 집으로 자기가 오는 것도 싫다, 내가 자기 집으로 가는 것도 싫다, 그러니 공공장소에서 만나자나… 남들 눈에 안 띄고 지나칠 수 있도록….

"좋소! 그렇다면 선생 마음에 드는 장소를 선택하시오!"라고 나는 그에게 말한다.

"아르제메티에 공원에서 봅시다!"

아르제메티에 공원은 내가 매우 좋아하는 장소로… 나는 거기에 연관된 옛 추억도 한 다발로 가지고 있다… 나는 당신들을 위해 내 인터뷰 진행자를 Y 교수라 칭하기로 한다. 이렇게 해서 우리는 그 소공원의 벤치 하나에 마주 바라보고 앉는데, Y 교수가 내 오른편이다…만 이 시람, Y 교수는 사방팔방으로 곁눈질을 하고 있으니… 아, 여간 불안한 게 아닌가 보았다… 왼쪽으로! 반대쪽으로…! 그다음 우리 앉은 뒤쪽으로…! 우리 약속 시간은 열한 시, 그러니까 오전 열한 시였는데… 나로 말하면, 내가 거기 도착한 게 열 시 반…! 말이 났으니 하는 말인데…! 약속보다 아주 일찍 오는 것은 경계심 많은 사람들이 흔히 취하는 작전으로… 그들은 미리 와서 주변이 어떤지 염탐해두려 한다… 어쩌면 전날 미리 와서 살펴보는 게 나으려나, 인간들이란 게 여간 못돼 먹었어야지… 아무튼! 그렇다! 그건 그렇고…! 우리 둘은 이제 한자리에 모였다…! 나는 그가 내게 질문을 던지기를 기다렸고… 그렇게 합의된 거였으니까… 그런데, 아니! 전혀 아니올시다일세…! Y 교수는 그냥 내 곁 벤치에 앉은 채 영 꿀 먹은 벙어리인 것이었다…! 이럴 줄 알았으면 다른 놈이 오게 하는 거였는데…! 불퉁스런 인물들은 넘쳐났었다…! 그중에서 약간 투덜댈 기미가 있는 작자로 부를 걸 그랬나… 이 Y인가 뭔가처럼 절대적으로 입 안 벌리는 적대자라니, 이거 무슨 꼬락서니람!

"Y 교수님! 선생은 상당히 불친절하십니다그려!"

나는 그에게 이렇게 말한다.

"우리는 인터뷰 때문에 여기 있는 거요! 아무도 선생 안 잡아가요! 그러니 겁먹을 것 없소! 선생이 나한테 아무 질문도 안 하면 내가 어떻게 잘난 척 떠들 수 있으며, 또 어떻게 '수를 제대로 쓸' 수 있겠소? 가스통 생각도 좀

163

해보시구려!"

그러자 그가 즉각 움찔한다! 가스통이란 말에 부르
르 몸을 떤다! 그는 그제야 이쪽저쪽 염탐하던 행동을 그
만두었다….

"가스통…! 가스통…!"

그는 그렇게 더듬거렸다…. 다른 숱하게 많은 사람
들처럼 Y 교수 이 사람 역시 분명 학위를 땄고, 교수 시험
을 통과했고, 안경을 썼든, 안 썼든, N. R. F.에서 '검토 중'
인 원고 하나쯤 가지고 있으리라… 교수들 거의 모두에겐
N. R. F.에서 묵혀져가고 있는 작은 공쿠르급 저작물이
하나씩 있으므로… 그건 쉽게 납득이 가는 일이오! 하고
당신은 말하려 할 것이다… 출판사들이야 아무래도 소설
을 더 많이 출간하는 만큼, 당연히 그런 종류의 벌과(罰課)
가 쌓이게 마련이죠…! 풍자적인 벌과, 고고학적 벌과, 프
루스트 짝의 벌과, 꼬리도 머리도 없는 벌과, 아무튼 벌과!
노벨상감의 벌과… 반(反)반(反)인종주의적 벌과! 작은 상
감의 벌과! 큰 상감의 벌과…! 플레이아드 총서급 벌과!
아무튼 벌과…! Y 교수에게도 분명 몇 해 전부터 N. R.
F.의 지하 창고에서 대기 중인 작은 벌과가 하나 있을 것
이고, 가스통은 그 벌과를 올려오게 한 후 그것에 눈길을
한번 던질 테지… 사람들이 그에게 붙인 별명대로 과연
'상어' 같은 눈길일 터이고, 한데 가스통, 출판인들을 깡그
리 잡아먹는 이 거대한 탐식자는 제 배를 불리기 위해 대
체 얼마나 많은 양의 플랑크톤을 삼키는 것인가! 가스통

이라! 오, 그는 도무지 기세가 수그러드는 법이 없다…! 그건 그가 사들인 자동차를 잠깐 쳐다보기만 해도 알 수 있거든…! '초호화'급의 진짜 상어 같은 엔진이 장착되었고… 거기 더해진 저 라디에이터의 이빨들 좀 보라…! 기름을 바른 듯 윤나는 멋들어진 차체하며…! 하이고, 끝내준다…! 따라서 그 검토의 찰나 Y 교수는, 그와 그의 벌과는 크나큰 위기의 순간을 겪은 셈이리라…! 이들 교수 모두가 어거지로 꾸역꾸역 생산해내는 '베끼기'를 보고 있노라면 참으로 감동스럽기 그지없으니… 그들은 죄다 서로를, 반드시, 베낀다… 그들은 강의실들을 지나치게 많이 드나든 것이다… 강의실 안에 있는 게 그들 직업이니까… 그리고 강의실 안에서 배우는 게 뭔가? 서로들 집적대다 이내 너 나 할 것 없이 베끼기 일쑤… 모든 공쿠르상 지원자들은 서로를 베낀다, 불가피하게…! 그들은 미술 대전 어딜 가나 줄줄이 걸려 있는 모든 그림들과 마찬가지로 요지부동에, 그게 그거고, 지루하고, 불가피한 고로… **금메달**이나 공쿠르나, 하나가 덕지덕지면 다른 하나는 괴발개발이요, 그럴수록 사람들을 행복하게 해준다…! 내 옆에 앉은 Y 교수 또한 자기 자신과 자신의 똥 같은 원고를 위해, **금메달** 아니면 '공쿠르상'에 관해 엄청나게 생각하고 있는 중일 터! 가스통이 잠깐 던져줄 눈길에 대하여, 또 가스통의 말 한마디에 대하여!

"그러니까, Y 선생, 정신을 좀 차려봐요! 제발! 지금 우리는 다름 아닌 가스통을 위해 일하고 있는 거요!"

나는 그에게 그렇게 말한다….

"만약 선생이 나를 인터비유우하지 않는다면… 그것도 지적인 방식으로 말이오… 돌아가서 결과가 퍽도 좋겠소…! 선생은 저 가스통을 만나러 가야 할 거 아니오! 그런데 그가 선생의 공쿠르상을 없던 일로 하려 들면 어쩔 거요! 그럼 선생의 '냉장고'는 어떻게 되겠소…! 그리고 선생이 떠나려던 이탈리아 여행은…! 선생이 '크레도'*로 사려던 그 청소기는…! 아마 당신 부인도 이토록 게을러터진 사람이 내 남편이라니, 하고 깔깔 웃을 거요!"

그의 얼굴이 붉으락푸르락하는 게 보인다…! 내가 그를 꿈에서 깨어나게 한 것이 틀림없나 보군…! 그는 이제 더 이상 오른쪽도… 왼쪽도 둘러보지 않는다…!

"암…! 그렇지요…! 암…! 어서 시작합시다! 선생…! 하지만 무엇보다도 정치 얘기는 절대 안 돼요…! 정치 얘기는 절대 금지…!"

"걱정 마시오…! 오, 전혀 두려워할 필요 없습니다 그려! 정치란 곧 분노이지요…! 그리고, Y 교수님, 분노란 곧 대죄의 하나가 아니겠소! 이걸 잊지 마시오! 화난 자는 횡설수설한다오! 그러면 그의 뒤에서 복수의 여신들이 한꺼번에 그를 덮치지요! 그리고 그를 갈기갈기 찢어놓는 거요! 그것이 바로 **정의**지요…! 그러니 나의 경우, 아이고, Y 선생, 결코 그런 일은 되풀이되기 없기요! 제국을 통째

---

* 크레디트카드를 우습게 부르는 말.

로 준다 해도! 절대로!"

"그렇다면 철학적인 소논쟁은 어떻겠소…? 선생이 할 만할 것 같습니까…? 가만있어라, 가령 '자아'의 변형에 의한 진보의 변천 과정에 대해 논의해보면 어떨까 싶은데…?"

"아, Y 교수님, 내 선생을 정말로 존경하고는 싶소만… 그러나 이런 말을 하지 않을 수 없군요, 나는 반대요…! 나에겐 사상 같은 건 없소! 하나도! 게다가 내가 보기엔 사상보다 더 비천하고, 진부하고, 혐오스러운 건 없소! 도서관에 가면 사상은 넘쳐나지요! 카페테라스에도 마찬가지고…! 무능한 작자들이 꼭 사상이 넘쳐난다오…! 철학자들도…! 사상은 그들의 산업이지요…! 그리고 그걸로 젊은 애들 앞에서 허세를 부린다니까! 기둥서방처럼 젊은 애들을 등쳐먹고 말이지! 선생도 알다시피 젊은 것들이란 아무거나 꿀떡꿀떡 집어삼키려 하고… 온갖 것에 대고 외치지 않소! 멋져어어어어! 그러니 기둥서방들이 손쉽게 그들을 손에 넣을 수밖에! 청춘의 열정적인 시간은 그 '사아상'이라는 것들로 발기하거나 목을 행구면서 지나가는 것이랍니다…! 소위 그 철학이란 것들로…! 네, 철학이라 했습니다, 선생…! 젊은 애들이 사기를 좋아하는 건 꼭 사람들이 뼈다귀라 부르며 나뭇조각을 던져주면 좋아라 하며 그걸 쫓아가는 강아지들과 같지 뭡니까! 허겁지겁 그 뒤를 쫓아 달려가며 컹컹 짖고, 그러면서 자기네 시간을 허비하는 것, 그게 원칙이지요…! 그 모든 광대들이 그래서 절대 그만두지를 않는 거요, 계속 젊은 애들 갖고 장난치는 걸… 속이 텅텅 빈 그, 철학적, 이라는 나뭇조각들을 듬뿍 던져주는 걸… 그러면 젊은 것들은 쫓아가느라 숨이 턱까지 차가지고서는…! 얼마나들 만족해 하는지…! 얼마나들 고마워하는지…! 저들 기둥서방들은 청춘에 필요한 게 뭔지를 알고 있지요! 사아상…! 더 많은 사아상! 그리고 종합! 그리고 지적인 변화…! 그 포트와인 더 주세요! 더요, 더요! 기호논리학이라고요! 꺄악 멋져어어어…! 속이 텅 빈 것일수록 젊은 애들은 남김없이 삼키고! 몽땅 처먹고! 즈네들이 속 빈 나뭇조각에서 발견하는 모든 것들을… 사아아상이라고…! 장난감 하고는…! 이보쇼 Y 교수, 말이 난 김에 하는 말이니 기분 나쁘게 생각하지 말고 들어주었으면 하는데, 선생도 생긴 면상을 보아하니 지식인이시구려! 심지어 변증론까지 구사하는 양반일 것 같은데…! 그렇다면 선생도 필시 젊은이들을 많이 접하시겠소! 그리고 분명 그들의 머릿속을 지식으로 꽉꽉 채워주겠지요! 당신은 젊은 것들로 먹고사는군요! 당신은 젊은이들을 찬양해 마지않을 거요…! 인내심 없고, 건방지고, 게을러터진 그놈들을… 뿐만 아니라 당신은 결의론 (決疑論)*자로까지도 보이오! 내 장담하리다…! 이거 아벨

---

* 13세기 스콜라철학이 싹 틔운 결의론은 율법이나 사회적 관습과 같은 일반적인 도덕원리를 근거로 개별적인 윤리와 양심의 문제를 판단하고자 했다. 따라서 특수한 윤리적 결단의 원리 원칙으로 작동할 각종 법령이나 교회의 판례들의 해석 체계를 정교하게 구축하는 것이 그것의 주된 관심사였다. 이어 언급된 피에르 아벨라르(Pierre Abélard)는 중세의 보편논쟁을 대표하는 신학자이자 철학자로, 흔히 스콜라철학의

168

라르보다도 더 결의론자이실 듯한데…! 그렇다면 인기가 한창이시겠소…!"

나는 내 깐에 심술궂다고 생각되는 모든 말을 그에게 지껄인 것이렸다…! 그가 다시 펄쩍 자리에서 일어나라고 말이다…! 적대심에는 적대심이라고, 그가 불끈해서 몸을 도사리게끔…! 뺨이라도 한 대 쳐주랴…! 인터비유우 안 할 거면 이놈아 그냥 나랑 치고 박고 싸우자…! 내 가스통한테 죄다 이야기하마…! 그가 좋아라 박장대소하겠지…! 나한테 또다시 100만 프랑 뭉칫돈을 선불로 내밀겠지…! 빚에는 빚이라고…!

그가 반격한다! 내 장담했던 바다…!

"아니 그럼 그렇게 말하는 선생은, 댁은 대체 뭐요?"

그가 내게 던지는 첫 번째 질문이다!

아! 드디어 인터비유우를 하게 되나 보네!

"선생, 나는 변변찮은 발명가에 지나지 않는답니다…! 작은 발명가이고, 그리고 뭐 그만한 선에서 충분히 자화자찬하고 있습지요!"

"허 그것 참!"

이게 그가 대답한 전부다… 나는 좀 더 우겨본다….

"작은 발명가, 네 그렇답니다…! 변변찮은 한 가지 작은 비결을 발명해낸 거지요…! 더도 덜도 아닌 딱 한 가

아버지라 불린다. 물론 셀린의 위 문맥에서는 엄격한 의미의 결의론이 문제되고 있는 것이 전혀 아니다. 결의론이라는 말은 때로 공연히 복잡하기만 한 구분을 경멸적으로 일컫는 데 사용되기도 한다.

지 작은 비결…! 그러니까 나는 세상에 메시지를 보내는
게 아니라오…! 나 이 사람은요! 천만에요, 선생! 나는 대
기를 내 생각 나부랭이로 채워 불편을 끼치지는 않소! 나
이 사람은요! 천만에요, 선생! 나는 말로, 포트와인으로,
젊은이들의 아첨으로 취하는 법이 없지요…! 나는 지구를
걸고 사색하는 일 따위는 하지 않소…! 나는 작은 발명가
에 지나지 않고, 그것도 아주 작고 작은 비결의 발명가인
셈입니다! 그렇더라도 그건 틀림없이 통용될 비결! 다른
나머지 것들과 마찬가지로! 가령 옷깃에 다는 토글*처럼!
나도 내 중요성이 아주 미미한 걸 안다고요! 하지만 사아
상 따위에 비기면 뭐 전적인 것이지요…! 사아상 같은 건
보따리장수한테나 줘버릴 테요! 사아상이란 건 모조리!
기둥서방들에게나, 아니 유교주의자들에게나…!"

　　내가 웃긴가 보네… 그가 히죽거린다, 맙소사! 저러
고 한참 빈정거리지는 못하게 할 테다!

　　"그러면 선생, 어디 한번 말해보시오, 당신이 하는
일은 뭐요…? Y 교수라는 댁은…? 혹시 뻥치는 사람 아니
오…? 젊은이들을 미혹시키거나 하지는 않소…? 녀석들에
게 '메시지'나 남기면서…? 그렇다면 퍽 당혹스러운 일이
겠소마는…!"

　　"당신이 뭔가를 발명했다고요…? 그게 뭡니까?"

　　그가 묻는다.

* 흔히 더플코트 등에 다는 짤막한 막대형 단추.

"글로 쓰인 언어 속에 정동(情動)*을 불어넣는 일이지요…! 그간의 문어(文語)는 메마를 대로 메말라 있었는데, 그 글로 쓰인 언어에 바로 이 내가 정동을 다시 부여한 거요…! 선생에게 밝혀두는 건데…! 단언컨대 이것은 결코 시시한 막일에 그치는 게 아니라오…! 이제부턴 어떤 바보라도 '글로 쓰인 것'을 통해 당신의 감정을 움직일 수 있을, 그런 비결이고 마술이오…! 문어 속에서 '구어'의 생생한 정동을 되찾는! 이게 아무것도 아닌 건 아니지요…! 이것은 비록 미미하긴 해도 그러나 분명 무언가인 겁니다…!"

"해괴한 주장이오!"

"물론이오! 확실히 그럴 겁니다…! 하지만 그래서 어떻다는 거요…? 어차피 발명가들은 괴물 같은 작자들인 것을…! 하나같이 그렇소! 특히 작은 발명가들이 그래요! 문어를 관통하는 구어의 정동이라! 이봐요 Y 교수님, 좀 곰곰이 생각해 보시구려! 선생의 머리통을 좀 굴려 보시라고요!"

---

* 감정(sentiment)이나 감상에 맞서는 자신의 무기로서 셀린은 '정동(情動, émotion)'을 내세운다. 낭만적이고 달콤하며 소비사회의 대중 영합적인 예술 태도(그의 표현을 빌리면, '크로모')가 추구하는 것이 각종 '과잉 감정'(사랑은 그 대표적인 예이다)의 양산이라면, 그 자신의 경우처럼 안온한 삶과 손쉬운 행복의 약속으로부터 등 돌려 '죽음에 대한 상상력'을 펼치는 운 없는 예술가는 세간의 몰이해와 저주, 개인적 불행을 감수하면서 정동의 생산을 목표로 삼는다는 것이다. 셀린에게 '정동(émotion)'은 언어의 움직임(motion)에 대한 감각(정서)이다. 마찬가지로 '문체'는 경화증에 걸려 죽기 일보직전인 언어가 '일어나 움직이도록' 하는 글쓰기의 존재 형성 리듬(onto-rythmie, 필립 라쿠라바르트[Philippe Lacoue-Labarthe]의 용어)에 해당한다.

"흠, 알겠소만, 그렇다면 작가 중 델리 남매*의 경우는 뭐요! 델리의 경우를 좀 생각해보시지…! 그들은 광고나 비평이 없어도 연간 1억 프랑을 버는데… 그렇다고 그들이 그 '구어를 관통하는 정동'인가 하는 것을 추구합디까? 그들이요…? 내 참 같잖아서…! 게다가 그들은 결코 누구처럼 감옥에 가지도 않는다고요! 그들은! 또 처신도 매우 적절하고! 그들은!"

"그렇지요, 하지만 델리에겐 나름의 비법이 있다오… 그게 뭔지 모르시나…?"

"몰라요!"

"그들은 다른 작가들보다 더 알록달록한 '크로모'**라오…! 바로 그렇기 때문에 다른 어떤 작가들보다 잘 팔리는 거요! 공쿠르 수상작도 그들 옆에 갖다 대면 그저 존재하지 않는 거나 마찬가지라오…! 전 세계를 통틀어 승리하는 쪽은 뭘까요? Y 교수님? 누가 절대적 지지를 얻소? 대중과 지식인으로부터? 내 묻습니다만? 소련에서든 오하이오하이오 주의 콜럼버스에서든, 캐나다 밴쿠버에서든 모로코의 페스에서든, 트레비존드***에서든 멕시코에서든 말이오…? 바로 '크로모'요, 선생…! '크로모'! 철의 장막이든 아니든…! 체제 따윈 상관없이…! 그저 사방이 성

* 프레데리크 프티장 드 라 로지에르(Frédéric Petitjean de La Rosière)와 그의 쌍둥이 남매 잔느마리(Jeanne-Marie)는 이 '델리(Delly)'라는 필명으로 함께 100편도 넘는 대중 연애소설을 썼다.
** chromo. 저속한 착색 석판술이나 채색 그림.
*** 터키의 도시 트라브존의 옛 이름.

쉴피스 성당*일 뿐! 문예도 마찬가지! 음악도! 미술도! 도 덕과 예의범절도! 하나같이 '크로모'! 프랑스어를 통틀어 '크로모' 작가인 델리가 가장 많이 번역되고 있지요… 발 자크, 위고, 모파상, 아나톨 프랑스 등등의 작가나 페기, 프시카리**보다도 더 많이… 그런데 솔직히 말하자면 이 들도 역시… 아이고 참 로맹 롤랑***도 있다… 솔직히 이들 도 역시 엄청나게 '크로모'였는데…! 그런데도 이 시스터 브러더 델리에다 대면 이들은 싱거움, 따분함, 도덕, 이런 결로 칠 때, 거의 존재하지 않는 셈입죠! 아, 전혀 아니올 시다라고요…!"

"좋소, 그건 그렇다 쳐도, 그럼 따분하면서 어쨌든 그만한 정도까지 뽑아내지는 않는 작가들은 뭐요…? 델 리 수준까지 가지는 않는 작가들 말입니다… 그들은 어쩔 겁니까…? 어쨌거나 공쿠르상을 거머쥐는 사람들인데…? 다름 아닌 선생 같은 사람이, 뭐 말로는 천재적이라더니, 가련하게 놓치고 만 그 공쿠르상을!**** 그리고 다른 큰 상을

---

* Église Saint-Sulpice. 파리 6구에 위치한 로마가톨릭교의 예배당. 13세기에서 17세기에 걸쳐 건립되었다. 18세기 초에 설계된 성당의 내부 장식 디자인이 다소 이례적이고 비정통적인 데다, 특히 그 서쪽 파사드의 탑들은 비례나 양식에서 서로 어울리지 않는 기이한 모양을 한 것으로 알려져 있다.
** Ernest Psichary(1883~1914). 페기와 유사한 작품 세계를 지닌 작가로 『무기의 부름(L'Appel des armes)』(1913) 및 『백부장(百夫長)의 여행(Voyage du centurion)』을 지었다. 『백부장의 여행』은 그가 전사하고 난 1916년에 출간되었다. ─원 편집자 주
*** 그러나 셀린은 자신의 학위논문에 그를 인용한 바 있다(이 책 137쪽 참조).
**** 셀린의 『밤 끝으로의 여행』은 출간된 해인 1932년 공쿠르상 후보에 올랐으나 수상에는 실패했다. 그해의 수상작은 오늘날에는 거의 잊힌 작품인 기 마즐린(Guy Mazeline)의 『늑대들(Les Loups)』이었다. 기록에 의하면 이 최종 결과를 두고 심사 위원들 간에도

173

탄 이들의 경우는 또 어떻고요…? 그 점에 대해선 무슨 말을 할 생각이오…? 그들 역시 암염소의 똥 같은 작자들일 뿐이라고 하실 건지…?"

"무슨 말씀! 나는 그들을 높이 칩니다! 치다마다! 다만 '크로모'로서 그럴 뿐이죠…! 그들은 한 80년은 뒤쳐져 있다오…! 하나같이 1862년경 **금메달**을 가리던 미술 대전에 출품되었던 그림처럼 글을 쓰고 앉았으니… 아카데미풍이든 '그 옆판'풍이든…!* 심지어 반(反)아카데미풍이든…! 그런 건 중요하지 않소…! 요것조것 온갖 게 있기 마련이라지만…! 따지고 보면 결국엔 전부 크로모…! 크로모이면서 아나키스트…! 크로모이면서 공식주의자…! 크로모이면서 교권 옹호자…! 어쨌거나 죄다 크로모!"

그가 내 말을 이해할 거라 믿었다…만 웬걸 내가 그를 잔뜩 화나게 하고 있나 보다… 나를 잡아먹기라도 할 기셀세…! 아, 그래도 그를 진정시키지는 않으련다…! 오 천만에…! 자, 자!

"Y 교수, 선생은 너무나도 멍청해서 모든 걸 일일이

격론이 일었던 것으로 되어 있다. 셀린은 공쿠르상의 수상 불발에 크게 실망하였지만 어쨌든 『밤 끝으로의 여행』은 르노도상을 타고 큰 반향을 일으키며 날개 돋힌 듯 팔려나갔을 뿐만 아니라, 그해 14개국에 번역 판권을 팔기도 했다.
* 프랑스 근현대 미술사에서 분수령을 그은 1863년의 「낙선 작가전(Le Salon des Refusés)」에 대한 암시. 나폴레옹3세의 승인하에, 5천 여 출품작 중 공식적으로 인정받은 작품들은 그랑 팔레(대궁전)에, 그렇지 못한 3천여 점의 작품들은 그 인근의 팔레 드 랭디스트리(산업 궁전)에 전시되었다. 이해의 「낙선 작가전」 목록에 바로 마네의 「풀밭 위의 점심식사(Le Déjeuner sur l'herbe)」와 「올랭피아(Olympia)」가 포함되어 있다. 한편 이 책 179~180쪽에서 셀린은 다시 인상주의 화가들을 언급하는데, 사실 1862년은 아직 그들이 등장한 해는 아니다.

174

설명해줘야만 하겠구려…! 자 똑똑히 가르쳐드릴 테니! 잘 들어봐요, 내가 공표하는 이 말을— 오늘날의 작가들은 영화가 존재한다는 사실을 아직도 모르고 있다…! 그리고 결과적으로 영화는 그들의 글쓰기 방식을 우스팡스럽고 무용하며… 거드름이나 피우는 헛된 짓거리로 만들고 말았다…!"

"뭐라고요? 뭐가 어떻게 되었다고요?"

"작가들의 소설이, 그들의 소설 모두가 영화제작자들에게 다시 팔림으로써 많은 이득을 보고 또 모든 걸 얻는다고 해봅시다… 그들의 소설은 결국 영화제작자를 찾기 위해 발버둥 치는 다소간 상업적인 시나리오에 불과하게 되고 말 거요…! 영화엔 그들의 소설에 결여된 모든 것이 있는즉 움직임, 풍경, 생동감, 다 벗고 터럭까지 홀딱 내보이든 터럭이라곤 없든 인형처럼 예쁜 여자들, 타잔처럼 우람한 사내들, 미소년들, 사자 떼, 서커스 쇼 같은 것들이 넋 나갈 정도로 넘쳐나잖소! 방사(房事) 장면도 지옥에 떨어질 정도로 많지! 심리묘사는 또 어떻고…! 각종 범죄란 범죄는 옛다, 원하는 대로 보여주마…! 흐드러진 여행의 향연! 마치 보는 사람이 직접 거기 가 있는 것처럼! 그 모든 것을 이 가련하고 쩨쩨한 작가란 자는 가까스로 지시해보이는 데서 그치는데 말이오! 지루한 벌과를 치르느라 있는 대로 헐떡이면서! 자기 고객들의 증오를 사면서…! 하지만 그는 역부족! 스스로 기를 쓰고 알록달록해지려 하지만! 죽어라 애써보지만! 저보다 1천 배는 높은

175

급수의 상대와 경쟁하는 꼴이지요…! 무려 1천 배나!"

"그렇다면 선생이 보기에 작가에게는 대체 무엇이 남은 겁니까?"

"저능아들로 이루어진 대중 전체요… 무정형의 대중… 신문조차 읽지 않는… 극장에도 갈까 말까 하는 그런…."

"그 대중이 크로모 소설은 읽을 수 있는 건가요…?"

"물론이지요…! 특히나 화장실에서 읽는다오…! 그곳에서 대중은 잠시 사색의 순간을 가지지요…! 부득이 그럴 수밖에 없잖소…!"

"그 같은 대중이 독자층에서 차지하는 비율이 얼마나 되나요?"

"오! 통상적 인구의 70에서… 80퍼센트 정도 됩니다."

"아니, 그럴 수가! 망할 놈의 고객들 같으니라고…!"

그 사실이 그를 몽상에 잠기게 한다….

"그렇소… 하지만 이봐요 Y 교수님! 주의할 점이 있소! 라디오에 마약처럼 중독된 게 바로 이 고객들이니까요! 라디오로 완전 포화되어 가지고…! 멍청한 것도 모자라 얼까지 다 빠진…! 그들에게 '정동을 갖게 하는 것'에 관해 운을 뗀 후 어떤 반응이 나오나 한번 보시구려…! 선생이 그들에게 받아들여질까…! '정동을 갖게 된 것'은 곧 서정적인 것인데… '화장실의 독자'보다 덜 서정적이며 덜 다감한 것도 없다니까요…! 서정적인 작가는, 나 또한 그중 한 명이지만, 지식층도 모자라 대중 전체로부터 등 돌

176

려지게 되지요…! 지식층은 서정적이 될 틈이 없어요, 여기저기 돌아다녀야지, 처먹어야지, 궁둥이에 살찌워야지, 방귀 뀌어야지, 트림해야지… 그리고 또다시 나돌아다녀야지…! 지식층, 그 사람들 역시 책은 화장실에서나 읽고 또 이해할 수 있는 것은 오직 크로모 소설뿐인지라… 결국 서정적인 소설은 팔릴 수가 없소… 분명한 점은 바로 그것이오…! 서정성은 작가 자신의 신경을 통해, 동맥을 따라, 그리고 모든 이의 적대심으로 그를 죽인다오… Y 교수, 이게 공연히 하는 말이 아녜요…! 나는 아주 진지하게 이야기하는 중이오…! 소설이 '정동을 갖도록 하는' 것은 믿을 수 없을 정도로 피곤한 일이라오… 정동은 오직 구어를 통해서만 포착되고 옮겨 적힐 수 있는 것인바… 다름 아닌 구어의 기억을 통해서! 무한한 인내심의 대가로서만! 거듭 옮겨 쓰고 또 옮겨 쓰는 그 모든 작은 과정에 의해서만 얻어지지요…! 그럴 때 비로소 축배를…! 영화는 거기에 다다르지 못하니까요…! 거기서부턴 역습인 거요…! 대대적으로 선전하고, 온갖 광고를 때리고, 점점 더 확대되는 클로즈업 몇천 개를 투입한다 할지라도… 미터짜리 속눈썹을 달고 나온다 할지라도…! 한숨, 미소, 흐느낌들을 더 바랄 것 없게 보여준다 해도, 영화는 여전히 모조품으로, 기계적으로, 대단히 차갑게 머무를 뿐… 영화는 정동을 싸구려 모조품으로만 가질 뿐이라고요…! 그것은 정동의 파동을 잡아내지 못하고… 정동에 관한 한 불구… 불구의 괴물이라 할 것이오…! 대중도 정동에 무디기는 마찬가지죠…! 분명코…! Y 교수, 맞소… 대중은 과장된 몸짓만을 좋아해요! 툭하면 히스테리에 빠지질 않나…! 그러나 정동을 느끼는 능력은 아주 미미하다오! 정말로 미미하지요…! Y 교수님, 만약 대중이 다감한 정동을 가졌다면 전쟁 따위는 사라진 지 오래일 거요…! 학살 같은 건 더 이상 일어나지 않을 거란 말입니다…! 참으로 요원한 일이지만…!

　　Y 교수, 잘 보시구려, 대중이 말하는 '감동의 순간들'은 신속히 히스테리로 변하고 만다오! 다시 말해 순식간에 야만으로, 약탈로, 살육으로 말이오! 인간의 본성적 기질은 육식성이니까요…."

　　"그러니까 내가 제대로 이해한 거라면… 과거에 선생은 선생 문체의 적들로부터 박해를 받았다는 것인데…? 혹은 선생 문체를 시기하는 이들로부터요…?"

　　"그렇소, Y 교수님…! 그들은 모두 길모퉁이에 숨어 나를 노리고 있었소…! 말하자면 나는 그렇게 그들에게 바쳐진 셈이지요…!"

　　"또한 선생은 자신이 하나의 문체를 창안한 사람이라는 것이고요…? 선생은 그렇게 주장합니까? 그 주장을 견지하나요?"

　　"그렇소, Y 교수님…! 아주 사소한 발명이지요… 하지만 실용적인…! 토글이나… 자전거용 이중 톱니바퀴처럼요…."

　　"갑자기 단번에 자기 자신을 낮추십니다그려!"

"오 천만에요…! 그 이상도 아니고…! 그 이하도 아니외다! 거창한 발명이란 결코 존재하지 않는답니다! 뭣보담도요! 우선 그게 한 가지 이유요! 발명은 늘 작은 것들만 존재하지요! Y 선생! 내 말을 믿으시오, 자연이 한 인간에게 발명의 능력을 주는 경우는 대단히 드물답니다… 설혹 준다 해도 엄청나게 시시한 정도의 것일 뿐…! 양처럼 매애 울면서 지나가는 모든 족속들은 자기가 발명으로 넘쳐난다고 생각하겠지만, 실은 딱 그만큼의 빌어먹을 광대들일 따름이오…! 정신 나간 놈이든 아니든 간에…! 이봐요, 발명에 관련해 그 방면의 거인 하나만 언급하자면, 가령 라부아지에*는 자기보다 앞선 이들이 이미 잘 알고 있던 얼마간의 자연 물체에 그저 숫자들을 매긴 것이고…! 파스퇴르로 말하면 그는 자기 안경 아래로 보이는 가장 작은 것들에 일일이 이름을 붙여준 것에 불과하다고요…! 퍽도 멋진 이야기지요!"

"네, 그렇소만 예술계의 경우 엄정하게 진행되는 것은 도대체가 없소! 그 증거가 바로 선생의 정동의 발견인가 뭔가 하는 것이오…! 그게 새로운 발상이라고요…? 과연 그럴까요…!"

"오, Y 교수님, 1862년의 미술 대전에 출품했던 이

Antoine-Laurent Lavoisier(1743~94). 18세기의 화학 혁명을 이끈 프랑스의 화학자. 연소 이론을 발전시키고 화학물질들에 대한 근대적 명명법을 고안했으며 '질량 보존의 법칙'을 발표했다. 위대한 과학자였으나 프랑스대혁명 이전에 세금 징수원을 지낸 이력 탓에 혁명기에 다른 행정관들과 함께 처형당했다.

들과 '금메달' 수상자들 역시 인상주의 화가들의 가치를 확신하지 못하였다오! 대중은 또 어땠고요! 회의적이었소! 대중은 대중대로 그들을 목매달 생각밖에 하지 않았지요! 그 인상주의 화가들을요! 만약 나폴레옹 황제가 개입하지 않았더라면 그들은 그냥 교수대에 올랐다, 이 말입니다!"

"셀린 씨, 선생은 마치 그 문제에 관해 한 가닥 대단한 견해가 있는 것처럼 보입니다! 그렇다면 테크닉에는 테크닉이라고, 어디 설명 좀 해보시죠, 왜 어느 날 별안간 인상주의 화가들이 나타난 거요? 어째서 그들은 '아틀리에의 실내광' 속에서 그리기를 느닷없이 포기한 겁니까?"

"그거야 그들이 사진이란 것을 목도했기 때문이지요…! 때는 막 사진을 발견한 시기였소…! 인상주의 화가들은 **사진** 앞에서 매우 적절하게 반응했다오…! 그들은 사진과 경쟁하려 들지 않았어요…! 그렇게 어리석지 않았다는 말씀! 대신 그들은 작은 묵인 수단을 찾았지요… 그리하여 사소한 비결을 하나 고안해냈던 거요! 사진이 자신들을 흔들 수 없도록…! 그 창안물은 흔히 사람들이 주장하듯 '야외' 자체가 아니고…! 원 그들이 그렇게 바보 같았겠소…! 바로 야외가 주는 '표현력'이었지요…! 그 점에서라면 진정 그들은 더 이상 아무런 위험도 겪지 않을 수 있었던 것이오…! 사진은 정동을 지닐 수 없죠… 결코…! 그것은 정지되어 있고, 따라서 냉담하지요… 영화와 마찬가지로요… 시간과 더불어 그것은 기괴하게 변질

되고 맙니다… 영화가 필연적으로 기괴하게 변할 수밖에 없는 것처럼요…! 사진은 그렇게 될 수밖에 없어요…!"

"그렇긴 해도 어쨌든 선생의 반 고흐는 그림을 단 한 점도 팔지 못했지요!"

그가 홧김에 내게 반 고흐를 들이댔겠다!

"그렇소, 하지만 현재에 이르러선 반 고흐가 얼마나 높이 평가받는지 좀 생각해보시오…! 금괴보다도 더 값나가지요…! 그가 팔지 못했던 그림들이 이제 경매장에서 불티나게 나가지 않소…!"

"네, 그러나 선생의 그 반 고흐는 대단히 수치스러운 여건 속에서 죽었지요!"

"그러나 화랑들은 톡톡히 재미를 봤고요, 애호가들은 또 어떻습니까! 서로 밀치고 넘어지며 폭포수처럼 쏟아져 들어오지요…! '수에즈운하'보다 나은 게 반 고흐일 걸…! 그보다 더 나은 투자 대상은 찾아볼 수 없을 겁니다…! 그가 미쳐서 죽었더라, 그 점도 이젠 광고거리니까…! 그래서 결론이 뭐냐? 언제 어디서든 인간은 거의 예외 없이 단 두 개의 족속들로, 그러니까 노동자와 기둥서방으로 나뉜단 얘기지요… 필시 노동자거나 아니면 반드시 기둥서방이거나…! 그리고 창안자란 그중에서도 최악의 '노동' 부류라오…! 저주받은…! 평온하게 남의 걸 표절하면서 포주 노릇 하는 걸 삼가는 작가, 크로모 소설을 쓰지 않는 작가는 이미 다 끝장난 인간인 거지…! 그는 세상 사람 모두의 증오 대상이 되지요…! 사람들이 그에게 기

181

대하는 건 단 한 가지, 그가 확 뒈져버려서 그의 비결들을 깡그리 헤집어놓을 수 있게 되는 거라오…! 반면 표절가, 사기꾼은 세상을 안심시키니… 표절가가 이토록 자랑스러웠던 적도 없을 게요…! 작가는 세상에 송두리째 종속되어 있소… 사람들은 아무것도 아닌 일로도 그에게 스스로가 결국엔 그저 건달에 불과하다는 사실을 상기시킬 수 있어요… 이해하시겠소…? 나 자신만 해도 그들이 내 글을 얼마나 많이 베껴먹고, 옮겨다 쓰고, 돈 한 푼 안 내고 가져다 팔아치웠는지, 이루 다 말할 수 없다오…! 완전 밥 같은 신세가 되어서…! 밥…! 당연한 것이지만, 나를 중상 모략하고 괴롭혔던 최악의 인간들, 사형집행인들을 들볶아 나를 목매달라고 을러대던 바로 그자들에 의해서 말이외다…! 이건 자명한 이치지요…! 세상이 세상인 이후로 죽 있어온…!"

"그렇다면 이것은 비열한 세상인가요? 선생의 견해로는?"

"다시 말해 세상은 가학적이고, 반동적이고, 그것도 모자라 협잡꾼과 얼간이들의 것이지요… 당연히 그것은 허위를 향해 나아갈 수밖에… 세상은 허위만을 사랑한다오…! 예의범절이든 당파든 풍토든, 그 어떤 것도 변화를 가져올 수 없어요…! 세상은 모든 것에서, 또 도처에서 저 자신의 허위를, 제 크로모를 필요로 한다오…! 이제 와서 세상이 반 고흐에 관심을 가진다면 그것은 그가 확보한 가치 때문이고, 또 '금덩어리' 값이 떨어졌기 때문이지 뭐! 하지만 작가들의 경우, 그들의 책이 낡아빠진 것이 되어가면서 '가치'를 갖게 될 리가 있겠소…! 선생에게 이미 말했거니와, 작가들은 영화 앞에서 아무런 반응을 보이지 않았던즉… 마치 정말로 아무것도 눈치채지 못한 척하는 예의 바른 사람들처럼 굴면서… 사교 파티에서 젊은 아가씨가 방귀를 뀌었을 때 그러잖소들, 꼭 그것처럼… 아무 일 없었다는 듯 시침 뚝 떼고 계속 대화를 잇거나, 좀 전보다 한층 더 요란하게 장광설을 늘어놓았던 거지요…! '아름다운 문체'를… 또는 '거창한 수사를 동원한 종합문' 아니면… '길게 길게 잘도 자아' 문장들의 양을 심하게 늘려가면서… 자신들이 예수회 수사들로부터 물려받은, 역시나 낡디낡은 수법에 의거해가지고… 아나톨 프랑스, 볼테르, 르네 데카르트, 부르제*를 짬뽕하되… 다만 거기다 약간 많은 양의 남색 장면만 가미했거나… 몇 킬로그램은 나갈 분량의 탐정물 수법을 집어넣은 정도랄까… 그렇게 해서 스스로를 '적절해 마지않은 지드풍', '적절해 마지않은 프로이트풍', '적절해 마지않은 스파이풍'으로 만들고자 하는 건데… 그런데 말요, 그래 봤자 그 모든 건 어찌해도 '크로모'요…! 내 말 틀리오…? 그저 순응주의적 혁신이지 별 수 있나…! 아 물론 다들 '참여' 작가들이시겠지! 암 그렇다마다…! 음낭 깊은 속까지 참여…! 세 개, 네 개,

---

* Paul Bourget(1852~1935). 프랑스의 소설가이자 비평가. 생전에 학계와 지식인 사회에서 명망을 떨친 데 비해 작품 세계가 대중에게 널리 알려지지는 않았다. 대표작으로 『문하생(Le Disciple)』(1889)이 있다.

다섯 개, 여섯 개 **정당**에, 절대적으로 놀랍게도…! 그러나 결코 '크로모'의 세계에서, 성 쉴피스 성당에서 울려 퍼지는 신의 우레와 같은 목소리에서 벗어나지는 않는 거라오…! 결코…! 다들 충실하게! '관례를 부탁해요!'

그 누구라도 고등학교 정도만 다녔다면 여섯 달 안에 날림으로 공쿠르상 하나쯤은 해치울 수 있을 걸! 정치적으로 모범적인 과거, 유능한 출판인, 그리고 유럽 여기저기에 친척 할머니 두서너 명만 있어봐, 그럼 그걸로 일사천리요!"

"댁은 계속 같은 말만 되풀이하고 있소, 셸린 선생!"

"무슨 소리, 아직도 멀었어요! 아무리 되풀이해도 충분치 않겠소! 그 증거로, 선생은 아무것도 이해하지 못했잖소…! 하나부터 열까지 외우게 해야 할 판일세 이거…! 약은 척 굴 생각은 하지도 말아요…! 둔해빠져 가지고는…! 내가 이야기한 내용의 본질을 하나도 못 알아들어…! 어름어름하기만 하고…! 어디 좀 따라서 말해봐요…! 내가 일러주는 대로…! 정동이란 오직 '입말' 속에서만, 그것도 어마어마한 수고를 기울여야만 다시 찾을 수 있다… 정동은 오직 '입말' 속에서만 포착 가능하다… 그리고 그것은 온갖 수고를, 무수한 인내를 대가로 치를 때에야 비로소 글로 쓰인 문장들을 관통하며 재생될 수 있다, 그런데 그 수고와 인내가 과연 어느 정도가 될지 당신 같은 머저리는 감히 짐작조차 못 한다는 거지…! 자 이제 분명해졌죠, 응? 분명하죠…? 그 비결에 대해서는 잠

184

시 후 설명할 것이고! 지금으로선 최소한 정동이 태깔 부리며 잘도 도망간다는 점, 그 본질은 점진적 사라짐이라는 점 정도만은 기억해두시오…! 그것과 힘을 겨룰 도리밖에 없으나, 그 결과란 다만 지독히도 빨리 실례했습니다, 하고 사과하는 일일 뿐…! 그렇소! 그렇고말고…! 실례 많았습니다! 정동이란 망할 년이 잡으려는 놈에게 따라잡힐 리 있나…! 천만에…! 몇 년 세월을 악착같이, 정말로 준엄하게, 수도사에 버금가게 품을 팔아야 비로소 잡을 수 있을까, 그것도 운이 좋을 때나! 공명하는 정동의 작은 쪼가리를! 겨우 고만한 크기의…! Y 교수님, 이게, 이 정동이라는 것이 약간 소중한 것이라오…! 내 이점을 다시 한 번 말하리다…! 정동은 감정보다 엄청 더 소중한 것! 더구나 이 둘은 전혀 다른 작업을 요구하는바…! 가령 코린나는 아름다운 영혼에 관해 곰곰이 연구했지요…! 감정이란 것을!* 그리고 그것, 이른바 '아름다운 영

* 스탈 부인의 소설 『코린나(Corinne)』는 연애소설이다. 그러나 이와 더불어 에블린 폴레 역시 작중인물 간 관계가 실제 그녀와 셀린과의 그것임을 흰히 짐작할 수 있도록 쓴 자작 소설 『계단(Escaliers)』에서 스스로의 이름을 코린나라 붙였다는 점도 상기해야 할 것이다. 셀린은 『학살을 위한 바가텔』 중 한 페이지 전체를 이 대목에서 언급한 주제에 할애한 바 있다. ―원 편집자 주
[Anne-Louise Germaine de Staël-Holstein(1766~1817). 프랑스의 소설가이자 비평가. 흔히 마담 드 스탈(스탈 부인)이라 불린다. 프랑스 내에 낭만주의를 촉발한 선구자 역할을 했다. 그녀의 1796년 저작 『정열이 개인과 국가의 행복에 미치는 영향에 관하여(De l'influence des passions sur le bonheur des individus et des nations)』는 이 사조를 이해하는 데 중요한 핵심 문헌 중 하나로 꼽는다. 『코린나』는 스탈 부인이 1807년에 출간한 장편소설이다. '이탈리아 이야기'라는 부제가 말해주듯, 18세기 말 이탈리아의 문화와 풍속, 예술을 바탕으로 전개되는 연애소설이다.
Evelyne Pollet(1905~2005). 에블린 폴레는 19세에 첫 소설 『부표(La Bouée)』를

185

혼'은 온갖 문장 주기로 엮이는 종합문이 되는 거요, 달거리처럼…* '아름다운 영혼'이란 아랫도리에 관련된 거요, 안 그렇소? 그냥 아랫도리 빨고 박는 문제라고! 한데 정동은 존재의 머리통에서 오는 것이지 불알이나 난소에서 비롯되는 것이 아니라오… 정동을 찾으려는 작업은 당신을 시험에 든 장인(匠人)으로 만들고, 그러면 이후부터 그 장인에게는 살아내야 할 것들이 그다지 많이 남지 않게 되지요… 공쿠르상 타는 작자들은 얼마나 잘못 넘겨짚고 있는지 몰라요! 뿐인가, 작든 크든 모든 크로모 작가들도 그렇고! 무정부주의하의 막대한 연금 수령자들도 마찬가지! 그들은 모두 정동을 침대에 똥 싸지르는 일처럼 경계한다니까요…! 그런데 만약 '정동적인 창작 방식'이 '공공연'해진다면… 그럼 또 그건 치명적일 게요! 아카데미가 '돈다발'**류 소설로 넘쳐나게 된다 치면… 그땐 '정동'의 종말인 게지… '크로모'에 속하는 모든 일벌레들이 마침표 하나당 금화 100닢을 부르며 '정동의 초상들'을 만들어내게 되겠죠…! 가령 100년 후쯤…! 다들 충분히 따져보고 난 후일 거외다… 나로 말하면 결정은 다 끝났소…! 나야 프

발표하며 등단했고 1933년경에 셸린의 정부가 되었다. 1958년에는 셸린에게 바치는 헌정시를 쓰기도 했다. 둘 사이의 연애를 다룬 폴레의 소설 『계단』은 1956년 브뤼셀에서 출간되었다.]

* 수사학에서 여러 절로 구성된 긴 문장을 지칭하는 '종합문'에 해당하는 프랑스어는 '주기'를 의미하는 'période'와 동일하다.

** 알베르 시모냉(Albert Simonin)의 속어체 소설 『돈다발에 손대지 마(Touchez pas au grisbi)』는 1953년에 '흑색 총서'로 발간되었다. 이 작품을 각색한 영화는 그 이듬해에 나왔다. ─ 원 편집자 주

랑스어에 대한 '폭행범'에 위반자, 심지어 남색가조차 못
되는 불량배, 1932년 이후로는 일반법 전과자조차 못 되
는 인간으로 분류된 신세니…! 서점이란 서점은 다 이렇
게들 말할 거요, 『여행』한 부를 가지고 있느니 차라리 가
게 문을 닫겠노라, 하다못해 창고 재고용이라 해도! 게다
가 1932년 이후로 나는 나 자신의 경우를 더욱 심각한 것
으로 만들고 말았으니,* 프랑스어의 위반자에 더해 국가
에 대한 배신자, 집단 학살자, 설인**의 부류가 되고 만 게
라… 감히 이름을 입에 올려서조차 안 될 인간으로…! 오,
그럼에도 얼마든지 껍질을 벗겨먹어도 되는 인간으로! 암
그렇고말고! 제로 상태에 이르도록! 어디 그래 봤자 제 놈
이 대체 뭣에 대고 불평을 늘어놓을 수 있겠어…? 저 파렴
치한 작자는 존재하지조차 않는데! 아니 존재한 적이라고
는 없었는데…! 드노엘은 앵발리드 기념관 광장에서 살해
당했고, 그 이유는 그가 책을 지나치게 많이 출판했기 때
문이었소…*** 뭐 나 또한 그와 더불어 죽은 거지요…! 원

---

* 엄밀히 말하면 셀린의 처지가 고약해진 것은 1936년경 이후의 일이라 말해야 옳을
것이다. 두 번째 소설 『외상 죽음』의 출간과 그에 대한 비판적 평가, 그리고 반유대주의
팸플릿 『학살을 위한 바가텔』의 출간과 그것을 향한 격론이 잇단 것이 그즈음부터의
일이기 때문이다. 그러나 흥미롭게도 셀린은 항상 자기 불운의 시작 시기가 1932년 즉,
첫 소설 『밤 끝으로의 여행』이 빛을 보며 자신이 하루아침에 모든 이의 주목을 받게 된
해라고 강조하곤 했다.
** "가증스러운 설인(l'abominable homme de neiges)"이라는 표현은 전설상의
히말라야 동물인 '예티(Yeti)'를 가리키는 속된 명칭으로, 히말라야 대등정이 여러 차례
이루어지던 1950년대 초에 널리 통용되었다.
*** Robert Denoël(1902~45). 벨기에 출신의 편집인. 1930년 파리 아멜리 가에 드노엘
에 스틸 출판사를 내고 앙토냉 아르토(Antonin Artaud), 장 주네(Jean Genet), 외젠

187

칙적으로…! 그러니 내 유산을 물려받아도 당연하다, 이 거지…! 사방팔방에서 두드려 맞고 부서지고…! 그게 이상하다고요? 자부심이 대단히 넘쳐나는 암살자들은 사방에 널려 있다오… 이 점에 관해서 내 요약해드리지, 요약하자면… 웃기죠! 하지만 대단히 재미있지는 않다오, 이 뻐기는 도둑놈들은… 도둑이란 수치스러운 쪽에 보다 가깝소… 암살은 영광스러운 것인데, 그러나 절도는 그렇지 않거든… 사람들이 나에게 숱하게 들이민 기사들에 난 걸로는 암살자들이 나를 못 죽이고 놓쳐서 깊디깊은 슬픔에 빠졌다던데… 단 1분 차로 놓쳐버려서…!* (아시겠지만, 이런 얘기 할 때는 꼭 '회고록'** 투입니다…) 이들 살해범들은 회

다비(Eugéne Dabit), 나탈리 사로트(Nathalie Sarraute), 루이 아라공(Louis Aragon) 등의 작품을 출판하면서 갈리마르와 경쟁하는 야심 찬 출판인으로 활약했다. 그의 출판사는 1931년부터 1939년까지 연이어 르노도상 수상작을 내는 기염을 토했고, 이 화려한 실적 중에서도 1932년 셀린의 발굴은 특히 중요한 것으로 꼽을 수 있다. 드노엘은 셀린의 『밤 끝으로의 여행』을 처음 출간한 이후 줄곧 그의 편집자 역할을 했으며, 여기에는 발간 후 선정성 시비에 휘말린 『외상 죽음』에 대한 옹호문을 직접 작성한 것을 비롯, 갈리마르가 『밤 끝으로의 여행』에 앞서 이미 거절한 바 있던 셀린의 초기 희곡 『교회』와 학위논문 『제멜바이스』를 출간한 것, 나아가 반유대주의 팸플릿을 간행한 일까지 포함된다. 드노엘은 1945년 12월 2일 밤 앵발리드 대로에서 의문의 죽음을 당했는데, 이 사건은 해결되지 않은 채 미제로 남았다.

* 이 부분은 레지스탕스로 활동한 작가 로제 바이앙(Roger Vailland)의 기고문 「우리는 더 이상 셀린의 목숨을 살려주지 않으리라」(『라 트리뷘 데 나시옹[La Tribune des Nations]』, 1950)에 대한 암시이다. 고다르에 따르면, 바이앙은 자신이 속한 레지스탕스 요원들이 몽마르트르에 위치한 셀린의 아파트 바로 아래층에 모여 회합을 갖고 그를 살해할 계획을 세웠으나 그가 『밤 끝으로의 여행』을 쓴 작가라는 점 때문에 차마 그러지 못했다, 그러나 지금에 와서는 후회한다는 견해를 밝혔다. 셀린으로 말하면, 그는 자신의 아파트 아래층에 레지스탕스 요원들이 모인다는 사실을 알았음에도 나치 측에 밀고하지 않았다고 주장했으며 이는 이후 다른 이들의 증언에 의해 사실로 증명되었다.

** 그다음 대목의 언급에서 알 수 있듯이 나폴레옹의 『세인트헬레나 회상록(Mémorial de

고할 때 보면, 거 엄청 나폴레옹이더라고요… 베르나도트를, 앙기앵 공작*을 내 놓치고 말았노라! 이거냐… 하지만 도둑들이라, 그들은 어찌나 조심스러운지 말이오…! 테나르디에** 같은 이가 주절주절 제 자랑 늘어놓는 경우란 거의 드물지요! 뭐 그렇긴 해도 그런 유(類)의 놈이 '나는 당신에게서 이것하고… 또 저것을 훔쳐서… 전부 되팔았지, 몽땅, 얼마에!', 이딴 식으로 써대면 꽤 재밌기는 할 거야!"

"어쨌거나 선생은, 적어도 내가 보기엔 말이죠, 허영이 거의 공작새 수준이오!"

Sainte-Hélène)』을 가리킴.

* 1948년 5월 유엔 공식 중재관으로 임명된 폴케 베르나도트 백작은 같은 해 9월 17일에 예루살렘의 이스라엘 세력에 의해 암살당했다. 셀린은 1945년에 코펜하겐에서 백작을 만난 적이 있었던 만큼 이 소식에 큰 충격을 받았다. 1945년 당시 백작은 스웨덴측 적십자회장이었고, 셀린은 자신에게 적십자 소속 기차를 타고 독일 영토를 떠날 수 있도록 허가를 내려준 데 대해 그에게 감사를 표하였다. 한편 1804년에 나폴레옹이 앙기앵 공작을 처형한 일은 샤토브리앙의 『무덤 너머로부터의 회상(Mémoires d'outre-tombe)』에서 상세히 전개되는 에피소드이다. —원 편집자 주

[폴케 베르나도트 백작은 1943~4년 죄수 교환 정책을 추진하여 1만 명이 넘는 인명을 구했고 1947~8년에도 이스라엘-아랍 전쟁의 중재책으로 큰 역할을 행사하였으나 유태인 테러리스트들에 의해 동예루살렘에서 살해당했다. 셀린의 경우, 1945년 패망 직전의 독일에서 목표의 땅 덴마크로 들어가는 일은 말 그대로 생사의 경계를 넘는 일이었다. 플렌스부르크에서 스웨덴 적십자 소속의 기차를 타고 가까스로 독일을 떠나는 이 에피소드는 그의 독일 3부작 마지막 편이면서 최후의 작품인 『리고동』 말미에서 환상적인 분위기로 다뤄진다. 셀린 만년의 걸작으로 비시 정권의 비극적 말로를 생생히 증언하는 독일 3부작(『성에서 성으로』, 『북쪽』, 『리고동』)은 옛 연대기의 형식을 취하고 있으며, 이를 위해 셀린이 기댄 숱한 연대기 작가와 회고록 작가 중 샤토브리앙의 이름이 빠질 리 없다. 소설가이자 외교가로서 격변의 시대를 산 샤토브리앙은 무려 30년의 세월에 걸쳐 『무덤 너머로부터의 회상』을 썼다. 마지막으로, 앙기앵 공작은 나폴레옹의 공공연한 적수로서 1804년에 반역죄 혐의로 처형되었다.]

** 빅토르 위고(Victor Hugo)의 『레미제라블(Les Misérables)』 속 등장인물. 어린 코제트를 맡아 하녀로 부렸으며 툭하면 사기를 치거나 남을 속여 돈을 빼앗는 악한이다. 고다르의 고증에 의하면 이 무렵의 셀린은 위고를 다시 읽고 있었다 한다.

"어쭈! 거만하게 나오시겠다…! 그럼 좋소, Y 선생, 내가 선생에게 단 한 방에 딱 못 박아 말해줄 터인즉, 사람들의 견해란 도대체가 중요하지 않소! 토론이라고! 다 거품이지! 씨발…! 젠장! 중요한 것은 오직 물자체(物自體)요! 대상! 아시겠소? 대상 말이오! 그것이 성공했는가? 또는 아닌가…? 쳇! 빌어먹을! 그 나머지라! 아카데미즘이며…! 사교계 따위!"

"이런 제기랄! 우라질! 당신은 변증법에 푹 빠져 있소!"

"제기랄도 우라질도 모두 아니오…! 전혀! 전혀 그렇지 않소! 변증법은 무슨! 이건 다 지하철 안에서 떠오른 생각이오! 지하철 안에 무슨 변증법이 있겠소!"

"지금 날 놀리는 거지요?"

"그럴 리가요, Y 선생! 하지만 인터비유우라는 문제를 놓고 볼 때… 선생에게 솔직하게 터놓고 말해야 되니 하는 말인데… 나는 선생에게서 좀 다른 걸 기대했다오!"

"뭐가 아쉬우신데?"

"뭔가 시사적인 것에 내해 얘기를 나눕시다… 우리 둘 다에게 흥미로운 걸로다!"

"그럼 내게 갈리마르 씨 얘기 좀 해주시구려… 사람들 말마따나 과연 그는 구두쇠요?"

썩 신중한 질문이 아니구먼.

"우리의 인터비유우를 놓고 한번 생각해 보시겠소…? 그는 결코 비용을 치르지 않을 거요, 틀림없이…! 돈 많은 사람들은 결코 값을 치르는 법이 없으니까…! 그들로 말

190

하면 딱 모 아니면 도 둘 중 하난데, 지들이 남김없이 싹 떼어먹히거나 아니면 반대로 당신 것을 다 털어가거나…! 모 아니면 도! 괴물 같은 것들이지…! 타고나길 괴물이라니까! 달랑 25상팀*의 빚을 졌다는 이유로 당신을 능지처참하는 것도 그들이요, 변변치도 않은 갈보년이 아무 어려움 없이 몇백만 프랑을 뚝딱 뜯어낼 수 있는 것도 그들이지요…! 그들은 털리는 걸 즐긴다오…! 기억해 두시구려…! 자기네 고장 난 나침반이 도는 대로 희희낙락 좋아 죽는 것들이지요…! 남들이 자기를 피 흘리게 하는 상상만으로도 이미 꼴릴 대로 꼴려가지곤!"

"우울한 이야기요!"

"고장 난 나침반 말이오? 그 괴물들의 법칙인데? 여태 모르셨소?"

"몰랐지요!"

"다른 얘길 합시다…! 우리 주제였던 문체 문제로 되돌아오자고요…! 아까 우린 문체 이야길 하고 있었소, Y 선생! 나는 당신이 이해하도록 하고 있었고… 새로운 문체의 창안자는 곧 새로운 테크닉의 발명가라는 점을 깨닫게 하고자 노력하고 있었지요…! 그러니까 작은 테크닉 말입니다…! 이 작은 기술이 스스로를 입증해 보이는가? 아닌가? 그것이 전부요! 핵심은 그거라오…! 명명백백하죠…! 그리고 나만의 비책은 뭐냐, 바로 정동적인 것이라

* centime. 프랑스, 스위스, 벨기에의 옛 화폐단위. 1상팀은 프랑스의 옛 화폐단위 1프랑의 100분의 1.

는 거지요! '정동을 띠게 된' 문체는 과연 의미가 있을까? 뭔가 기능하는 바가 있을까…? 나는 그렇소이다, 라고 하겠소…! 수많은 작가들이 그걸 베꼈고, 베끼고 있고, 그것을 위조하고, 표절하고, 가장하고, 마음대로 처분하고 있는 것이외다…! 그럼으로써 그 결과… 그만 그 결과…! 나의 비책은 머지않아 그 또한 '크로모'로 분류되기에 이를 거요…! 그렇고말고요, 교수님! 이제 두고 보시오! 보면 알게 될 거요! 내가 이 점을 얼마나 똑똑히 깨닫고 있는지요…! 크로모…! 장담컨대 채 30년도… 40년도 걸리지 않을 거요…! 아카데미가 그것에 손을 댈 날이! 그리고 그걸 진탕 먹어댈 날이 오기까지는…! 한 방…! 두 방…! 세 방 네 방의 사전(辭典) 공략…! 그러고 나서 그것이 오직 '정동적인 것'을 통해서만 또 '정동적인' 것만을 용인하기에 이를 때까지는…! 이대로 통과(*sic transit*)…! 모든 발명품들의 운명이지요…! 작은 것이건 위대한 것이건…! 표절하기, 위조하기, 갉아먹기, 흉내 내기, 덤벼들기, 이런 것들을 한 50년 겪고 나면… 그다음엔 획…! 모든 게 공공의 영역으로 넘어가고! 그럼 얼치기 광대극은 다 끝난 것…! 애초의 창안자, 그 사람이야 이미 세상 뜬 지 오래지! 그런 사람이 심지어 존재하기나 했던 것일까…? 그렇게들 자문하려나…? 다들 의심이 들 것이라… 몇몇 사진에 찍힌 이 볼살 통통한 금발머리 뚱보가 그 작잔가? 아니면 세간에서 주장하는 대로 이 작고 삐쩍 마른 절뚝발이가 그 사람…? 어떤 이들이 스스로 잘 알고 있노라고 믿는 사

192

실에 의하면 사진에 찍힌 볼살 통통한 금발 뚱보는 부인네들을 채찍질하고 고양이를 고문하던 자였고…! 그런가 하면 저 작고 빼쩍 마른 절뚝발이는 또 그 나름대로 거시기한 장소에서 적셔온 빵 껍질이라면 사족을 못 썼는 데다…* 평소 신봉하던 바로 미뤄볼 때 모르몬교도에 가까웠고…! 또 한편 이 금발 뚱보는… (그런데 이 사람이 진짜 작가였나?) 자신의 일요일을 딱정벌레의 목숨을 구하거나… 물에 빠진 잠자리들을 살리는 데 썼으며… 그것이 그의 유일한 낙이었다나… 사람들 말로는 어쩌고…! 사람들 말로는 저쩌고…! 그런데 그게 대체 뭐 어떻다는 거요…? 안 그렇소? 중요한 건 단 하나, 작은 발명뿐…! 딱 운동하고 같아요…! 딱 같아…! 잘 들어보시오! 크롤이냐…? 아니면 평영이냐…? 온갖 기록이 쏟아져내리고…! 크롤이 이겼소…! 크롤이라는 작은 고안물이 말이오!"

"됐어요! 됐어! 선생 말을 듣고는 있소이다… 하지만 그다지 흥미롭지는 않군요…!"

"아하 이것 참 생각이 그러하시다! 아아, 그렇게 생각하신다! 그러나 이 세상 그 어떤 것도 대단히 흥미롭지는 않답니다, Y 교수님! 이걸 받아 적어요! 몇 자 끍적여보라고요 좀!"

"뭘 적으란 거요?"

---

* 고다르의 은어 풀이 목록을 참조하면, '빵 껍질'은 화장실 소변기에 몰래 빵 조각을 놓아두었다가 거기에 용변 본 사람의 소변이 묻으면 가져와 즐기는 변태적 쾌락을 암시한다.

"아 어서…! 그러니까, 전쟁과 술, 고혈압과 암이 없다면 우리 무신론의 유럽 대륙 사람들은 지겨워서 멸망하게 될 것이다!"

"아니 그럼 딴 데는 어떻고?"

"아프리카에야 말라리아가 있지, 미 대륙엔 히스테리가 있지, 아시아에선 다들 배를 곯고 있지… 러시아 사람들이야 온통 편집증에 사로잡혀 있지! 그러므로 권태가 이 모든 불안한 자들을 좌우할 수가 없는 거요…!"

"이런! 망할!"

"지금 비웃기요…! 내가 댁의 흥미를 끌자고 이리 무진 노력을 하는데! 광대 짓을 해가면서…! 게다가 우리가 소위 인터비유우란 걸 하려고 여기 있는 것 아닌가요? 아니오…? 그래도 여전히 쳇이오? 제기랄이오?"

"아리스토파네스에 대해 어떻게 생각하시오?"

"아리스토파네스라, 거 한자리하는 인물이지요!"

"그는 무엇을 발명했소, 선생 소견으로는?"

"벼락! 구름…! 수사학!*"

"이 인터비유우에서 내가 선생을 확실한 편집증 환자로 묘사해도 되겠죠? 작은 비법들에 정신이 온통 사로잡힌?"

---

* 이 세 단어 중 두 번째 것만이 아리스토파네스의 작품 하나, 즉 『구름』에 관련된다. 엄밀히 말하면 벼락도 이에 결부시킬 수는 있다. 하지만 『수사학』의 경우는 아리스토텔레스의 것이다. —원 편집자 주
[아리스토파네스(B. C. 446~B. C. 385 추정). 고대 그리스 아테네 출신의 희극작가. 외설과 정치적 풍자, 터무니없는 과장과 공상 등을 바탕으로 분방한 극작술을 구사했다

"아니 이거 왜 이러실까…! 어디 그렇게 해보시지…! 선생이 내 '작은 비법들' 덕에 배 터지게 먹고 누릴 날은 바로 그것들이 적법하게 '광고'가 되고 난 때일 텐데요! 대량 광고로 말요…! 그렇고말고! 그리되면 선생에게 나의 '작은 비법들'을 아귀아귀 먹을 수 있게 해드리리다…! 먹다 죽을 정도로…! 나의 토글들을! 나의 쥐약을…! 나의 자전 거용 삼중 톱니바퀴를! 몽땅! 그 모든 걸 전부! 그 모든 것이 당신 앞에 '미국식으로' 소개되는 날이 온다면! '네온사인'처럼 휘황찬란하게!"

"나도 정녕 그런 날을 보고 싶구려…!"

"이미 다 결정 난 거나 다름없어요…! 사람들은 내 모든 잡소리를 허겁지겁 주워 먹고… 게걸스레 삼키고… 그러고 나서 재주문할 거요…! 일단 그것들을 제대로 밀어주고 나면 말이오…! 뻔뻔하게…! 대량으로…! 볼테르가 바로 그런 말을 했지요…!"

"으응…? 볼테르가?"

"그렇다니까! 볼테르가…! 그리고 우리는 지금 노선을 아주 잘 잡았소…! 원자적인 뻔뻔함의 정수랄까…! 우리가 바로 거기에 있는 거요!"

"뭔 말인지?"

"토스카니니는 베토벤을 지워버린다! 아니 한술 더 떠서! 그가 곧 베토벤이다! 토스카니니가 그의 천재를 베토벤에게 빌려준다…! 스무 명의 뜨내기 배우들이 몰리에르를 재창조한다…! 그들은 몰리에르를 다시 쓴다! 퓌스

틴 양이 잔 다르크를 연기하는데… 아니지 무슨 소리! 그녀가 곧 잔 다르크 자신이다…! 잔 다르크 따윈 결코 존재한 적도 없다…! 다만 그 역할만이 존재했던 것이고, 옳거니! 그리고 그 역할은 오직 쀠스틴을 기다려왔던 것이다…! 이런 게 다요…!"

"진짜?"

"암 진짜다마다…! 이봐요 Y 교수, 내가 말하는 걸 잘 기억해두시오… 그리고 이게 내 생각인데 말요…! 이제 모든 건 다 끝장났소!"

"아 몰라 관심 없어! 그만 좀 해요!"

"나 몰라라 할 때가 아니오…! 가짜가 이기는데! 광고가 가짜가 아닌 모든 것을 바짝 몰아세우고, 속여서 위조하고, 박해하는데…! 진정한 것에 대한 취향은 패배하고 말았소…! 정말이오! 정말 그렇소! 잘 관찰해봐요…! 선생 주변을 잘 돌아봐요…! 선생 혹 아는 사람 좀 있소…? 힘 있는 사람들 중에… 여기서 힘 있는 사람들이라 함은 곧 돈 많은 사람들이란 뜻이오! 여자들도 살 수 있고 그림도, 골동품도 살 수 있는…! 있다면 한번 봐봐요, 그들, 그 힘 있는 사람들이 항상 불굴의 기세로 가짜를 향해서만 몰려든다는 걸 알게 될 테니! 꼭 돼지가 송로 딱딱 집어내듯…. 프롤레타리아, 그쪽도 똑같으니 왜 그런가 들어보시오…! 그들 경우는 말요, 그 가짜를 모방해요 또…! 가짜의 모조품을 돈을 주고 산다니까…! '리터치'한 크로모를…! 이봐요 Y 선생, 꼭 정치까지 들먹이자는 건

196

아니더라도, 어느 날 선생이 숙청당한다는 고약한 경우에 처하게 된다면 어떻겠소? '숙청당한다', 이 말이 그 무엇보다도 먼저 뜻하는 바는 다름 아닌 절도당한다는 것이오…! 그럼 사람들은 당신이 가진 무엇을 가장 먼저 훔쳐갈까? 당신을 숙청하겠다는 이들은 무엇을 향해 덥석 몸을 날릴까? 제일 먼저? 당신의 소중한 보금자리에서 맨첫 번째로 약탈당하는 것은 과연 무얼까? 당신 소유의 온갖 너저분한 것들이오, 십중팔구! 당신 집에 있는 차마 남에게 보여주기도 뭣한 온갖 잡동사니들 말이오…! 당신이 가진 것 중 훌륭한 것들은 다 태워버린다오…! 그렇게 해서 원고 일곱 편이 불타 없어졌소, 내 경우는…! 수고 자그마치 일곱 묶음이…! 집단의 본능이 훑고 지나가리다…! 그것은 당신 집 역시 잊지 않고 거쳐갈 거라고요! 나는 내가 무슨 얘기를 하는 건지 알고 있다오…! 약탈자들은 돼지 떼 같은 취향을 가졌지!"

"선생은 계속 같은 말만 늘어놓고 있소!"

"이런…! 이런…! 참 그런데 지금까지 말한 게 모두 몇 줄이나 됐나? 얼마나 돼요?"

그가 세어본다… 그닥 많지는 않다고…! 그가 다시 세어본다… 명색이 인터비유우라면 100쪽은 되어야 한다고…! 적어도…! 적어도!

"말재간을 좀 부려봐요, Y 교수! 부탁이오…! 열변을 좀 토하시라고!"

내가 이렇게 흔들어놓지 않으면 그는 잠들어버릴

197

거다! 분명코!

"Y 교수, 둔하기가 어디 노망이라도 난 거요!"

"아니요! 아니라고요!"

"맞아요! 맞다고요! 진짜 아무짝에도 쓸모없는 인간 같으니라고!"

"댁은 지금 나를 모욕하고 있소!"

"물론이오! 물론이고말고! 그래도 싸니까! 선생은 무슨 일이 일어나고 있는지 알려고 들지를 않잖소…! 아니면 혹시 모르는 척 시치미 떼는 거요…? 선생도 완벽한 공모자요? 철저히 한통속인? 어쩜 그런 건가…? 파렴치한 인 거요? 응? 그런 교활한 작자인가?"

"끊지 말고 그렇게 계속 말하시오!"

"몇 줄이나 됐는데?"

그가 세어본다.

"그래도 여전히 쪼끔이라고…! 계속 이야기합시다! 계속! 방금 전 나는 선생에게 반 고흐 얘기를 했었소… 만약 그가 이 세상에 다시 온다면 어떨지 가정해봅시다… 그가 다시 등장한다면… 그가 자신의 그림들을 들고 다시 나타난다면 과연 어떨까… 정확히 옛날과 똑같은 방식으로 취급당할 거요…! 썩은 생선처럼 던져지겠지! 그에게 더 이상 애호가 따위는 없을걸…! 전람회에 출품해봤자 100수*도 못 받을 거요! 그러면서 그는 세상을 아랑곳하

---

* sou. 프랑스의 옛 화폐단위. 1수는 5상팀.

지 않는 법을 배우게 되겠지…! 자기 자신을 반 고흐로 여기게 되는 법을 알게 될걸…! 아마도 그는 얼른 다시 자살해야 할 거야…! 이보시오 Y 교수, 모차르트 얘기로 갑시다…! 그럼 얘길랑 고만하자고요…! 음악 얘기를 해요…! 이제 몇 쪽이나 됐소…?"

그가 세어본다.

"선생은 자기 자신이 웃긴다고 보시오?"

그가 내게 질문을 던진다.

"아니요, 그다지!"

"그럼 스피리추얼하다고?"

"오, 전혀요!"

"그러면 나를 '교수'라고 부르는 것이 정말로 대단히 즐거우신지?"

"아니요…! 아니요…! 전혀…! 하지만 사람들이 그렇게 말하던걸…! 폴랑이 내게 그리 말했소…!"

"아니 이렇게 한심할 수가! 이보시구려! 다 틀린 말이오…! 정말이지 그것은 그래, 그건 그냥 농담이오…! 나는 레제다 대령이라고 합니다…! Y 교수라니, 전혀 아네요!* 우스꽝스럽기도 하지! 내 참 우스꽝스러워서!"

---

* Y 교수 즉 레제다 대령. '레제다(réséda)'는 그 자체로는 황록색을 띤 물푸레나무과 식물의 이름이다. 서양에서 레제다는 '유태인들의 풀'로 불리기도 한다. 13세기에서 18세기 사이, 당시 대주교령이었던 프랑스 브나스크 백작령에 거주하던 유태인들은 자신들을 나타내는 분별 표식으로 레제다로 물들인 노란색 모자를 지어 썼다고 한다. 레제다는 진정 작용을 하고 특히 이뇨 작용을 돕기 때문에 이뇨제로 쓰이기도 한다. 뒤에 언급되겠지만 '위장하는 자' 레제다 대령은 요실금증을 앓고 있는 인물이다. 셀린의

"아 그래요…? 레제다 대령이라고요…? 어째서요…?"

"나는 비밀리에 지하 생활을 하는 사람이거든요!"

"비밀리에 지하 생활?"

"그렇소, 나는 위장을 하고 있소…! 그래야만 해요! 쉿… 사람들이 우리를 쳐다보는 것 같지 않아요…? 우리 주변의 사람들이 전부 우리를 감시하는 것 같지 않냐고 요! 우리 말을 엿듣고! 쉿! 쉬잇!"

아니! 전혀 그런 것 같지 않거든…! 정말로 전혀…! 보이는 것이라곤 그냥 저기, 약간 떨어진 곳에 있는 두 명 의 가난뱅이뿐인데… 벤치 네 개 정도 떨어진 위치의… 이 무식한 작자는 정말로 정신이 뭐에 단단히 씌웠지! 에 라 모르겠다…! 할 수 없지! 빌어먹을! 이런 놈이 인터비 유우 진행자로 걸렸다니…! 하필 이런 놈하고! 지지리 운 도 없지! 제 놈이 알제리 보병들이 쓸 가발 제조업자라도

인물들 거개가 그렇듯이 그는 자기의 아무것도 유지할 수 없다. 인터뷰 내용도, 소변도, 그리고 스스로의 정체성도. 그런가 하면 고다르는 셀린이 『Y 교수와의 인터뷰』에 바로 앞선 저작 『다음번을 위한 몽환극』의 초벌 원고 한 대목에서 이 단어를 '독일인'의 의미(레제다의 색과 독일군의 군복 색깔이 비슷한 데서 나온 환유)로 사용하기도 했다고 지적하였다. 한편 'Y'라는 약자 또한, 프랑스어를 알고 셀린의 전력을 아는 사람이라면 어쩔 수 없이 떠올리게 되는 단어가 있다. 바로 유태인을 경멸적으로 일컫는 표현 'youtre'. 물론 텍스트 그 어디에도 직접적으로 유태인을 문제 삼는 내용은 없다. 더구나 텍스트의 끝부분에서 셀린은 자기 자신에 해당되는 경험 일부를 그에게 슬쩍 얹기도 한다. 1차 대전에 부상당했으며 그만 충격으로 머리가 돈 사내, 레제다 '대령'. 『밤 끝으로의 여행』 초두에는 지옥 같은 1차 대전의 포화전에서 부하들의 죽음에 눈 하나 깜짝하지 않고 보급 식량을 챙기다 "그리고 빵은?"이라는 말과 동시에 총탄을 맞고 바르다뮈의 눈앞에서 배가 터져 죽는 '대령'이 등장한다. 입대 후 전투에 참여한 바르다뮈에게 어떤 식으로 최초의 정신적 상흔이 남겨지는가를 보여주는 강렬한 장면이기도 하다.

되는 거야 뭐야! 나는 생각을 좀 해보았다… 에잇 진행자를 다른 사람으로 바꾸면 어떨까! 아마 이보다 더 멍청한 놈이 오겠지…!

"대령, 내 큰 소리로 말하지 않으리다… 은밀하게 조곤조곤 얘기할게요… 하지만 이제 대단히 주의를 기울여야 돼요…! 내가 당신을 단단히 믿고 아주 중요한 진실을 말해줄 테니까요!"

"좋소! 어디 들어봅시다…!"

"내가 선생에게 밝혀줄 게 뭐냐 하면… 내 얘기를 잘 들어요 대령! 현재 이 세계의 진실은 바로 그것이 편집증적이라는 데 있소…! 그렇소! 파라노이아* 증세! 광기에는 아주 주제넘은 것이 있지요! 그렇소, 그렇고말고요, 대령…! 당신도 대령으로서 군대에 속해 있으니 휜히 아시겠지만, 이제 전 병력을 통틀어도 '이등병'은 더 이상 한 명도 찾아볼 수 없을 거요! 아마 장군들밖에 없을걸…! 전국 철도를 몽땅 뒤져봐도 건널목지기는 단 한 명도 못 찾을 거요! 다들 수석 엔지니어일 테니! 수석 철도 선로 변경 통제사 엔지니어! 수석 짐꾼 엔지니어!"

"맞아요! 맞아요! 정말 그렇소!"

"연극의 경우를 생각해봅시다… 연극을 예로 들자면… 기차에서 갓 내린, 태생부터 '버터와 달걀'인 시골뜨

---

* 편집증 혹은 망상증. 주로 박해와 관련된 체계적이고 영속적인 착란적 사유를 보이는 것이 증세의 주된 특징이다.

기 아가씨들 중 엘리제데보자르 골목의 브리샹츠키*에게
서 세 번 수업을 받고 난 후 단호히 결심이 서지 않은 여
자는 단 한 명도 없는 법인지라, 다들 노래에, 춤에, 발음
연습에, 온갖 레퍼토리를 하늘을 향해 떠나가라 날려대지
요…! 뭐 하나 따져볼 것도 없이! 그런 식이오…! 어디 아
니라고 반박해 보시던가…! 타당한 말이면 내 인정해줄 테
니…! 이 아가씨들은 이제 더 이상 당신의 세상에 속해 있
지 않는 거요…! 그녀들은 파라노이아의 세계에 든 거라
오…! 그리고 당신은 그네들을 짜증나게 하지요, 그게 다
요…! 당신과, 당신의 심사숙고가 말이오! 파라노이아라
는 병이 도시와 농촌을 휩쓸지요! 대대적 현상으로서의 이
'나'가 모든 걸 잠식해버리고…! 어떤 것에도 멈출 줄 모
르며…! 모든 걸 요구해대지요! 종합예술 학교만 그런 게
아니라 음악원이며 연구소도 마찬가지! 공립학교도 그렇
고! 학생들도 그렇게 되고 선생들도 또한! 모든 게 그렇게
통하지요…! 교수 시험을 통과한 자들이나 학생들이나,
웨이트리스나 경비나, 너 나 할 것 없이 모두 하나가 되
어…! 파라노이아 조합원으로…! 학생이며 선생들은 학교

---

* 이 인물에 관련한 고다르의 주를 요약하자면, 셀린이 연기 교습 학교가 있는 것처럼
지목한 이 몽마르트르 지역의 엘리제데보자르 골목은 당시 창가로 알려졌던 곳이다.
그가 지어낸 브리샹츠키라는 이름 또한 맥락이 없는 것은 아니다. 역시 고다르의 고증에
의하면, 여러 판의 앞선 수고본 중 하나에서 셀린은 이 인물의 이름을 애초 브리샹토로
적었다. 브리샹토는 작가 쥘 클라르티(Jules Claretie)가 1896년과 1905년에 펴낸 두
권의 소설에 나오는 주인공으로, 성공을 위해 시골에서 파리로 올라왔으나 실패하고 만
배우로 그려져 있다. 셀린은 최종 판본에서 이 인물의 이름 끝부분을 중부 유럽식으로
바꿈으로써 1930년대에 프랑스로 건너온 이민자의 인상을 부여했다.

에서 대체 뭘 하면서 시간을 보내나요…? 온갖 것에 대한 자신들의 권리를 개발하지요…! 은퇴에 관한 권리…! 대대적인 여가에 관한 권리! **천재에 관한 권리**! '금메달'에 관한 권리! 금메달들에 관한 권리! 모든 심사 위원들의 모든 상에 대한 권리…! 아카데미들의 모든 의석에 대한 권리!"

"독방의 작은 자리 하나를 요구하는 자는 단 한 명도 없나요?"

"없어요! 없다오, 대령! 전혀! 결코!"

"선생은 거기 있어본 적이 있나요, 독방에?"

"암요! 그렇고말고요! 나는 전후 사정을 훤히 다 꿰고 말하는 사람이오!"

"선생의 광기 유형은, 뭐 선생도 설마 아니라곤 못하겠죠? 그러니까, 선생의 광기 유형은 질투지요?"

"오 그렇소! 확실히 그것이오, 대령! 저 모든 위대한 작가들이 저마다 자기 몫의 어마어마한 누가 과자를 만들어낸 걸 보기만 해도 나는… 세상에 그 어마어마한 **홍수** 속에서! 게다가 어디 하나 젖지도 않고, 응…? 털 오라기 하나 안 젖고…! 약은 것들 같으니라고…! 양팔에 힘이 턱 빠지는구먼…! 나 이러다 기절하는 거나 아닌가 몰라! 질투 때문에 말이오, 레제다 씨…! 솔직히 인정하리다…! 선생한테 이렇게 내 속내를 탈탈 털어놓는구려…! 우리 진지하게 얘기해봅시다 대령…! 몇 쪽이나 되었소…?"

그가 다시 세어본다… 50쪽도 안 된다고…! 아까 잘못 세었다고!

"그럼 계속해요…! 방금 선생에게 한 얘기인즉, 내가 얼마나 샘이 나는지 모르는 저 교활하고 약삭빠른 작가들은 말이오…! 거참 무시무시하기도 하지…! 그들은 자신들을 대상으로 한 달에 한 편씩… 아니 두 편씩 영화를 찍어낸단 말이지…! 그리고 인터비유우로 말하자면 어떤지 아시오, 대령? 얼마나들 많이 해대는지…! 말도 마시오 대령! 말도 마요…! 컬러로 하든…! 컬러 없이 하든…! 홀딱 까고…! 홀랑 밀고…! 여기에 마이크…! 저기에 마이크… 자기들 집에서…! 집 말고 바깥에서…! 티틴네서…! 휴가지에서…! 신학교에서…! 풀장에서…! 좁아터진 골짜기 한가운데서…! 갈보집에서…! 파푸아 사람들 사는 데서…! 파푸아 사람들 없이…! 파푸아 사람들을 위해…! 파푸아 사람들에 반대해서…! 웬 파푸아 놈 밑에 누운 채로…! 시간을 재어가며…! 전국 일주 자전거 대회에 대항해서…! 그것과 더불어서…! 아무튼 원칙은 소중하기 그지없는 자기들의 '나'가 뿅 가게 하는 것이오…! 그래 달라 애걸복걸! 또다시 뿅 가고…! 남김없이 허비하고…! 그 과정을 다시 시작하고! 싸고…! 다 싸고…! 속살거리면서… 신에게 대고 말하고…! 신에게 대고 말하지 않고… 뿌루퉁해 가지고는…! 세상 모두가 헐떡거리며… 자기네들 말씀을 받아들일 수 있게 해달라 탄원하도록 하는 것이 원칙…! 자 대령 이쯤은 되어야 인터비유우라고 말할 수 있는 것 아니겠소…! 아니 그런데 댁은 말이지…! 존재하지 않는 것과 다름없소, 대령! 인터비유우는 안 하고 태업이나 하고! 옳거니 바로 그거요! 간단히 말하면! 바로 그거!
댁은 태업하고 있는 거요! 무릎 꿇으시오 대령! 무릎을 꿇
어욧! 멍청하니 정신을 딴 데다 두지 말란 말이오! 그럼
안 되지…! 대체 당신 같은 사람을 어디서 뒤져서 찾아냈
담? 이것 또한 가스통이 꾸민 짓거리겠지! 대령 당신은 아
무런 개념이 없구려…! 내게 애원을 해야 마땅할 텐데…!
내가 하는 말을 마구 찬미하고…! 그런데 당신은 아무것
도 찬미하지 않잖소…! 빈정거리기나 하고, 상스럽고, 대
체 누가 일부러 맘먹고 당신을 지정한 걸까? 궁금하네…?
의문이네? 분명 당신은 대답하지 않겠지…! 그렇다면 내
가 그 답을 말해주리다! 내가 말한다고요, 대령…! 아주
크게 외쳐야겠다…! 여기 태업이 계속됩니다아!『르 피가
로』에서 내 기사를 원치 않는다네요…! 맙소사『뤼마니
테』도 마찬가지라네요, 그렇다면『프라우다』밖에 없는 건
가…!* 만약 레옹이 아직 살아 있었다면** 끊임없이 이렇게

---

* 『르 피가로(Le Figaro)』는 프랑스에서 가장 오래된 보수 계열 일간지(1826년 파리에서
창간)이자『르 몽드(Le Monde)』,『리베라시옹(Libération)』과 더불어 프랑스 3대
신문의 하나.『뤼마니테(L'Humanité)』는 1904년 장 조레스(Jean Jaurès)에 의해
창간된 공산당 계열 일간지.『프라우다(Pravda)』는 구소련의 공산당 중앙 기관지.
** 이어지는 가짜 인용문은『락시옹 프랑세즈(L'Action française)』의 연설문을
패러디하면서 그 연설의 주인을 레옹 도데로 하고 있다. 도데를 이름으로 부르는 위의
논조로 보아 둘이 매우 스스럼없는 사이였던 것으로 비칠 수도 있지만 사실 셀린과
도데와의 관계는 결코 그렇지 않았다. 가령 1936년에 셀린이 도데에게 보낸 편지는
"경애하는 스승님"으로 시작하고 있다. ―원 편집자 주
Léon Daudet(1867~1942). 작가, 언론인, 정치가. 알퐁스 도데의 아들이자 빅토르
위고의 손주 사위. 공화파에서 왕당파로 전향한 후 반드레퓌스주의와 반유태주의,
성직자 중심의 민족주의 등을 표방하며 세간과 당대 여론에 막대한 영향을 끼친 보수파
지성인으로, 우익 일간지『락시옹 프랑세즈』와 그 운동을 이끈 주요 인물 중 하나다.

소리 질렀을 테지… "나는 당신들에게 이미 말했습니다! 이미 말하였습니다…! 좋소! 좋아요! 이건 야합이 분명하오…! 공모는 절정에 달했습니다아!"

"그런데 이거 정말 보자 보자 하니 선생은 나를 자꾸 자극하는군요!"

지금 이 작자가 놀라는 거냐!

"천만에요! 그럴 리가 있나! 나는 그저 큰 소리로 사실을 외치고 있을 뿐이오! 다른 이들, 그러니까 사람들이 좋아하는 작가들은 전부 애원의 대상이고 경배의 대상이오! 그들에게서 나오는 말 한 마디 한 마디가 그렇다고요…! 심지어 그들의 침묵마저도 존경을 받지요! 그들의 인터비유우 진행자들은 황홀해서 기절할 지경이 되고 말지요!"

"그 작가들이 대체 그들에게 무슨 말을 하는데요?"

"자기들이 대단히 놀라운 작가라고 하지요!"

"그럼 선생하고 똑같은 얘긴데? 뭔 차이가 있담?"

"아니, 니 이 사람이야 작은 비결을 발명한 사람이고…! 그들은? 아무것도 발명 못 했지!"

"이런 그렇다면 바로 내가 당신을 당신의 그 정신 나간 주장으로부터 깨어날 수 있도록 할 수 있겠소! 사람들이 과연 어떻게 생각하는지 알고 싶지 않아요? 모든 사람들이 무슨 생각을 하는지…? 다들 당신은 그저 경화증

등단 초기에 자신을 지지해준 레옹 도데를 셀린은 깍듯이 선생으로 대했다.]

206

에 걸리고, 같은 말만 횡설수설하고, 성미 더럽고, 잘난
체만 하는, 인생 다 종 친 늙은이라고 해…!"

"서슴지 말고 더 해보쇼, 대령! 절대 아무것에도 몸
사리지 말고 어여 계속!"

"…음 또 당신은 다시 감옥에 가게 될 거라고도! 자
바로 이런 게 사람들이 하는 말이라고요!"

"아, 이봐요, 할 수 있으면 어디 한번 댁이 나를 거기
다 처넣어 보시구려, 대령! 내 게서 평생 안 기어 나올 테니!"

"…또 있어, 당신이 또다시 어리석은 짓을 저지를
거라고도 하는 걸!"

"천만에! 그렇지 않소 대령! 희망일랑 버려요! 나는
그저 작은 발명만을 할 거거든…!"

"이거 봐라! 이거 봐라! 편집증으로 따지자면 말이
오…! 선생이야말로 편집광이요…! 위대함에 미친 놈!"

"아! 만약 당신이 쿠르티알*을 알았더라면!"

---

* Roger-Marin Courtial des Pereires. 셀린의 두 번째 소설 『외상 죽음』에 나오는
주요 인물. 화자이자 주인공 페르디낭의 정신적 아버지이자 스승 역할을 하는
이 인물을, 셀린은 기발하지만 크게 중요하지는 않은 온갖 물품들의 발명가이자
다방면의 집필가였던 라울 마르키(Raoul Marquis, 일명 앙리 드 그라피니[Henri de
Graffigny])에게서 착상하여 만들어냈다. 셀린은 라울 마르키를 1917년에 만났다. 당시
마르키는 과학 잡지 『유레카(Eurêka)』(『외상 죽음』에서는 '제니트롱[Génitron]'이라는
제명으로 등장)를 위해 일하고 있었으며 셀린은 그의 밑에서 심부름꾼 노릇을 했다.
둘은 우연히 록펠러재단의 홍보원 모집에 응모한 후 결핵 예방을 위한 잡다한 대중 교육
및 홍보 활동에 함께 참여했다. 이것이 스무 살에 1차 대전에 참전해 큰 부상을 입고
퇴역한 루이페르디낭 데투슈를 의학으로 들어서도록 이끈 최초의 계기라 할 수 있다.
소설에서 쿠르티알은 영감과 모험과 위대한 창조를 향한 에너지로 넘쳐나는 허풍스런
이상주의자이지만, 현실의 장벽에 부딪혀 실패를 거듭한 후 점차 정신착란을 일으키고
자살한다. 이와 달리 실제 라울 마르키는 비극적 최후를 맞지 않은 것으로 알려져 있다.

"댁은 위대한 예술가가 아녜요!"

"물론이지요…! 분명히! 그러나 어디 두고 봅시다!"

"위대한 작가도 아니고!"

"물론이오…! 그 역시도… 맞는 말이오…! 아마도 패션 잡지들은 그렇게 써대겠지!"

"당신 책을 출판하기까지, 하이고, 가스통 갈리마르 씨에겐 정말 큰 용기가 필요했을 것 같소!"

"오! 그렇다마다! 그래서 그리도 멋지오? 이거 믿을 수 없을 정돈걸! 가스통 님의 용기라!"

"N. R. F.에선 당신을 두고 뭐라고들 하던가요?"

"그들은 다 지루해 죽겠고 피곤해 죽겠지요… 왜 그런지 모르겠으나… 도형수들이 젓는 갤리선의 장교들이 꼭 그랬다오… 피곤한데, 왜 그런지는 모르겠고… 배 젓는 죄수들을 지나치게 많이 봐서 그랬나…! 자기들 자신은 아무것도 안 하는데…! 그 사실이 그들의 신경을 무겁게 눌렀나 보오… 그래서 그들은 우울증에 걸렸고… 그런 나머지 다들 완전 바보가 되고 말았지…."

"N. R. F.도 그와 마찬가지?"

"그렇지요, 그와 마찬가지…! 빈둥거리는데, 넘쳐나게 바쁘고, 왜 그런지는 모르겠으나…"

"N. R. F.는 대단히 위대한 예술가들을 많이 보유하고 있지요?"

"오! 저런! 저런…! 무더기로 쥐고 있지요!"

"그 위대한 예술가들은 무얼 합니까?"

"자기네들의 궁둥짝을 정성껏 가꾸지요… 자기네 궁둥이를 살뜰히 매만지고, 요리조리 시험도 해보는즉슨, 궁둥짝 이것으로 앉아야 하니까….."

"자기들 궁둥이들로 어디다 뭘 하게?"

"각종 아카데미에 그걸 디밀어야 할 거 아뇨! 공쿠르 쪽에… 강변길에 있는 바로 거기에…* 테라스 아카데미에… 속어 아카데미에… 여행 아카데미에… **누이 좋고 매부 좋고** 아카데미에… 비키니 아카데미에… **추리 아카데미에…** 봉투 아카데미에… 묘지 아카데미에….."

"그렇다면 선생 의견으론 그 모든 게 다 크로모겠소? 오직 크로모 궁둥이?"

"당연하지요! 그렇다면? 그렇다면 어떻다는 것이냐…? 대중은 동물에다 저능 등등이오마는 본능에 관한 문제에서만은 그들을 결코 단 1마이크로미터도 속일 수 없소…! 그들의 가르랑거림만큼은 단 0.25마이크로미터도! 좋은 게 좋은 거라고 가르랑거리는 그들의 크로모 본능은…! 어조를 10분의 1만 더해도… 또는 빼도…! 대중은 **당신을 매달아 박으리라! 갈가리 찢으리라…!** 크로모 아니면 **죽음을 달라**…! 바로 그런 것이지…! **영원한 아름다움 아니면 죽음을 달라…!** 대중이란 그런 것! 영합하는 자들, 사랑받는 자들, 금메달 탄 자들, 추앙받는 자들이 일찍이 그러하였으며, 다른 이름으로 환생한 이들은 더더욱 그러

<hr>

프랑스 국립 학술원(L'Académie française)은 센 강변의 케 드 콩티(Quai de Conti) 3번지에 위치해 있다. 해서 '콩티 강변길의 노부인'이라는 별명을 가지고 있기도 하다.

하니, 로자 보너르, 셰르뷜리에, 장폴 로랑, 그레뱅, 델리, 알렉상드르 다리, 몽퇴스, 랑송*… 거대한 장미 매듭 장식…! 게다가 소위 반항하는 자, 참여하는 자, 전대미문의 전복자들이라 해서 속아 넘어가도 안 돼요! 신개혁자들의 벼락이라고 해서…! 다 베낀 거니까요, 대령…! 모방품일 뿐…! 그저 네오 그레뱅일 뿐…! 하다못해 독창적인 멍청이조차 못 되는…! 그냥 관례 추종적인 것들…! 예전에 꽃다발 놓던 자리에다 약간의 점액하고 태아 몇 명 갖다놓는 것! 그게 다요…! 그리고 대중은 거기서 완벽하게 저들 자신이 찾아 먹을 것을 발견하는 거라오…! 그들, 대중은 탄성을 질러대지요들… 아! 아! 정말 벼락같은 작품이야 이것들이 우리에게 이렇듯 미래를 열어 보이는구나! 올림포스의 이름으로! 이 얼마나 엄청난가! 이 얼마나 혈기 왕성한 크로모이냐! 그들의 뮤즈가 새것을 창조해낸다! 세

* 19세기 말엽에서 벨 에포크 시대까지의 어떤 '크로모' 스타일을 인명화하여 예시한 위 목록에서, 열거된 이름들의 체계는 셀린의 평소 습관대로 어지간히 이질적이다. 셀린이 정의한 관점에서 보았을 때 두 명의 아카데미 소속 화가인 로자 보너르(Rosa Bonheur)와 장폴 로랑(Jean-Paul Laurens), 그리고 두 소설가 빅토르 셰르뷜리에(Victor Cherbuliez)와 델리(Delly)의 경우는 분명 적절하다. 그러나 캐리커처 화가이면서 자신의 이름을 건 파리 밀랍 인형 박물관을 창립한 알프레드 그레뱅(Alfred Grévin)이나 문학사가 귀스타브 랑송(Gustave Lanson)의 경우는, 비록 그들이 해당 시대의 증인들이라 할지언정 크로모 스타일과 뚜렷한 연관을 지녔다고 볼 수 없다. '몽퇴스(Montheus)'는 필시 몽테위스(Montéhus)라는 별칭으로 불리기도 했던 가스통 브륀슈위그(Gaston Brunschwig)를 지칭하는 것으로 사료된다. 그는 대중을 작곡가이자 반군국주의자로, 1차 대전시 애국적인 수사가 넘쳐나는 곡들을 지어 마침내 1947년에 레지옹 도뇌르 훈장을 받았다. 알렉상드르 다리의 경우, 『인터뷰』의 다른 초벌 원고는 "알렉상드르 3세 다리" 항목 밑에 관련된 대상이 1896년에서 1900년 사이 센강 위에 건설된 다리이며, 이 다리가 문맥에서 일련의 건축양식을 표상하는 예로 인용되었음을("거대한 장미 매듭 장식") 명백히 밝히고 있다. ─ 원 편집자 주

상에! 창조라니! 이것들이야말로 정녕 **예술**을 넘어서는 **예술**! 말들을 넘어서는 예술! 자기를 넘어 넘어서는 예술! 이 신창조물들엔 온갖 사상이 푸지게 넘쳐난다…! 이 얼마나 훌륭한 메시지들인가…! 저것들 좀 보라니까…! 저것들이 우리를 해방시켜 준다고…! 우리 스스로를 초월하게 하고! 우리에게 새로운 영혼을 개척해주고!"

"지금 그딴 말이 재미있다고 생각하시오?"

"아니요! 전혀! 하지만 그게 분량은 늘어나게 해주지요… 몇 줄 됐나 세어봐요!"

그가 세어본다.

"아! 꽤 나오네요…! 아까보다 나아졌는걸…."

"계속합시다…! 새로운 천재의 예를 몇 개 만들어보자면, 그는 자기 할머니를 억압하였고… 자기 할아버지를 잘게 썰었다!"

"별로 세지 않은데…."

"그는 더 이상 자기 마누라와 자지 않고… 조만간 자기 남동생과 결혼할 것이다…."

"그래서요? 그다음엔?"

"할아버지와 할머니 사이에서 무슨 일이 일어나는지는 얘기해주지 않을 거요…."

"왜요? 왜요?"

"그러면 우리는 극도의 위험에 빠지게 될 수도 있거든요! 즉 자기의 초(超)실체화라는 상태에 말이오…! 그럼 천재의 단계를 훌쩍 넘어가버리는 거요…! 그리하여 '반

(反)비(非)숭고화의-중심' 속으로 들어가게 되는 거라오!"

"그렇게 생각하시오…? 그게 선생 생각이오?"

"그렇다니까요! 쪽수를 세어봐요!"

그가 세어본다… 예순네 쪽이라고…!

"댁이 틀렸소, 대령…! 방금 전까지만 해도 그보다 훨씬 많았잖소…!"

"천만에요! 결코 그렇지 않소…!"

"내 말이 맞아요! 내가 맞다고! 여하튼… 계속해서 말하자면, 이 크로모는 바야흐로 열광의 경지에 달했소…! 위대한 순간이 도래한 거지! 세간의 사람들은 두 번의 바캉스, 네 번의 '위크엔드', 세 번의 '혈압' 측정, 두 번의 전담 공증인 사무실 내방, 세 번의 전담 은행가 방문, 그리고 한 차례의 가구 가전제품 박람회 나들이 등을 거치면서 자기들이 '나도 모를 무언가'에 사로잡힌다고 느끼게 된 거요… 이건 완전히 새로운 것이죠…! 일종의 불안증이랄까…. 봤나요 당신도…? 당신도 봤어요…? 친애하는 당신! 아 정말로 친애하는 당신! 이건 정말 신비스럽군요…! 뭐가요…? 당신은 뭘 본 거예요? 저 '할머니'를 못 본 건가요…? 원 친애하는 당신도, 그녀의 값어치는 1천 700만 프랑 나간답니다…! 게다가 그녀는 이마에 성기가 네 개나 있어요…! 다섯 개가 아니고! 다섯 개가 아니라고요…! 어제는 제가 다섯 개라고 말하고 다녔는데 말예요! 그게 아니고 네 개예요! 포르티시오가 이제까지 그린 것들 중 가장 뛰어난 작품이랍니다…! 포르티시오라면? 그

푸에고섬 출신 포르티시오 말씀이세요? 오직 우라늄으로만 그림을 그린다는 그 사람? 바로 그래요! 자! 이제 600만 프랑만 더 얹어준다면 작가는 입에다 '예' 자를 그려넣어줄 거예요…! 저 할머니에게 말인가요? 암요! 그것도 보라색으로…! 그가 그렇게 맹세했어요! 아닌가요? 아니라고요? 맞아요! 맞답니다…!"

"선생은 이제 화가들을 탓할 생각이오? 작가들도 모자라서…? 정말이지 댁은 가지가지를 물고 늘어지는군요, 한심한 낙오자 같으니라고…! 모든 것에, 사사건건! 그럼 음악은 어떻고? 음악에 대해선 그럼 뭐라 할 생각이시오?"

"클래식 음악 말이오…? 그냥 회전목마나 마찬가지…! 그럼 현대음악은? 증오로 가득 차 있을 뿐! 백인종의 음악에 대한 황인종과 흑인종의 증오가 똘똘 뭉쳐져 있는…! 그들은 백인들의 음악을 부수고 빻는다오…! 그리고 그게 잘한 짓이라고들 하죠…! 그들은 백인들의 모든 걸 부숴버릴 거요! 그리고 그걸 두고 아주 다행이고 축복이라고 할걸!"

"조심해요 좀! 그렇게 큰 소리로 떠들지 말아요! 사람들이 듣소!"

"대령, 영 강박관념에 사로잡혀 있구려!"

"그런 거 말고 다른 얘기 합시다…!"

"그렇다면 무엇에 대해 얘기할까요? 볼베어링 회전장치에 관해서…? 아니면 깃에 다는 단추에 관해서…?"

"그런 식으로 더 해봐요…! 더!"

213

"이제 몇 쪽이나 채웠소?"

"…일흔두 쪽! 아카데미에 관해서 더 이야기해보면 어떨까, 나는 그게 좋을 듯한데…."

"아카데미 사람들은 아무것도 발명할 게 없다오… 그들의 임무는 그냥 어쩌고저쩌고 떠들어대는 일이오! 번 드르르하게! 그 무리 중에 웃긴 작자가 딱 하나 있는데, 바로 모리아크*이지요… 나는 모리아크를 딱 봤을 때 그가 사마귀로 보였어요…! 아니 그보담 사마귀들이 그로 보였다고 해야 하나…! 사마귀들이 지들끼리 가면무도회를 벌이고 있더라고요…! 악몽 속에서 일어난 일이오…! 사마귀들이 전부 모리아크로 가장하고 있는 거야…! 그것도 아주 완벽하게 모리아크가 '되어' 있더란 말이죠…! 사마귀들은 '모리아크'의 얼굴을 하고 줄줄이 행진을 하고 있었소…! 그러면서 저희들 노벨상감을 찾으러 간다나…! 나는 이 사람, 모리아크를 당시 르피크 가에 있던 내 집에서 만난 적이 있지요…! 그 모습이 여전히 내 뇌리에 남아 있는데… 영락없는 사마귀더만…! 아주 똑같이…! 이마라고는 없고… 하는 품새도 꼭 곤충 같고… 그를 내게로

---

* François Mauriac(1885~1970). 『사랑의 사막(Le Désert de l'amour)』(1925)으로 이듬해 아카데미 대상을 탔고, 1933년에 아카데미 회원으로 선출되었으며, 1952년에는 노벨 문학상을 탄 소설가 프랑수아 모리아크는 성장 배경과 작품 성향, 일생의 경영 등에서도 이미 딱히 셀린과 공유할 만한 점이 없기도 하지만, 특히 개인적인 악연으로 인해 (사르트르와 더불어) 대표적으로 셀린의 공격 대상이 된 작가이기도 하다. 선배 모리아크가 『밤 끝으로의 여행』에 관심을 보였으나 셀린이 그의 관심에 소원한 자세를 취한 바람에 서먹해진 둘 사이의 관계는 이후 셀린이 정치적 화제에 휩쓸리고 모리아크가 셀린에 대한 도움을 거절하면서 더욱 냉랭하게 변했다.

데리고 온 건 페르난데즈*였는데… 나는 도저히 믿기지가 않아 '저 사람이 프랑수아 모리아크인가?'라고 물었다오… '아니 그런데, 어째 이마가 하나도 없대…? 무슨 수술이라도 받은 건가…? 천만에 무슨 소리! 아닐세…!' 페르난데즈는 모리아크와 잘 아는 사이였거든… '아니 그럼 태어날 때부터 저랬다는 겐가…? 소두증…?' 모리아크에겐 전두엽이 없는 게 분명했소…! 그를 잘 알고 있는 페르난데즈가 나보고 모리아크 목소리에 대해 어떻게 생각하냐고 물었겠다…? '암 발병, 어때 그런 것 같지 않나 자네 보기에…?' 모리아크는 쉰 목소리를 갖고 있었지요… 그 점이 그가 아카데미에 받아들여지는 데 얼마나 도움이 되었는지 아시오…!** 살 날이 두 달… 아니면 세 달… 그 정도밖에 남지 않았다나! 그 사실이 마술을 부린 셈이죠…!"

"그럼 선생은요, 선생은 아카데미를 가볍게 비꼬면서 뭔가 새로 발명해낸 게 있소?"

"물론 없소! 당연히 있을 수 없죠! 리슐리외 이후로***

---

* Ramon Fernandez(1894~1944). 비평가, 언론인, 작가. 파리 주재 멕시코 대사 출신의 아버지 밑에서 태어나 1919년에 프랑스 국적을 획득했다. 간전기에 활발히 활동하였으며 애초에 공산주의를 신봉하였으나 1937년에 대독 협력 주의자로 전향하였다.

** 1933년 프랑수아 모리아크가 아카데미에 선출될 당시만 해도 사람들은 그가 암에 걸렸다고 믿고 있었다. 이에 관해서는 장 라쿠튀르(Jean Lacouture)가 인용한 당시 아카데미 회원 르네 바쟁(René Bazin)의 언급을 상기할 수 있다. 즉, "우리는 그가 우리 사이에 들어오기 전에 떠나도록 내버려둘 수 없다. 그는 그만큼 위중한 상태다!"(『프랑수아 모리아크[François Mauriac]』, 르 쇠이[Le Seuil], 1980, 271쪽). 모리아크는 실제로는 1970년에 죽었다. ─원 편집자 주

*** 아카데미프랑세즈는 1635년 리슐리외 추기경에 의해 창설되었다. 그 목적은

허, 가당키나 하겠나! 죄다 지독히 타락한 농지거리 꼬락 서니일 뿐인데!"

"하지만 선생도 역시 낡아빠졌긴 매한가지요! 내 분명히 말하는데요! 아카데미 회원 중에는 당신보다 덜 망가진 이들이 존재해요!"

"필시 당신 말이 옳을 거요, 거시기 대령! 그건 그렇고 이제 우리 몇 쪽이나 됐소? 응?"

"다시 세어보죠… 80쪽이네요…! 아카데미 쪽에선 당신에게 뭘 해줍디까? 그걸 말해봐요!"

"아무것도!"

"선생도 아카데미에 무척 들어가고 싶겠지요…?"

"아! 천만에요…! 그건 전혀 아니올시다…! 거기선 자기네에게 소속된 늙다리들을 원숭이처럼 울긋불긋하게 치장한 다음 회중을 웃기도록 시키는 걸요… 그보다 더 잔인한 공쿠르 쪽은 아예 그들이 존재하지 않도록 처단하고 말이오…."

"이 얘기 전부 인터비유우에 실어요? 선생은 이게 사람들 흥미를 끌 것 같소?"

"아마 아닐 듯싶지만서도… 별수 있나요…! 가스통이 내게 '서둘러요! 사람들이 당신 얘기를 할 수 있도록!'이

프랑스어의 규칙을 분명히 정하고 그 문화적 역량을 제고함으로써 '순수한' 하나의 소통 언어를 중심으로 한 통합 국가를 다지려는 데 있었다. 이런 정치적 취지를 골간으로 아카데미프랑세즈가 대대적으로 펼친 주요 학술 과업이 바로 프랑스 어휘와 사전의 정비였다.

라고 말했으니까요… 난 내가 할 수 있는 걸 할 수밖에….”

“당신의 ‘정동적인 것’에 관해 다시 얘기하면 어떻겠소? 당신의 소위 ‘정동의 문체’라는 것에 대해서?”

“그게 재미있을까요?”

“오! 그렇지 않소, 재미없을 거요… 재미는 무슨…! 진짜요! 나로 말하면 한 가지 사실만은 언제든지 선생에게 말해줄 수 있는데… 선생이 말하는 그 ‘정동의 문체’에 대한 사람들의 견해가 어떤 것인지 내가 약간 귀띔해줄 수 있다는 거요… 전 사회 영역을 통틀어서 말이오…! 민간 대중의 영역이며… 예술계…! 군대 사회까지…!”

“어서 말해보시오! 이제 드디어 내게 도움이 좀 되시려나 보오…! 확실하게!”

“교양 있는 사람들의 의견… 그리고 여타 온 세상 사람들의 의견!”

“듣고 있소! 듣고 있으니 계속하시오!”

“선생의 그 너저분한 소설들에 관해서…? 그리고 선생 자신에 관해서…? 선생이 하고 다니는 행동거지에 관해서?”

“응 계속 그렇게 떠들어요!”

“선생의 존재감 없는 태도에 관해서…? 결코 제대로 ‘술수를 쓰’지 않는 그 자세에 관해서…?”

“그래서? 그래서 뭐라고들 하는데?”

"프랑스 문단 최악의 타르튀프!* 바로 그거요!"

"오! 그거보다 더 나은 걸 기대했는데, 당신이 그보다는 잘하겠지 했는데…! 대령…! 그 정도 얘긴 이미 다른 사람들이 다 했소…! 열 번은…! 백 번은…! 그것도 그보다 훨씬 더 생생하게…! 황산 같은 표현으로…! 그런데 대령 당신은 영 시시한데!"

"진짜?"

"다 익히 들은 소리요…!"

"그럼 경탄의 경우는 어떻소…? 경탄하는 경우에 대해 좀 살펴봅시다… 사람들이 선생을 놓고 한 번도 경탄하는 소리를 한 적이 없지요…? 선생은 경탄할 만한 것이라곤 아무것도 한 게 없지요?"

"오! 있어요! 대령! 오! 있고말고요! 레제다 대령, 내 보기엔 이제서야 당신이 나를 이해하기 시작한 듯하오…! 논조를 어떤 식으로 잡아야 제대로인 건지도! 브라보! 당신은 자신이 그렇게 훌륭하게 말할 수 있으리라곤 미처 생각 못 했겠지…! 내가 경탄의 대상이 될 만했던 적은 과거에 여러 번 있었다오! 가장 최근엔 지브롤터 앞에서였죠!"

"기다려봐요! 받아 적게… 잠깐만요…! 자 여겼다! 내 수첩! 내 연필…!"

"몇 쪽이나 됐소?"

"90쪽…! 어디 그럼 지브롤터랬나요…? 지브롤터에

---

* 이 책 154쪽 주석 참조.

서 대관절 뭐가 어땠기에?"

"그렇소, 지브롤터였소! 대령…! 일은 지브롤터 앞에서 벌어졌지요…! 우리는 작은 영국 배, 소형 쾌속 전투함 킹스턴 코넬리언을 침몰시켰도다… 글쎄 우리는 그 한가운데를 뚫고 지나간 것이었도다! 우리는 그것을 완전히 침몰시키고 말았도다… 우리 쪽은 22노트의 속도로 달리던 중이었소! 맙소사! 1만 1천 톤 나가는 배로! 그 배는 악소리 한번 안 내고 나가떨어지더군요! 우리 쪽은 컸지, 그쪽은 작았지, 그러니 그럴 시간도 없었던 게라!*"

"내 참! 내 참!"

"아니 '내 참'이라니! 나는 셸라 호의 해군들을 위한 의사였다고요! 대령, 셸라 호는 엄청난 장비를 갖춘 배였소…! 머리에서 고물까지, 완벽하게 무장한! 우리는 그 뻔뻔스런 전투함을 한가운데에서 두 동강 냈도다! 그 배에 장착된 폭뢰들이 전부 폭발했도다…! 전투함은 우리 배를 16미터가량 금 가게 했도다…! 그러나 저 자신은, 맙소사, 마치 물속에 뚫린 구멍처럼! 완전히! 완전히 침몰…! 날마다 트라팔가르해전은 아닌지라… 그들이 우리를 해군 군

---

* 1939년 12월에 셸린은 마르세유–카사블랑카 간의 해군 수송 업무를 담당하던 셸라 호와 계약서를 작성하고, 두 차례 수송 과정에 동행하여 해군들을 돌보는 선상 의사로 근무하기로 한다. 위에 언급된 사고는 1940년 1월에 일어났다. 카사블랑카를 향해 출발한 셸라 호는 지브롤터해협에서 잠수 중이던 영국 수뢰정 킹스턴 코넬리언 호와 충돌하였다. 셸라 호에서는 단지 몇 명의 부상자만이 나왔으나 수뢰정은 안에 실려 있던 폭발물이 터지면서 그 자리에서 침몰했다. 셸라 호는 지브롤터에서 임시 수리를 받고 마르세유로 되돌아갔고, 셸린의 계약은 1월 말에 끝났다.

법회의에 끌고 나가려 해봤자였소…! 너무 늦었지! 너무 늦었어! 우리는 예의 22노트 속도로 계속 달려가던 중이 었으니까요, 대령! ”

"그렇게 큰 소리로 떠들지 좀 말아요! 큰 소리로 떠들지 말라고요!"

그가 내게 속삭인다.

"선생에게 증인들은 있었소?"

"그런 편이지요! 물론 그렇소! 그리 말해도 좋아요! 사고는 밤 열한 시에 일어났지요… 요새에 전선이 둘러쳐 지더니만…! 적어도 100개는 되는 스포트라이트가 우리 위에 쏟아지고…! 요새 전체에서! 에피네보다도 더 환하게…! 그러니까 에피네-르-스튜디오보다도!*"

"참 한심하긴!"

"진정 영화 촬영의 한 장면 같았소…!"

"그리고 당신 지금 허풍 떠는 거지요?"

그는 더 이상 필기를 하고 있지 않았다.

"무슨 말씀…! 내가 허풍 떠는 게 아니고, 실제 그랬소…! 그리고 그로부터 6년 후에도 또 나는 그런 식으로 2년간을 덴마크의, 코펜하겐의, 베슈터펜슈텔 감옥**의, K

---

* 20세기 초 파테, 고몽과 함께 프랑스의 영화 산업을 이끈 3대 기둥의 하나인 에클레르 사는 1907년 파리 근교 에피네쉬르센(Épinay-sur-Seine) 시에 영화 촬영소 '스튜디오 에클레르'를 세웠다.

** 셀린이 대충 철자를 바꿔 썼으나 정확한 명칭은 베스트레 펭셀(Vestre Fængsel, '서부 감옥')이다. 그는 1945년 12월 17일, 제보에 의해 체포된 이후 약 14개월 동안 이 감옥의 독방에 갇혀 있었다. 가석방된 후에는 프랑스로 돌아오게 될 1951년까지 자신의 덴마크

동에서 옥살이했다오… '덴마크 사형수들'이 갇히는 데서…."

"다 자업자득 아닌가!"

"그건 그렇지요, 이 거지 같은 양반아! 물론! 그렇죠! 당연히…! 그들은 나를 그다음에도 5년이나 더 발틱 해변가의 아주 특별한 작은 누옥들에 붙들어 매놨었다오… 영하 20도… 25도까지 내려가는 곳에…! 그것도 내 돈 들여서 말요…! 웅…! 내 돈을 들였다고!"

"왜요…? 그건 왜 그랬대…?"

"그들도 모른다더이다… 그냥 원칙이라나!"

"덴마크 사람들은 다 그렇소?"

"그렇소, 하지만 그런 얘길 관광객들에게 하지는 않는다오!"

"관광객들은 눈치 못 채나요?"

"못 채요! 그들은 놀라 어리둥절해 할 뿐, 그게 다요! 관광객보다 더한 멍청이들도 없을 걸! 그들은 엄청 날건달같이 거드름 피우면서 출발하지요… 그리고 돌아올 땐 더 심한 건달이 되어 더더욱 잘난 척하며 돌아온다오…! 여행사의 감언이설에 잔뜩 취해 가지고서는…."

측 변호사 미켈센(Mikkelsen)의 사유지가 있는 혹한의 코르쇠르(Korsor)에 머물렀다. 셀린에게 적용되는 죄목은 프랑스 형법 75항 및 76항이 규정하는 반역죄 및 이적죄이다. 프랑스의 끈질긴 요청에도 불구하고 그가 덴마크 땅에서 추방되지 않을 수 있었던 것(당시 상황으로 볼 때 프랑스로의 이송은 즉각적인 사형 집행을 의미하는 것이나 다름없었다), 감옥 내에서 친지들에게 수많은 편지를 보내고 특히 『다음번을 위한 몽환극』의 초고를 쓸 수 있었던 데에는 프랑스 문학에 조예가 깊은 친불파이자 덴마크 법조계의 거물이었던 미켈센의 신중한 판단이(그 자신은 레지스탕스에 속해 있었다) 기여한 바 크다.

221

"덴마크 사람들은 그럼 그들에게 무엇에 관해 얘기합니까?"

"안데르센, 햄릿, 키르케고르…."

"그들은 또 무엇을 가졌을까요, 선생이 보기론?"

"담페(야콥 야콥센)*가 있지요! 그는 말하자면 덴마크의 미라보랄 수 있는 이인데, 덴마크 사람들은 그에게 사형선고를 내린 후 20년 동안 감방에 가뒀다오!"

"그들은 그럼 그 담페인가에 대해서는 결코 말하지 않나 봐요?"

"안 하지요, 결코…! 그의 이름이 달린 오솔길 하나 찾아보기 힘들 거요… 아주 작은 길 하나도… 보잘것없는 명판 하나도…."

"선생이 어디에선가 덴마크 감옥에서는 죄수들을 아주 쉽게 죽인다고 썼던 것 같은데?"

"말도 마시오!"

"증거가 있나요?"

"그렇고말고요! 그러나 그 점에 있어서는 그들이 결코 다른 민족들과 다른 게 아니라오…! 오 결코 그렇지 않

---

* Jacob Jacobsen Dampe(1790~1867). 자유주의 사상을 지녔던 덴마크 철학자. 종교와 왕권에 대한 공격을 이유로 1821년에 무기징역을 받았다. 20년 옥살이 끝에 풀려났으나 지정된 가택에 머무르며 저작물에 대해서도 공식적인 검열을 받아야만 했다(이 사실로부터 셀린이 단순히 미라보와의 비교만을 위해 그를 언급한 것이 아님을 알 수 있다). 담페를 마치 사전의 한 항목처럼 소개한 것으로 미루어볼 때 셀린이 다른 사람이 그에 관해 일러준 바를 토대로 자기 선배 격의 이 인물에 관해 조사해보았던 것이 아닌가 짐작해볼 수 있다. —원 편집자 주

소! 오 결코 그렇지 않아요! 세상의 모든 감옥은 정상적으로, 관례에 따라 죽이는 거랍니다…!"

이 작자가 내 말이 웃긴가 보네…!

"그럼 실례지만 대략 몇 시쯤 죽입니까?"

"열한 시나… 자정쯤이라오… 대령!"

"아는 바가 좀 있으시네!"

"오 그렇소! 오 물론이지요! 아주 세세하게요…! '핍-셸'*… 그걸 거기선 그렇게들 부른다오… 12-13호요, 대령! 독방 12-13호! 고무 막을 두른! 잘 기억해둬요…! 그런 건 관광객들한테 보여주지 않으니까…!"

"다른 얘기 합시다! 사람들이 우리 얘길 듣잖소…! 선생의 테크닉에 관해서 좀 얘기해 보자고요!"

그가 적은 내용을, 자기 종이 뭉치를 다시 집어 든다… 보아하니 지칠대로 지친 듯하군….

"선생의 테크닉이란…? 아 그렇지… 선생의 발명품…! 선생은 자신의 발명이란 것에 어지간히도 집착하고 있던데 말요…! 산지사방에 그저 '나', 자기 발명 얘기뿐이고…! 멋들어진 발명품이라나…! 끝도 없이 '나'만 내세우고! 다른 사람들은요 그보다는 좀 더 겸손하다오!"

"오! 이런, 대령! 대령…! 나로 말하자면 겸손 그 자

---

* pip-celle. 엄중 감시하의 중죄인 수감실을 가리키는 덴마크 속어. 그 기원은 명확하지 않지만 셀린의 덴마크 측 변호사였던 미켈센 역시 한 진술에서 이 명칭과 장소를 언급한 바 있다(『다음번을 위한 몽환극』 1권 100쪽에 대한 주 1, 갈리마르 플레이아드판 『셀린 소설집』 IV권, 1279쪽).

체요! 내가 입에 올리는 '나'는 전혀 대담무쌍하지 않아요! 나는 그것을 소개할 때 늘 대단히 주의를 기울인다오…! 아주아주 신중하게…! 나는 언제나 그것을 완전히, 또 아주 세심한 정성을 기울여 똥으로 감싼답니다!"

"참 퍽도 아름답구려! 아주 자랑스러우시겠소! 그렇다면 그 '나'는 대체 당신의 뭣에 소용이 되는 거요…? 그 완벽하게 역한 냄새 풍기는 '나'란?"

"장르의 법칙이지요! '나' 없는 서정주의는 없소, 대령! 좀 받아 적어요, 제발, 대령…! 서정주의 **법칙**!"

"별 빌어먹을 놈의 법칙 다 보겠네!"

"말이면 다 해도 되는 줄 아나! 이 '나'란 엄청나게 비싼 비용이 드는 거라오…! 세상에 있을 수 있는 가장 값비싼 도구요! 익살스러운 게 특히 그렇소…! '나'는 저를 부리는 사람에게 결코 봐주는 게 없어요! 웃기는 서정은 특히나 더!"

"그러면 대관절 왜 그런 건데요?"

"적어요! 또다시 받아 적으란 말요! 적은 건 나중에 다시 읽어보도록 하고… 진정으로 웃길 수 있으려면 약간 죽은 상태 그 이상의 것이 되어야만 한다! 자 이거요! 이를 위해서 당신은 사람들 무리로부터 떨어져 나왔어야 해요."

"이거 말하는 것 좀 보게! 말하는 것 좀 봐!"

"아 보고 자시고 할 것도 없이 다 결론 난 말인걸!"

"아니 그럼 다른 이들은? 다른 이들은 어떻단 거요?"

"그들은 다 속여먹는 거지…! 그 사람들은 무리에서

224

떨어져 나온 척 하지만, 실은 그렇지 않소… 오! 천만에! 돼지같이 희희덕거리는 놈 아니면 사마귀들이죠…! 모든 걸 다 이용해 우려먹는 바리새인들이고!"

"똥을 뒤집어쓰고 '무리에서 떨어져 나온 나'라고 요…? 그게 공식적인 정의란 거요…? 내가 제대로 이해한 거라면?"

"그 문구가 거저 나온 게 아니라오, 대령…! 오! 아니 오…! 거저가 아녜요…! 착각하지 마시오, 겉보기에만 그럴 뿐이니…! 그저 겉보기에만 그렇답니다…! 그걸 위해 얼마나 큰 대가를 지불해야 하는지 몰라요…! 값을 단단히 치러야만 한다고요…!"

"내 참! 그래서 그 결과로서 말이지요…."

"자 그거요, 대령! 어디 말을 이어봐요!"

"그러니까 선생의 그 소중한 '세계의 중심이자 배꼽' 은… 선생의 그 참고 봐주기 어려운 끝없는 '나' 타령은… 선생의 독자를 어지간히도 괴롭힌다고요…!"

"자 그렇게 톡 까놓고 말했겠다…! 그러나 친애하는 레제다 대령, 당신 때문에 나는 얼굴이 붉어지지 않을 수 없군요! 그렇소, 나는 얼굴이 붉어집니다그려, 당신이 딱해서…! 당신같이 박학한 양반이 세상에! 그 사실을 까맣게 모르네, 모든 서정성들이 펼치는 드라마들이란 모름지기, 그 서정이 우스운 것이든 슬픈 것이든 간에, 사방에 넘쳐나는 그것들의 '나'라는 걸…! 바로 그것이라는 걸! 모든 소스마다… 어김없이 전횡하는 서정성의 '나'… 물론

225

그 '나'가 그것들을 황홀하게 하지는 않는다오, 맹세코…! 하지만 어떻게 '나'를 피해갈 수 있겠소…? 장르의 법칙인데…! 장르의 법칙인데!"

"왜요…? 어째서 그렇소…?"

그가 기록하고 있다… 정말로, 뭔가를 쓰고 있다….

"이런, 대령, 그럼 이런 식으로 말해볼게요. 이봐요, 당신! 당신은 중절모에 연미복 입고 해수욕하지 않지요? 그렇죠? 응?"

"그게 무슨 상관이 있죠?"

"서정주의하고 바다, 그것들 사이에 무슨 관계가 있느냐…? 내가 모든 걸 일일이 설명해주지는 않을 거요, 대령! 그러려면 몇 시간은 걸릴 테니…."

"추잡한 얘기요?"

"그렇기도 하고 아니기도 한데… 그렇게 입고 물가에서 첨벙대고 놀면 안 되니까요…!"

"그게 다 무슨 소리야!"

"구체적으로 얘기하리다… 만약 당신이 살롱의 예술가라면, 살롱, 청소년 회관, 영창, 대사관, 그리고 극장을 위해 일하는 예술가라면, 당신은 스스로를 어떻게 소개하겠소…? 양복을 입고서겠죠, 당연히…! 멋진 유니폼을 입고…! 그렇게 당연한 합의가 이뤄지겠죠! 크로모가 되기로…! 그래야만 하지요…! 그러나 만약 당신이 서정적인 것의 편에 서 있다면…? 애초에 타고나기를 서정적으로 태어났다면…? 정말로 서정적이라면…! 그럼 그런

226

식으로는 더 이상 되는 일이 없을 거요…! 당신 기질을 위한 정장 예복은 없다오…! 당신의 생생하게 퍼덕이는 신경들…! 바로 당신의…! 다른 그 누구의 것도 아닌…! 오, 그렇지! 바로 당신의 것인 그 신경들…! 홀딱 벗는 것보다 더…! 생생하게 날것인…! '올 누드'보다 더…! 그렇게 당신의 '나' 전체를 앞으로 내미는 거요…! 용감하게…! 속이는 것 없이!"

"적고 있소."

"그래요, 대령! 외설이고! 노출증*이오!"

"참 훌륭하기도 하오!"

"오! 그것이 엉터리 배우의 끝이라오!"

"선생, 그러고도 한술 더 떠 자기가 발명가라고요?"

"물론이지요…! 사람들은 나를 상당히들 베낀다오! 그러니 그들이 그 점을 증명하는 셈이죠…! 그들은 내가 서정적이다라는 사실까지는 눈감아줄 수는 있을 거요… 하지만 코믹한 서정이라면…? 거기서부터는 난 피해갈 도리가 없을 듯…! 암살은 따논 당상이오!"

"서정주의는 그다지 프랑스다운 게 아닌데…."

"대령, 과연 옳은 말씀이오! 프랑스 사람들은 너무나 허영심이 많아서 다른 이들의 '나' 앞에선 몸을 동그랗게 움츠리고 말지요…!"

---

* 이 단언은 셀린의 다른 공언들과 비교해보아야 할 것이다. 많은 다른 선언에서 셀린은 흥미롭게도 자신에게는 전적인 노출증이 부재하기 때문에 연극적 재능이 모자란다고 설명하곤 했기 때문이다.—원 편집자 주

"그럼 영국 사람들은 어떻소…? 그리고 독일 사람들은…? 또 덴마크 사람들은요…? 그들 역시 '나' 앞에서 고슴도치처럼 굴지는 않나요…? 타인의 '나' 앞에서…? 선생이 방금 말한 것처럼…?"

"오! 심사숙고하고… 그에 관해 생각을 거듭하는 고로… 그들은 아마도 좀 더 엉큼하고… 좀 더 신중하다 하겠지요… 그게 다요…! 또 덜 신경질적이고… 그러나 실상은 어디나 다 마찬가지인 법, 아무도 타인의 '나'를 좋아하지 않는답니다…! 중국 사람, 왈라키아 사람, 색슨족, 베르베르족…! 다 똑같소…! 이게 똥하고 좀 비슷해요, 아시겠소…? 누구나 저 자신의 똥 냄새는 좋아하며 견디지요마는, 가령 평소 당신이 대단히 사랑한다고 하는 에스텔의 똥 냄새는 어떨까, 아마 당신에겐 훨씬 덜 감미로울거란 말이죠…! 당신은 '환기해! 환기!'라고 고래고래 소리칠 테지요…."

"정말이지 당신은 빼도 박도 못하게 쓰레기라니까…! 댁의 서정주의는 그저 핑계거리에 불과하고…."

"내 말을 믿어요, 대령! 나는 어느 하나 안 받아본 모욕이 없다오…! 카이사르도 일단 법망에서 벗어나고부터는 오직 암살자들밖에 마주치지 않았지요… 아니 굳이 카이사르까지 될 필요조차 없어요…! 자, 자…! '법 바깥으로 벗어나고 나니' 사람들은 내 모든 것을 훔쳐갔다오…! 내 선생에게 분명히 말하는 거요…! 그다음엔 온갖 것에 나를 고소했지요! 내가 분명히 말해두오…! 특히 내 가족에 대해서 그러더이다…! 나를 살인자로 취급하고…! 나한테 그런 내용을 써 보내더라고들…! 이걸 잘 기억해둬요, 글쎄 나보고 내 어머니를 죽인 자라고 하더군요…! 그러니 댁이라면 어떻겠소, 대령…! 여기에 대해 또 무슨 말로 횡설수설할 건지 한번 대꾸해 보시구려…!"

"선생은 가족에게 무슨 짓을 했습니까?"

"아무 짓도 안 했지요…! 나는 감옥에 있었는걸….*

"그럼 무슨 이유로 그랬을까요?"

"그들은 내 걸 훔쳐갔지요… 그래놓곤 내가 항의할까봐 두려웠던 거요…."

"그래서요? 그래서 뭐죠?"

"다시 말해 대령 당신과 당신의 그 별것도 아닌 모욕 따위는 나한테 별반 효과가 없다는 말이죠!"

"그 말 다 적습니까?"

"분량이 몇 쪽이나 되었는지 세어보실까?"

"딱 100쪽…! 아카데미에 대한 선생의 지적질을 기록할까요?"

"그거 꽤 효과가 괜찮을 듯해요… 그대로 가요! 다 잊힐 농담인데…! 다만 괜히 내용을 무겁게 만들지만 마요, 그것만 안 하면 돼요!"

"좋소!"

"참 한심해서! 선생은 맨 생트집만 잡으려 들지 나

---

* 셀린은 1945년 3월에 간신히 덴마크 입국을 허가받았고, 그곳에서 자신의 모친이 홀로 사망(3월 6일)했다는 소식을 전해 듣게 되었다.

에겐 거의 도움이 되질 않소…!"

"다른 주제로 넘어가요…! 속어에 대해서 좀 아시는 지…? 내게 속어에 대해서 이야기해 주시겠소?"

"오, 그러지요! 오, 그러지요…! 속어란 증오의 언어 의 일환으로서* 독자를 끽소리 못 하게 만들어주지요… 독자를 싹 제압해서…! 당신 처분에 놓이게끔…! 독자는 완전 바보 상태가 되고 만답니다…!"

"옳거니…! 썩 괜찮소…!"

"하지만 주의해야 해요! 조심…! 덧붙이자면, 속어 의 정동은 쉽사리 소진되고 말지요! 두 번… 세 번 정도 되풀이하고 나면 끝! 이 짓궂은 걸 두어 개 한껏 써먹었을 즈음이면… 당신의 독자는 퍼뜩 정신을 되찾는다오…! 한 권 전체가 속어로만 된 책은 '회계감사원 보고서'보다도 지 루한 법….."

"왜요?"

"거야 독자가 악독하니까 그렇죠! 독자는 속어에 대 해 그것이 계속 점점 더 강력해지기를 요구한다오…! 당 신 재간이라면 대체 그런 걸 어디서 찾아 바치겠소?"

"그러게요, 대체 어디서?"

"나 원 참! 대령, 이 점을 기억해두시길, 속어는 고추

---

* 등단 초기부터 말년에 이르기까지 셀린은 이 주제에 관해, 그리고 전반적으로 자신의 '문체'에 담긴 속어의 '에토스'에 대해 「이제 논쟁이다!(Maintenant aux Querelles!)」(1936), 「말씀을 향한 나의 대공격(Ma grande attaque contre le Verbe)」(1957), 「속어는 증오로부터 태어났다(L'Argot est né de la haine)」(1957) 등 다수의 흥미로운 문건을 남겼다.

양념처럼 놀라운 것이라오…! 하지만 식사 전체를 고추로만 만든다면 당신이 어찌해봐도 그건 참으로 심술 사나운 점심 식사가 될 거요! 당신의 독자는 부아를 참지 못하고 당신에게서 돌아서겠지! 당신이 만든 요리를 뒤죽박죽 아무렇게나 섞어버릴 거요! 화가 잔뜩 난 낯짝으로! 그리고 다시 크로모 작가들 쪽으로 돌아가버릴 거란 말이지, 당신의 독자는! 아암…! 속어는 확 유혹하는 매력이 있지만 그러나 오래 잡고 있지는 못하오… 따라서 유혹자 나으리는 잠깐의 숭고한 순간이 지나고 나면 이내 귀부인의 관심사 밖으로 던져진 자신을 발견하게 되는데, 실행할 수도 없는 일을 이미 약속한 처지니 어쩌겠소, 숲과 산림을 베어내고 무너뜨려야 할 수밖에… 그러나 첫 번째 잡목림만으로도 그는 무릎을 꿇고 말 거요…! 그리고 용서해달라고 싹싹 빌겠죠…! 속어에서 액션에 이르기까지 경로는 다 그런 식…! 이봐요, 자기 자신을 꽁꽁 포박하듯 사로잡은 여인에게 보낸 은어투성이 편지를 예로 생각해봅시다… 여봐란 듯이 이목을 끄는 편지란 말이죠…! 바르베스 가에서 라프 가까지 쫙 들어선 작은 '진짜로 진짜' 선술집들에서 너 나 할 것 없이 읽기에 딱 맞춤으로… 사방에서 돌려 읽는…! 예전에 후작 부인의 편지들이 이루 말할 수 없는 달변에다, 감미롭고, 또 경탄스러워서 온 성이 그것에 넋이 빠질 정도였던 것과 같은 이치로 말이오! 페리고르에서 보베지에 이르기까지 모든 성의 안주인들이 그 얘기로 수다 꽃을 피우고, 열변을 토하고, 장광설을

231

늘어놓을 지경이었던 것과 마찬가지로…! 기둥서방들이 쓴 멋들어진 편지와 마찬가지로…! 그런데 재미있는 일이지, 자기 애인이나 친한 친구들에겐 그렇게 온갖 은어를 피 튀겨가며 편지를 쓰던 그 똑같은 살인자-작가가 말이오, 막상 예심판사에게 서한을 보낼 때면 결코 막된 곁말을 쓰지 않는 법인 거라…! 은어라니 천만에! 그 부옇던 안개는 온데간데없고…! 예의범절에 맞춰서! 오로지 진중한 어조로…! 드라마가 펼쳐지는 순간이 오면, 아니 (영화에 나오는 드라마 말고) 진짜 말이오, 아무도 은어를 알은 척하지 않는다오…! 학위증만이 당신을 구하지요…! 은어는 당신을 실패로 이끌고!"

"그래서 선생의 결론은?"

"속어에도 분명 그것의 역할이 있지요, 네…! 확실히…! 모든 고추들의 내력처럼…! 그게 전혀 안 들었다고…? 이런 머저리 같은 당신의 수프…! 그게 너무 많이 들었다고…? 이런 더 머저리 같은 당신의 수프…! 따라서 여기에는 요령이 필요한 거요…!"

"조금 전에 선생은 내게 '나'에 대해서 얘기했었죠…! 그러더니만 지금은 웬 속어 얘기를 늘어놓고 있소!"

"아니 이거 왜 이러시오 대령, 그건 당신이었잖소! 댁이 주제를 바꿨잖아요! 자기가 속어 얘길 시작해놓고선!"

"아 그렇지! 아 그래요! 그럴 수도 있긴 하겠군요 정말…."

"우리 몇 쪽이나 됐소?"

"100!"

여전히 100쪽에 머무르고 있다고…! 내 보기에 이놈은 쪽수를 툭하면 거꾸로 센다…! 이런 얼간이를 봤나!

"우리 사랑에 대해서 좀 얘기해볼까요?"

"오! 그렇게 크게 말하지 좀 말아요! 그렇게 큰 소리로 말하지 말라고요…! 사람들이 우리 말을 듣잖소…!"

"사람들이라니, 대체 누구 얘기요?"

고양이 한 마리 얼씬하지 않는다고…! 우리 근처엔… 게다가 나는 그다지 큰 소리로 말하고 있지도 않단 말이다…! 분명히! 이 대령 놈은 머리가 좀 돌았다…! 뭣보다도, 저도 눈이 달렸으면 보일 것 아니냐…! 정신 나간 퉁방울 눈깔 같으니라고!

"비극적인 사건 따위는 결코 일어나지 않는다오, 대령! 우리 아무 얘기나 해요! 되는대로 이것저것…! 선생도 같은 의견 아니오…? 이건 쓸데없는 형식 따윈 벗어던진 인터비유우요! 바로 그거요! 격의 없이… 내가 방금 사랑과 사랑 노래에 대해 대화하자고 제안했는데… 이런 소공원에 딱 어울리는 주제 아니오…? 공원의 연가란 것이…? 내가 연가 하나 부르는 거 듣고 싶지 않소? 민중적 서정주의가 깃든 걸로 한 곡…? 나는 노래로 밥벌이를 해온 사람이오! 이 나는!*"

---

* 이 자전적인 지표가 흥미롭다. 자신이 거리에서 피아노를 치며 밥벌이를 했다고 하는 『꼭두각시 밴드』 1권의 셀린의 진술과 관련지어야 할 사항일까? — 원 편집자 주
[『꼭두각시 밴드』는 셀린이 2권까지 썼다가 중단한 미완의 장편이며 그 배경은 영국

"선생이?"

"그렇소…! 변치 않는 마음! 부드러운 손길…! 영원! 애정! 난 그런 주제를 다뤘지요! 하나 들어보시려오?"

"아니! 싫소! 싫어! 난 갈테요…!"

"가지 마오! 여기 있어요! 여기 있으래도! 대령! 내 노래 더 이상 안 할게요!"

그가 가버리려고 하다니…! 정말로…!

그가 다시 자리에 앉는다….

"자, 그럼 말해봐요, 사랑을 차지하는 건 누구들일까?"

"누군데요?"

"연가 부르는 서정시인들이지 누구긴 누구요…! 그들에겐 뭐든 허용되지 뭐요! 서정주의에 찌들 대로 찌든 망할 놈들! 그 방면 얘기를 번지르르하게 꾸며대고! '나'에 관해 자기들이 하고 싶은 건 모조리 다…! 이들에게 '나'

런던의 뒷골목이다(원제의 영어 표기 오류는 이런 문제를 크게 개의치 않았던 셀린 자신에게서 비롯한 것이다). 창녀들과 포주들이 떼 지어 몰려다니는 거리와 술집, 그들의 떠들썩한 지하 소굴, 안개, 술집, 항구, 배, 끊임없이 울려 퍼지는 온갖 유행가와 엉터리 가곡, 춤, 음악, 싸움, 방랑과 모험, 환상과 도취 등, 고다르의 말마따나 셀린이 좋아하는 요소들이 소설 속 공간을 지배하는 드문 작품이다. 그러나 실행에 옮겨지지 못한 3권의 계획안을 보면 역시나 이어지는 에피소드들은 셀린 특유의 어두운 비전으로 점차 무겁게 변질될 예정이었다. 셀린은 1차 대전에서 큰 부상을 입고 후방으로 물러났다가 영국 런던으로 건너가 다소 미심쩍은 삶을 영위했다. 그 자신의 말에 의하면 정말로 런던 창녀와 포주들의 세계에서 그들과 어울려 다녔고, 그중 한 창부와 즉석에서 결혼했다 신고도 하지 않은 채 곧 헤어진 이력도 갖고 있다. 고다르의 고증에 따르면 『꼭두각시 밴드』의 집필은 1942년경부터 진행되었다. 2차 대전이 임박한 시기에 1차 대전기의 이야기를 다룬다는 시의 부적절성에 대한 염려 때문이었는지, 셀린은 『꼭두각시 밴드』 3권의 집필을 중단하고 『다음번을 위한 몽환극』에 착수하였다.]

234

는 결코 지나친 법이 없어요! 그들의 그 소중한 '나'는! 내 참! 지들이 종(種)의 모든 걸 쥐고 있다는 건가! 종의 전부를! 인류 재생산을 위한 음유시인들이라는 거지! 1년 365일 내내 봄…! 사랑을 노래하는 서정시인 한 명의 값어치란 그놈의 정자 무게에 맞먹는 거요…!"

"선생은 선생의 독자를 놀라게 하고 싶은 건가요?"

"오! 전혀요! 나는 그다지 겸손한 인간은 아니지요마는, 대령, 그러나 그 점에 있어서는, 고백하건대 아무것도 발명한 게 없군요… 머리 둘 달린 짐승*은 기괴하지요! 그건 어제오늘 일이 아니오! 어제오늘 일이 아니지! 세상이 세상인 이래로 죽 그래왔소! 머리 둘 달린 짐승은 돼지처럼 음탕하다…고 그 짐승 스스로 말하고! 또 우기지마는! 그러나 전혀 그렇지 않다오…! 사실인즉! 그놈은 그저 웃길 뿐이오! 바로 그런 것이 이 짐승의 있는 그대로의 진실이지요! 이놈은 돼지의 힘 같은 건 갖고 있지 않다오…! 영 그와는 거리가 멀지요…! 멀어도 아주 멀다니까…! 인간이란 말만 앞세우고 행동으론 옮기지 않는 하찮은 존재지요… 사랑의 위업이라고…! 심지어 파리보다도 열등하고 열등한 것을! 그렇다오, 대령! 파리의 밑의 밑! 종을 향해 거품 무는 인간의 가소로운 발작? 종을 위한다고…? 그저 준비만 거듭할 뿐…! 그저 별것 아닌 선물 몇 개! 물고 빨고! 맹세! 젠체하고! 그러고 나면…? 일주일을 모로

---

* 가령 몸통의 양끝에 머리가 하나씩 달린 그리스신화의 쌍두뱀 따위. 또는 그 모양을 본뜬, 카마수트라에 등장하는 성교 체위의 하나.

앓아눕소! 동물계에서 가장 허약한 신경 체계…! 그게 진실! 그에 비할 때 파리는? 분당 100번은 제 펀치를 날릴 수 있는 파리는? 대령, 티탄이라 하겠소, 파리는! 진정한 거인!"

"그렇게 믿습니까?"

"난 그렇게 생각해요! 돈 후안의 고뇌는 다 뭐요, 바로 자신이 파리만큼 강하지 못하다는 것이지!"

"그 말 인터뷰 안에 넣어요?"

"안 될 것 있나요…? 나는 그렇게 생각한다고! 그리고 그건 분명 또 다른 가치가 있지요! 사람들은 아무 힘 안 들이고 배우는 걸 좋아하니까요…!"

"가스통이 이런 얘기에 흥미를 느끼리라 보시오?"

"오! 전혀요! 그는 신경 따윈 끌 거요…! 이게 금고에 가져다주는 게 없는 그 순간부터…! 자기 금고에 말요!"

"그럼 선생은 그가 그토록 돈에 매여 움직이는 사람이라 생각합니까?"

"아니요, 하지만 그는 부자고…."

"그래서요?"

"부자는 곧 금고고…."

"그래서요?"

"그들은 '금고'로서 생각하지요…. 스스로가 점점 더 두둑해지고, 점점 더 단단히 엄폐되고, 점점 더 충격에 무뎌지기만을 원하고…. 그 나머지는 어때도 상관없는 거라오! 가장 두둑한 자들보다 더 두둑하게, 가장 포만한 자들

236

보다 더 포만하게, 세상에 있을 수 있는 모든 군대의 모든 장갑차를 통틀어 가장 완벽하게 크로뮴 도장 된 것들보다도 더 단단하게…! 바로 그런 것이 그들의 이상! 바로 그런 것이 그들이 흥미를 느끼는 전부! 거기다 대면 그들에게 다가와 말을 거는 이들은 죄다 의심스럽고 귀찮은 자들인 거요… 일종의 강도에다… 불법 침입자랄까요….”

“그렇다 칩시다…! 하지만 폴랑은요…? 그런 유(類)의 금고는 또 아니잖소, 그 양반은?”

“아니지요!”

“그런데도 그는 N. R. F.를 존중하지 않나 말요! 어쨌든!”

“그거야 존중하는 일이 자기 밥벌이니 그렇죠, 폴랑은!”

“그가 선생의 이 인터뷰를 내려고 할까, 과연 그럴 거라 생각하시오?”

“제기랄! 지가 싫음 그냥 갖다 버리고 말라 그래!”

“만약 그가 꾹 참고 넘어가면요?”

“그럼 이제 내게 쪽당 3천 프랑씩 줘야지…! 자기 집 하녀한테도 그만 정도 노동에 돈은 더 줄걸! 그리고 찍소리 말고 나 하라는 대로 해야 될 거요…!”

“폴랑이 하녀도 쓰나요?”

“세상에 빌어먹을…! 내가 폴랑에게서 제일로 샘나는 게 바로 그거라오, 하녀 있는 거…! 그리고 나는 그런 그를 결코 참고 봐줄 수가 없소…!”

"참 성미 한번 비뚤어졌구려… 질투가 심하기도 하오!"

"오! 그래요그래…! 그리고 난 그 점이 아주 자랑스럽소! 시중을 받는 모든 사람들이 어마어마하게 샘나오! 시간당 일해주는 하녀가 있는 사람들…! 저 먹고 난 설거지를 결코 스스로 하지 않아도 되는 모든 사람들이…! 대령, 나는요, 하녀를 못 써본 지 20년이 되었다오…! 1914년 전쟁에 나가 불구가 된, 이 내가 말이오! 문학과 의학의 천재인 내가! 하녀 있는 것들은 죄다 그만큼 뻔뻔한 바보에 놀고먹는 게으름뱅이들이야! 다들 교수형에 처해야 돼요, 대령! 목을 매야 된다고! 샹젤리제 대로에서! 정오에! 자 이것이 바로 진정 증오의 대상이 되어야 할 계급이요! 철의 장막 이쪽 편이든 저쪽 편이든 상관없이! 여러 말 할 것도 없어! 대령 당신도 분명 하나쯤은 있겠지요…? 하녀가요? 그래서 시중을 받고 살지요…? 얼굴 보니까 그렇게 생겼어…!"

"네, 솔직히 그렇소…!"

"게다가 퇴직도 했겠다…? 장담컨대?"

"그렇지요…!"

"단순 퇴직이신가 아니면 '생계비지수에 따른 연동 대상'이신가?"

"연동 대상이오만…."

"내 그럴 줄 알았어…! 거참 말세야…! 안전보장하에 딩딩 놀고먹는다니…! 중국인들이 곧 쳐들어올 거니 그나

238

마 다행이오!*"

"중국인들이 왜?"

"완전히 결말을 내려고 그러지! 이 바보 멍청이 같은 양반아! 당신 땅에 쳐들어와서 '솜**-양-츠-강' 운하를 건설하려고!"

"과연 제대로 알고는 있는 거요, 선생?"

"그래요, 알고 있소…!"

"이 말도 인터비유우 안에 넣어요?"

"넣다마다! 나는 제대로 생각한다고요! 그것도 조목조목!"

"아니야…! 아니야…! 아니야!"

그가 자리에서 일어선다… 이번엔 정말 떠나려나! 붙잡아야지!

"앞으로 정치 얘긴 더 이상 안 할 거죠?"

"안 해요…! 맹세하리다…! 그냥 그건 중요하지 않은 얘기였소…! 그 운하 말이오, 안 그렇소…? 그 운하…? 그건 그냥 웃자고 한 말이었지…! 처음부터 끝까지, 손으로 조물조물…! 찻숟가락으로 만드는 건데…! 딱 찻숟가락으로만 떠서!"

"그럼 그게 농담이었다고요? 그냥 웃자고 하는 소리?"

---

* 반유태주의 팸플릿으로 곤욕을 치른 후 셀린의 말년 텍스트들에는 일종의 황화론(黃禍論, le péril jaune)이 종종 등장한다. 그러나 위에서 보듯, '종말에 관한 농담'의 방식으로.

** 솜 강(la Somme). 프랑스 북부 피카르디의 솜 지역을 흐르는 강 이름. 1차 대전시 프랑스에서 가장 치열한 전투가 벌어진 곳 중 하나이기도 하다.

"아이고 그렇고말고요, 대령! 그걸 진지한 말로 알아들었소? 이런! 쪽수나 세어보시오! 선생이 얼마나 적었나 세어봐요! N. R. F. 사람들이 웃을 수 있어야 하는데!"

　　110쪽이라고…!

　　"이 정도면 충분하지 않을까, 안 그렇소?"

　　"아니오! 그렇지 않소! 대령! 폴랑을 위한 컬페이퍼*가 아직 있거든요!"

　　"폴랑 그 사람이 그럼 컬페이퍼를 사용한단 말이오?"

　　"그럼요! '화장실용 컬페이퍼'지요!"

　　"당신의 걸작들을 그렇게 사용한다고요?"

　　"분명 그러리라 생각하지요…! 나의 걸작품이 자기 마음에 들지 않을 때면…! 네로 황제 같은 인간이니까…!"

　　"알겠소! 아마도 서정주의에 관한 얘기가 더 무난하겠는데요?"

　　그의 제안이렸다… 내가 또다시 자기에게 정치 얘기를 꺼낼까봐 두려운가 보군….

　　"선생 마음대로 하십시다…! 서정주의에 관해서 나는 심지어 사랑에 관련된 서정주의조차도 더 이상 많은 것을 주지는 못한다는 얘기를 하고 있었소이다…."

　　"그건 왜지요?"

---

* papillotes. 여자들이 머리에 컬을 만들기 위해 말아 쓰는 종이. 두루마리 휴지(rouleau à papier) 또는 화장지(papier hygiénique)까지 연상시키면서 이래저래 폴랑을 조롱하는 표현이다. 동시에, 'Tu peux en faire des papillotes'('그거 컬페이퍼로 써도 돼', 즉 '아무 가치 없어')라는 관용구까지 염두에 둔 말이기도 하다.

"그거야 서정적인 노래를 부르는 가수들이 그것을 하도 극단적으로 써먹어 다 망가뜨렸기 때문이죠! 다 죽게 잡고 흔들어가지고!"

"아 그래요?"

"선생도 분명 라디오를 가지고 있지요…? 엉, 대령…? 그렇다고요? 아니 이보쇼! 그럼 댁도 나랑 의견이 같을 텐데…? 들어보면 사랑 노래 부르는 가수들보다 더 침울한 게 있던가! 응? 그들은 죄다 슬픔으로 짓눌러 죽일 테세요! 그에 관해 티티새들은 과연 뭐라고 생각할까? 그리고 방울새들은? 종달새들은? 이들 사랑의 장례미사에 관해서…? 아니 하다못해 참새들은 뭐라고 생각하겠느냐고요?"

"이제는 또 노래에 대해서 앙심을 품는 것인가요?"

"오! 전혀 아니라오! 다만 나는 다 무너져내리는 시인 가수들은 맘에 안 든다는 뜻이오…."

"잠깐만요! 쪽수 좀 세고요…."

그가 세고… 또 세어본다… 72쪽밖에 되지 않는다고…! 그동안 틀렸던 거라고…! 내가 일찌감치 그럴 거라고 말했었다…!

"자 이제 당신이 해보시오… 질문을 던져요!"

이놈 고생 좀 해봐라…!

"댁은 어째 나를 가만 놔두지를 않는구려!"

"무슨! 무슨…! 가만히 놔둘 거요…! 자! 내게 질문을 해요!"

"질문이라!"

그가 곰곰이 생각한다.

"자 어서!"

"선생의 자칭 새로운 문체라는 것에 대한 생각은 대체 어디서 연유한 것입니까?"

"지하철에서요…! 지하철을 통해서 하게 된 거라오, 대령…!"

"뭐라고요?"

"일전에 지하철을 타려다 말고… 순간 나는 망설였지요…."

"아!"

"그것을 딱 타려던 순간… 아니 내가 이 얘기 이미 했잖아요…!* 당신은 내 말을 듣지 않았군요! 댁은 내 말을 전혀 듣지 않는다고…!"

"지하철이 뭐가 어떻게 됐다고요?"

"지하철이 아니라고요…! 실은 '북-남'선**이오…! 그 당시에는 그게 '북-남'선이었다고!"

"그래서요?"

---

* 이 책 190쪽 참조. — 원 편집자 주
** 한동안 '북-남'이라 불리던 선은 실제로 피갈과 메리 다시 역을 잇던 노선이다. 짚고 가자면, 선행한 1947년 원고의 같은 부분에서 셀린은 이를 몽마르트르-몽파르나스 노선으로 언급하고 있고, 다시 1949년에는 몽파르나스-라 빌레트 구간이라고 밝혔다. 「밀튼 힌더스(Milton Hindus)에게 보낸 1947년 5월 15일 자 편지」, 『내가 본 L. -F. 셀린(L. -F. Céline tel que je l'ai vu)』(밀튼 힌더스) 118쪽 참조. 「알베르 파라즈(Albert Paraz)에게 보낸 1949년 9월 10일 자 편지」, 『셀린 연구지』 6권 178쪽 참조.
— 원 편집자 주

"그게 그러니까…."

그런데 그가 내 말을 끊는다…!

"실례해도 될까요…? 소변을 좀 보고 오리다…!"

"편하실 대로…! 하지만 어디서요?"

그가 내게 공원 출구, 여닫이 쪽문 쪽을 가리켜 보이는데… 참빗살나무들 너머에 남자용 공중변소가 있다…! 이 작자가 그래서 그렇게 그쪽을 힐끔거렸던 것일 게다, 십중팔구…! 그래서 계속 그쪽을 보면서…! 몸을 배배 꼬고…! 내 말을 하나도 듣지 않은 것이구나… 한눈을 팔면서…! 틀림없이! 그는 아무것도 새겨 담고 있지 않은 게 확실하다…! 심지어 내가 이 세기의 유일한 작가라는 그 중요한 사실조차! 내가…! 이 내가…! 충분히 그 점에 대해 되풀이해 말했건만! 나머지 작자들은 몽땅 다 합쳐 어떠냐고? 허허! 허허! 종이 전체를 완전히 돈 받고 쓰는 비평으로 채우곤 하는 것들… 횡설수설에, 끼적끼적 쪽팔려라…! 허허허! 허허…! 자기들이 쓰는 빅 볼펜만도 못한 것들! 빅의 대체용 볼펜만도 못한 것들! 때도 안 돼서 노망난 것들! 모두 다…! 헐떡거리고, 실수 연발하고, 베껴대고, 강변 책 가판대나 어지럽히는 인간들…! 만병통치약 없는 약장수들…! 당신으로 하여금 공쿠르 수상작을 읽게끔 만드는 패거리들…! 확실히…! 포르말린 없는 낙태아들! 내가 여태 이렇듯 짓고생을 했는데 그게 다 헛수고였더냐! 나는 아까 대령에게 어느 날 밤 일종의 악몽을 꾼 얘기도 했겠다… 사마귀들 틈바귀에 있게 되었더라고…

243

앞서 당신들에게 그 얘기 했었지! 그 사마귀들이 몽땅 모리아크로 변해 있었다고…! 그러고서 그것들이 저희들을 영상물로 찍고 있더라고…! 좀 더 시간이 지나고 나서 나는 또다시 모리아크와 마주쳤지 뭔가! 나는 매일 아침 그가 쓴 기사를 읽고 있다만…* 그런데 그는 오토바이를 타고 있더군… 그때 당시에…! 오토바이 탄 사마귀라니…! 수녀의 오토바이라니…!** 아예 영락없는 수녀모까지 쓰고서…! 제 기형성을 숨기겠다는 거지…! 그러고서 클로델***을 찾아가는 길이랬나… 둘이 같이 동부 지방으로 떠나려던 길이랬나…! 거기 가서 저항운동을 하겠다나…! 같이! 둘이 같이! 검을 가지고! 몽땅 챙겨서! "우리가 1914년에는 거기 안 갔으니까!**** 1974년쯤에는 가보려고…!" 동쪽

* 실제로 셀린은 프랑수아 모리아크가 논설위원으로 있던 『르 피가로』를 구독하고 있었다. ─ 원 편집자 주

** 사마귀는 프랑스어로 'mante' 또는 'mante religieuse'라 불린다. 이 곤충이 앞발을 모으고 선 자세가 수녀(religieuse)들이 기도하는 자세와 비슷하기 때문이다.

*** Paul Claudel(1868~1955). 프랑스의 외교관이자 시인, 극작가. 독실한 신앙인이면서 상징주의 및 신비주의 경향을 보이는 작품들을 남겼다.

**** 1914년에 클로델은 이미 46세였으므로 더 이상 징병 대상이 아니었다. 또 당시 29세였던 프랑수아 모리아크는 이전에 앓았던 늑막염의 후유증으로 인해 퇴역한 상태였다. 셀린에게 전쟁에 참가한 사람들과 그렇지 않은 사람들 사이에는 (여기에는 작가들도 예외가 아니었다) 심연과도 같은 차이가 있는 셈이었다. 1950년, 즉 그와 모리아크 사이에 있었던 분쟁이 무엇보다도 정치적인 것이었던 시기에 셀린은 그 오래된 구분 기준을 놓치지 않고 기억해낸다. 그리고 다라녜스(Jean-Gabriel Daragnès[1886~1950], 판화가이자 출판인, 셀린의 몽마르트르 시절 친구─ 옮긴이)를 통해 모리아크 앞으로 자신의 1914년 무훈 기록 복사본을 보낸다. 이에 곁들인 헌사에서 그는 "두 차례 전쟁에 자원입대, 75퍼센트의 중증 신체 훼손을 입고, 1914년 11월 훈장을 수여한 자"라는 문구를 통해 "두 차례 전쟁을 피한 자"에게 한 마디 한 마디 대립각을 세웠다. ─ 원 편집자 주

으로 가려면 샹젤리제 대로를 내려와야 한다고…! 세상에 나 사람이 얼마나 많은지 모르겠다고…! 자기들이 그렇게나 많은 사람들을 동원했다고…! 그리고 그들에게 거저로 **변절자 사전***을 나눠주었다고! 테아트르 프랑세**에 몰려든 이 사람들 좀 보소! 사람들이 자기들을 숭자로 추앙한다고…! 자신들의 재산과, 자비심과, 약삭빠름을 받들어서! 또 서정 단시를 받들어서!*** 수녀모를 쓴 클로델이라…! 둘에게는 테아트르 프랑세가 곧 동부 지방이라고! 자기네 신문사 위치에 비교했을 때 말이지… 자신들이 얼마

---

* 풍향계(les girouettes). 여기서는 자신의 정치적 입장을 바꾸거나 상황에 맞추어 적절히 변절한 행태를 지칭한다. 프랑스에서는 『변절자 사전(Dictionnaire des girouettes)』이 1935년 우익계 『르 크라푸이요(Le Crapouillot)』지에 의해, 『신변절자 사전(Nouveau dictionnaire des girouettes)』이 1948년 르 레장(Le Régent) 출판사에 의해 출간되기도 했다. 고다르에 의하면, 셀린이 『르 피가로』에 실린 모리아크의 논설문을 정기적으로 읽은 것은 덴마크에서였다. 해방 이후 모리아크가 신문의 기고문에서 줄곧 레지스탕스의 입장을 견지한바, 셀린은 이에 분노해 그에게 수차례 욕설이 섞인 짧은 항의 편지를 보냈다. 셀린의 눈에 모리아크의 처신이 기회주의적으로 비친 이유는, 모리아크가 정작 나치 점령기에는 자신의 책 『바리새 여인(La Pharisienne)』(1941) 한 부를 당시 신간 검열을 담당하던 헬러 보좌관에게 헌정했기 때문이었다.

** 테아트르 프랑세(Théâtre Français)는 1943년에 폴 클로델의 『비단신(Le Soulier de satin)』을, 1945년에 프랑수아 모리아크의 『사랑받지 못한 자들(Les Mal-Aimés)』을 상연했다. 이 극장은 이 두 작가가 기고문을 싣던 『르 피가로』와 『르 피가로 리테레르(Le Figaro littéraire)』의 집필실이 위치한 샹젤리제 원형 교차로의 동쪽에 있었다.
— 원 편집자 주

*** 이는 클로델을 겨냥한 말이다. 클로델 역시 셀린에게는 모리아크 못지않은 기회주의자이자 변절자였다. 클로델은, 정황상 굳이 그럴 필요가 없었는데도, 마치 정치적인 지조나 입장이란 것이 없는 사람인 듯 나치 점령기에는 비시 정권의 수장 페탱을 위한 시를(1941년), 이후에는 드골을 찬미하는 조악한 수준의 시를 썼다(1944년). 요컨대 주장을 굽히지 않았다가 모든 것을 잃은 셀린 자신에 비해 모리아크와 클로델은 약삭빠른 처신으로 일생 동안 명예와 부를 얻고 유지한 대표적인 예로 간주되었다.

나 헌신하는지 모른다고…! 둘 모두 다…! 사람들이 자신들에게 어마어마한 승리를 안겨준다고…! 진정 잊지 못할 연극 무대라면서…! 그리하여 그 둘은 말하길, "이젠 이런 것도 익숙하군…! 우리는 과거에도 대중을 사로잡았으며…! 앞으로도 그들을 사로잡을 것이야!"

내 얘기가 엄청나게 딴 길로 새어나갔다! 본래 내 주제에서 멀리 벗어나서…! 대령은 얘기의 맥락을 번번이 놓쳐버렸지…! 얼른 내 이야기로 돌아오자! 내 이야기…! 나 자신의 이야기…! 내가, 이 내가, 하늘로부터 물려받은 재능에 관한…! 아니 하지만 나는 방금 갖가지 어조로 강조했었는데…! 진정 비범한 재능에 관하여! 그것에 관해 같은 얘기를 한 100번은 되풀이했는데…! 흥, 대령 이 작자야 기억해두거라! 내가 유일한 진짜 천재라는 걸! 이 세기의 유일한 작가! 그 증거는 바로, 사람들이 결코 내 얘기를 들먹이는 법이 없다는 사실…! 다른 모든 이들이 죄다 시기하고 있다는 사실! 노벨상 수상자건 아니건, 하나같이! 그래서 모두 합심해서 나를 총살시키려 했다는 사실…! 결국 그럴 정도로 내 존재가 그들에게 골칫거리라는 사실…! 죽이고 싶게! 왜냐하면 이것이 나와 그들 간엔 생사가 달린 문제니까…! 그들에게 나는 자기네 독자들을 폭파시켜 버리는 존재니까! 그들의 독자 모두를! 내가 독자들로 하여금 자기네가 쓴 책에 혐오감을 느끼도록 만들어버릴 테니까! 그게 카발라*건, 아니건! 문체 둘을 위한 자리는 없다 대령아…! 나를 위한 자리거나 그들을 위한 자리거나, 오직 그러할 뿐…! 크롤이냐 평영이냐…! 잘 생각해 보라니까…! 이 세기의 유일한 발명가라! 그건 바로 나다! 나! 여기, 네 앞에 있는 나 말이다! 유일한 천재, 그렇게 말해도 좋을! 저주받았건 아니건 간에!

"내 말을 좀 더 들어보시오, 레제다 대령! 오줌은 조금 더 있다 누러 가요! 문체의 위대한 해방자가 누구냐? 문어 속에 '구어'의 온갖 정동을 살린 자? 나요! 바로 나란 말이오! 어디 딴사람이 아니고! 내 말 알아듣겠소, 대령?"

"아? 응?"

이런 꽉 막힌 놈을 봤나!

내가 아직 당신들에게 이 꽉 막힌… 이렇게도 둔해 빠진…! 레제다의 모습을 묘사해주지 않았을 것이다… 그의 외양은… 그의 키는… 그의 얼굴은… 에라! 아니다…! 아마도 당신들은 그건 이렇겠지! 아니면 저렇겠지, 라고들 하겠지…! 그런데 나도 그를 상상해보지 않았거든…! 어찌 생겼는지 말해봤자 뭐에 쓴담! 어차피 그는 멀쩡하게 존재했던 사람인 것을…! 그는 콧수염에 염색을 했고… 눈썹도 역시… 키는 나와 비슷했을 것이다….

"이봐요, 대령…! '정동적인 것이 된' 내 문체는… 그

---

* Kabbalah. 유대교의 신비주의적이고 내재적인 교리. '전래된 지혜와 믿음'을 뜻하는 히브리어 '키벨'에서 유래했다. 비교적 널리 알려진 관련 문헌으로는 13세기경의 『조하르(Zohar)』가 있다.

러니까 내 문체 얘기로 되돌아오는 거요! 그건 한갓 작은 발명품에 지나지 않지만, 이 점은 알다시피 내 앞서 얘기했지요, 그래도 어쨌든 소설이란 것을 뒤흔들어 다시는 일어나지 못하도록 만든다오! 소설은 더 이상 존재하지 않아요!"

"소설이 더 이상 존재하지 않는다고요?"

"내가 제대로 표현하지 못했군요…! 내 말은 다른 이들은 더 이상 존재하지 않는 셈이라는 거요! 다른 소설가들 말이오…! 아직껏 '정동의 문체'로 글 쓰는 것을 터득하지 못한 모든 작자들… 크롤 헤엄이 고안되고 난 후로 '평영으로' 헤엄치는 수영 선수란 더 이상 존재하지 않소…! 「풀밭 위의 점심 식사」가 나오고 난 다음에는 더 이상 '아틀리에 실내광'은 가능하지 않고, 「메두사 호의 뗏목」* 또한 나올 수 없다는 거요! 내 말 알아듣소, 대령…? '뒤처진 자들'이야 자기들을 옹호하지요, 물론…! 오만 가지 경련을 일으켜가면서 숨이 넘어가는 주제에, 또 심술은 얼마나 사나운지 곁에 접근할 수도 없을 정도라오! 그리고 여기서 주의할 점! 더 고약한 것이 있다오, 대령! 더 고약한 점이! 나의 작은 발견은 단지 소설만 뒤흔든 게 아네요…! 영화도 마찬가지로 고꾸라뜨린 거요! 완벽하게!

* 테오도르 제리코(Jean Louis André Théodore Géricault)의 그림. 서부 아메리카 해안에 난파되었다 구조된 프랑스 군함 메두사 호의 사건을 소재로 1819년에 제작되었으며, 낭만주의적 상상력에 입각한 극적이고 영웅적인 화면 구성으로 유명하다.

영화도 공중으로 날려 버린다고요! 그렇소! 영화 자체를! 영화란 것도 더 이상 존재하지 않게 된 거죠! 영화는 일찌 감치 빈사의 상태요! 태어날 때부터 빈사 상태! 유령 같은 것이라고요…! 우리는 이렇게 말할 수도 있겠지요, 음산 하도다…!* 스크린의 종말이오, 대령…! 나는 선생에게 이 를 고하는 바요!"

그가 다시 자기 바지 앞을 만지작거리고 있다… 내 말은 안 듣고! 이런 행동이야말로 정말로 사람들이 쳐다 보는데….

"아, 가보시오! 얼른 다녀와요!"

공중변소는 그리 멀지 않았다… 20미터… 30미터 정도… 그가 일어선다… 나를 버려두고.

"선생 아무것도 안 쓰오…?"

그는 더 이상 아무것도 필기하고 있지 않았다, 이 개 자식은!

"안 써요…! 그럴 필요 없으니까요…!"

"기억할 수 있겠어요? 화장실 가서 그리 오래 있진 않을 거요?"

"오, 어쨌거나… 한 5분에서… 6분은 걸리지요!"

"어디 안 좋으신 건지?"

---

* 앞서 셀린은 요릭의 해골에 관련된 「햄릿」 5막 1장의 대사를 슬쩍 인용한 바 있다. "음산하도다"라는 표현 역시 「햄릿」의 가장 극적인 장면(햄릿을 위시한 주요 인물들 대부분이 죽는 5막 2장 대미의 결투 장면)에 등장하는 영국 사절의 대사 "The sight is dismal"를 염두에 둔 것이라 보기에 충분하다. 나아가 셀린과 Y 교수 자체가 「햄릿」 5막 1장 첫머리, 죽은 요릭의 무덤을 파며 대화를 나누는 두 광대를 연상시킨다.

"내가 지금 약간 불안해서…."

"으응?"

"내가 전립선이 좀 그렇거든요…."

"내가 '만지면서' 촉진을 해줄 수는 있겠지만… 하지만 이 공원에서는 안 돼요…! 나중에…! 나중에 해봅시다!"

내가 농담하는 줄 아는지… 그가 어깨를 으쓱하더니… 자리를 뜬다… 다리를 저는군… 그가 떠나고… 나는 그대로 그 자리에 앉아서… 그동안 우리가 나눈 모든 얘기에 관해 생각해보는데… 나는 모든 게 다 기억난다… 한마디 한 마디 다…! 전대미문의 기억력을 가졌다고 떵떵거리는 건 대단한 일이 아니지… 추억으로 넘쳐나는 당신은 그래서 그것들을 되새김질하고, 분류해야만 하고… 또 그러면서… 모든 것을 결산하고… 그것들을 한데 모은다… 정말이지 빛나는 데라곤 없는 그 추억들을 말이다… 만약 당신이 언어에 대한 재능이라도 있다면? 게다가…? 만약 당신이 2개… 3개… 4개의… 외국어를 말할 수 있다면…? 다른 것들처럼 당신의 기억 속에 들어 있는 그것들을…?

대령은 계속 소변을 보고 있었고… 나는 우리가 나눈 얘기들을 조목조목 떠올렸고… 그다음 기억력에 관한 웃기는 사실들에 대해 생각했는데… 나는 그 방면에서 나보다 훨씬 더 재능 있는 노파를 알고 지낸 적이 있다… 팔순의 나이에도 그녀는 자신이 탔던 모든 삯마차의 번호를 전부 대단히 정확하게 기억하고 있었지… 자신의 어머니와 함께 파리를 방문했을 때 탔던 것들뿐만 아니라… 좀 더 나중에, 여행하고, 또 여행하면서… 그러면서 탔던 모든 마차들의 번호까지도…! 러시아, 페르시아, 네덜란드… 그녀는 대여섯 개 언어를 특별히 의식하지 않고도 습득했으니… 그저 여행하면서… 아무런 힘도 들이지 않고! 내 경우 외국어를 배우는 데 그래도 얼마간의 시간을 들여야 했건만… 그녀는, 전혀…! 나는 거기, 벤치에 앉아서 그녀 생각을 하고 있었다… 그녀는 어찌 되었을꼬? 살았으면 몇 살쯤 되었으려나…? 백열 살…? 백스무 살…? 셈하고 있었는데… 바로 그 순간…! 레제다가 나타난다…! 깜짝이야…! 생각에 잠겨 있었는데….

"대령, 오셨소…? 일은 다 보셨고…? 이제 좀 나아요?"

"네…! 그렇소…! 한데 그렇다면 대답 한번 해보시겠소?"

그가 공격한다.

"선생의 관심사가…? 정동의 비결이랬나요? 입말로 구현되는 정동에 관련된 것인 만큼… 내가 제대로 이해하고 있는 거라면 그렇지요…? 내가 제대로 이해하고 있는 거라면요…? 한데 그렇다면 선생은 선생 책들을 구태여 글로 쓰는 대신 그냥 말로 불러주면 되는 것 아니오…? 직접적으로…! 아주 간단하게!"

이자가 작심하고 공격할 궁리를 했네…! 이 음흉한 놈을 가만 내버려둘 테다! 나를 설득하려고 하는데 어디 놔둬보자….

"구술축음기도 아주 좋은 것들이 있던데…! 말해봐

요…! 그거 모르시오…? 환상적인 LP 디스크들…!"

나는 그를 쳐다보았다… 이제 더 이상 바지 앞을 만지작거리지 않는군….

"멋진 구술축음기라고요!"

내가 알아듣지 못했을까봐 겁이 났나….

"그러는 댁은요 대령…? 선생도 내 말에 귀를 기울일 수 있을 듯한데…? 이제는…? 오줌을 누고 난 지금은?"

"그렇소!"

"그렇다면, 선생에게 답하리다… 남김없이 말해드리지요…! 선생이 말하는 그런 시스템들은, 구술축음기건 잡담 축음기건 LP 디스크건, 다 아무 쓰잘머리 없는 것들이오! 그런 기계들은 다 생명을 죽인다고요! 내 말 알겠소? '반(反)생명'! 영안실을 위한 심심풀이라고요…! 내 말 이해하시오, 대령…? 타자기, 그것도 마찬가지…! 영화, 그것도 상동…! 당신의 **텔레비리,*** 그것도 상동…! 하나같이 그냥 기계로 딸딸이 치는 거지 뭐…! 당신을 화나게 하려는 건 아니오, 대령…! 가지 말아요…! 가지 말래도! 도망가지 말라고요!"

그가 성을 내다니!

"나는 그냥 선생에게 내 의견을 밝히려던 것뿐인데!"

"그럼 선생의 발명은요, 그러는 당신은 뭐요?"

"아 나야 다르죠…! 나는 훨씬 더 거칠다마다…! 나,

---

* 텔레비전을 겨냥한 말장난. 원어 표현은 "Télévice".

252

이 사람은 모든 정동을 포착하오…! 표면에 존재하는 정동 전체를! 단 한 번에…! 나는 결단을 내리지요…! 나는 그 정동을 지하철 속으로 집어넣소…! 나의 지하철 속에…! 다른 작가들은 모두 죽었소…! 그리고 그 사실을 눈치채지도 못하지요…! 그들은 지표면에서 썩어가고 있죠, 자기네들의 크로모에 꽁꽁 싸매어져 가지고요! 미라…! 다들 미라요…! 정동을 갖지 못한! 그들은 싸구려요…!"

그가 나를 바라본다….

"다시 소변보러 가시게?"

나는 그에게 떠본다….

아니라네…! 그럴 의향 없다고! 그가 곁눈질을 하는데… 거북스러워 보이는데… 지금은 곁눈질을 그만두는군….

"다시 소변보러 가시지?"

아니래! 그에게 약간 다른 얘길 해보면 어떨까?

"더 이상 아무것도 안 쓰시오 대령…? 이제 아무것도 필기 안 해요…? 아무래도 좋다는 거요?"

"안 써요!"

우리의 인터비유우는 점점 좆같이 망해가는 판….

"그럼 선생의 원고는? 선생은 자기 원고에 대해서는 할 말이 없나 보오? 대령 당신은?"

이 바보의 기를 다시 살려야겠다!

"그건 아직 출판되지 않았소!"

"그게 뭔 대수라고…! 그들은 책을 1년에 500권은

펴내는 걸요…!"

아! 아! 내 얘기가 그의 흥미를 끈다!

"선생 원고는 곧 출판될 거요…! 곧 출판될 것이니, 믿어요, 대령…! 내가 좀 손써주면 곧 그리될 텐데…! 내가 선생을 가스통에게 좀 찔러주지요…! 그게 '크로모'이긴 한가요, 당신 원고는…? 그렇다고 해요! 나한테 다 털어놓아 보시구려!"

"약간… 아주 약간이요…."

"원고가 약간 경향성을 띠는지요?"

"뭐라고요? 뭐라고요?"

"약간은 이런 쪽이거나… 약간은 저런 쪽? 하여튼 약간은 '참여적'인가요? 별로 그렇지는 않다고! 그럼 아마도 약간은 '사제'풍인가요? 그럴락 말락…? 대단히 그렇지는 않다…! 오, 대단히 그렇지는 않다고! 그럼 약간은 지드풍?"

"오, 그렇소만…."

"지나치게 그렇지는 않고?"

"아니! 그렇지는 않소!"

"아니면 완벽하게?

"약간의 미묘한 뉘앙스를 통해서요… 뉘앙스가 아주 많아요…!"

"좋소…! 그걸 읽으면서 잘 수 있는 건가요?"

"오, 그럼요!"

"확신하시오?"

"내 마누라는 매일 밤 그걸 읽는데…."

"그녀가 그러면서 잠드나요?"

"네!"

"훌륭해요! 그럼 내가 그걸 가스통에게 추천하도록 하지요!"

"갈리마르 씨 그분이 모든 걸 몸소 읽나요?"

"그보다는 그 밑의 원고 검토 위원회지요!"

"그들은 자면서 원고를 읽나요?"

"그렇지요, 그들은 『여행』도 그런 식으로 읽었다오…."

"그들이 그 원고에 좋은 점수를 줬는지요?"

"오, 나쁘진 않았지만… 그러나 한발 늦었지요… 다른 이가 그걸 출판했으니까…."

"그럼 그들은 뭘 하고 있었는데요?"

"코를 골고 있었지요…."

"이상한 일이로군요…!"

"아니, 이상할 것 없소…! 안 자고 깨어나 있는 이는 오직 '배고파-뒈질-놈'들뿐이고, 나머지들이야 자지요… 내일에 대한 확신이 있는 사람들은 모두 잔답니다… 그런 이들을 어디서나 볼 수 있지요, 자동차 속에서, 사무실 속에서, 시골에서, 도시에서, 세상 속에서, 유람선 속에서… 그들은 어슬렁거리며 산책하기가 다반사고… 객쩍은 소리 늘어놓기가 다반사고, 뭔가 하고 있는 듯한 태도를 취하면서, 아무것도 하지 않고, 자지요…."

"하지만 그러는 당신은요, 셀린 선생, 선생은 가스

통에게 선생 의사를 전달할 수 있잖소… 그러니 선생에겐 일종의 비결이 있는 거요! 선생은 그를 깨울 수 있어요! 그렇다면 이 가스통은 대체 어떤 종류의 인간인지요?"

요리조리 캐물으시겠다!

"갈리마르 씨는 대단히 부유하지요!"

"아?"

"그 이상은 전혀 알 필요 없어요! 나머지는 알아봤자요! 그는 여전히 부자인가? 그럼 됐네…! 많은 것을 할 수 있겠네…! 그가 파산했나…? 그럼 이제 아무것도 못 하겠네! 성가시게 됐군!"

"그는 여전히 부자이지요, 그렇게 생각하시나요?"

"네… 네, 그럴 것 같소…."

"왜죠…? 근거가 뭔가요?"

"그는 불평이 아주 많은데… 그 점이 아주 좋은 징조죠… 그의 이사회가 그로 하여금 아주 각박한 생활을 영위하게 한다더라고요, 그의 말로는…! 이 역시 아주 좋은 징조요…! 아주 순도 높은 양질의 한탄이라오!"

"그가 나를 위해서 다방면으로 힘을 쓸까요?"

"그가 원하는 모든 것을 할 거요! 분명코! 당연히! 그는 여섯 달 안에 선생을 세기에서 가장 위대한 작가로 만들 수도 있다오!"

"선생처럼요?"

"나보다 훨씬 더 위대하게요!"

"어떻게요?"

"그건 그가 알아서 할 일이지요!"

"약간 당혹스러운 점이 있는데… 실례가 안 된다면… 말해도 될까요?"

"그렇고 말고요! 물론이죠! 말해보시오!"

"선생에게 질문을 하나 하겠소… 어째서 선생 같은 분이, 그러니까 선생은 이 세기의 가장 위대한 작가이자, 선생 말대로 하면 문체의 발명가이고, 프랑스 문학을 뒤흔든 인물이면서… 요컨대 현세의 말레르브라는 거잖아요! 마침내 셀린이 왔도다,* 바로 이런 식으로요?"

"그렇소! 그래! 정확해요!"

"그런데 어째서 갈리마르 씨는 한 번도 선생의 저서들에 관해 언급하도록 하지 않는 거죠?"

"그도 나름의 아이디어가 있으니까요…! 전략적인 아이디어죠…! 그는 내가 죽고 나면 그때 가서 내 책들에 관해 언급하도록 할 계획인 거요!"

"그가 당신보다 오래 살까요?"

"그럴 거 같소… 그는 과로하는 법이 없거든요…."

"그럼 현재로서는요…? 선생이 살아 있는 지금은…? 그는 선생의 책들을 가지고 뭘 합니까…?"

"그것들을 자기 창고에 처넣었죠…! 그것들을 아주

---

* 고전주의 문학 이론가 부알로(Nicolas Boileau-Despréaux)의 『시학(L'Art poétique)』에 나오는 유명한 구절 "마침내 말레르브가 왔도다(Enfin Malherbe vint)"를 패러디한 것. 프랑수아 드 말레르브(François de Malherbe)는 엄격한 형식과 순수한 언어 규칙의 준수를 강조하면서 프랑스 고전주의의 기초를 닦은 시인이자 이론가이다.

잘 숨겨두고 있소… 다른 수많은 책들과 함께… 수많은 다른 이들의 책과 함께 말이오…! 비축해놓는 것이죠!"

"그는 원고들도 역시 비축해두나요?"

"아무렴요! 물론이지요! 물론이지요!"

"내 원고도?"

"분명 그럴 거요!"

"아, 이런…! 아, 이런…! 이런…!"

"그런 식으로 몸을 달달 떨지 좀 마요, 대령! 지긋지긋해 죽겠소…!"

"내가 선생을 지겹게 한다고요?"

"가서 오줌 누고 와요, 기다리고 있을 테니!"

너무나 그러고 싶으면서, 추접한 놈…! 그런데 싫단다… 뻗대기는…!

"우리 이 문제는 이쯤에서 끝낸 걸로 하면 되겠죠?"

"오 천만에요 대령! 오 아니지요! 이제서야 막 가장 비장한 순간에 다다랐는걸요!"

"아?"

"더 이상 필기 안 하시오? 내 천재를 입증하는 순간이라는데!"

"아!"

"아…! 그놈의 '아' 소리 좀 그만…! 얼른 가서 오줌이나 싸고 다시 와요! 어서!"

"싫소…! 이편이 더 좋소…! 오줌은 나중에 눌 거요…! 화장실에 누가 들어갔을 수도 있지 않아요…?"

갖다대는 핑계하고는!

"좀 말이 되는 소리를 해요, 대령…! 알겠소…! 그럼
바지에다 한가득 싸버리겠다는 거지요? 편할 대로 하시
구려! 내 이야기를 마무리해 드리리다!"

"네, 빨리요…! 네, 빨리요!"

"자…! 블레즈 파스칼…! 선생 블레즈 파스칼을 기
억하시죠…?"

"네…! 그럼요!"

"그가 뇌이이 다리 위에서 받았던 계시 얘기는요…?
그의 말들이 날뛰었다죠…? 그래서 그의 사륜마차가 전
복되고…? 바퀴 하나가 떨어져나가고…? 그래서 파스칼
이 하마터면 물 다 마시고 익사할 뻔했다는 거?"

"아, 그럼요…! 아, 그럼요…!"

"기억하는 거요?"

그는 그때까지 앉아 있었는데… 이제 더 이상 참지
못하고… 다시 자리에서 일어서서… 사타구니를 또다시
만지작거렸다… 내가 널 못 가게 방해했더냐…! 천만에
아니다…! 천만에 아니야!

"가보시구려!"

"아, 그렇죠…! 블레즈 파스칼이라!"

그는 기억을 더듬는 중이었다….

"『팡세』를 쓴 그 사람이죠?"

"바로 맞혔소! 정확해요, 대령! 그 이후로 오직 심연
만을 보았다는 바로 그 사람이오! 언제나 심연을…! 그날

259

부터 말이오…! 공포의 타격에 의해…! 자신의 오른편에 있던 그 깊은 구덩이…!*"

"그렇죠, 자신의 오른편에 있던!"

그가 내 말을 한 마디 한 마디 따라 말하고 있었다….

"얼른 가서 일 보시오, 대령!"

"오, 아니에요! 오 아니에요! 아니라니까!"

"좋소! 그럼 하고 싶은 대로 해요! 자기 오른편의 그 심연!"

"자기 오른편의!"

"그다음엔 공중이오, 대령! 다음엔 공중이라고요! 무한한 공간이 나를 두렵게 하도다! 이 역시 파스칼의 말이라오, 대령! 파스칼의 그 빌어먹을 생각 중 하나인 거지요…! 기억나시오?"

"네! 네! 네!"

"그러니까 다리 위에서의 그 무시무시한 사고가 삶을 완전히 바꾸어놓았던 거요…! 바닥부터 꼭대기까지! 그러면서 천재가 해방된 거지요! 그의 천재가…!"

* 17세기의 일화가 전하는 바에 의하면 파스칼은 사륜마차로 뇌이이 다리를 건너다 난간이 없는 지점에서 말들이 날뛰는 바람에 하마터면 강에 빠질 뻔했다 한다. 한동안은 이 사건이 그의 회심과 관계가 있는 것으로 회자되어왔다. 그러나 오늘날 파스칼을 다루는 비평가들은 이 독특하고 우회적인 이야기에 의구심을 표명한 지 오래다. 나아가 회심의 과정에서 그것이 결정적인 계기가 되었다고 보지도 않는다. 사실 파스칼의 회심은 점진적으로 이루어졌기 때문이다. 어쨌거나 셀린이 자신을 파스칼에 연관시키고 이어지는 대목에서도 『팡세(Pensées)』를 끌어오는 것이 대수롭지 않은 것은 아니다. 앞서 그는 『다음번을 위한 몽환극』1권에서도 간접적으로 파스칼의 『회상록(Mémorial)』을 인용한 바 있다. — 원 편집자 주

"아?"

"그렇소, 대령… 나는 말이오…! 나를 좀 바라봐요, 대령! 나는 파스칼과 같은 유형의 사람이라오…."

"설마?"

"맞아요! 맞아…! 당신에게 똑똑히 말하는데…! 맙소사! 나를 좀 쳐다보라니깐!"

그가 점점 더 심하게 몸을 달달 흔들고 있었다… 그와 동시에 얼굴은 우거지상이 되면서…! 몹시 괴로웠던 듯… 더 이상 참을 수 없었던 듯… 이 지점에서 사람들이 우리를 쳐다보고 있었다고 말할 수 있겠는바… 그의 다리 사이로 오줌이 흘러나오고 있었던 것이다… 모래 바닥 한 가득 흥건하게…! 그가 제 오줌 웅덩이 속에서 몸을 좌우로 흔들고 있었다… 이걸 그냥 박치기로 공격해버려…? 그럴까…? 그러면 쓰러지고 말겠지…! 그럼 나는 그로부터 해방인 거다! 하지만 그 경우 내 인터비유우는 어찌 된다…? 거의 다 끝나가는 판인데…! 불과 몇 마디만 남았는데…?

"소변보러 안 가겠다는 거죠? 절대? 좋소…! 자…! 그렇다면 적어도 이 점만은 흘리지 말고 잘 기억해두시오, 대령, 역사적 사실이니까…! 인터비유우의 가치 전체에 해당하는 거니까…! 우리는 결코 아무짝에도 쓸모없는 것을 위해 헛수고하지 않았다오! 나 역시 그런 경험을 했어요…! 똑같이…! 아니면 흡사하게… 파스칼이 겪었던 것과 동일한 두려움을…! 심연의 느낌…! 다만 나는 뇌이이 다리가 아니라… 거긴 아니었소! 그 일이 내게는 지

261

하철에서 일어났다오… 지하철 계단 앞에서… 북-남선의…! 듣고 있소 대령…? 북-남선의…! 내 천재의 계시, 그것을 나는 '피갈' 역에 빚지고 있는 거외다…!"

"뭐라고요…? 뭐가 어쨌다고요…?"

그는 줄곧 몸을 달달 떨고 있다… 이제는 정말로 사람들이 우리를 훔쳐보고 있다… 옆 벤치에서… 좀 더 멀리, 다른 벤치에서도… 할 수 없지…! 할 수 없다…!

"그러니까, 대령, 내 말을 잘 들으시오! 내가 전에 당신에게 하던 얘기는, 그 당시에… 아니지! 나는 당신에게 아직 그 얘길 안 했지…! 지금 하는 거요 그럼…! 그 당시 내 삶은 기복이 심했지요… 솔직히 털어놓자면… 상당히 기복이 심해서… 파리의 이쪽에서 저쪽을 전속력으로 뛰어다니며 살았지요, 이런 말 한 마디에… 저런 말 한 마디에… 걸어서, 지하철로, 자동차로… 그랬다니까…! 그런게 내 처지였다오… 나에게 잘해주려는 부인네를 위해… 그렇지 않은 부인네를 위해… 뿐만 아니라 보다 진지한 이유들 때문에도… 아, 그렇다니까요…! 보다 진지한 이유들 때문이라고…! 나는 여기저기 왕진을 다녔소… 특히, 거의 매일 아침 공장 검진을 위해 이시 지역까지 가야만 했지요… 내가 거주하던 곳은 몽마르트르였는데 말이오…! 짐작이 가지요…! 매일 아침을…! 피갈-이시 왕래! 버스…? 어쩌다 한 번, 두 번이라면… 괜찮지요…! 하지만 매일같이? 그럼 좀 생각을 해보게 되는 거요, 매일매일이라니까요! 단언컨대…! 제일 좋은 방법은 뭘까…? 지하철? 자전거? 버스…? 지하철을 탄다…? 자전거를 타고 간다…? 아니면 그냥 걸어가…? 오, 그 대목에서 나는 망설였다오…! 우물쭈물… 맘 고쳐먹기를 거듭하고… 시커먼 지하철이라? 썩은 냄새 나는 그 더럽고 실용적인 구덩이 속으로…? 피곤에 전 사람들을 집어삼키는 그 커다란 아가리 속으로…? 아니면 그냥 바깥에 머물러 있을까? 어슬렁거리면서? 비 낫 투 비…?* 버스냐…? 버스…? 덜덜거리고 딸꾹질하는 이 불안에 찬 괴물… 네거리에 설 때마다 버벅거리는 그놈을…? 온갖 예의 차리다가 몇 시간을 허비하지… 젠체하며 지나가는 여편네를 깔아뭉개지 않으려다가… 제 범퍼 아래로 몸을 던진 투기꾼을 끌어내느라 기다리다가…! 뛰어든 놈은 여섯 아이를 둔 가장이겠지… 아니면 전속력으로 걸어서 간다…? 온갖 골목길을 누비면서? 하나!! 둘…!! 이시까지 걸어서 간다고? 스포츠맨 중의 스포츠맨인 양? 그것이 딜레마였다오! 심부냐 표면이냐? 오 무한 선택! 표면에는 흥미 있는 것들로 가득하오…! 온갖 종류의 트릭들로…! 모든 게 영화요 **영화가** 주는 그 모든 즐거움이요…! 생각해보시오…! 생각해 보라고요…! 발랄한 여인들, 여자들의 궁둥짝, 그리고 그 주변의 갖가지 활기! 발을 구르는 남정네들…! 잘난 척 흙탕물을 튀기고 지나가는 허영 덩어리들…! 밀집된 상점들…! 알록달록 잡다하게, 온갖 상품을 벌여놓고…! 무진

---

* 「햄릿」의 구절 "to be or not to be"를 아무렇게나.

장 풍성하게…! '가격표'들의 **천국**…! 그렇게 많은 물건이! 그렇게 넘쳐나고…! 여자들! 향수들! 호사스런 먹거리들! 탐심…! 각각의 진열창마다 '1천 더하기 서른여섯 가지 밤이야기'가…! 하지만, 여기서 주의해야죠! 이건 다 유혹의 마법! 당신은 그렇게 영화로… 영화로 변하는 거요! 당신 자신이 영화가 되는 거죠! 그리고 영화 그것은 그저 지체만을 가져오는 것! 처음부터 끝까지…! 그저 지장을 일으키는 것일 뿐…! 시간 낭비! 연쇄 충돌…! 갈팡질팡…! 뒤죽박죽…! 경찰들, 자전거들, 교차, 우회, 진행 방향, 역방향…! 정체…! 쳇! 부알로만 하더라도 아직 그런 걸 재미있어 할 수 있었지요…* 지금 같으면 그는 그냥 깔려 죽었을걸… 픽도 운(韻) 맞추고 있겠소…! 저 파스칼이 '2마력' 자동차를 탔다 쳐요, 그러고 프랭탕 백화점에서 테부 거리까지 달릴 때 그의 표정이 어떨지 한번 보고 싶네…! 그가 공포를 느끼게 될 대상은 심연 하나가 아닐 거요…! 심연이 한 스무 개! **표면**은 이제 더 이상 다닐 만한 곳이 못 되오…! 그것이 진실…! 자, 이상…! 그렇다면…? 나 이 사람은 주저하지 않는다오…! 그게 나의 천재고…! 내 천재의 일격이죠! 서른여섯 가지 방법 쓸 것도 없이…! 나는 내 세상 전체를 몽땅 지하철 안에 태우는 거요, 끝내주게…! 그리고 함께 전력 질주하는 거죠, 모든 사람을 다 데리고…! 제풀에든 억지로든…! 나와 함께…! 정동의 지

---

* 부알로, 『풍자시(Satire)』 6권, 파리의 교통 장애에 관한 대목. — 원 편집자 주

하철, 그것이 나의 지하철! 그 모든 불편도, 체중도 없이! 꿈속으로 간다오…!* 결코 단 한순간도 정차하는 법 없이! 그렇지요! 목표를 향해서! 목표를 향해서! 곧장! 정동 속으로…! 정동에 의해! 정동의 한가운데라는, 오직 그 목표만을 위해… 처음부터 끝까지!"

"어떻게요…? 어떻게요?"

"내 레일의 윤곽을 잡음으로써요! 내 문체의 윤곽을 형성함으로써 말이오!"

"그렇군요…! 그래요…!"

"고의적으로 조형한 고속 특급…! 특별한! 나는 그것들을 그러니까 그 지하철의 레일들을 비틀어 변형시키지요! 터놓고 인정하리다…! 그 경직된 레일들이라니…! 나는 거기다 엄청난 노력을 가하지요…! 타격은 더 필요하다오…! 잘 직조된 그 문장들이라니… 그것은 더 맞아야 한다오…! 말하자면 그 문체라 부를 수 있을 것을 말이오…! 나는 그것의 레일들을 일련의 방식으로 변형시키고, 그러면 여행객들은 꿈속에 들게 되지요… 미처 그것을 눈치채지도 못하면서… 매혹이고, 마술이오, 대령! 또한 폭력이기도 하고요…! 인정하건대…! 모든 여행객들은 거기에 처넣어지고, 쬠쇠로 단단히 고정되지요, 이중 잠금장치로 말이오…! 다들 나의 정동의 객차에 승차한 채로…! 점잖은 척은 어림도 없소…! 난 점잔 빼는 건 못 참

* 세상을 자신의 꿈속으로 들어가도록 강요하는 일. 같은 생각, 흡사한 구절들이 학위논문 『제멜바이스』에 이미 나타나 있는 점이 흥미롭다. 이 책 98쪽 참조.

으니까! 그들이 도망치는 것도 결코 있을 수 없는 일…! 안 돼요! 안 돼!"

"이것 보시오! 이것 봐요!"

"그리고 **표면**의 모든 것들이 나와 함께! 알겠죠, 응? **표면**의 모든 것들이! 다 탐승한 채! 내 지하철 속에 한데 섞인다는 말이오! **표면**의 모든 요소들이 다! **표면**의 모든 오락거리들이 좨다! 우격다짐으로! 나는 그곳, **표면** 위에 아무것도 남겨놓지 않는다오…! 나는 그 위의 모든 것을 순식간에 휩쓸어버리죠…!"

"아…! 아!"

"그렇소, 대령…! 그렇소, 완벽하게 쓸어버리죠…! 다들 내 정동의 지하철 속으로…! 집들, 남정네들, 벽돌들, 젠체하는 부인네들, 조무래기 과자 장수들, 자전거들, 자동차들, 젊은 처자들, 아 경찰들도 함께! 다들 우글우글 섞여 '정동의 무더기'가 된 채로…! 나의 정동의 지하철 속에서! 나는 '표면'에 아무것도 남기지 않소…! 모든 것은 남김없이 내 마법의 교통수단 안으로…!"

"아…? 아…?"

"폭력을 써서…! 당신은 마법사인가요? 그렇다고요…? 아니라고요? 그렇다면, 당신의 마법이여 작동하기를…! 일부 독자들이 반항하고 버틴다고? 그럴 땐 몽둥이 찜질이오, 대령! 그들이 영화를 더 선호한다고? 몽둥이 찜질…! 그들이 크로모를 더 좋아한다고? 몽둥이 찜질…! 당신은 온갖 요술의 마이스터… 당신은 그들을 가두고 꼼짝

266

못하게 이중으로 묶어 그들에게 그 사실을 증명할 거요!
당신은 모든 것이 당신에게 복종하는 것을 느낄 거요…!
쓰여진 것에 관통해 들어가는 입말…! 당신의 발명품! 여
러 말 필요 없소! '피갈-이시' 구간을 아무런 방해 없이…!
따져보고 생각하는 따위는 일절 불허요! 매혹 속으로…!
당신은 강력한 지성 같은 건 전혀 용납하지 않지! 예컨대
변증론자들! 교차로도, 노란불도, 경찰도, 굼실거리는 궁
둥이 두 짝도 더 이상 없소! 내 말 알아듣겠소, 대령?"

"네…! 네!"

"당신을 붙잡아 앉히는 트럭 따위는 더 이상 존재하
지 않소! 당신은 예술가요! 당신의 지하철은 그 어떤 것에
의해서도 멈추지 않는다오…! 당신은 자신 앞에 하나의
문체를 만들어놓은 것이니까요!"

"하나의 문체라고요? 하나의 문체라고요?"

"그렇소, 대령…! 신경 체계 중에서도 가장 민감한
것에 작용하는 문체*요!"

---

* "신경 체계 중에서도 가장 민감한 것"을 통해 (혹은 이하에서 확인되듯 "신경 체계의
한복판에서"나 "그의 신경 체계의 내밀함 속에서! 그의 신경 체계의 한가운데에서!")
독자에게 타격을 가한다는 셀린의 이 생각은 약간의 상이한 표현하에 1933년의
「졸라에게 바치는 헌사」에서부터 이미 존재해왔다. 즉 "오늘날 우리는 분석에 의해서가
아니라 감수성을 통해서, 요컨대 '안쪽으로부터' 작업합니다."(『셀린 연구지』 1권, 81쪽)
― 원 편집자 주
[아마도 셀린 자신이 생각한 졸라와 자신과의 근본적 차이도 이 "안쪽으로부터
작업하는" 언어의 문제에 있을 것이다. 졸라의 객관적 문제에 반해 셀린은 이미
처음부터 착란의 언어(délire)를 다루는 데 관심이 있었던 것이다(졸라에 대한 셀린의
입장은 이 책에 실린 부록 「졸라에게 바치는 헌사」 참조). 한편, 분석, 추상, 사변을
배제하는 셀린 식 정동의 글쓰기는 문체 혹은 텍스트가 읽히는 것이 아니라 지극히

267

"그건 습격 행위인데!"

"그렇소, 그 점을 인정하겠소!"

"아, 세상에! 선생은 모든 걸 데리고 간다고요?"

"네, 대령…! 모든 것을요…! 8층짜리 건물들도…! 난폭하게 으르렁대는 버스들도! 표면에는 아무것도 남겨 놓지 않는다니까요! 나는 아무것도 표면에 남기지 않소! 모리스 기둥*들도, 성가신 아가씨들도, 다리 밑의 부랑자들도! 그렇소! 나는 모든 것을 남김없이 데려가오!"

"다리들도 함께?"

"다리들도 함께!"

"당신을 방해하는 건 아무것도 없나요…?"

"없소, 대령…! 정동으로요, 대령…! 오직 정동으로만…! 숨이 다 헐떡거릴 정도의 정동!"

"예, 하지만… 예, 그렇긴 하지만…."

"그 '예 하지만' 소리 좀 집어치워요…! 나는 모든 걸

생생하게, 거의 폭력에 가까울 정도로 생생하게 '들리는' 것이어야 한다고 역설한다. 텍스트가(목소리들이, 온갖 소리가, 나아가 소음마저도) 독자의 귓속 한가운데서 울려 퍼져 그에게 강한 정서적 타격을 입혀야 한다는 이 미학은 1차 대전 참전 이후로 메니에르병을 앓았던 셀린 자신의 난청 증세와도 어느 정도 관련이 있다. 소음과 난청의 미학. 이것이 음악과 침묵(종지부)에 다다를 수 있는가가 관건이겠다. 셀린에게 문체란 따라서 글쓰기 자체가 실존에 초래하는 근본적이고 위험한 동요, 그것이 단단한 존재의(주체의) 내면에 폭력적으로 구현하는 일종의 현기증에 가깝다 할 수 있다. 이런 관점에서 보아도 그가 말하는 '정동(émotion)'은 'affect'의 동의어인 것이다. 신경 저울(Pèse-nerfs)을 말한 아르토와 유사하게.]

* colonne Morris. 파리 거리 곳곳에 설치된, 각종 공연 일정을 게시해 알리는 실린더형 광고탑. 19세기의 인쇄업자 가브리엘 모리스(Gabriel Morris)가 고안해낸 이래 이 설치물은 파리의 이미지를 구성하는 대표적인 요소들 중 하나로 꼽히기도 한다.

태우고 갈 거요…! 모든 걸 내 객차 아래로 끌어들일 거요…! 되풀이하겠소! 모든 정동은 나의 객차 속으로…! 나와 함께…! 내 정동의 지하철은 모든 걸 집어삼키죠! 내 책들은 모든 걸 집어삼키죠!"

"아, 설마하니! 설마 그럴 리가! 그럼 외국 사람들은요? 외국 작가들은?"

"그들은 존재하지 않는 거나 마찬가지요! 그들은 여태 『보바리 부인』, 그 삯마차 장면이나 캐고 앉았죠… 그리고 『비곗덩어리』하고…!* 그들은 표절하는 것조차도 끔찍하게 못하고 있는 형편인지라… 결코 그보다 더 멀

---

* *Madame Bovary*. 사실주의를 대표하는 귀스타브 플로베르(Gustave Flaubert)의 소설. 이 유명한 삯마차 장면은 여주인공 엠마와 레옹의 정사 현장을 직접적으로 보여주는 대신, 창문을 굳게 닫은 채 한낮의 시골길을 이리저리 정신없이 달려가는 마차와 그 창문에서 언뜻 나오는 (웬 여자의) 장갑 벗은 하얀 손, 그 손에서 흩어져 나비처럼 들꽃들 위로 내려앉는 찢어진 종이 조각들만을 묘사한다. 날렵하고 경묘한 암시로 이루어진 이 대목은 잘 알려진 대로 격렬한 반응과 함께 외설 시비를 야기했다. 셀린의 텍스트들 역시 '사라져가는 마지막 손'을 그리는 몇 개의 탁월한 대목을 보유하고 있다.

Boule de Suif. 기 드 모파상(Guy de Maupassant)의 1880년 작. 프로이센 군에게 점령당한 루앙으로부터 디에프로 가는 마차 속 탑승객들 사이에 일어난 일을 그렸다. 승객 중에는 뚱뚱해서 '비곗덩어리'라고 불리며 조롱받는 창녀가 끼어 있다. 그녀는 탑승객들에게 도움을 베푸는 것도 모자라 마차의 통행을 위해 프로이센 장교에게 강제로 몸을 내주게 된다. 그러나 모든 일이 해결되고 나자 다들 아무 일도 없었다는 듯이 흐느끼는 그녀를 다시금 조롱하고 버린다는 내용을, 소설은 사실주의 기법에 의거하여 빼어나게 그려냈다.

파스칼의 마차, 엠마 보바리의 마차, 그리고 모파상의 마차… 무턱대고 장광설과 욕을 늘어놓는 듯한 화자 셀린의 입담 속에서 마차들은 달리고 전복되고 사라져간다. 그 마차들과 함께 고전주의 시대 지식인의 심중에 변환이 일어나는가 하면, 근대 사실주의의 냉엄한 시선 속에 어떤 여인네들의 운명이 시시하게 무너졌다. 그 이후에는? 마차들에 대응하는, 혹은 그 명맥을 새롭게 잇는 셀린의 '지하철'이 있다는 것이다. 새로이 현대 도시의 땅 밑을 달리며 지표면의 모든 것을 휩쓸어가고, 전복의 아찔한 위험에 문체의 모험을 내맡기는 그것, 정동의 지하철, 정동의 문체.

269

리 갈 수 없을 거요… 그들의 감수성은 아직 완성되지 않
았소… 그리고 결코 완성되지도 못할 것 같소, 안타깝게
도… 아마도 그들은 비행기로는 빨리 갈 수 있겠지만…
그러나 **예술**이란 것에서는 어떤가…? 어째 그리들 헤매고
다니는지!"

"하지만 그들에 관해서 얘기들 하잖소…! 그들이 쓴
책을 번역도 하고요…!"

"그게 다 놀라운 사기라니깐…! 그들의 언론사, 그
환상적인 광고술, 그들의 엄청난 뻔뻔함을 다 치워버리라
해봐요, 그러고도 그들이 존재하는가…!"

"하지만 그들의 독자들은요?"

"프랑스 독자들은 속물에다 얼간이이고 굴종적이라
오… 그들은 홀딱 속아 넘어가지요…! 그리고 그렇게 속
는 것에 만족하고! 이들 프랑스 독자들은 다른 데서 작가
들을 발견하는데, 그 작가들은 하나같이 델리 남매처럼
쓰지요… 그런데 바로 그래서 그들은 행복해한다고…! 그
리고 자랑스러워하고! 전 세계에서 가장 많이 읽히는 작
가, 우주 전체에서 가장 많이 번역되는 작가가 누구냐, 바
로 델리요! 대령! 델리라고요!"

"어쨌거나 외국어들이란 게 존재하잖소?"

"대령, 이 준(準)얼뜨기 같은 세상에는 말이죠, 오직
단 하나의 언어만이 존재한다오! 유일하게 가치 있는 단
한 가지 언어! 또 존중할 만한! 이 세상을 다스리는 황제
같은 언어, 바로 우리의 언어죠…! 다른 언어들은 뭐 그

270

냥 횡설수설이지, 내 말뜻 아시겠소…? 너무나 늦게 세상에 온 방언들이라고요…! 제대로 무너지지도, 제대로 다 듬어지지도 않은, 한낱 광대 짓거리! 으르렁거리든 야옹거리든, 태반이 수상쩍게 겉만 번지르르한 이방인들을 위한 말! 어릿광대들을 위한 떨떨한 발음! 바로 그런 거요, 대령…! 나는 내가 무슨 이야기를 하는 것인지 알고 있소! 그리고 이에 관한 논쟁은 허용치 않겠소!"

"선생은 정신 상태가 참 편협하기도 하오…!"

"편협이 아니고… 제국주의적이라고 해야겠지요, 대령! 내가 **표면**을 어떤 식으로 정복하였소? 그걸 보셨소? 내가 모든 걸 잡아가는 것을? 봤지요? 그것에 주목하였지요? 내가 내 지하철에 몽땅 잡아 태우지 않더냐고…! 그럼 거기, **표면**에다는 뭘 남겨두느냐? 바로 영화라는, 쓰레기 같은 상품들 중에서도 가장 쓰레기 같은 것이라고요…! 따라서 외국어들도 그것들과 함께! 번역도…! 우리 것 중 가장 한심한 졸작들의 재번역도! 외국인들은 그것들이나 가져다 자기네 '입말'용으로 쓰라고 하지…! 덧붙여 심리학도! 심리학적 실언…! 철학적인 잡소리 몽땅, 사진술의 끔찍한 짓거리 몽땅, **영안실** 짝인 경직된 궁둥짝들, 경직된 허벅지들, 수술한 가슴, 평수 좁힌 코, 그리고 몇 킬로미터는 될 속눈썹들 몽땅…! 그렇다마다! 자그마치 몇 킬로미터는 될 걸! 무겁고…! 기름지고…! 빨강에…! 초록에…!"

그는 더 이상 내 말을 듣지 않는다!

"가서 오줌 싸고 오쇼, 레제다!"

271

짜증 나는 놈 같으니⋯ 이 작자가 왜 이리 갈피 못 잡고 우왕좌왕이람⋯!

"안 가요! 안 가요! 절대로 안 가요!"

지금 지가 오줌 싼다는 걸 부인하는 거냐⋯!

"좋아요! 좋아⋯! 내가 선생에게 모든 걸 다 이야기하면요⋯? 그럼 변소에 가시겠소?"

"네⋯! 네! 네! 약속하리다!"

천만에⋯! 그는 이제 내 말을 전혀 듣지 않는다⋯! 그러면서 이제 자기가 말을 한다⋯! 나보다 제가 더 잘 안다⋯!

"그러니까 정동의 레일이죠! 신경 체계의 레일이고! 빌어먹을 놈의!"

"빌어먹을 놈이라니! 그것은 다만 행동에 임하는 방식일 따름이오⋯! 직통으로 전력 질주하는 거라고요! 대령⋯!"

"네, 직통으로⋯! 정동의 추진! 정동의 초(超)정확성!"

"아! 그럼 대령도 동의하는 거요?"

"그럼요⋯! 그럼요⋯! 그렇죠! 전력 질주, 직통으로!"

"오줌 눠요! 그냥 아까 싼 오줌 웅덩이 위에 싸요, 대령! 지금 댁한테서 오줌 방울이 떨어지잖소, 대령! 그리고 좀 전 내 말은 알아들었지요, 대령?"

"오, 그럼요! 오, 그럼요!"

"하지만 주의해요! 세부 사항이 있소⋯! 그 세부 사항인즉슨! 당신은 평범한 레일 위에 올라탄 게 아니라오⋯! 당신이 들려줄 이야기는 결코 평범한 게 아니라오!"

"오, 아니지요! 오, 아니지요!"

"아무것도 아닌 아주 사소한 것에도… 당신은 모든 걸 터뜨려버리게 될 거요, 선로의 자갈들도! 궁륭들도…! 내쉬는 숨 한 번에도! 세디유* 기호 하나에도…! 고꾸라져 전복될! 시간당 1천 킬로미터의 속도니까! 당신의 이야기는 넘어지고 말 거요! 레일에서 탈선해서! 당신의 객차는 쩍 갈라져 상처가 나고! 그건 아주 고약한 개박살이 될 거요! 수치스러운! 당신과 당신의 60만 독자들은 대체 어떻게 될 것인가…! 가증스러울 정도로 음산하도다! 숨 한 번에도! 숨 단 한 번에도…! 곤죽이 되다니!"

"그래서요…? 그래서요?"

"그래서 말이오, 대령…! 그게 바로 천재라는 것이지요!"

"또 그 천재 타령이야? 대체 뭐의 천재라는 거요…?"

"탈선하지 않는다는 천재이지요, 분명코! 절대 탈선하지 않는다는!"

"네, 하지만 그래서요?"

그가 정신 나간 듯한 시선을 던지고 있었으니… 변소 쪽이다…! 그러나 어쨌든 니가 거기 가지 않았던 것 아니냐! 니가 싫다 했었다…!

"안 가시겠다고…? 안 가신다고? 좋소! 할 수 없지 뭐! 그럼 내가 요약해주겠소…! 나 이거 재(再)재요약하는

* cédille. 프랑스어의 발음 표시 부호 중 하나.

273

거요…! 아시겠죠, 대령! 이것은 결코 평범한 레일이 아니라고요! 평범한 문체가 아니라고요! 천만에! 천만에!"

"오 아니지요…! 오 아니지요!"

"지극히 특별한 레일, 완벽한 직선으로 보이지만 실은 그렇지 않은 레일이오…! 당신, 그러니까 다름 아닌 당신이 그것을 비스듬히 잘랐다오…! 바로 당신 자신이 그랬다고! 완전히 마술 같은 방식을 통해…! 그런 악랄한 방식을 통해…!"

"아, 그렇군요! 그래요! 그래! 트릭을 쓴 것이죠!"

"바로 그거요! 트릭을 쓴 것!"

"내 참! 내 참!"

"바로 거기에 천재의 모든 것이 있소, 대령…! 파스칼이 받은 충격…! 지하철의 계시…! 파스칼이야, 다리였지만…! 이 나는, 지하철…! 내 말에 동의하시오, 대령?"

"선생이…? 선생이…? 선생이…?"

더 이상 먹혀들지 않는다…! 그가 나를 경멸하듯 위아래로 훑어본다…! 그리고 별꼴이라는 투의 표정을 짓는다!

"선생이 말이오…! 선생이…! 아니 무슨 수로 선생이…?"

"쉬이이이! 쉬이이! 쉬!"

나는 그에게 그렇게 대답하는데! 내가 쉬이이라고 하는 이유는 그가 도무지 변소에 갈 마음을 먹지 않기 때문이다…! 그러니 그냥 여기서 싸라고…! 그렇게 있는 자리에서! 눠버리라고! 요컨대!

그가 나를 점점 더 뚫어져라 쳐다본다.

"선생은 내가 데려다주었으면 하지 않소?"

그에게 제안을 해본다… 변소 앞까지는 25미터도 되지 않는다… 지금은 우리 주변에 사람들이 모여 있다… 사람들이 점점 더 호기심을 느낀다….

"갑시다, 대령!"

"싫어요…! 난 당신 얘길 들을래!"

내 꼴 한번 귀엽게도 됐네… 당신들도 이해가 갈 것이다… 나는 침착함을 유지한다… 그래야만 하잖나…! 그리고 거드름을 피우며 말하기 시작한다… 주변에 모여든 이 사람들 앞에서…!

"이건 아주 단순하다오, 안 그렇소, 대령! 똑바른 듯, 절대적으로 똑바른 듯 보이지만 그러나 결코 그렇지 않은, '정동이 된 것'의 레일들 말이오!"

"네! 네! 네!"

"그리고 그것은 일체가 지극히 교묘한 발명의 소산이오, 대령…! 까다로운 섬세함! 또한 치명적인 위험! 이 절대적으로 특별한 문체란! 당신 내 말 잘 파악했소?"

"그럼요! 그럼요! 그럼요!"

"그 바람에 당신의 표절자들이 전부 광분할 정도로…! 그로 인해 자살하고 말 정도로!"

"아…! 아…!"

"만약 당신의 레일이 똑바르다면 말이오, 대령, 고전적인 문체의 그것처럼 아주 정연하게 직조된 문장들로 이어져서….”

“그러면요…? 그럼 어떤데요?”

“당신의 지하철 전체가 고꾸라지는 거요, 대령! 당신이 주변 배경을 터뜨려 날려버리는 거죠! 선로의 자갈들도! 전복! 당신은 궁륭을 폭파시켜 버리는 것이고! 당신의 여행객들 전원을 죽여버리는 거요! 당신 지하철은, 그냥 곤죽! 건물들로 꽉꽉 들어찬 당신의 객차 전체가!”

“제기랄! 우라질! 집어 처넣은 것 하고는!”

“그러게요! 당신과 당신의 멍청한 승객들 전부 다 끝장! 대재난이오, 아무도 빠져나올 수 없거든! 당신의 레일들은 다만 정동 속에서만 곧을 뿐인 거요! 이해되었소, 대령?”

“오, 그럼요! 오, 그럼요!”

“고로 주의하시오 대령…! 무시무시한 위험이니까…! 당신의 객차를 평범한 직선 레일 위에서 달리게 해서는 안 되오! 안 되오! 안 되오…! 안 된다고요…! 나는 당신에게 명령하는 바요! 오직 ‘특별하게’ 비스듬히 잘린 레일 위에서만 달릴 것! 단면의 윤곽을 ‘특별하게’ 조형한 레일! 바로 당신 자신에 의해서 말이지요! 그 작업에 관해 당신은 다른 아무도 신임하지 않소! 마이크로미터 단위의 터럭과 싸우는 이 작업! 쉬이이! 쉬이이…!”

내 쉬이이! 쉬이이! 소리가 그에게 효과를 불러일으켰는가… 그의 바지에서 오줌 방울이 똑똑 흘러내렸고… 그는 자기 오줌 웅덩이 속에서 어쩔 줄 모르지… 웅덩이

276

는 자꾸만 커져가지….

"이것 참, 대령, 댁은 민감한 사람이오…! 민감한 사람…! 둔하고 멍청한 열등생이 아니라! 외국인도 아니라!"

"아니지요! 아니지요! 아니지요!"

"내가 설명하는 내용을 이해합니까? 내가 선생에게 설명한 것을 전부 다? 내 발명품의 섬세함을? 작업의 정교함을? 내가 왜 문학의 천재인지? 그것도 유일한, 응?"

"네! 네! 네!"

"생생하게 살아 있는 정동! 결코 옆으로 빗나가지 않는!"

"네! 네!"

"당신의 지하철은 터럭 하나만 한 오차에도 떨어져 내린다는 사실…! 당신의 지하철엔 독자들이 미어터지게 실려 있소… 당신 문체의 마법에 홀린 자들이지요… 그러니 대재난이겠지요…! 뒤집혀 버리면요, 대령…! 충돌! 터럭 하나에도! 그리고 책임자는 당신인 거요!"

"그렇소! 그래요! 전력 질주!"

"젖먹이들, 신문 가판대들, 스쿠터들, 신사들, 짭새들의 소대들 전체, 표절자들이 앉아 있는 테라스들 전체, 갖가지 감정의 트럭들 전체, 당신이 당신 책 속에 쑤셔 넣고, 꽉 묶어서, 꼼짝 못하게 고정시켜버린 그 모든 것들이 말이오, 당신 문체의 1밀리미터 오차에, 고작 쉼표 한 개의 어둠 때문에 궤도 바깥으로 질주한다면! 모든 것은 터져버리고 만다고요! 산산조각 나서!"

"아…? 아…? 아?"

"그 아 소리 좀 그만하라니까 그러네…! 그저 아…! 아! 아직도 더 많은 세부 설명이 듣고 싶다는 거요…? 더욱더 더욱더 은밀한 세부 사항들이?"

"오, 그럼요…! 그럼요…! 그럼요…!"

"좋소…! 말줄임표 얘길 하지요! 이 문제를 두고 사람들은 충분히 나를 비난한 바 있소! 나의 '말줄임표'를 탓하느라 침이 마를 새들이 없죠…! 아이고, 저자의 말줄임표들…! 어휴, 그놈의 그 말줄임표들 말이지…! 저치는 자기 문장들을 끝맺을 줄을 몰라…! 상상할 수 있는 별의별 어리석은 말들을 해대지요! 별의별, 이라고요 대령!"

"그래서요?"

"차! 주르르르! 주르르르…! 오줌 싸시오, 대령! 그리고 어디, 댁의 소견은 어떠시오, 대령?"

"어쨌거나 그 말줄임표들 넣을 자리에 단어들을 써넣을 수 있을 것 아닙니까, 자, 이것이 내 의견이오!"

"바보 같은 소리, 대령! 바보 같은 얘길 또 여기서 다시 듣네그려…! 정동의 이야기에서는 안 돼요…! 반 고흐가 교회를 비뚤어지게 그렸다 해서 당신이 그를 비난하지는 않잖소? 블라맹크*가 초가집들을 아무렇게 그렸다고 해서 그보고 뭐라 하시오…? 보슈**보고 그의 거시기한 형

---

* Maurice de Vlaminck(1876~1958). 프랑스의 야수파 화가. 강한 터치로 색채가 화면에 흘러넘치는 듯한 그림들을 주로 그렸다.
** Hieronymus Bosch(또는 Jerome Bosch, 1450년경~1516). 네덜란드(플랑드르

상들엔 꼬리도 머리도 없다고…? 드뷔시보고 박자를 무시했다고? 오네게르*도 마찬가지고! 그런데 나에겐 그와 똑같은 권리가 전혀 없다는 것이오? 그래요? 나에겐 그저 꼼짝 않고 규칙들을 준수할 권리밖엔 없다는 것인가…? 아카데미가 설정한 스탕스**들만…? 이거 원 비위 거슬려서!"

"아니요…! 아니들 그러지요…! 하지만 그렇더라도…"

"미술 쪽은 자기들이 원하는 대로 변형을 하지요! 한 세기 전부터의 일이오…! 음악, 회화, 의상… 또 건축도…! 뮤즈들은 해방된 거요, 단언하자면…! 심지어 돌덩어리조차도, 아시겠소…! 돌마저도…! 조각의 경우요…! 그렇지만 종이는요? 아니올시다이지요…! 아, 종이란…! 글쓰기는 예속적이오, 요컨대…! 일간신문에 예속…! 일간신문은 변형하는 법이 없지요…! 안 하지요…! 결코! 대학 입학 자격시험도 마찬가지! 교육 이수증도 마찬가지…! 학위증도 마찬가지…! 결코 변형하지 않소…! 아무것도…!"

"네, 하지만 어쨌거나 선생의 말줄임표는요…? 선생

지방)의 화가. 낙원이든 지옥이든, 쾌락이든 악덕이든, 수많은 괴물들이 번성하는 기괴한 카니발과 알레고리의 세계를 놀라운 상상력과 대단히 섬세한 필치로 그려냈다. 대 브뤼헐과 더불어 셀린이 그 자신의 세계관과 가장 흡사한 영감을 품은 것으로 평가하고 감탄한 예술가이기도 하다.
* Arthur Honneger(1892~1955). 스위스 태생의 프랑스 현대음악가. '6인파(les Six)'의 일원으로 불협화음과 대위법을 사용한 다수의 작품을 만들었으며, 기계미를 음악에 적용한 「퍼시픽 231(Pacific 231)」이 유명하다.
** stance. 이탈리아어 스탄차(stanza)에서 유래한, 시작법의 원칙. 혹은 그 운율 규칙에 입각한 동형의 시절들로 이루어진 비극적, 종교적 시. 시에서 스탕스가 심각하고 비장하며 정신적인 주제에 적용되는 규칙이라면, 쿠플레(couplet)는 노래에, 스트로프(strophe)는 오드(서정 단시)에 사용된다.

의 말줄임표는 뭐란 말이죠…?"

"내 말줄임표는 필수 불가결한 것이오…! 필수 불가
결하다고요, 이런 망할…! 또다시 되풀이하자면, 내 지하
철에 필수 불가결한 것이라고! 내 말 이해되시오 대령?"

"어째서 그렇지요?"

"내 정동의 레일들을 깔아야 할 것 아뇨…! 이건 안
녕이란 말 한마디처럼 단순한 거요…! 포장용 자갈 위에
다…? 무슨 말인지 알겠소…? 혼자서 저절로 지탱되는 게
아니니까요 내 레일들은…! 내겐 침목들이 있어야겠죠…!"

"어쩜 그리 복잡 미묘할까!"

"내 지하철은 꽉 차 있지요, 너무 꽉 차 있어… 완전
히 찰 대로 찬 상태라서… 여차하면 우지끈뚝딱 부서질
정도…! 그러고서 질주! 제 행로에 들어서서…! 앞으로 돌
진…! 신경 체계의 한복판에서… 신경 체계의 한복판을
뚫고 달린다는 거죠…! 내 말 알아듣고 있소, 대령?"

"약간요… 약간요…."

"내가 지금 당신을 상대로 언급 중인 나의 지하철은
요동치고, 우왕좌왕하고, 비틀거리고, 교차로마다 지장
을 받으며 정지하는 명청이 고물 자동차가 아니라고요…!
결코…! 내 지하철은 아무 데서도 결코 멈춰 서지 않소…!
이미 한 바 있는 얘기요! 그걸 또 다시 반복하고 있는 거
라고요 대령!"

"네! 네! 네…! 정말 놀랍군요!"

"목표까지, 단숨에 가는 거요, 대령! 하지만 주의해

야 해요…! 단면 윤곽이 특별히 조형된 레일을 타고 가는 것이니 말이오…! '예측할 수 없는 침목들'에 다름없는 이 야기이니 말이요!"

"정말이오? 정말?"

"아직도 의심하시오…? 정확히 그렇소…! 단언컨대 그렇소 대령…! 이후로 내 앞에 더 이상의 생트집은 없는 거요…! 답답한 말도 더 이상 없기요! '말줄임표-침목 장착-마법 레일-신경 체계-그 자체인-지하철'인 이 비법은 핵에너지보다도 중요한 것이오!"

"핵에너지? 난데없게?"

"사람들이 화제 삼을 새로운 것으로 치자면 그렇다 는 거지요!"

"그래서요…? 그러면요?"

"그렇게 되면 대령, 영화 따위는 다 끝장나는 거요! 뭣 보다도! 한물가고, 노쇠하고, 쫄딱 망한 것이 되는 거죠!"

"에이, 설마…! 에이, 설마!"

"그 '에이 설마' 소리 좀 그만해요…! 나는 그 '에이 설마' 소리를 참을 수 없구려 대령…! 선생에게 지극히 순수한 진실을 알려주리다… 내가 말해주는 바를 잘 살 려 쓰도록 해요…! 미리 말해주는데, 나는 영화에게 아무 것도 내어주지 않소! 나는 그것의 효과들을 다 실어버렸 거든…! 그것의 그 눈물 쥐어짜는 번드레한 사기들을 몽 땅…! 그것의 모조-감수성을 몽땅…! 그것의 효과들을 모 조리…! 걸러내고, 순화하는 거요, 몽땅…! 내 마법의 객

281

차 속 신경 체계의 한복판에다! 집적해서…! 나는 모든 것을 집어넣었소…! '말줄임표 침묵' 위 나의 지하철은 모든 걸 휩쓸어가죠…! 내 마법의 지하철이…! 밀고자들, 수상한 미인들, 안개 낀 부두들,* 자동차들, 작은 개들, 막 새로 지은 건물들, 낭만적인 오두막집들, 표절자들, 모순자들, 너 나 할 것 없이 전부…! 영화에게 아무것도 남기지 않을 거요…! 적선하는 셈 치고 '그레뱅' 박물관 두세 개하고… 할리우드, 주앵빌, 샹젤리제, 뉴욕 항의 정박지 정도는… 또 그 많은 재생지 몽땅하고…! 넝마들 전부… 사방에 넘쳐나는 속눈썹과 젖가슴도 덤으로…! 그러니까 운동 실조 환자들하고… 잘 좀 새겨들어요…! 경화증 환자들에 대한 동정심에서 말이오… 그들도 여전히 지탱을 하기는 해야 할 테니…! 그들이 결코 자신들이 버려졌다고 생각하지는 말아야 할 거 아뇨…! 나는 정동의 전부를 거머쥐오…! 이미 설명했지요 대령…? '피갈-이시' 구간을 눈 깜짝할 새에…! 심지어 게으름뱅이들 중 가장 구제 불능인 자조차도 감복할 거요…! 그리고 당신은 어떻소, 대령…? 그리고 당신은?"

"당연히 감복하죠…! 당연히!"

"아, 대령, 이거 우리가 의견 일치를 보는구려, 염소자리 덕분에요, 대령! 혹시 대령은 시인 나리가 아니신지? 아니면 음악가이거나?"

---

* 마르셀 카르네(Marcel Carné)의 1938년 작 영화 「안개 낀 부두(Quai des Brumes)」.
—원 편집자 주

"오, 그렇소…! 아, 그래요!"

"그거 참 잘 맞아떨어졌네! 우리 둘이 서로를 점점 더 잘 이해하고 있소! 계류음(繫留音)* 없는 음악이란 것이 상상이나 할 수 있는 것이오 대령?"

"오, 말도 안 되지요…! 말도 안 되지요…!"

"또한 '4분쉼표' 없는 음악은?"

"안 되지요, 당연히! 안 되고말고요, 당연히!"

"다시 한번 나와 같은 의견이시구려…!"

"염병할! 우라질! 벼락 맞을! 얼어 죽을! 나가 뒈질!"

이거 갑자기 왜 이러나… 갑자기…! 그가 자기 오줌 웅덩이에서 펄쩍 뛰더니만… 그와 동시에 사팔눈을 하기 시작한다…! 외사시(外斜視)로…! 이런 이 꼬락서니 좀 보게…!

"이봐요, 대령…! 이것 봐요…! 내 말 좀 들어봐요!"

"빌어먹을…! 빌어먹을!"

그가 째지게 소리를 질러댄다…! 자화자찬은 아니나, 내 됨됨이에 대해 감히 말해보자면, 인내심에 관한 한 나는 그 어떤 시련도 챔피언급으로 참고 견디는 사람으로서… 허풍 따위는 떨지 않는다… 결코…! 결코…! 내가 당신들에게 어떤 사실들을 이야기하면… 그건 내가 그에 대한 증거들을 가지고 있다는 것…! 나는 여러 달 동안, 또

---

* 음악 용어. 한 화음에서 다음 화음으로 넘어가는 과정에서 앞 화음 중의 한 음 또는 여러 음이 걸려 머무르며 화음 바깥 음을 초래하는 경우, 그 음정을 계류음(걸림음)이라 한다.

여러 해 동안, 징역살이 와중에, 다음에는 감옥 안 의무실에서, 미친놈들과 함께, 즉 '중앙 감옥'에서 가장 히스테릭하고 가장 위험한 살인자들과 같이 수감된 적이 있었던바, 그 연유인즉 나를 본보기로… 나의 모범적인 행실, 모범적인 언행에 의해… 그들이 약간이나마 진정하도록 하기 위함이었다… 그들이 허구한 날 머리로 방탄 처리된 문을 꽝…! 들이받는 걸 그만두도록…! 또 깨진 단지 조각으로 허벅지며 가슴팍에 자해를 일삼는 문제에 관해서도 역시 그들이 스스로에게 그처럼 고통을 가하는 행위를 그만두도록… 그들이 자신들의 '대퇴부'를 그어대면 안 된다는 말이다…! 그 치명적인 부위 대퇴부를…! 자, 그러니 대령아 나는 이 말을 해야 하겠다…! 거의 항상, 이 나를 거울삼아, 그들은 상태가 호전되었고… 진정되었던 고로… 사람들이 나를 치하하지는 않았으나, 내겐 훤히 보였지… 사람들이 수감자들을 치하하는 일은 결코 없는 법… 진정한 인간 호랑이들…! 그런 그들이 더 이상 내 배를 가르려 들지 않았다… 감방당 두 사람밖에 없다는 점을 고려하면, 그건 너무나도 쉬운 일일 터였건만…! 특히나 밤에는…! 심지어 불이 아주 환하게 밝혀져 있는 감방에서도…! 간수들도 쫄 정도로…! 거기 있어봤던 모든 이들은, 안다… 감방에서는 자기 자신을 믿어야 한다는 걸…!

비교하는 건 아니다…! 오 천만에…! 물론 아니고말고…! 여기, 이 레제다의 경우는 전혀 그런 것이 아니었다…! 오 천만에! 우리는 공공 생활의 한복판에 자리해 있

284

었던 것… 소공원에서… 할 일 없는 구경꾼들에 둘러싸인 채…! 그는 자기 선 자리에서 푸지게 오줌을 싸고…! 그러면서 자꾸 나를 불러댔으니, 이런 추잡한 놈 하고는….

"염병할! 나가 뒈질! 망할 놈의! 셀린!"

모든 사람이 그 사실을 알아야 한다는 것이렸다…! 이 무슨 공공연한 추문이람…! 내가 이 작자의 뭐가 두려웠겠느냐, 이 오줌싸개가…! 하지만 이 공원에서는 나가자, 얌전하게… 그것이 내가 원하는 바였다…!

"대령, 내 말을 잘 들어요! 누가 간섭하더라도 주의를 뺏기면 안 돼요…! 이것 딱 하나만 기억해요, 정동의 레일…! 감히 헤아릴 수 없는 그것…! 정동의 문체…! 말줄임표들로 된…! 말줄임표…! 세기의 발명품…! 나의 발명품…! 나는 아마도 꽤나 놀라운 장례식을 치르게 될 거요…! 이런 생각이 떠오르는군요! 생각이 나! 이 나는 말이오, 당신에게 단언할 수 있소! 당신에게 예언하는 바요…! 국장을 치를 거요! 국가의 비용으로…! 콜레트가 내게 그 아이디어를 안겨주었지 뭐요!* 눈물이 그렁그렁한 정동 덩어리 장관의 주재하에! 완벽하게! 나를 잊지 않은 사람들은 의심치 않을 것이오…! '세기의 천재'…! 똑바른

---

* 이는 『인터뷰』 집필 당시의 상황과 정확히 일치하는 시사적 사실을 염두에 둔 암시다. 콜레트는 1954년 8월 3일에 사망했다. 그녀의 장례식은 7일, 팔레루아얄 부속 영예의 뜰에서 헌사와 함께 치러졌다. —원 편집자 주
[Sidonie-Gabrielle Colette(1873~1954). 20세기의 시작과 함께 '클로딘(Claudine)' 시리즈(1900~3)로 등단한 콜레트는 『셰리(Chéri)』(1920), 『암고양이(La Chatte)』(1933) 등 특유의 여성성에 입각한 관능적이고 섬세하며 자유분방한 작품들로 명성을 얻었다.]

것처럼 보이는데 그러나 그렇지 않은 레일들…! 장관이
그 모든 걸 남김없이 이야기할 거요! 대령, 이거 다 외워
요…! 그 누가 간섭하더라도 주의를 뺏기면 안 된다고요!"

"신경선을 타고 피갈-이시 구역을 다이렉트로! 영화
는 더 이상 존재하지 않는다!"

따라 하는 건 잘한다.

"대령, 벌써 훨씬 낫구려…! 하지만 그게 다가 아니
오…! 그게 다가 아니라고! 자, 그는 쓰여진 말을 관통하
는 입말을 재발견했다!"

"누가?"

"아니 나지 누군 누구야, 맙소사! 당연히 나지! 세상
에 우둔하기도 해라! 딴사람이 아니라고요…!"

나를 절망시키는 작자다…! 솔직히 말해서…!

"신경선 자체…! 신경선 자체…!"

같은 말만 되풀이하고!

"내 말을 잘 들어봐요 대령…! 제일 까다로운 사항
이오, 이번엔! 그걸로 얘길 끝맺을 건데… 이게 가장 섬세
한 대목이지요…! 내 말을 알아듣고자 노력을 기울여보시
오! 노력을 좀 하라고요!"

"네…! 네…! 네…!"

"당신 앞에 독자 하나를 데려온다 칩시다…."

"더할 나위 없군요!"

"정동의 책을 읽을 독자요… 즉 내 작품 중 하나겠
지요…! 정동의 문체로 쓰인…!"

"그래서요?"

"처음에 그는 약간 거북해할 거요⋯."

"으응⋯? 누가⋯?"

"내 책을 읽는 독자지 물론! 그에게는 꼭, 그는 아마 맹세코 그 점을 주장할 것인데, 그러니까 어쩌 누군가가 자기 머릿속에서 그걸 읽고 있는 듯한 기분이 들 거요⋯! 다름 아닌 자기 자신의 머릿속에서 말이오⋯!"

"이런 염병할! 지랄이네!"

"꼭 그렇게⋯! 바로 그 자신의 머릿속에서! 염병도 아니고! 지랄도 아니라고⋯! 그에게 허락도 구하지 않은 채 말이오! 이건 인상주의에 속하는 문제요, 대령! 인상주의의 기법 전체에! 인상주의의 비결에! 내가 당신한테 인상주의 얘기 이미 했지요?"

"오 그랬죠! 오 그랬어요! 그랬어!"

"단순히 자기 귓전에 대고 읽는 게 아니라⋯! 그게 아니라⋯! 자기 신경의 내밀한 안쪽에서! 자기 신경 체계의 한복판에서! 자기 자신의 머릿속에서 그러는 것처럼!"

"어허, 이런⋯! 그렇다면 분명 뭔가 있는 건데!"

"그렇게 말할 수 있소! 뭔가 있는 거지요, 대령! 그렇게 말할 수 있다고요! 꼭 누군가가 자기 자신의 신경 위에서 마음대로 하프를 켜며 노는 것 같다는 거죠!"

"뭐라고요? 뭐라고요?"

"잠깐만! 이리 가까이 와요!"

주변에 모여든 사람들이 내 말을 듣는 게 마뜩지 않

으므로… 나는 그의 귀에 대고 소근거린다….

"선생이 물속에다 막대기를 하나 집어넣는다고 쳐요…."

"물속에다 막대기를 하나?"

"그렇소, 대령…! 그러면 그 막대기는 어떻게 보일까요?"

"모르겠는데…."

"부러진 것처럼 보일 거 아니요 그 막대기가! 비틀어져서!"

"그러면요? 그러면요?"

"당신이 그걸 한번 부러뜨려 보시오, 확실히! 물속에 집어넣기 전에요! 이런 감쪽같은 비결이 있나! 인상주의의 비결 전체가 그거라오!"

"그래서요?"

"당신은 그런 식으로 효과를 교정할 수 있으리라는 거요!"

"효과라니 뭔 효과?"

"굴절의 효과! 그러면 당신의 막대기는 곧아 보일 것이니까요! 먼저 막대기를 부러뜨리는 거요, 대령…! 그걸 물속에 집어넣기 전에…!"

"내 부러뜨리리다!"

"그것에 아주 혹독한 왜곡을 가하는 거요…!"

"아 저런! 저런!"

"내 정동의 문체도 그와 마찬가지요! 또 그토록 정

288

교하게 작업한 내 레일들도! '특별한' 방식으로 윤곽을 형성한 그것들도!"

"정말로요? 정말로?"

"틀림없어요! 대령, 당신은 점점 발전하고 있소! 이제 당신이 나를 이해할 순간도 머지않았구려!"

"하지만 가스통은요? 가스통 그이는 어쩐다? 당신을 이해할 듯싶소, 그가?"

"어디 두고 봅시다… 우리 그를 보러 가요! 가서 당신이 그에게 물어보는 거요!"

"거기가 어디더라, 가스통네 회사가?"

그는 더 이상 기억이 안 난단다….

"나와 함께 갑시다, 대령! 내 뒤를 따르시오! 나와 함께 이 공원에서 나가요!"

이 망할 놈의 공원에서 제발 좀 나가자고…! 오, 하지만 싫단다! 싫단다…! 이 사람 뒷걸음질 치는 것 좀 보게! 그러더니 또다시 꽥꽥거리며 비명을 지르기 시작한다!

"싫어요! 싫어! 날 내버려둬!"

그 여파가 어떨지 생각들 해보시라…! 이제 사람들이 모여드니, 이건 스캔들 감이다…! 사람들은 스캔들, 오직 그것만을 기다리지 않나!

"진정…! 조용히 해요, 대령!"

내게 또 이 사태에 대처해 그의 입을 막을 수단이 있지…! 바로 장광설! 나는 소공원에 대고 떠나갈 듯 떠들어댄다! 모든 사람들이 죄다 이 앞에 모여 있는데! 다들 흘어지도록… 우리가 나갈 수 있도록…! 우리가 나가게 다들 가만 놔두도록…! 나의 기지가 번뜩인다!

"신사 숙녀 여러분, 이건 병의 일종입니다…! 이 사람은 환자예요! 나는 그를 오래전부터 알고 지냈소! 나는 그를 돌보고 있지요…! 내 환자요…! 내가 병원에 데려다 주겠습니다…!"

그런데 이 거름 똥 같은 작자가 내 말을 반박하네! 세상에 맙소사!

"이 사람 말 듣지 마세요! 이 사람 말 듣지 말라고요! 신사 숙녀 여러분! 저 사람은 나를 막으려고 그러는 거예요! 저거 실은 살인자요! 살인자! 불한당! 난 갈리마르 씨를 만나고 싶다고요!"

"아니 글쎄 그 사람하고 만나게 될 거라고요, 이런 빌어먹을 고집통을 봤나! 젠장! 그를 곧 만날 거요…! 그가 우리를 기다려요! 내가 선생에게 약속했잖소! 맹세해요!"

달이라도 걸고 맹세했을 정도라고!

"내 목을 잡아요…! 날 잘 잡아요! 꽉 잡아요…! 꽉…! 지하철이 당신을 휙 데려가지 않도록!"

그가 나를 잡는다…! 모가지를 꽉 죄네…! 좋아…! 좋아…! 그가 대로 위의 지하철을 본다…! 저기, 세바스트로폴 대로 말이다…! 그의 얼굴이 자줏빛이 되고… 나는 그 기회를 이용해 사람들을 향해….

"그렇답니다! 그래요! 이 양반이 머리가 문제랍니다…! 머리가…! 나는 그의 의사입니다, 신사 숙녀 여러분…! 내가 주치의지요! 그는 지금 발작을 일으켰어요…!"

단언하는 바요오…!

그런데 그가, 이렇듯 고래고래 소리 지르네…. "레일이야…! 뭐 주치의? 주치의? 매국노겠지!* 맞아! 매국노야! 레일이야…! 저 사람이 레일의 나사들을 죄다 빼버렸어요…! 레일에서…! 자 저 사람은 바로 그런 자요! 신사 숙녀 여러분! 도와줘요…! 사람 살려라…!"

이거 도무지 진정하질 않는군…!

"이 사람 말을 듣지 마십시오, 신사 숙녀 여러분! 그저 가엾고 불행한 사람이랍니다! 자, 자!"

"도와줘요! 사람 살려…!"

그가 점점 더 심하게 부르짖는군!

"저 작자가 지하철을 몽땅 파괴했어요…! 그리고 사방에 자기 4분쉼표들을 집어넣었어요…! 무정부주의자 괴물 같으니라고…! 돈에 팔려가지고…! 매국노…! 매국노야!"

나는 반박한다! 그에게 대답한다… 그래야 한다!

"그러니까 그 얘긴 가서 가스통에게 해요! 이리 와요!"

그를 부추긴다….

"거기 그러고 있지 말고!"

"그럴 거요, 그에게 말할 거요…! 그에게 말할 거야…! 그래, 그에게 말하는 거야!"

---

* 원문에 쓰인 단어는 각기 'traitant(=médecin traitant, 주치의)'과 'traître(배신자, 매국노)'이다. 비슷한 발음을 이용해 말장난한 것.

"그러니 이리로 따라오시오! 서둘러요! 고발자 양반아! 고집불통 양반아!"

그가 따라오고 있었다… 아니 따라오지 않는다…! 그러더니 외치길!

"먼저 오줌부터 싸고! 먼저 오줌부터 싸고!"

"아니 당신은 여태 그것만 하고 있잖소!"

그가 그 사실을 눈치채지 못하고 있었다니…! 사람들이 우리를 쳐다본다, 사람들이…! 저 오줌 싸는 꼴 좀 보게! 뚝뚝 오줌 방울 흘러내리는 꼬락서니 좀 보게…! 모래밭 속의 오줌 웅덩이*라… 나는 사람들에게 속삭인다….

"이 사람은 1914년 전쟁 때 부상을 당했지요! 개두

---

* 분위기가 상반될지언정 『제멜바이스』와 『Y 교수와의 인터뷰』가 한 갈래 원천에서 나왔음을 보여주는 단적인 예. 모래밭 속 제 오줌 웅덩이에 빠져 있는 광대 Y / 레제다(『Y 교수와의 인터뷰』), 그런가 하면 부다의 진창속 빗물에 발을 담그고 선 떠돌이 악사(『제멜바이스』). 진흙탕 혹은 거품에서 우연히 나왔다는 『걸리버 여행기』 속 야후의 비천처럼, 분변적(fécal) 존재 인간의 불행과 비참이 셀린의 상상력을 지배한다. 조물주가 진흙에 불어 넣었다는 영적인 숨결은(「창세기」) 어디에 있나. 하지만 그 비참에 굴하지 않는 생의 도약과 서정 또한 그 상상력이 지닌 가능성의 몫이라서, "인간은 똥과 오줌 사이에서 태어났다"고 한 저 어마어마한 웃음의 소유자 프랑수아 라블레(François Rabelais), 좀 더 올라가 파리 출신 부랑자이면서 『유언 시집(Le Testament)』의 저자인 프랑수아 비용(François Villon)이 셀린의 위대한 선배이다. 오줌을 지리며 발작하는 레제다의 머릿속으로 정동의 지하철은 질주한다. 진창 속 자유롭고 고독하고 배고픈 악사는 꿈과 애수의 노래를 부다의 공중에 날려 보낸다. 비용처럼—셀린은 비용을 깊은 우수와 신비를 가진, "멀리서부터 멜랑콜리를 불러 그것을 표면으로 떠오르게 하는" 시인으로 높이 평한 바 있다(『셀린 연구지』 2권, 「장 게노와 자크 다리베오드와의 인터뷰[Entretiens avec Jean Guénot et Jacques Darribehaude]」, 152쪽). 덧붙이자면, 상상의 질서 속에서 오줌 줄기와 생명력, 신성에의 서원은 종종 같은 궤를 그린다. 대표적으로 랭보의 오줌 누는 시 「저녁의 기도(Oraison du soir)」(1871)를 떠올려보라.

(開頭) 수술을 받고요…!* 그는 이제 뭐가 뭔지 아무것도 못 가려서… 자기가 무슨 말을 하는지 전혀 이해하지 못 한답니다! 1914년 전쟁 때 대령이었다죠…!"

1914년 전쟁이란 말은 일종의 특권이고… 거기다 대령이었다잖니…! 그러니 너네들은 냉큼 내게 택시를 불러와라, 서둘러서 말이다! 나는 그들에게 신호를 보낸다…! 지나가는 택시 하나 불러달라고…! 날 좀 도와달라고…! 그를 병원까지 데리고 갈 수 있도록…! 그렇게 길 메우고 서 있지들 말고!

"저 사람 무슨 병에 걸렸소…? 무슨 병이오?"

이 사람들이 물러서질 않네…!

"그냥 말을 너무 많이 했어요! 그게 다요! 말을 너무 많이 하는 바람에…! 그만 발작이 일어났지 뭐요…! 신경이…! 그의 머리가!"

"무슨 발작인데요?"

그들은 계속 알고 싶어들 한다….

"지하철이오! 그런 게 아니고! 지하철이라고요!"

또다시 나를 반박하다니! 그것도 대체 이 무슨 말투람! 내가 속삭이는 소릴 들었나 보다….

"도와줘요! 모두들 날 살려줘요!"

---

* 이는 셀린 자신의 경우이다. 그는 종종 1차 대전의 부상 여파로 75퍼센트 불구 판정을 받은 것 이외에 머리에 총탄이 박혀 개두 수술까지 받았다고 진술하곤 했는데, 사실 이 수술을 받은 일은 없었던 것으로 알려져 있다. 말하자면 그럴 정도로 큰 충격을 받았고 그 충격은 이후에도 영원히 그의 머리에서 떠나지 않았다는 뜻이리라. 전쟁에 나갔다 살아남은 사람은 전혀 다른 사람이 되어 돌아온다, 라는 말을 셀린은 종종 하곤 했다.

구조 타령이라니!

"자선하는 셈 치고 제발 택시 좀 불러주시오!"

나도 똑같이 설득하고 보는 거다…! 이 사람이 오줌 싸는 꼴을 그냥 보고만 계실 건가 다들…! 웅덩이를 보시라! 여기, 이 웅덩이! 아 내 것 아니다…! 이 사람 것이다…! 지금 보고들 있는 대로!

"아, 네! 아, 네!"

그들이 인정한다… 비로소 이해들을 한다… 저 사람 거래…! 정말 저 사람이래…! 그들은 내가 그를 앞으로 데리고 가도록 돕는다… 우리가 자갈밭에서 빠져나올 수 있도록… 그들이 우리를 밀고… 우리는 마침내 보도 가장자리에 도착한다… 거기 택시가 있다….

"타시오! 타요, 대령!"

그는 경계심을 풀지 않는다… 아직도!

"아무것도 무서워할 필요 없어요! 대령, 타세요…! 대령!"

"우리가 갈리마르 씨네로 가는 건가요?"

"아 글쎄 정말 그렇다니까…! 이 너저분한 양반아!"

짜증 나 죽겠네!

"이거 지하철 아니지요?"

"무슨 말이오! 똑똑히 보시오!"

그가 택시에 오른다…! 기꺼이 그러고 싶다면서… 그래도 나는 그를 뒤에서 민다… 모든 사람이 뒤에서 그를 민다…! 기사의 표정은 싫다는 쪽에 가깝다… 나는 그에게 이렇게 말한다.

　　"아주 천천히 모시오…! 이 사람이 환자라서요…! 주의해서…! 천천히 갑시다!"

　　"어디로요?"

　　"세바스티앵보탱 가 5번지!"

　　나는 주변에 모여 있는 모든 사람에게 감사한다… 만 그들은 여전히 내게 질문을 던지지 뭔가…! "어떤 병원으로 가시오…?" 나는 얼른 움직이자고 재촉하고… 택시가 출발한다…. 휴우…! 택시는 덜컹거리고… 내 인터뷰유우 진행자는 몸을 가볍게 흔들면서… 잠들려나 보다… 나는 그렇게 생각한다… 생각한다… 그가 눈을 끔뻑거린다… 방금 간신히 위기를 모면한 걸 생각하면…! 아니 참 그런데 이 작자의 오줌은…? 어쩌지? 오줌은…? 좌석은? 차를 다 적시면 어떡한다…? 나는 감히 그쪽을 쳐다볼 엄두도 안 났다는… 우리는 정말로 아주 천천히 움직여 갔다… 트럭들이 몰려들고… 레 알 지구…! 거의 1미터마다 트럭들이 멈춰 선다…! 빨간불…! 노란불…! 그래 뭐! 어쨌거나 우리는 샤틀레까지 왔으니까… 그가 코를 고는구나! 하고 생각한다… 그럼 좀 낫겠지…! 젠장! 그가 한쪽 눈을 뜬다…! 이런! 이 작자가 밖을 쳐다보네… 광장을 쳐다보고… 나는 미처 "앗" 소리 낼 틈도 없었다…! 믿어들 주시라…! 그가 창유리를 두들겨대기 시작한다…! 머리를 부딪고…! 세상에…! 퍽! 쿵! 이게 웬 소란이야…! 그러더니 그가 다시 외치기 시작한다!

"도와줘요! 도와주시오!"

있는 대로 난리를 피우고…! 샤틀레 광장에서 이 소동이라니…! 이런 추문이 있나…! 일부러 스캔들을 일으키고 싶은 건가! 사람들이 달려온다… 또다시 운집인 거냐…!

"어찌 된 거요? 어찌 된 일이람? 무슨 일이래? 뭐요 대체…?"

기사가 차를 세운다… 문을 연다… 이번에도 미처 앗 소리 낼 틈도 없이! 내 옆자리 미친놈이 앞으로 몸을 날렸다! 차 문이 확 열리고! 그렇다니까! 그가 고함을 지른다…! 그러면서 멀리 내뺀다…! 나는 그 뒤를 쫓는다…! 그는 벌써 수조* 쪽에 가 있다…! 기마 자세로! 수조 가장자리에 걸터앉은 채!

"물! 물!"

요구하는 꼴이라니…! 나는 쏜살같이 달려간다…! 그리고 그의 한쪽 발을 붙든다! 다른 한쪽도…! 그가 옷을 벗고 있다…! 거기서 목욕을 하고 싶었나, 그 상태로! 수조 속에서…! 기사가 나를 쫓아 달려온다…! 내 뒤에서 소리를 지르면서…!

"내 택시비! 택시비 내놔!"

나는 소동을 일으킨 놈의 발에서 손을 뗀다… 기사에게로 돌아간다… 그에게 돈을 지불하고… 서둘러! 서둘러서! 수조로! 수조로! 다시 물속에 들어간 녀석을 잡는

---

* 샤틀레 광장 중심에는 테두리가 낮게 둘러쳐진 수조가 하나 있다. ─원 편집자 주

296

다! 그의 발을…! 경찰이 와 있군!

"저 사람 대체 뭐하는 거요…? 당신 저 사람을 알지요…! 당신과 함께 온 사람이오?"

그들이 내게 질문한다….

"그를 집으로 데려다주는 중이오…! 나는 저 사람의 의사입니다!"

"신분증 내놔요!"

그들에게 신분증을 보여준다… 그들에게 병원 얘기 따위는 꺼내고 싶지 않다…! 그러면 얘기가 몇 시간이고 길어질 테니…! 그들은 나보고 구급차를 불러오라고 시킬 것이다…! 그럼 꼴좋아질 테지! 또다시 설명을 늘어놓아야만 하리라… 그런 거라면 진절머리가 났다! 경찰들도 오래 물고 늘어지지는 않았다…! 얼른 여기서 나가라고, 그뿐…! 그걸로 끝이다…! 나는 앞서도 그들에게 내 신분증을 보여줬었다… 택시 때문에, 내 원 참…! 간신히 벗어났나 했는데…! 빨리 튀는 거다…! 진작 자리를 떴어야 했다…! 소란이 벌어지면 안 된다고!

"자 어서 저 사람 옷을 다시 입혀요…! 그를 어디로 데리고 가는 길이오?"

"세바스티앵보탱 가 5번지요!"

"저 사람은 당신 집에 거처합니까?"

"아니지요! 자기 마누라와 삽니다!"

"대체 무슨 증세인 거지요?"

"1914년 전쟁 때 부상당한 사람입니다!"

297

그런데 나의 이 부상자 놈이 어찌나 꽥꽥거리는지!

"가스통을 보러 갈래요! 가스통을 보러 갈 테야! 경찰 양반들! 가스통이오!"

"가스통이 누구요?"

"그의 숙부랍니다!"

나는 힘주어 말한다….

"자 질질 시간 끌지 말고! 그를 데리고 가요! 옷 다시 입히고!"

다행스럽게도 딱 한 번에… 그가 말을 듣는다…! 더이상 물을 고집하지 않는다…! 전혀…! 그가 수반의 꼭대기에서 슬슬 미끄러져 내려온다…! 가장자리에서… 바지를 다시 꿰어 입고… 제 풀에… 셔츠도 주워 입고… 나는 그를 독촉한다… 그를 돕는다… 내게는 사람들이 끼어드는 데 대한 두려움이 있었거든…! 사람들이 물러선다… 그들이 우리가 지나가도록 길을 내준다… 일이 잘 풀리네…! 소공원에 있던 이들보다 덜 고집스럽다… 정말로 아플 지경인 사람은 아마도 나일 것이다… 아찔한 현기증이 나를 휩쓸고 지나간다…! 그런데 이런 내가 인도를 하다니…! 이런 내가 그를 부축해야 하다니! 이런 내가 이 모든 군중의 질문에 대답을 해야 하다니…! 또 경찰들에게도…! 나는 차라리 주저앉을 권리가 있다고 해야 할 텐데…! 잠깐만이라도…! 나도 불구자 아니냐, 이 나도! 나도 정말 앉아보고 싶단 말이다… 나는 저쪽에 마침 맞춤으로 근사한 카페를 하나 알고 있다, 바로 저기에… 말인즉 지금 우리 꼬락서니에 딱이라는 뜻으로… 연극장 뒤편… 거기에 작은 홀이 하나 딸려 있다… 내가 좀 잘 안다… 내가 좀 잘 알아….

"대령, 피곤하지요…! 잠깐만 앉았다 갑시다…! 코냑 한 잔이 당신에게 도움이 될 거요! 저기, 건너편이오… 내게 팔을 주시오!"

그가 내 말을 따른다… 얌전하네… 나는 그가 광장 전체를 다시 가로지르도록 한다… 그다음 오른쪽으로 빠져… 징 박힌 횡단보도*를 건넌다….

"강변으로 갑시다, 대령! 우선, 강변으로!"

다 왔다…! 그리고 우리는 거기에 멈춰 선다, 갑자기! 그가 꼼짝도 않는다! 완전 넋이 빠진 채!

"이리 와요! 이리로 오시오 대령!"

"어라? 꽃! 꽃!"

그가 내게 하는 말이다….

"뭐라고요? 꽃이라고요?"

"가스통한테 줄 꽃 말이오! 가스통에게 꽃다발을 한 아름!"

그의 말에 반대하지 않을 작정이다….

"가스통에게 꽃을 선사하고 싶어요! 가스통에게 꽃다발을 하나 가득! 가스통에게 꽃다발을 한 아름!"

"아 물론 그러고말고요, 대령! 물론 그러지요!"

---

* 예전에 도로에 두 줄로 징을 박아 행인들이 건널 자리를 표시한 것. 1932년 스위스에 처음 도입된 방법이었다.

"가스통에게 줄 꽃을 사줘요!"

이런 뻔뻔한 놈을 봤나!

"꽃을 뭘로 샀으면 좋겠소?"

"이것저것 전부 다…! 몽땅 다 가스통을 위해서요…! 장미! 장미요…! 그리고 글라디올러스도 하나 가득…! 만약 싫다고 하면 당신을 죽여버릴 거야…! 장미도 역시 하나 가득 사는 거요, 알았죠…? 장미도 한 아름!"

이놈 말하는 꼬락서니를 봐라! 꿍꿍이가 있다 이거지…! 경찰들이 우리를 지켜보고 있으니… 도로 건너편에서… 맞은편 보도에서… 이 거지 같은 새끼가 또다시 나 때문에 발작을 일으키지나 않나 감시 중이다…! 그가 발작할 경우엔 그들은 맘을 고쳐먹을 테지…! 우리를 태워 데려갈 것이다…! 따라서 나는 꽃을 산다… 복종하는 게 나으리니…! 나는 그가 장미 한 송이를 집도록 내버려둔다… 아니 장미 열 송이를… 그가 원하는 건 뭐든지 다 집도록 허용! 그가 장미만 원하는 게 아니다… 백합도 고르고 싶어 하고… 카네이션까지! 백합은 세 묶음이나…! 그 다음엔 수국 화분도 하나! 그것도 엄청 큰 것으로! 거기다 글라디올러스까지… 나는 상인에게 꽃 값을 치른다… 아무 말도 하지 않고….

"이게 가스통 마음에 들까요?"

그가 희희낙락한다…! 다행히도 내가 가려던 선술집이 보인다… 저기, 맞은편, 딱 정면에…! 징 박힌 횡단보도 하나만 더 건너면 된다!

"저기요! 바로 저기요, 대령!"

다 왔네! 도착이다… 이처럼 꽃을 잔뜩 든 모양새로…! 카운터 앞을 지나면서 나는 설명을 붙인다.

"안쪽으로 앉겠소… 그쵸? 그게 나을 거요…! 이렇게 꽃이 잔뜩이니…! 결혼식이 하나 있어가지고요…!"

안쪽, 내실은 당구 치는 방이다… 방은 어둡다… 아직 당구 치는 사람들이 모일 시간이 아니다… 나는 급사에게도 같은 말을 되풀이한다….

"우리가 같이 결혼식에 갈 일이 있어서요…!"

그, 그러니까 내 옆의 미친놈은 꽃의 효과 때문이냐, 전혀 딴사람이 되어 있다! 온통 들뜬 상태다! 그는 이제 투덜대기를 멈추고… 몹시 즐거워하는 중!

"가스통은 너무너무 만족할 거야, 안 그래요?"

"정말 그럴 거라고 생각되는군요! 정말 그럴 거요!"

"그는 장미를 더 좋아할까요? 아니면 백합?"

"둘 다 아주아주 좋아하지요!"

"그리고 작가들의 경우 그는 그들을 어떤 방식으로 좋아하나요?"

"그는 그들이 다 뒈져버리면 정녕 좋아할 거요!"

"그럼 그의 책들은 다 누가 쓰게?"

질문 하고는!

"아니 바로 선생이 써야지요 대령, 당연히! 오직 선생만이!"

"그가 낼 책들을 전부?"

"어우 농담이 지나치시다! 물론이지요! 딴사람은 아무도 안 돼요!"

"내가 과연 그럴 수 있을까요?"

"어허, 이런, 이런! 그냥 장난일 걸요! 선생에게 그 정돈 그냥 장난!"

"무슨 장난요?"

"이거 왜 이러시나! 내가 이미 선생에게 기술에 관해서 다 얘기해줬는데!"

"아, 맞다! 맞다!"

"그새 다 잊으셨소?"

"오 아니죠! 그럴 리가요…! 아무것도 안 까먹었어요, 정동의 레일이라며! 지하철하고! 말줄임표로 다다다다! 피갈-이시, 요 구간을 단 1분에!"

"그리고 또?"

"마법에 걸린 모든 독자들이랬죠!"

"좋아요! 하지만 그게 다가 아닌데! 그게 다가 아니죠!"

"특별한 단면 윤곽을 갖게 된 문체!"

"정확하군요!"

"또 '정동을 자아내는' 기발한 천재성! 문학의 일대 **혁명!**"

"또? 또 뭐가 있소, 대령?"

"마침내 셀린이 왔도다!"

"좀 더 자신 있게 말해야죠, 대령…! 되는대로 아무

302

렇게나 셸린이라고 읊지 말고…! 마음 깊이 확신을 가져요! 신념을! 신념을 가지고, 대령! 다시 한 번 말해봐요!"

"마침내 셸린이 왔도다!"

"좋소! 바로 그렇게! 그러니까 낫잖소…! 꽤 잘했어요…! 하지만 그것 말고 또 뭐가 있지요…? 내가 선생에게 영화 얘기도 하지 않았던가?"

"했어요! 했지! 했어…! 이제 영화 따위는 다 망했다고…! 정동의 문체가 그걸 싹 죽여버렸다고…!"

"아주 좋소…! 아주 좋아요…!"

"아 참 그건 그렇고 어찌 된 거죠…? 가스통은…? 어쩔 거요…? 가스통은…?"

올 게 왔네…! 다시 시작이다…! 그의 머릿속에 딱 박혀 있는 생각…!

"곧 그를 보러 갈 거요…! 당신한테 맹세도 했는 걸요…!"

그저 발작만 다시 일으키지 않는다면 뭐든 한다…! 보자 하니, 바깥에 경찰들이 왔다…갔다 하고 있다… 그들이 들어와서 난딱 우리를 잡아가는 건, 뭐 일도 아니다! 이 건달 놈이 다시 소란을 떨기 시작한다면…! 도저히 그 다음 사태를 피할 길이 없어진다…! 그러니 이놈 비위를 계속 맞춰주고 있을 수밖에…!

"뭐 하나 마셔요, 대령!"

"오, 그러지요…! 오 그러지요!"

그가 펄쩍 자리에서 일어난다…! 단숨에! 카운터

303

로…! 또다시 내게서 달아났다…! 망할 놈…! 있는 대로 긴장이 풀어졌군! 이제 노래까지 부른다!

"꿀꺽꿀꺽! 꿀꺽꿀꺽! 여기는 라 파리지엔…!* 어이 주인 양반! 재깍 와요! 영차 야호…! 시럽 넣은 백포도주** 하나 주시오…! 그리고 럼주도 큰 걸로 하나…! 반 잔짜리도! 아…! 그리고 블랙커피도 한 잔!"

그가 주문을 넣는다… 그러다 생각을 고친다….

"아니야! 블랙커피는 말고요…! 크림 커피로!"

거기서 그가 술집 주인에게 손가락질로 나를 가리킨다…! 그의 마누라에게도….

"저기 저 사람 말요! 그렇지, 저 사람! 저 작자를 좀 보세요! 똑똑히들 보세요! 저기 저놈요! 저게 내가 그걸 마셨으면 한다니까요…! 살인자 같으니라고!"

"뭘요? 뭘?"

그들이, 술집 주인과 그의 마누라가 서로 수군댄다….

"블랙커피 말이오…! 저놈은 나를 독살하고 싶어 할 걸요…! 틀림없어! 뻔해…! 저게 레일이란 레일의 나사를 몽땅 풀어놨답니다! 신사 숙녀 여러분…! 별것도 아닌 놈이…! 저놈을 잘 봐요! 네…! 저기 저 사람…!"

그들이 나를 쳐다본다… 그리고 나야 항상 기지가 있지 않은가…! 나는 전혀 놀라지 않는다…! 우리는 축하

---

* 이 노래는 『다음번을 위한 몽환극』 1권에서도 이미 인용되었으나 출처를 알 수 없다.
— 원 편집자 주
** 원어로는 'blanc gommé'. 백포도주에 약간의 고무나무 수액 시럽을 섞어 만든 칵테일.

파티 중이랍니다…! 실컷 노는 중이지요…! 나는 내 역할을 한껏 연기한다…! 즐거운 하객, 더 이상 그럴 수 없을 정도로 유쾌한…! 신랑의 들러리…! 그 증거가 바로 이, 커다란 수국! 우리의 화분 아니겠소…! 우리는 엄청 떠들썩 유쾌한 사람들! 그러다 보니 이미 곤드레만드레 취할 대로 취했네요! 자! 그게 전부랍니다! 술집 주인과 안주인은 긴가민가 의아해 하다가… 이내 자기들도 따라 웃는다… 일이 잘 풀린다…! 그들이 웃기 시작한다! 날 따라 온 얼간이는 카운터에서 몸을 흔들기 시작한다! 그가 가득 찬 술잔들을 딱딱 부딪는다… 그러다 하나를 바닥에 쏟는다…! 꽉 찬 잔 하나를! 두 개째…! 그다음 세 개째! 나는 그를 제지하면 안 된다는 손짓을 한다… 그들이 그에게 다시 맥주를 한 잔 따라준다… 이번엔 그가 그것을 마신다… 그러더니 나머지 다른 잔들에 들었던 것들을 자기가 비운 반 리터들이 잔에 전부 붓는다…! 시럽 탄 백포도주, 코냑 큰 것 한 잔, 그것도 모자라 키르슈* 한 잔까지! 그렇다니까, 다른 손님의 키르슈까지도…! "아니 이거 왜이래? 뭐하는 수작이야?" 하고 손님이 버럭 화를 낸다… 아 이런, 그리고 어쨌거나 에스프레소까지도 거기다가…! 모조리 부어 넣는다!

"우리 이만 갈까요? 일어날까요?"

이제 서두를 시간이거든…! 계산을 하고 얼른 날라

* 버찌를 증류한 과일 브랜디의 일종.

305

버려야 한다…!

"이봐요 대령! 이봐요!"

내가 자기 원을 들어주겠다는데도…! 그가 비틀거린다… 나는 속으로 토하려나 본데! 하고 생각한다… 그가 경찰들 앞에서 토하면 어떻게 한다…? 혹은 경찰들에다 대고 토하면…?

"우리 택시를 탈까요, 대령?"

싫단다!

"싫소…! 그리고 내 꽃들 다치지 않게 주의해요!"

나는 화분을 들고… 그는 꽃다발을… 양팔 한가득… 백합, 글라디올러스, 장미… 앞으로도 그의 말을 거역하지는 않을 작정이다!

"화분 놓치지 말아요!"

그가 내게 다시 명령한다… 하지만 정작 저 자신은 휘청거리고 비틀거려서… 내가 그의 꽃들을 다시 주워줘야 한다, 멍청한 자식…! 게다가 내가 그를 지탱해주기도 해야 하고…! 나는 그가 걸을 수 있도록 받쳐준다… 사람들이 우리 뒤를 따라오는데… 그가 딸꾹질을 한다… 우리는 퐁 데 자르에 도착하고… 계속 앞으로 나아가는데… 그게 좀처럼 쉽진 않으나 어쨌든 우리는 앞으로 움직인다…! 다 난간이 있는 덕분이다…! 낑낑 깽깽… 나는 그를 난간 쪽으로 민다… 그가 휘청거리는 꼴로 봐선 자칫 버스 밑으로 떨어져 깔릴 수도 있겠기에… 더욱이 난폭한 버스들도 있잖은가…! 사실 나 자신도 몸을 가누기 힘든 형편이었는데… 나는 이렇게 말하고 싶은 심정이다, 서요! 난 지칠 대로 지쳤다고… 내 경우엔, 말하는 게 피곤의 원인이다… 말하는 걸 좋아하지 않아서… 나는 말을 증오한다… 그보다 더 나를 쇠진시키는 건 없는데… 내가 이 머저리 녀석 때문에 그토록 많은 말을 했다니… 해도 이만저만 많이 한 게 아니었지…! 몇 시간을 침 튀겨가며! 정작 쉴 새 없이 지껄였어야 할 사람은 바로 저놈이었는데! 인터비유우 진행자인지 뭔지 빌어먹을 얼간이 같으니라고…! 어디서 저런 놈을 골라 왔는지…! 저 비틀거리는 꼬락서니 하고는, 발이 꼬여 엉킨 건지 어쩐 건지? 저러다 버스 밑으로 훅 쓰러지면? 그것도 꽤 가능한 얘기였다…! 저렇게 이리저리 행로를 벗어나고 있으니…! 느닷없이 아무렇게나! 막돼먹은 놈…! 이미 봐둔 바가 있으니 하는 말이다…! 사람들이 행여 잘못 생각하면 안 되는데! 사람들이 어찌 생각할 것이냐, 치명적이리라… 이놈이 버스 밑에 깔리면, 내가 그를 차도로 밀었다고들 할 것 아닌가…! 인간들의 저의란 건 말도 못 하는 법…! 나는 인간들이 어떤지 안다…! 끔찍하지…! 그들은 당신을 우선 살인자로 본다…! 당신은 오직 그 이유 때문에 그들의 흥미를 끌지…! 그들이 하고 싶은 건 오직 당신을 죽이는 것… 당신의 목을 베게 만드는 것! 내가 그를 물속으로 밀어 넣을 수도 있으리라는 게지… 분명히…! 분명히…! 버스 밑 말고…! 그를 물속으로 떼밀 수도 있다고…! 이 레제다 대령, 일명 Y 교수를…! 분명코…! 내가 그를 휙 날

려버릴 거라고…! 그와 그의 화분과 꽃다발들을…! 강기
슭 너머로! 다리 난간 너머로…! 단숨에 훅…! 이런이런
농담이다! 암 그렇다니까! 나는 그저 웃자고 떠올린 생각
이었다…! 그런데 그 역시 거기에 생각이 미쳤나 보다, 저
놈 또한! 아무렴…! 아무렴…! 그리고 그의 경우는 결코
웃자고 그런 게 아니다…! 그가 "이리 와요! 이리 와봐요!"
라고 한다… 그러더니 내게 덤벼든다…! 악착스럽게! 그
럴 줄 꿈에도 몰랐다…! 정말이다! 정말이야! 이런…! 그
가 두 팔로 내 몸통을 붙든다! 나를 꽉 쥔다! 놓지를 않는
다…! 나는 몸을 뺀다…! 야만인 놈아…! 사람들이 낄낄댄
다! 야 주정뱅이 두 놈이 싸우는데!

"갑시다! 갑시다, 대령!"

사람들 누구도 눈치채서는 안 되지… 장난치는 척
해야 한다…!

"길을 건너죠…! 얼른 길을 건넙시다, 대령! 가스통
이 우리를 기다려요!"

사람들이 끼어든다….

"가스통이 누구요?"

"저 사람 숙부예요! 숙부!"

내 이미 저들에게 말했는데! 그러니 그들도 이제 나
좀 가만 내버려두길…! 나는 학사원*의 시계 판이 몇 시를

---

* Institut de France. 케 드 콩티에 위치한 프랑스 국립 학술 단체. 최초 설립 시기는
17세기 절대왕정기로 올라간다. 현재 산하에 아카데미프랑세즈(국립 학술원)를 포함, 총
5개의 아카데미를 두고 있다.

가리키는지 본다… '5시'가 넘었네…! N. R. F.는 '다섯 시'
에 문을 닫는데! 우리는 다리 끝에 도착한다….

"갑시다, 대령…!"

학사원을 지나면 작은 골목길들… 그러고 나면 라
스파유 대로*….

"갑시다, 대령! 가스통이 우릴 기다려요!"

그가 꼼짝달싹 않는 상태로 머물러서는 안 된다…!
그가 놀라서 펄쩍 뛸까봐 내가 얼마나 조심하는지…! 우
리는 이제 '봉 마르셰' 쪽 소공원에 다다른다… 그럭저럭,
간신히… 사람들이 우리 뒤를 따라오고… 대령이 내게 제
안한다….

"어디 잠깐 앉았다 가면 어때요?"

아, 그건 싫다…! 오, 그건 싫어! 나는 소공원은 이제
질렸다…! 또다시 소공원이라니…!

"무슨 소리요, 대령! 무슨 소리! 이제 다 왔는데! 가
스통네 출판사가 바로 앞인데!"

그건 사실이었다…! 3, 4분이면 되는데… 기껏해야!
그는 비틀거리고 있었다… 그는 갈지자로 걷고 있었고…
나 또한 마찬가지… 이 작자는 틀림없이 술에 절어서 그
런 것이었고…! 카운터에서 그렇게 섞어 마셨으니…! 하
지만, 나는 아니다…! 오, 나는 아니지…! 내 경우는 나의

---

* 데 자르 다리(Pont des Arts)에서 세바스티앵보탱 가로 가기 위해 라스파유 대로와
(봉 마르셰 백화점이 있는) 부시코 소공원을 거쳐 가는 것은 지름길이 아니라 돌아가는
행로이다. —원 편집자 주

머리 때문이다…! 그리고 또 너무 많이 지껄여서!

"가스통이 거기 있을까요?"

"내가 맹세했잖소, 대령!"

"그가 꽃들을 마음에 들어 할까요?"

"그는 꽃이라면 어마어마하게 좋아하지요…! 그것들을 손에서 놓쳐버리지 좀 말아요…! 당신은 자꾸 놓치잖아…! 나 봐요, 난 화분을 결코 놓치지 않잖소!"

그건 사실인데, 대령은 자꾸 꽃들을 잃어버리고 있다…! 물론 그가 아직도 꽃을 많이 가지고 있긴 하지만…! 열… 아니 열다섯 묶음이나…!

"표면이란 게 무엇인지 이제 아시겠소? 짐작이 좀 가느냐고요 대령! 당신이 더 이상 존재하지 않게 되는 거요! 아까 말했지요…! 나는 분명히 말했소이다…! 그것은 일종의 혼란이오…! 끔찍함이지…! 당신은 전부 잃어버리고 있소, 대령!"

그는 내 말을 듣고 있지 않고… 그의 귀엔 내 말이 들리지 않고… 우리는 간다… 나는 그의 팔을 단단히 잡는다… 그의 오른팔을… 계속 이런 식으로 가다간 꽃이 하나도 남아나지 않겠다…! 그가 또다시 꽃을 잃어버린다…! 나는 꽃을 줍는다… 사람들이 나를 돕는다… 우리는 그 꽃들을 다시 그의 팔 안에 집어넣는다… 그리고 이러쿵저러쿵 웬 사설들이 그리도 많은지! 샤틀레 광장에서부터 줄곧 우리는 따라오는 사람들이 있으니… 온갖 질문들이 쏟아지는데, 특히 그의 계급에 관해서 그렇다….

"당신은 저 사람이 대령이라고 생각하나요?"

그들은 그것이 궁금하다… 그가 정말로 대령이냐고?

"당신은 의사요…? 당신이…? 당신들은 어디로 가는 거요…? 아깐 결혼식에 간다며…? 병원에 가는 거라며…?"

나는 말을 참 많이도 했었고… 그러다 보니 내용의 앞뒤가 맞지 않기도 했는데… 그걸 미처 깨닫지 못했다… 그들은 어지간히도 알려고 들었다… 모든 걸 속속들이…! 흠! 우리가 목적지에 도착하게 가만 좀 내버려두라고…! 그냥 그게 다일 뿐…! 이제 얼마 남지 않았다… 뒤 박 거리가, 바로 여기고… 교차로, 세바스티앵보탱 가… 다른 출입문이면 안 되는데… '5번지'다…! 자 지금이다, 드디어 안으로 뛰어 들어가면 끝! 시간에 딱 맞춰서! 영차! 그렇게…! 우리 둘만…! 너네, 나머지들은 다 밖에 있어! 이 더러운 염탐꾼들 헛물만 켜는 멍청이 떼거지들아!

"당신들 몇 번지를 찾아가는 거요?"

모든 걸 다 캐물어 알려고 하다니…! 나는 그들에게 소리친다, 엿이나 먹어라…! 그리고 대령 놈에게 한 대 먹인다…! 있는 힘껏…! 그가 휘청거리더니만…! 무릎이 꺾이며 쓰러진다… 그러니까 거의 그런 셈이라고…! 나는 그를 다시 일으키고…! 그는 들고 있던 백합들을 놓친다…! 나는 그에게 그것들을 주워주…는데 그는 그것들을 주는 족족 떨어뜨린다…!

"대령…! 대령!"

나 자신 또한 몸을 이리저리 젓고 있다… 꼭 배를 타

311

고 흔들리는 느낌이다… 하지만 용기를 내야 한다…! 용기를!

"대령…! 다 왔어요…! 도착이라고요! 다 왔어요…!"

또 한차례 떼밀어야 한다…! 우물쭈물하지 말라니까…! 철퍼덕…! 뒤돌아서지 말라고…! 철퍽…! 문 안으로 달려 들어가! 차 드나드는 출입문*을 아예 부숴버려라 대령아…! 우리가 드디어 도착했으니 말이다…! 우리가 이제 R. N. F.인지 N. R. F.인지에 도착했다고…! 나는 그와 함께 다른 편 아치 쪽으로 굴러들어간다…! 껑충…! 거대하기도 하네…! 우리를 뒤따라오던 사람들 또한 따라 들어오려고 한다!

"안 돼요! 안 돼! 안 돼!"

수위가 막아선다! 그리고 나도 막아선다! 다행스럽게도 수위가 아직 있네!

"닫혔어요! 닫힌 시간이라고! 못된 놈들 같으니! 이 웬 잡것들이야! 저리들 가!"

그가 그들을 바깥으로 밀어낸다! 다행스럽게도 수위가 힘이 장사네…! 그들이 단체로 밀어붙이려 한다!

"닫혔다고 하잖아! 망할 놈들아! 닫혔다고!"

그러면서 그가 문을 걸어 잠근다! 크고 육중한 문을! 덜그럭! 찰칵! 찰칵! 어찌나들 씩씩거리는지! 바깥에서 말이다…!

* 위니베르시테 가 방향에 갈리마르 출판사 건물의 차 드나드는 문이 나 있으며, 이 문은 포석이 깔린 안뜰로 이어진다. —원 편집자 주

그들이 문을 두들긴다! 흔들어댄다! 어디 할 수 있는 만큼 해봐라…! 그들은 용을 쓰다가… 마침내 문 두들기는 것을 그만둔다….

"이 사람은 누굽니까?"

수위가 내게 묻는다.

"쉿! 쉿…! 쉿…! 저자 중 하나랍니다…!"

"모르는 얼굴인데…."

"쉿…! 쉿…! 쉿…! 저자라니까요…! 그가 발작 증세를 보여서요…!"

"어디에 무슨 발작이요?"

나는 그에게 시늉을 해보인다. 머리가 이상해요…!

"1914년 전쟁 때 다쳐가지고!"

"아…!"

그에게 설명을 해줘야 한다… 그하고 또 그의 마누라에게도… 이제 그들은 둘이거든… 수위의 마누라가 수위실에서 바깥으로 나와 있다….

"1914년 전쟁 때 대령이었지요!"

"아…! 아…!"

"이 양반이 좀 휴식을 취해야 할 것 같소! 갈리마르 씨가 그를 기다리는데… 그와 약속이 있소!"

"지금요?"

"그렇소!"

"아니 하지만 가스통 씨는 이미 퇴근하셨는데요!"

"우리가 그만 사고가 하나 나서요…! 그것 때문에

약간 늦었소… 사고가 난 바람에…! 하지만 내일 만나면 될 거요! 내일 아침에!"

"어쨌거나 저분이 여기 머물러선 안 돼요!"

"아니, 돼요! 됩니다, 아주머니!"

나는 수위 마누라를 향해 말한다… 이 여편네가 결코 편의를 봐줄 기색이 아니다…! 나는 뻣뻣하게 나온다… 권위가 요구되는 순간이다…!

"저 사람을 어디다 두시려고요?"

"큰 응접실에요…! 그는 그냥 죽 잘 겁니다…! 쉿…! 쉿…!"

"하지만 가스통 씨는 저녁엔 여기 들르지 않아요!"

"아무 상관 없어요…! 그는 저 사람을 내일 만날 거니까…! 말해두는데, 이건 아주 중요한 용건이오…!"

그들은 내 말을 별로 믿지 않는 눈치다….

"저 위층으로 가신다고요? 위층에?"

일일이 설명하자니 원…! 그냥 생략한다…!

"알겠소! 그럼 여기로 하지요…! 이 사람을 좀 눕힙시다!"

나는 결정을 내린다.

"이 사람이 잠 좀 자도록…! 이 사람은 자야 해요!"

그는 자리에 선 채로 이미 자고 있다… 이미 코를 골고 있다고…! 거기, 나와 수위 사이에서… 우리 둘이 그를 지탱하고 있었다….

"그리고 아주머니, 아주머니는 이 꽃들을 좀 받아주

314

시오!"

"이것들을 어디다 둘까요?"

"물에다 담가둬요!"

"그럼 그 화분은요?"

"가스통 씨 방에 올려놓으시구려! 그의 방에…! 집무실 안에! 그의 책상 위에!"*

"그럼 저 사람은요, 저렇게 천장 밑에 떡하니 놔두나요?"

약간 망설이다가….

"수위실 안은 어떻겠소? 거기 양탄자 위에 눕히면?"

나는 제안해본다….

"선생님 말론 아픈 사람이라니… 병원이 차라리 낫지 않겠어요?"

"아니! 아니! 그건 안 될 말이오! 갈리마르 씨가 저 사람을 만나고자 하니까요! 무엇보다도!"

이러고저러고 하지 않을 작정이다…!

"그는 약속을 잡았소! 분명히 말하는데! 약속을 한 상태라고요! 당신들은 저 사람이 토할까 겁나는 거지요!"

뭐가 문제인지 알겠다…! 자기네 양탄자가 더러워질까 봐 꺼리는 거네!

"아주머니, 가서 베개를 하나 가져오세요! 담요도 하나! 저 사람이 폐렴에 걸리면 안 되니까요! 그리고 머리

* 원문은 "dans le bureau! sur son bureau!". 'bureau'에 '집무실(사무실)'과 '책상'이라는 의미가 둘 다 있기 때문에 나온 말장난.

를 이렇게 맨바닥에 놓는 거요!"

이 사람들이 자신들의 책임감을 느껴야 한다!

"그가 자도록 해야 합니다! 그가 자도록 해야 한다고요!"

두 사람은 쑥덕이고 있었다… 어찌해야 하나 하는 중이었다….

"자! 어서! 갈리마르 씨가 저 사람을 기다린다고요!"

나는 수위 여편네를 붙잡아서는… 등을 떠밀고… 그녀가 올라간다… 위에 층이 하나 있다… 그녀 소리가 들린다….

"담요!"

그녀가 되돌아가 담요를 하나 찾아온다… 됐다…! 이놈의 대령은 코를 골고 있다… 우리는 그를 맨바닥에 눕힌다… 그가 딱딱한 바닥에서 코를 곤다…! 그의 상태가 그다지 좋지는 않지만 그래도 자고 있으니…! 베개며 담요도 있고…! 그는 포석이 깔린 맨바닥에 그대로 누워 있다! 딱딱한 바닥에! 나는 이 점을 말해둔다…! 이 모든 것이 똑바로 알려져야 하거든…! 그들이 잘 기억해야 할 점은, 모든 사람들이 똑똑히 기억해야 할 점은 이게 다 내 덕이란 사실…! 그들, 수위 부부는 그를 그냥 담요 없이 내버려두려 했다…! 대령이 오줌을 싸는지 그의 아랫도리를 살펴보니… 더 이상 오줌을 싸지 않는다…! 맥박을 재어보자… 75라… 정상 맥박이군…! 이제 사람들도 더 이상 문을 두드려대지 않았다….

"밖에 아직도 누군가가 있소?"

나는 물어본다… 수위가 문을 살짝 열고… 밖을 내다본다….

"아니요…! 아무도 없는데요…!"

"지금 몇 십니까?"

"열 시요…!"

"알았소! 나는 집으로 올라가보겠소…! 그리 오래 걸리지 않을 거요! 환자 하나를 봐야 해서요…! 갔다 다시 내려오리다."

나는 결심을 한다! 내게는 나대로 생각이 있다… 몽마르트르로 갔다가 되돌아오는 것…!*

"꽃은 안 가지고 가시게요?"

아, 이 꽃들!

"아니요! 아니요! 꽃들은 물에 담가두시오! 내가 이미 말했잖아요!"

"그럼 수국은요?"

---

* 이 이야기는 어느 모로 보나 실제 현장에서 벌어진 현실을 포착한 듯한 외관을 띠고 있다. 그러나 끝부분에 이르러 셀린은 자신이 계속 몽마르트르에 살고 있는 것으로 해둠으로써 혼란을 불러일으킨다. 그는 1944년 6월 이후로는 몽마르트르에 돌아가지 않았기 때문이다. 이 같은 단언은 이어지는 페이지에서도 "나는 다시 내려갈 것이다" 라든가 "나는 걸어서 올라갔다", "클리시 광장… 벤치 위" 같은 지시문을 통해 계속 연장된다. —원 편집자 주
[프랑스에 되돌아온 이후 셀린은 죽음을 맞기 전까지 파리 남서쪽 교외의 뫼동에 살았다. 몽마르트르가 파리 북쪽 언덕 지형인 것과 마찬가지로 뫼동의 고지대에 위치한 셀린의 집 또한 탁 트인 전망을 통해 파리가 내려다보이는 곳이었다. 남쪽에 대해 북쪽, 폐색에 대해 탁 트인 전망, 더위에 대해 추위. 그런 것이 셀린의 상상력이 애호하는 지향점들이었다.]

"갈리마르 씨의 집무실에!"

"확실히 생각이 그러신 거예요? 그럴 작정이세요?"

"아니 글쎄 그 둘은 서로 아는 사이라니까요…! 이거 또다시 되풀이해야 하나! 갈리마르 씨가 저 사람을 기다린다고요!"

"우린 저분을 한 번도 본 적이 없는 걸요!"

"나중에 설명해줄게요…! 내 곧 다시 올 거요!"

나는 그들이 갈팡질팡하도록 내버려둔다… 그리고 슬쩍 자리를 뜬다…! 차 드나드는 문으로… 길로… 영차…! 나는 약간 갈지자로 비틀거린다… 밤이고… 서둘러야 한다…! 급하다…! 내가 숙고할 수 있는 장소는 오직 내 집뿐… 바깥에서는 아무것도 할 수 없고 오직 내 집에서만…! 그런 후 다시 내려와서… 이리로 되돌아올 것이다… 틀림없이! 그럴 거라고! 나는 이걸 좀 다듬을 작정이다, 그러니까 이 인터비유우를 내가 직접! 내 집에서! 이 망할 놈의 인터비유우를…! 내가 직접…! 대령 저자는 다시 눈을 뜬 후 나한테 또 무슨 곤란을 안길까…? 맙소사! 레제다 저놈은! 나는 중상모략이 무엇인지 좀 안다! 여러분, 바로 당신들이 증인이렷다…? 당신들은 전부 다봤지 않은가…! 똑똑히…! 이 모든 것이 참이라고 증언해줄 수 있지…? 그런데 저 작자, 대령은 과연 어떤 식으로 나를 골탕 먹이려 들까? 잠에서 깨어나면! 술주정뱅이 같으니! 지하철 이야기…! 정동의 레일…! 택시…! 그가 나를 위해 그 모든 걸 잘 다듬어줄 수 있겠는가 말이다! 그

318

리고 또 샤틀레 광장에서의 목욕은 대체 다 뭔가…! 문체의 혁명도…! 또 영화의 죽음도! 퍽도 훌륭하게 하겠다…! 저 작자가 내게 입에 담도록 부추긴 온갖 추접한 말들을 떠올리면! 폴랑하고 말다툼하기에 딱이다! 가스통하고도! 그리고 다른 사람들 전부와도! 출판사 전체와! 저 더러운 가짜 인간, Y 교수, 대령! 그가 내게 집중적으로 투사한 증오심이란…! 주정뱅이 같으니…! 당신들도 그가 처마시는 꼴 봤지? 그건 그렇고 집까지 다시 올라가려면 택시를 잡아탔어야 했나…? 열려 있는 지하철이 더 이상 하나도 없었다…! 단 하나도…! 철책이 내려졌다…! 죄다 걸어서 올라왔지 뭔가…! 당신들 내 말을 믿는지? 그랬다니까! 홀랑 걸어서…! 오밤중에… 자 나는 이런 인간이다, 용기로 치자면… 뿐인가, 아마 더 불구인데도, 아니 정말이라니까…! 정말 그렇다, 따져보면 내가 더 불구라고…! 레제다 대령보다…! 나를 정말로 녹초로 만들어버린 저 썩을 놈의 인터비유우 진행자보다! 나를 다 망가뜨리고, 끝장냈다, 그렇게도 말할 수 있을 그보다…! 비뚤어진 멍텅구리! 가짜 궁둥짝 같은 위선의 걸작…! 게다가 술병이나 빼는 주정뱅이…! 나는 충분히 경계할 수도 있었는데! 오, 위험한 놈! 내가 벤치에 앉아 떠올렸던 건 대충 그런 생각들… 클리시 광장에서… 나는 나 자신에게 약간의 휴식 시간을 주고 있었고… 몇 시나 되었을꼬…? 새벽 두 시…? 집은 또 어떻게 다시 찾아간다…? 그런데? 대체…? 오, 어쨌든 갈 거다! 일단 저 위까지 가면 그다음엔 오래 걸리지 않을 게다… 내겐 글을 작성하는 일 따윈 아무것도 아니니까… 하지만 그 전에 먼저 생각을 좀 해야 한다…! 오래는 말고…! 그래, 오래는 말고… 한 30분 정도… 게다가 나는 내 집에서만 생각을 할 수 있으니까…! 내 집…? 내 집이라고…? 나도 더 이상 확신이 들지 않았다…! 다시 갈 수 있었으려나…? 없었으려나…? 확실한 건, 부랴부랴 서둘러야 했다는 사실뿐…! 후다닥, 달려라! 다가닥다가닥, 얼간아…! 집에 당도할 수 있도록! 그리고 부랴부랴 파리를 다시 가로질러…! 폴랑네 집에 대령보다 먼저 도착할 수 있게끔…! 이 폴랑이란 작자네 집으로…! 저 대령 놈이 눈을 뜨기 전에! 눈뜨면 그놈 역시 원고 작성을 시작할 테니까… 그렇다면요…? 그렇다면 어쩌냐고…? 그러니까 명사 한 분을 만나 뵈어야지! 아레나에 거주하는* 폴랑 말이다…! 아니 고대 원형경기장이 어디 있는지 아는 사람들이 아직도 존재하나요라니! 그건 길 이름이오…! 아, 그렇군요! 음, 그렇소…! 아레나를 알아볼 수 있어야 하는데! 원 제기랄! 카이사르가 세운! 루크레티우스, 아니 뤼테스…!** 그러면 그건 불행한 사태가 될 텐데

---

* 장 폴랑은 데 자렌 가(rue des Arènes)에 거주했다. 이 길의 이름은 그것이 뤼테스 원형경기장을 따라 뻗어 있는 데서 연원한 것이다. —원 편집자 주
** 파리 5구 식물원 부근에 있는 고대 원형경기장 유적. 파리가 로마 식민 지배를 받던 시절의 자취이다. 뤼테스는 파리의 옛 이름이기도 하다. 덧붙이자면, 셀린은 종종 이 고대 원형경기장에서 열렸던 검투사와 맹수 간의 목숨을 건 대결이 로마인들의 열광적인 오락거리였던 점을 들며 인간의 살육 본능을 상기하곤 했다. 뒤에 이어지는 "그러면 그건 불행한 사태"이리라는 구절도 그런 맥락에서 이해될 수 있다.

요! 약간은 그렇소이다!

　나는 폴랑에게 이렇게 말하리라. "우리 둘이 작성한 거요! 자 서류 여기 있소! 우리가 합의한 바이지요!" 나는 같은 내용을 가스통에게도 고할 것이다. "대령은 그다지 상태가 좋지 않아서요…! 그도 나와 동의했소! 우리 둘을 대표해 내가 서명하는 거요…!" 그러자면 내가 먼저 당도 해야 한다, 망할! 아무 문제 없이! 내가 그를 앞질러야 해, 아레나고 아니고 간에, 저 추접스런 모사꾼 가짜 돼지 녀석을 확실히…! 그자는 혹시 낮에만 오줌을 싸는 걸까…? 대체…? 대관절…?

　핵심! 핵심은! 내가 헤매면 안 된다는 것! 30쪽… 아니 40쪽 정도를 만들어야 한다는 것, 이 내가…! 인터비유우로는 그 정도가 충분한 양! 그리고 또 읽힐 만한 내용으로! 읽힐 만하게! 결코 다른 것보다 따분하지 않게…! 엄청난 반향을 불러일으킬 만한 인터비유우는 못 되리라, 물론…! 하지만 그렇다고 해서 선풍적인 인기를 끄는 저들의 기관에 수치심을 불러일으키는 물건이 되어서도 안 되지, 그 유명한 『리뷰 뉴 뉴』*며 이르슈, 드리외, 폴랑, 가스통 컴퍼니, 이른바 엘리트들의 촉매제 역할을 하는 곳 아닌가….

　모든 것을 고려해볼 때… 겸허하게 말이다… 하비**의

---

* 앞에서 이미 나왔듯, 나치 점령기에 대독 협력 작가들에 기댄 점을 들어 폐간 조치 당했다 1953년에 이름을 약간 바꾸며 복간된 『신 신비평지』의 내력을 꼬집는 대목. 루이다니엘 이르슈(Louis-Daniel Hirsch)는 갈리마르 출판사의 영업 부문을 담당했다.
** 윌리엄 하비(William Harvey)는 혈액순환의 메커니즘을 발견한 영국의 의학자이다. 그의 회상록 『동물의 심장과 혈액의 운동에 관한 해부학적 연구(Exercitatio de motu

회상록은 고작 열 쪽으로, 라틴어로 쓰인, '혈액순환'에 관한 기술이었지… 왕의 곁에 자리하였으며, 영예를 누리고, 총애를 받았던 그런 그가… 어느샌가 찾는 이 하나도 없게 되고…! 그의 집은 황폐해졌지 않았던가…! 세상 전체가 그에 반대했지…! 열 쪽짜리 짧은 글 하나 때문에…! 그러면? 그러면 어쩐다…? 너무 짧게 쓰는 건 조심스럽게 피해야지… 맞다 갈릴레이를 봐라…! 고작 네 마디 했다…!* 그래서 그가 어떤 대가를 치렀던고…! 잘못했다고 그 얼마나 용서를 빌어야 했나…! 자신의 네 마디 말 때문에…! 무릎을 꿇고…! 나는 여기서 내 것을 다시 읽는바, 자기가 쓴 글은 다시 읽어야 하는 법…! 너무 짧게 되지 않도록 조심해야지… 인터비유우 형식을 빌린 나의 회상록 전체를… 아무리 여러 번 다시 읽어도 결코 충분하지 않다니까…! 오…! 오…! 아니다… 아니야! 어쨌거나… 그렇게까지 멀리 갈 건 없지… 단언컨대! 이 글은 그렇게까지 중요하지는 않거든….

---

cordis』는 53쪽 분량의 글이다. —원 편집자 주
[1628년 발표된 하비의 이 짧은 논문은 그때까지 갈레노스 이론의 지배를 받던 생물학과 의학계에 일대 과학혁명을 일으킨 연구서로 평가된다. 그러나 제임스1세와 찰스1세의 시의를 지낸 그의 탄탄한 이력에도 불구하고 이 이론은 당시에 전혀 인정을 받지 못했다. 하비의 혈액순환론은 그 내용뿐만 아니라 형식의 측면에서도, 즉 기존 이론의 모순을 반박하고 새로운 가설을 제시하며 실험 검증을 통해 그 가설을 입론하는 근대과학적 절차를 밟고 있다는 점에서도 중요한 업적이다.]
* 이탈리아어로는 세 마디 "eppure si muove". 이것이 프랑스어로 번역되면서 네 마디 말 "Et pourtant elle tourney(그래도 그것은 돈다)"가 되었다(이는 지구와 관련된 말로, 갈릴레이가 교회의 압박에 의해 부득이 지구가 태양의 주위로 돈다는 자신의 발견을 취소해야 했을 때 한 것으로 알려져 있다). —원 편집자 주

기갑부대 데투슈 병사의 수첩

졸라에게 바치는 헌사

기갑부대 데투슈 병사의 수첩*

1912년 9월 28일, 루이페르디낭 데투슈는 3년 복무 예정으로 랑부예 주둔군 제12기갑부대에 입대하여 10월 3일 같은 군 내에 배치된다(13번 참조).

따라서 이 내면 일지의 기록은 1913년 11월에서 12월 사이에 이뤄진 것으로(3번과 47번 참조) 추정할 수 있다.

1.** 무엇이 내 생각을 글로 옮겨두도록 부추기는 것인지 나로서는 결코 설명할 수 없을 것이다.

2. 이 페이지들을 읽게 될 이에게.

3. 서글픈 이 11월의 저녁은 13개월 전, 이 매력적인 체류지에서 나를 기다리는 것이 과연 무엇인지 꿈에도 모르는 채 랑부예에 도착했던 때를 다시 떠올리게 한다. 그렇다면 나는 1년 새에 많이 변한 건가. 그런 것 같다.

5. 병영 생활은 더 이상 나를 아, 유감스럽게도 내가 결코 실현할 수 없을 단호한 결심들을 억지로 마음속에 쑤셔 넣고서야 가까스로 벗어났던 그때 그 상태로 빠뜨리지는 않지만, 대신 이제 나는

---

* 본문과 주석은 갈리마르 플레이아드판『셀린 소설집(Céline. Romans)』 III권(1988)에 실린 최종 편집본(『사격장[Casse-pipe]』의 부록 3, 1975)을, 본문 상단의 보충 설명은 그에 앞서 단행본으로 출판된『사격장/기갑부대 데투슈 병사의 수첩(Casse-pipe, suivi du Carnet du cuirassier Destouches)』(갈리마르, 1970)의 편집자 주를 옮긴 것이다.
** 이하의 번호들은 일지를 적은 수첩의 쪽수를 나타낸다.

7. 우리가 보내고 있는 서글픈 나날에 완전히 익숙해진 채로, 마치 새가 공중에, 물고기가 물속에 들어 있듯 우울에 잠겨 살아가고 있으니까.

나는 어떤 과목에서도 이처럼 박식했던 적이 없었다.

9. 읽는 사람이 쉽게 간파할 수 있듯, 파리하고 창백한 이 기록들은 순전히 개인적인 것에 지나지 않으며 여기에는 내 인생 속에 (아마 언젠가는 완결될) 한 시절을, 내가 처음으로 겪은 진정한 고통의 시절을 새겨넣는다는 단 하나의 목적만이 있을 뿐이다. 하지만 아마도 이것이

11. 마지막은 아니겠지. 나는 날들이 흘러가는 대로 무턱대고 이 페이지들을 채워나간다. 페이지들은 날에 따라 혹은 때에 따라 시시각각 달라지는 내 정신 상태를 그대로 반영하며 기록되어갈 것이다. 실제로, 부대에 배치받은 이후 나는 수시로 신체적, 정신적 급변을 겪고 있기 때문이다.

13. 10월 3일. 도착. 위압적인 태도의 하사관들로 넘쳐나는 경비대. 허세 부리는 하사들. 제4소대에 배치. 르모완 중위, 좋은 사람. '쿠종', 심술궂은 위선자—

15. '라그랑주' 남작(성실하고 호인이지만 심적으로 약간 신경과민에 걸린 상태로, 이 때문에 발작을 일으킬 여지가 있음. 원인은 젊은 시절의 과도한 음주에서 찾아야 할 듯).

17. 이처럼 잡다한 참모진에 둘러싸인 채 병영 생활의 첫발을 내딛다. 노쇠한 옛 하사 출신의 세르바도 빼놓

326

을 수 없다… 위선적이고 거칠며, 남부 식의 허풍스런 수다에다

19. 교활함과 기묘한 이기주의를 뒤섞는 자. 어떤 종류의 친절도 그에게는 과분할 것이다. 내 개별적인 근심에 그의 근심이, 또는 그를 봐주고 그의 골칫거리를 면하게 해줘야 하는 통에 내게 생겨나는 근심이 한데 뒤얽혔던 적이 얼마나 여러 번이었나.

21. 돈 꾸는 것에서 도둑질에 이르기까지, 내 눈으로 (굳이) 보고 싶지 않았던 그 일들— 이 모든 것에 스미는 자유, 다시 말해 군대식 교육을 쉽게 받아들이도록 준비시키는 데에는 거의 기여하는 바 없는 그 정신 상태에 대한 깊은 향수.

23. 그토록 기만적으로 경쾌한 보초의 나팔 소리에 맞춰 일어나는 끔찍한 기상 시간이라니, 듣는 이의 머릿속에는 신참의 하루를 향한 적개심과 공포가 떠오를 뿐.

25. 아침 안개 속에 마구간으로 내려가는 이 일들. 계단에서 야단법석을 떠는 구둣발들, 희미한 어둠 속에서 실시하는 마구간 사역. 군대의 일이라, 어쩌면 이리도 고상한 것이더냐. 그중에서도 진짜 희생 행위에 해당하는 것은

27. 아마도 더러운 초롱의 희끄무레한 불빛 아래 똥더미를 치우는 일이 아닐까…? 기병 하사 생도 수업을 받다

29. 피범벅이 된 젊은 하사를 보고 혐오감에 사로잡힌다거나 말에 대한 선천적 공포심 때문에 어느 멍청한

하사로부터 모욕적인 조롱을 듣는 등 도무지 오래 버틸 수가 없었으므로 나는 이 고난으로부터 벗어나게 해줄 유일한 방법일 탈영을 심각하게 고려하기 시작했다.*

31. 글겅이질을 끝내고 다시 올라와 침상에 홀로 남으면 나는 크나큰 절망에 사로잡혀, 열일곱 살이라는 나이에도 불구하고,** 마치 첫 영성체를 받는 여자 아기처럼 울었다. 그러고 나면 나는 나 자신이

33. 텅 빈 듯, 그저 주둥이로만 내 힘을 떠들었을 뿐 사실 내 깊은 속에는 아무것도 없는 듯, 성숙한 남자가 아닌 듯 느껴졌는데 나는 너무 오랫동안 나 자신이 그렇다고 생각해왔던 것이다. 아마도 많은 이들이 나처럼 제 나이에 앞서, 혹은 보다 나이가 많다면 그런 만큼 더더욱

35. 그렇게들 생각하지만, 막상 이와 같은 상황이 닥치면 그들 역시 자신들의 심장이 파도와 모욕, 그리고 이것이 결코 끝나지 않으리라는 믿음으로 요동치는 바다 위의 병처럼 표류하는 것을 느끼게 되리라.

37. 바로 그 점에서 나는 진정으로 고통스러웠다. 현재 겪고 있는 불행 못지않게 남자답지 못한 나의 열등함 때문에, 그리고 그 열등함을 확인하는 데서. 나는 한 달 전 청춘의 힘에 관해

39. 내가 늘어놓았던 거창한 말들이 그저 허풍이었

---

* 어쨌든 루이 데투슈는 생도 과정을 마쳤다. 그는 1913년 5월 5일 기병 하사에 임명되었다.
** 좀 더 정확하게는 만 열여덟 살 반.

고, 궁지에 몰린 나라는 존재는 자기 능력의 절반을 잃어버린 후 그나마 남은 나머지도

41. 그 힘의 소멸을 확인하는 데에나 쓸 수밖에 없게 된 채 딴 곳으로 옮겨진 불행한 자에 지나지 않는다는 느낌이 들었다. 이리하여 내 심연의 한가운데에서 나는 나 자신과 나의 영혼에 대한 얼마간의 탐색에 들게 되었는데, 생각건대 영혼이란

43. 전투에 내맡겨졌을 때에야 [비로소] 온전히 관찰될 수 있는 것이리라. 그런 식으로 우리는 대재난이 일어나면 가장 뛰어난 사회계층에 속한 남자들이 여자들을 짓밟으며

45. 스스로를 부랑자들 중에서도 가장 미천한 자처럼 저급하게 만드는 것을 목격한다. 그와 마찬가지로 나는 돌연 내 영혼이 이전에 나 자신의 확신이 그 위에 덮어두었던 [일말의] 극기주의의 환상을 벗어버리는 것을 보았으며, 그 결과 더 이상 반박할 수 없게 된 사실은 내 영혼의 보잘것없는 [중단]

47. 병영에서 보내는 12월의 어느 일요일 오후보다 더 서글픈 것이 이 세상에 또 있을까? 나를 깊은 우울에 잠기게 하는 이 서글픔으로부터 어찌 됐든 빠져나오기 위해서는

49. 무진 애를 써야 하고 그러면 내게는 나의 영혼이 물컹물컹해진 것처럼, 그리고 그런 상황 속에서만 비로소 내 본연의 모습을 보게 되는 것처럼 느껴진다. [내가] 시적

인 인간인가 [?] 천만에! 그렇게 생각하지 않는다— 다만

51. 내 깊은 곳에는 근본적인 슬픔이 깔려 있어서, 무언가 소일거리를 통해 그것을 쫓아낼 용기를 내지 않으면 슬픔은 이내 거대한 크기로 자라나

53. 마침내 깊은 우울이 지체 없이 나의 근심 전체를 덮고 그 속으로 한데 녹아들며 내 마음속에서 은밀히 나를 괴롭히는 지경에 이르는 것이다.

55. 나는 복잡하고 예민한 감정들을 가졌다— 재치나 섬세함이 조금만 부족해도 나는 충격을 받고 고통을 느끼는데, 그도 그럴 것이 나는

57. 내 마음 깊은 곳에 나 자신에게조차 두려움을 안기는 근본적인 오만함을 숨겨 지니고 있기 때문이다— 나는 군직의 상승과 같이 인공적인 권력을 통해 지배하기를 원치 않으며, 다만

59. 장차, 혹은 가능한 한 빨리 완벽한 인간이 되고 싶다— 언젠가는 그렇게 될 수 있을까? 자기 단련을 허락할 민활한 수행력을 갖추는 데 필요한 자산을 손에 넣을 수 있을까? 내가 원하는 것은 내가 품은 모든 공상을 실현하도록 해줄

61. 행운의 정황을 나 스스로의 수단으로 획득하는 일이다. 아아, 하지만 나는 영원히 자유롭고 혼자이겠지?

63. 아마도 오랫동안 사랑하며 함께할 만한 여자를 찾아내기엔 너무나도 복잡한 마음을 지녔기에. 모르겠다. 그러나 내가 그 무엇보다도 원하는 것은

65. 이런저런 사건들로 충만한 삶을 사는 것이다. 나는 부디 신의 섭리가 나의 길 위에 그것들을 마련해주기를, 지상과 삶 속에 줄곧 무정형의 유일한 극점만을 정해놓을 뿐

67. 스스로의 정신적 단련을 가능하게 해주는 우회로들은 알지 못하는 대다수의 사람들처럼 되지 않기를 희망한다—

69. 삶이 내게 예비해 주었을지도 모를 커다란 위기들을 뚫고 나갈 때 나는 다른 이보다 덜 불행하리라. 나는 알고 깨닫기를 원하니까.

70. 요컨대 나는 오만하다— 이것은 결함일까? 그렇게 생각되지 않는다. 그리고 그것은 내게 환멸을, 혹은 어쩌면 **성공**을 안겨주리라.

1913년

졸라에게 바치는 헌사[*]

인간들은 마땅히 경계해야만 할 죽음의 신비주
의 교도들이다.

졸라에 대해 생각할 때, 그의 작품을 대하는 우리는 약간
거북스러워집니다. 올바른 판단을 내리기엔, 제 말은 그
의 의도들에 대해 그렇다는 겁니다, 그가 아직 우리에게
너무 가까이 있으니까요. 그는 우리에게 친숙한 것들에

[*] 셀린은 1933년 메당(Médan)에서 이 연설문을 발표했다. 이는 그의 문학 경력에서
유일한 대중 연설로, 로베르 드노엘(Robert Denoël)은 1936년 자신이 제작한 소책자
『『외상 죽음』에 대한 옹호(Apologie de *Mort à credit*)』에 이를 삽입하여 출판하였다.
— 원 편집자 주
[에밀 졸라(Émile Zola)는 작가로서의 입지를 다지기 시작한 즈음인 1878년,
파리 북서쪽 근교의 메당에 집을 사들여 매해 여름과 가을을 그곳에서 보냈다. 폴
알렉시스(Paul Alexis), 기 드 모파상(Guy de Maupassant), 조리스카를 위스망스(Joris-
Karl Huysmans) 등의 젊은 추종자들이 메당에 모여들어 모임(메당파[Groupe de
Médan])을 갖고 문집(『메당의 저녁[Les Soirées de Médan]』[1880])을 내면서 자연
메당은 졸라와 자연주의 운동을 상징하는 거점이 되었고, 졸라 사후엔 그의 제자들이
추모회를 여는 장소로 변모했다. 셀린이 첫 소설 『밤 끝으로의 여행』으로 공쿠르상
후보작 명단에 올랐을 때, 이 상의 제창자 중 한 사람이자 심사 위원이었던 자연주의
작가 뤼시앵 데스카브(Lucien Descaves)는 그를 강력히 밀었다. 다시 말해, 데뷔 초
그는 문단에 의해 자신의 의도와 상관없이 자연주의 계열의 작가, 즉 졸라의 후예로
인식되었으며 그런 연유로 1933년의 졸라 추모회에 초대되어 이 글을 발표하게
된다. 졸라의 문학에 대한 통찰 위로 현대 세계에 대한 셀린 자신의 종말론적 시선,
특히 인간의 죽음 본능이 야기하는 전쟁에의 예감을 투사하는 이 기묘한 연설문은
센세이션을 불러일으켰다. 추모사의 관례에서 물러나 사실상 졸라 문학과 자연주의에
종언을 고하고 있기 때문이다. 번역의 저본으로는 셀린의 짧은 글들을 묶은 『견해들에
맞서 문체를(Le Style contre les idées)』(콩플렉스 출판사[Éditions Complexe], 1987),
107~116쪽에 포함된 텍스트를 사용하였다.]

대해 이야기하고 있습니다…. 우리로서는 그것들이 약간은 바뀌어 있었더라면 정말 좋았을 텐데 말이지요.

잠시 사소한 개인적 회상을 해보겠습니다. 1900년 만국박람회가 열렸을 때 우리는 아직 아주 어렸지만, 그럼에도 그에 관해 매우 생생한 기억을 간직하고 있습니다. 그것이 아주 거대하고 난데없는 폭력이었다고 말입니다. 특히나, 또 어디서나 군중의 발길이 끊이지 않았고 먼지의 구름들은 너무나 두터워서 손으로 만질 수 있을 정도였습니다. 끝없이 많은 사람들이 열 지어 행진하며 박람회를 으깨고 짓밟았지요. 기계들이 들어선 진열실까지 삐걱거리며 운행되는 저 자동보도는 또 어땠습니까. 역사상 처음으로 진열실은 이리저리 비틀린 금속들과 거대한 위협들, 잠시 멎은 파국의 징후들로 가득 찼지요. 바야흐로 현대의 삶이 시작되고 있었습니다.

그 이후로, 더 개선된 것은 없습니다. 마찬가지로, 『목로주점(L'Assommoir)』* 이후 우리가 행한 것들 중 그보다 더 나은 것은 없습니다. 만사는 얼마간의 변형만 보였을 뿐 여전히 그대로였습니다. 졸라, 그가 자신의 계승자들을 위해 지나치게 잘 작업한 것일까요? 그게 아니면 신참자들이 자연주의를 겁냈던 것일까요? 그럴 수도 있겠습니다….

오늘날, 우리가 보유, 참조할 수 있게 된 여러 방편

---

* 졸라의 명성을 정점에 이르게 한 그의 1878년 작 소설.

들과 더불어, 졸라의 자연주의는 거의 불가능한 것이 되었습니다. 만약 우리가 삶에 관해 아는 그대로, 우선 자신의 것부터 시작해서 고스란히 이야기한다면, 아마도 우리는 결코 감옥에서 나올 수 없을 겁니다. 삶에 관해 자기자신이 근 20여 년 전부터 이해하고 있는바 그대로를 이야기한다면 그러하리라는 뜻입니다. 자기 시대의 사람들에게 현실의 몇몇 유쾌한 장면을 보여주기 위해서는 졸라에게도 이미 얼마간의 영웅심이 필요했습니다. 오늘날 현실은 아마 아무에게도 허용되지 않을 것입니다. 그러니 우리에게 남은 것은 상징과 꿈뿐입니다! 즉 법이 닿지 않는, 아직까지는 그것이 닿지 못하는 그 모든 전이들 말입니다! 생, 다시 말해 살아 있는 즐거움의 9할이 우리에겐 미지의 것이거나 금지된 것인 만큼, 우리는 결국 우리 삶의 9할을 바로 상징과 꿈들 속에서 보내는 셈입니다. 그 꿈들 역시 언젠가는 내몰려 쫓겨나겠지요. 우리에게 짊어지워진 것은 독재이니까요.

법과 관습, 욕망과 본능들이 서로 뒤얽힌 채 억눌린 저 자신의 지리멸렬함 속에서 인간의 위치는 너무나도 위험하고, 작위적이고, 임의적이며, 너무나 비극적이면서도 동시에 기괴한 것이 되었습니다. 그리하여 문학이 지금처럼 착상하기 쉬운 적도 없었지만, 또한 지금처럼 견디기 어려운 적도 결코 없었을 정도로 말입니다. 우둔한 과민증 환자들이 전 세계 사방에서 우리를 포위하고 있습니다. 아주 작은 충격 하나만 가해져도 그들은 끝 모를 살상의 격동 속에 빠져들 것입니다.

지금 우리는 20세기 동안 지속되어온 고도 문명의 끝에 도달해 있습니다. 그럼에도, 이 진실을 두 달 넘게 버텨낼 수 있을 정치체제는 어디에도 없습니다. 이건 마르크시스트 사회건 우리의 부르주아 파시스트 사회건 모두 마찬가지라고 말하고 싶습니다.

이처럼 전적으로 폭력적이며 지극히 마조히스트적인 사회형태들 속에서 과연 인간은 영속적인 거짓말─점점 더 거창해져가는 반복적, 열광적, 그리고 사람들이 부르는 대로 "전체주의적"인 그 거짓말의 폭력 없이는 존속할 수 없습니다. 이 구속 요건이 없다면 우리의 사회들은 최악의 무정부 상태로 무너져내릴 테지요. 히틀러가 끝이 아닙니다. 우리는 한층 더 광포한 것을 목도하게 될 것입니다. 어쩌면, 이곳에서요. 이 같은 조건들 속에서 자연주의는, 그것이 원하든 원치 않든, 정치적인 것이 됩니다. 사람들이 그것을 쳐서 무너뜨립니다. 일찍이 칼리굴라의 말발굽이 통치했던 자들은 차라리 복된 이들이었던 것인가요!

현재 도처에서 전제주의의 아우성이 먹거리에 강박당한 수많은 사람들, 일상의 의무가 주는 권태, 술, 그리고 억압된 무수한 이들을 찾아 나서고 있습니다. 이 모든 것이 연구와 경험과 사회적 진정성의 출구 전체를 거대한 사도마조히스트적 나르시시즘으로 메워버립니다. 사람들은 저에게 젊음에 대한 이야기를 많이 합니다만, 악덕은 청춘보다 더 심원합니다! 사실 저는 젊음에서 술과 스포츠, 자동차, 구경거리에 대한 열기 어린 결집만을 볼 뿐입니다. 그 외 새로운 것은 전혀 발견되지 않는군요. 젊은이들이란, 적어도 견해라는 측면에서는, 대다수가 여전히 수다스럽고 기회주의적이고 흉포한 쥐 떼 군단들의 뒤나 쫓고 있습니다. 이 점에 관해 공정하게 지적하자면, 청춘은 우리가 여태 그 말에 부여하는 낭만적인 의미로는 더 이상 존재하지 않습니다. 열 살이 지나면 인간의 운명은 적어도 그의 정서적 원동력 차원에서는 거의 고정되는 듯합니다. 그 시기 이후로 우리는 단지 점점 덜 정직하고 점점 더 연극적인 말들을 되풀이하면서 삽니다. '문명'이란 것들도 어쩌면 결국 그와 동일한 운명을 겪는 것일까요? 우리의 문명은 치유 불가능한 전쟁의 광증에 꼼짝달싹 못하고 끼어 있는 것처럼 보입니다. 우리는 이제 일종의 파괴적인 언어 반복 속에서만 살아가고 있습니다. 소위 유럽에서 가장 좋다는 학교들에서 길러지고 교육받은 수많은 개인들의 절대적 광신주의가 그 어떤 썩은 편견들, 부패한 허언들을 키우고 있는지 눈여겨본다면 우리는 인간과 그들 사회의 죽음 본능이 이미 결정적으로 삶 본능을 지배하고 있는 것이 아닌지, 분명코 정당한 질문을 스스로에게 던지게 되는 것입니다. 독일인, 프랑스인, 중국인, 왈라키아인 할 것 없이 모두가요. 독재 체제건 아니건 간에요. 오직 죽음 놀이를 위한 핑계만이 존재할 따름입니다.

자본주의의 영악한 방어 반응이나 극심한 궁핍으

337

로 모든 걸 설명해낼 수 있다면 얼마나 좋겠습니까. 그러나 사안들은 그처럼 단순하지도 않거니와 측정 가능한 것도 아닙니다. 뿌리 깊은 빈곤이나 경찰력의 과중한 압박 같은 것으로는 민족주의로 쏠리는 이 전 세계 차원의 극단적, 공격적, 열광적 집단 쇄도의 이유를 입증할 수 없습니다. 물론 애초부터 완전히 설복되어 있는 신도들에게야 상황을 그 같은 말들로 이해시킬 수 있겠지요. 실제로 열두 달 전 바로 그런 식으로 그들에게 독일에 공산주의의 도래가 확실히 임박했다고들 설명하지 않았습니까. 하지만 정복이나 권력, 각종 수익을 향한 지배계급들의 갈망이 전쟁과 학살에 대한 취향의 근본적 기원이 될 수는 없을 겁니다. 위 사실에 대한 기록에서 모든 얘기가 나왔고 모든 설명이 제시되었으되, 그로 인해 진력이 난 이는 아무도 없었습니다. 현행의 만장일치적 사디슴은 그 무엇보다도 인간 안에, 특히 인간의 집단 속에 뿌리 깊이 자리 잡고 있는 무의 욕망, 거의 불가항력적으로 일치단결하여 죽음을 향하는 이 갈망 어린 조바심의 일종으로부터 발원합니다. 이는, 당연히 교태로 위장한, 천 개의 부인*이지요. 그러나 바로 거기에 완벽히 비밀스러우며 조용한, 그만큼 강력한 굴성(屈性)이 존재하는 것입니다.**

---

* dénégation. 억압되어 있었던 욕망을 자신의 것이 아니라고 부정하는 행위.
** 연설문의 전체적인 논조도 그렇지만 특히 이 문장은 죽음 본능에 대한 프로이트의 정의와 완벽하게 부합한다. 주지하다시피 프로이트 후기 성찰에서 묵직한 비중을 차지하는 죽음 본능은 (소란스런 삶 본능에 반해) 소리 없는, 그러나 그 침묵 밑에서 부단하게 또 불가항력적으로 움직이는 균열 자질로 설명된다. 삶이 아니라 죽음의

정부들은 자신들의 침울한 국민들에 익숙해진 지
오래고, 또 그런 그들에 아주 잘 적응해 있습니다. 그것들
은 그들의 심리에 일어나는 모든 변화를 두려워합니다.
그저 꼭두각시나 주문형 암살자, 맞춤형 희생양만 볼 수
있기를 바라는 거지요. 자유주의자든 마르크시스트든 파
시스트든, 단 한 가지 점에서만은 의견 일치를 보는바, 군

본능이, 죽음의 진행이 주(主)다. 그 곁에서 생은 차라리 우발로 보일 정도로. 셀린은
자신의 세계관에 상응하는 프로이트의 정의를 (거의 직관적으로) 정확히 이해하고
있어서, 그의 초기 두 소설 즉『밤 끝으로의 여행』과『외상 죽음』은 마치 그 이론 틀을
작품에 면밀히 투입, 적용한 경우로 보일 정도다. 죽음 본능과 관련하여 들뢰즈는
소역사적-체세포적(somatique) 유전이라 할 수 있는 '작은 유전'과 대역사적-
생식세포적(germinal) 유전이라 할 수 있는 '큰 유전', 이 두 원환의 공존, 간섭으로
졸라의 작품 세계를 설명하면서(『의미의 논리[Logique du sens]』[1969]의 부록인
「졸라와 균열[Zola et la fêlure]」) 셀린의 용어와 표현들을 교묘히 전유한 바 있는데,
이는 졸라와 셀린의 비교 가능성을 다시 한 번 환기시키는 흥미로운 분석이다(그에
따르면, 과학적 지식이 상상의 항로로 들어가는 과정에서 졸라의 소설은 드라마와
에포스[epos, '서사시']를 통합한다. 작은 유전이 드라마의 차원에서 알코올의존증이나
성적 타락 등 삶의 조건이나 종족적 거푸집에 의해 결정된 자질들을 대물림한다면
큰 유전, 즉 균열은 삶이나 세대를 초월하여 서사시의 차원에서, 소리 없이, '균열 그
자체'―무를 향한 죽음 본능―를 전수한다는 것이다). 훨씬 더 일반적인 관점에서는
이 둘의 관계를 이렇게 요약할 수 있다. 기계(가령 근대산업화를 대변하는 기차)의
힘과 속도, 그리고 과학기술의 진보가 자연(유전)과 '인간 짐승'의 죽음 본능을 싣고
어떤 식으로 역사 속을 맹진하는지, 졸라의 실험소설이 먼저 제2제정기를 배경으로
그 프레스코화를 그려냈다면, 셀린은 그 연장선상에서(제3공화정) 이 '기차'가 봉착한
비극적 종말을 증언한다. 독일 연대기 3부작을, 어지러운 기차들의 행렬이 누비고
지나간다. 기차들은 유태인들을 가둔 채 라거로, 아우슈비츠-비르케나우의 가스실로
달려가거나, 대독 협력자들과 반유태주의자들을 태우고 독일 남부 지그마린겐이라는
막다른 장소에 다다른다. 물론 셀린의 증언은 전자가 아니라(그에 대해 함구하면서),
자신의 경험대로, 후자를 따라간다. 드레퓌스 편이면서 기술의 진보와 자연과학적
실험에 대해 낙관적 신뢰를 보였던 졸라는 졸라가 할 수 있는 식으로, 아직 자신의
이데올로기적 성향을 드러내 보이지 않으면서(1933년이면 셀린이 좌파 내지 극좌파의
작가로 이해되던 시절이다) 선배 거장의 비전을 조명할 계제에 자기 자신의 비전을 비춰
보이는 셀린은 셀린대로, 각각 자신의 자리에서 심연을 본다. 명징함 속의 애매함, 혹은
그 역(逆)에 의지하여.

인들이 바로 그것이지요! 그 이상이나 이하는 없습니다. 정부들은 절대적으로 평화주의*를 신봉하는 국민들로는 진정 무얼 해야 할지 모르나 봅니다….

만약 우리의 스승들이 이 실용적인 암묵적 합의에 도달했다면 그것은 아마도 어쨌거나 인간의 영혼이 결정적으로는 이러한 자살의 형태로 결정화(結晶化)되었기 때문일 것입니다.

한 마리 동물(animal)로부터는 부드러움과 이성을 통해 모든 것을 얻어낼 수 있지만 집단의 거대한 열광과 군중의 지속적인 광분은 거의 언제나 짐승 같은 어리석음(bêtise)과 난폭함을 통해 촉진되고, 자극되고, 유지됩니다.** 졸라는 자신의 작품에서 이와 동일한 사회문제들을 대면할 필요가 전혀 없었습니다. 이런 전제적 형태로 나타나는 것들은 더욱더요. 그 당시엔 대단히 새로운 것이었던 과학에 대한 신뢰가 졸라 시대의 작가들에게 어떤 사회적 신념을, '낙관주의자'가 될 하나의 이유를 생각해낼 수 있도록 했었지요. 졸라는 덕을 믿었고 죄진 자에

---

* 셀린이 자신의 반유태주의의 근거로 삼은 것이 이 평화주의적 입장이다. 뒤집어 말해 유태주의나 유태인이라는 말이 그에게는 유럽인 말살과 집단 살육을 부추기고 선동하는 호전주의의 동의어로 이해되었다.

** 동물(animal)과 짐승(bête)의 차이에 주목할 것. (예컨대 '인간 짐승[bête humaine]'이라고 했을 때 그런 것처럼) 'bêtise(어리석음, 또는 그런 의미에서의 짐승 같음)'는 동물이 아니라 인간만이 가진, 인간에게 고유한 특질이다(들뢰즈). 이 두 차이에 대한 지적을 발단 삼아 들뢰즈의 성찰 한 줄기가 전개되며―수치심의 문제와 그에 대한 저항으로서의 동물-되기(가령 프리모 레비[Primo Levi]의 경우), 정신분석에 대한 비판(『반[反]오이디푸스[Anti-Œdipe]』…) 등―이를 받아 데리다 역시 깊이 있는 사유를 전개하게 될 것이다.

게 두려움을 느끼게 하려 했지만, 그러나 그를 절망에 빠뜨릴 생각은 하지 않았습니다. 오늘날 우리는 희생된 자는 언제나 그 사실로부터 순교자를, 그리고 그 이상의 것을 재차 요청한다는 사실을 알고 있습니다. 과연 우리는 어리석지 않고도 우리의 글 속에 어떤 신의 섭리의 형상을 그려낼 권리를 여전히 갖고 있는 것일까요? 아마도 그럴 수 있으려면 신앙심이 매우 강건해야만 할 것입니다. 인간의 운명을 파고들면 들수록 모든 것은 점점 더 비극적이고 돌이킬 수 없는 것이 되어갑니다. 있는 그대로의 그것을 살아내기 위해 막연한 상상은 그만두라고 합시다…. 우리는 그것을 발견하는 중입니다. 아직 그 사실을 털어놓으려고는 하지 않지만요. 우리의 음악이 비극적인 쪽으로 변해간다면 다 그럴 이유가 있어서겠지요. 오늘날 말들은, 우리 음악이 그렇듯, 졸라의 시대보다 훨씬 더 멀리 가고 있습니다. 우리는 이제 분석이 아니라 감수성을 통해서, 요컨대 '안으로부터(du dedans)' 작업합니다. 우리의 말들은 본능들의 영역에까지 향하고 때때로 그것들에 가닿지만, 그러나 그와 동시에, 우리가 깨달은 바로는, 우리의 능력은 영원히 거기서 멈춥니다.

우리의 쿠포는 더 이상 처음의 쿠포*만큼 마셔대지 않습니다. 그는 이제 교육을 받은 사람인 겁니다…. 대신 그는 훨씬 더 많은 헛소리를 늘어놓습니다. 그의 섬망증

---

* Coupeau. 『목로주점』의 등장인물. 근면하고 성실했으나 차츰 술에 절고 게으름과 방탕에 빠져 파멸한다.

은 이제 열세 대의 전화기를 갖춘 표준형 사무실입니다. 그는 사람들에게 이런저런 명령을 내립니다. 여자들을 좋아하지는 않지요. 그는 용감하기도 합니다. 사람들이 그를 한껏 치켜세워 줍니다.

인간의 유희에서 죽음 본능, 이 침묵의 본능은 확실히 자리를 잘 잡은 듯합니다. 이기주의 바로 옆에요. 그것은 룰렛 판에서 제로의 자리를 차지하고 있습니다. 카지노는 언제나 이깁니다. 죽음도 그렇습니다. 큰 수의 법칙이 그것을 위해 일합니다. 결함이라곤 없는 법칙이지요. 우리가 이런저런 방식으로 계획하는 모든 것은 아주 일찌감치 그것에 부딪히며, 그러면 모든 것은 증오로, 음울로, 웃음거리로 변합니다. 땅 위에, 물 위에, 대기 중에, 현재에, 그리고 미래에, 문제 되는 것이라곤 오직 죽음뿐인 시대에* 죽음 이외의 것에 대해 말할 수 있으려면 정녕 기묘한 방식으로 재능을 타고나야 할 것입니다. 우리가 아직도 묘지로 뮈제트** 춤을 추러 갈 수도 있고, 도살장에서 사랑 얘기를 할 수도 있으며, 희극작가는 여전히 자신의 기회를 지니고 있다는 걸 저도 압니다. 그러나 그건 부득이한 경우일 뿐입니다.

언젠가 우리가, 우리 문명이 이해하고 원하며 머지

---

* 1차 대전의 발발과 좋았던 옛 시대의 종말. 부르주아 신화의 퇴락. 파산과 파멸로 치닫는 근대. 대공황. 나치즘 및 파시즘의 대두. 또다시 확산되는 전운. 이런 죽음의 기미들이 간전기와 1930년대를 특징짓는다.
** 3박자의 목가적인 고전 춤곡.

않아 요구하게 될 바로 그런 의미에서, 정상이 되고 나면, 우리는 또한 심술궂음으로 인해서 완벽히 파멸하고 말 거란 생각이 듭니다. 소일거리를 위해 우리에게 남겨질 것이라곤 오직 파괴 본능뿐일 겁니다. 학교 다닐 때부터 길러지는 것도 바로 그것이고, 아직껏 삶이라 명명되는 것이 이어지는 내내 우리가 유지 관리하는 것도 바로 그것이니까요. 아홉 줄의 범죄와 한 줄의 권태. 우리는 합창하면서, 결국 쾌감을 느끼며, 오십 세기를 바쳐 온갖 규약과 불안의 철조망으로 둘러쳤던 세계 속에서 다 함께 멸망할 것입니다.

어쨌거나, 에밀 졸라를 향해 최상의 경의를 표할 때가 된 것 같군요. 거대한 퇴각, 또 하나의 퇴각 전야에 말입니다. 그를 모방하거나 뒤따르는 것은 더 이상 관건이 아닙니다. 우리로서는 영혼의 위대한 움직임을 창조하는 재주도, 힘도, 신념도 갖고 있지 못한 것이 명백하니까요. 반면 졸라라 한들 우리를 판단할 힘이 있었을까요? 그가 떠난 이후로 우리는 영혼에 관해 기묘한 것들을 배웠습니다.

인간들의 길은 단 하나의 방향을 향합니다. 죽음이 모든 카페를 점령하고 있으니, 우리를 유인하고 감시하는 것은 '피의' 블로트*입니다.

우리가 보기에, 어떤 면에서 졸라의 작품은 그토록 견고하며 여전히 생동감이 넘쳤던 파스퇴르의 작품과 두

---

* belote. 32장의 카드를 가지고 하는 게임의 하나.

어 가지 유사점을 지닙니다. 글로 전환된 이 두 사람에게서 우리는 동일한 종류의 면밀한 창작 기술과 실험적 성실함에 대한 배려, 그리고 무엇보다도, 이것은 서사시인으로 변모했을 때의 졸라에게 해당되는데, 경이로운 증명 능력을 발견합니다. 아마도 우리 시대에 이것들은 너무나 과분한 요건들일 테지요. 드레퓌스사건을 견디기 위해선 다량의 자유주의가 필요했습니다. 그리고 우리는 어찌 됐든 아카데믹했던 그 시대로부터 멀리 와 있습니다.

일련의 전통에 의하면, 저는 제 이 보잘것없는 글을 선의와 낙관의 어조로 끝맺어야 했을 겁니다. 하지만 지금 우리가 처한 조건들 속에서 대체 자연주의에 대해 무엇을 희망할 수 있단 말입니까? 전부 아니면 전무이겠지요. 아마 전무가 맞을 것입니다. 오늘날 각종 정신적 분규들은, 오랫동안 용인되기엔, 집단을 지나치게 가까이서 제어하고 있으니까요. 이 세계에서 의혹은 점차 사라져가는 중입니다. 우리는 의심하는 이들을 죽임으로써 그것을 없앱니다. 가장 확실한 방법이지요.

나는 내 주변에서 "정신"이라는 말만 들려도 침을 뱉을 것이다! 하는 식으로, 최근에 등장한 한 독재자는 우리에게 경고한 바 있습니다.* 그는 그걸로 격찬까지 받았지

---

* 아마도 히틀러. 힌덴부르크 대통령에 의해 1933년 1월 30일 총리 자리에 오른 히틀러는 보수 세력 및 군부의 지지를 기반으로 좌파를 탄압하는 한편 바이마르공화국의 무능을 역설하면서 인기를 얻었으며, 같은 해 7월에 일당독재 체제를 확립하였다. 셀린이 메당에서 졸라를 기리는 연설을 한 날은 10월 1일이었다. 1934년 8월에 힌덴부르크 대통령이 사망하자 히틀러는 국민투표를 통해 대통령직과 총리직을 겸하면서

요. 우리가 이 하등한 고릴라에게 '자연주의'에 관해 이야기한다면 그는 대체 어떤 행동을 보일까요? 자문하게 됩니다.

졸라 이후로, 인간을 둘러싼 악몽은 단지 명확해졌을 뿐만 아니라 공식적인 것이 되었습니다. 우리의 '신들'은 강력해지면 강력해질수록 점점 더 사나워지고, 시샘이 많아지고, 어리석어집니다. 그리고 그들은 스스로를 집결합니다. 그들에게 무어라 말해야 합니까? 우리는 더 이상 아무것도 이해할 수 없습니다.

전 세계의 국가들이 자연주의 유파를 금지하는 순간이 올 때, 그때면 이미 그것은 제 할 바를 다 끝낸 후일 거라고 저는 생각합니다.

그것이 자연주의에 주어진 운명이지요.

1933년

총통(Führer)의 자리에 올랐다. 셸린은 정치적 팸플릿에서 유태인들의 호전적 위험에 맞서 독일과 협력할 것을 주장하였지만 히틀러에 대해서는 초기부터 조롱과 비난을 가했다.

옮긴이의 글
너울너울 잠잠

"무슨 꽃을 좋아하세요?" "모두 다 좋아요, 고 조그
만 것들은…." "좋아하는 새는요?" "앵무새… 익살
스런 놈이오… 우리를 위해서 저 자신에게 고통을
주지요…."*

어쩌다 보니 셀린으로 학위논문을 썼다. 어떤 작가를 전
공으로 삼아 오랫동안 붙잡고 있으면 설명할 말들, 알고
있는 것들이 많아지나. 그럴 리가. 그건 외려 설명할 것도,
딱히 알고 있는 것도 없다는 사실을 깨닫게 해준다. 한때
는 셀린이 말년을 보내고 죽었던 뫼동에서 가까운 소도시
에 살기도 했다. '뫼동'과 '무덤'은 울림이 좋고, 서로 어울
림이 있네, 그렇지만 나는 한 번도 뫼동의 마을 묘지로 작
가의 무덤을 구경하러 간 적이 없다. 말하자면 안 가보는
법, 머릿속에 딱따구리처럼 빈 구멍을 내는 법을 익혔다.
빈 머리는 그것이 제 원래 자리에서 떨어져 손에 들려 있
다는 이상한 감각을, 손이 받치고 있는 이 괜한 것을 이쯤
에서 아무 데로나 던져버렸으면 좋겠다는 느낌을 안긴다.
이쯤, 은 대체 언제? 어디서 답이 올 리가 없고, 알지 못하

* 셀린에게 이런 질문을 던지는 기자도 다 있다. 만년에 행해진「자크 이조아르와의
인터뷰(Interview avec Jacques Izoard)」,『셀린 연구지』2권, 갈리마르, 140쪽.

347

는 이의 무덤가에 굉장히 오래, 망연자실 혼자 앉아 있다는 기분 정도가 있다.

　　처음 셀린을 읽기 시작하던 무렵, 그러니까 먼 옛날이다, 사람들이 셀린은 여자(애)가 할 수 있는 작가는 아니라고 일러줬다. 젠장 나도 그렇다고 생각했다. 이성의 잠은 괴물들을 낳네.* 그리고 그것이 불 놓는 전쟁과 군대의 상상력. '여행' 또한 셀린에겐 민족들의 이동(전쟁을 일컫던 옛 표현)과 연루되거나 죄수의 눈으로 세상을 보는 일이지 결코 관광이나 시찰이 아닌 것이다. 그런데, 다른 한편, 루이페르디낭 데투슈가 글을 쓰기 위해선 셀린이란 여자의 이름을, 자기 외할머니의 이름을, 마치 더럽고 낡은 당나귀 가죽처럼 둘러써야만 했던, 그건 그럼 뭐였나. 데투슈의 여자-되기. 나이조차 셀 필요 없을, 세기의 끝과 함께 죽어버린 할망구 되기. 목표로서든 도정으로서든 그런 건 당연히 물리적 경험의 유무 차원에서 접근할 바는 아니다. 그건 가면 뒤에 숨는 일과도 또 다르다. 가령 무참이란 말 앞에선 그것을, 그 단어가 지시하는 바를 정말로 알지 못한다는 사실만으로도 대부분 혀가 안 떨어질 거다. 그것을 직접 보고 살아 나온 사람? 그는 다른 사람이 되어 돌아온다. 죽음이 그렇듯 무참은 무력한 단어고 그것이 무력하게 가리켜 보이려는 내용은 언제나 형용의 바깥으로 넘쳐난다. 요컨대 나나 당신들이건 심지어 숱

---

* 고야, 「로스 카프리초스(Los caprichos)」(1799), 제43번 판화의 명구 "El sueño de la razón produce monstrous"에서.

한 비참을 관통한 셀린의 경우건, 어떤 출발은 온갖 종류의 원천적인 결격으로부터만, 무언가를 도저히 제 것으로 맡을 수 없다는 뼈아픈 자각으로부터만 가능해진다. 중요한 건 점점 더 강해지는 게 아니라 한없이 약해지는 것.* 셀린의 힘, 셀린의 저항력도 거기서 온다. 전쟁과 군대의 상상력은 제게 귀 기울이는 자에게 인간들로부터 오는 끔찍한 죽음으로부터 어떻게든 도피하라고 세차게 부추기지만,** 다른 편에서 글쓰기의 여자-되기(또는 동물-되기, 아이-되기… 뭐가 됐든 어엿한 남자-되기는 아닌 것, 뻣뻣이 선 것의 반대편을 향해 와병해버리는 것)는 그보고 저 가만한 죽음을 향해 줄곧 나아가라고, '죽음' 그 자체가 다가와 마침내 저를 전면적으로 드러내도록 춤추며 그것을 어르라고 타이른다. 도망자는 얼마나 거세게 발버둥 치는가. 추적자는 얼마나 참고 견디는가.*** 전자 즉 가학적 죽음이 불가항력적인 집단적 인간 본능의 발현과 관계있다면 후자는 아무것에도 방해받지 않는 순수한 죽음의 펼쳐짐과, 생의 끝 궁극의 보상과 관련된다고 셀린은 믿었

* "비천함을 피하기 위해서는 동물처럼 (…) 하는 것 외에 다른 방법이 없다. 사유 자체도 때로는 살아 있는 사람보다 죽어가는 동물에 더 가까우니까. 심지어 그 사람이 민주주의자라 할지라도."(질 들뢰즈[Gilles Deleuze], 펠릭스 과타리[Félix Guattari], 『철학이란 무엇인가[Qu'est-ce que la philosophie?]』, 미뉘, 1991, 103쪽)
** "이 세상에서 할 수 있는 제일 나은 일은 거기서 나가는 것, 그것 아닌가? 미쳐서든 아니든, 두려워서든 아니든. (La meilleure des choses à faire, n'est-ce pas, quand on est dans ce monde, c'est d'en sortir? Fou ou pas, peur ou pas.)"(『밤 끝으로의 여행』, 갈리마르 플레이아드판 『셀린 소설집』 I권, 60쪽)
*** cf. patient. 환자, 참고 기다리는 자, 수동자('주체'의 이 본질적 수동성!), 그리고 수형자(사형수). 이 한 단어에 담긴 의미들의 유기성이 사안의 핵심을 보여준다.

다.* 이 둘 사이를 오가는 글쓰기란 존재의 딸꾹질. 꽤나 분주한 절름거림. 그러나 절뚝거리는 것은 죄가 아니리 (프로이트). 우리가 셀린의 탈주를 말할 수 있게 되는 것은 이 두 축이 교차하면서 시간의 선형적 질서(이건 애초부터 '거짓말'이다)가 지그재그 찢기고 끊겨나가는 지점에서부터다. 양 끝으로부터 분출하는 시간. 그 사이로 죽음이 얼비치려는(오, 지나가는 여자, 사라지는 여자가 있다). 더구나, 셀린에 의하면, 누구나 이렇게 떠날 수 있다. 제자리에 앉아서, 혹은 묶이거나 갇힌 채로, 눈만 감으면 돼. 돛도 닻도 다 있다. 눈꺼풀 밑으로 카론의 배가 두둥실 떠오르며 망자들의 시간 여행을 알릴 거다. 처음 『밤 끝으로의 여행』의 제사를 읽었을 때 나는 이렇게 멋진 건 더 없다고 멋대로 생각했으되, 그 구절들에 셀린의, 나아가 셀린 이상의 많은 게 들어 있다는 걸 알아차리지는 못했다.

여행, 그건 참 유용하다. 상상력이 작동하게끔 해주니까. 그 나머지는 전부 실망과 피곤일 뿐. 우리의 이 여행은 완전히 상상적인 것이다. 그게 바로 그것의 힘이다. 그건 삶으로부터 죽음을 향해 간다. 사람들, 짐승들, 도시들과 사물들, 모든 것이 상상된 것

* "내가 보기에 사람은 죽을 허락을 받게 되어 있는 것으로, 들려줄 만한 좋은 얘기를 마련했으면 그때 들어서는 거지요. 그리고 그 이야기를 주고, 그러고서 건너가는 겁니다. 『외상 죽음』이란 상징적으로 그걸 말해요. 삶의 보상은 죽음이니까…"(「장 게노와 자크 다리베오드와의 인터뷰[Entretiens avec Jean Guénot et Jacques Darribehaude]」[1960], 『셀린 연구지』 2권, 166쪽)

이다. 이건 소설이거든. 단지 허구의 이야기에 지나지 않거든. 리트레의 말이고, 리트레는 결코 틀리는 법이 없다. 게다가 무엇보다도 누구나 그 정도는 할 수 있다. 눈만 감으면 된다. 이것은, 삶의 반대편.*

『소설의 이론』(루카치)의 첫머리도 그렇지만, 『외상 죽음』을 읽을 때 나는 잠깐씩 칸트를 떠올리게 된다. 그의 고향 옛 쾨니히스베르크(현 칼리닌그라드)의 묘비에 새겨졌다는 저 유명한 글귀. "그에 대해서 자주 그리고 계속해서 숙고하면 할수록, 점점 더 새롭고 더 큰 경탄과 외경으로 마음을 채우는 두 가지 것이 있다. 그것은 내 위에 빛나는 하늘과 내 안의 도덕법칙이다."(『실천이성비판』) 물끄러미 읽고 있으면 있을수록 마음을 숙연하게 만드는 이 높고 청명한, 마치 세계의 조화로움을 향한 공손한 눈맞춤 같은 이 글귀가 산산조각 나 머리 위로 떨어져내릴 때, 머리와 정신이 무너져 비어져 나온 배의 탐욕스런 우둔함과 합체될 때, 우리가 아는 셀린의 세계가 마구잡이로 닥치지 않는가. 시작도 하기 전에 이미 끝장난 것으로

* 『밤 끝으로의 여행』, 『셀린 소설집』 I권, 2쪽. "Voyager, c'est bien utile, ça fait travailler l'imagination. Tout le reste n'est que deceptions et fatiques. Notre voyage à nous est entièrement imaginaire. Voilà sa force. / Il va de la vie à la mort. Hommes, bêtes, villes et choses, tout est imaginé. C'est un roman, rien qu'une histoire fictive. Littré le dit, qui ne se trompe jamais. / Et puis d'abord tout le monde peut en faire autant. Il suffit de fermer les yeux. / C'est de l'autre côté de la vie." 리트레(Littré, 1801~81)는 사전학자. 어떤 어휘의 의미나 개념을 확인하고자 할 때 리트레 사전의 권위에 기대면 무리가 없고, 실제 대체로 그렇게들 한다.

서. "지난 세기라, 난 그에 관해 말할 수 있다. 그것이 끝나는 걸 보았으니까…."* 발랑시엔, 알랑송, 브뤼허의 섬세한 레이스들이 그것들을 가려내는 눈을 가졌던 사람들과 함께 사라진 후 남은 건 천편일률로 질겨터진 나일론이 풍미하는 세계, 파사주에서 거리의 노래가 사라진 세상이다.** 눈을 감아 밤을 만들면서 셀린은 말한다. 명료한 (lucide) 사유는 본질적으로 종말론적(eschatologique) 사유라고.*** 이 말은 아주 낮은 차원과 아주 높은 차원에서, 그 둘 중 어느 하나가 다른 하나를 극복하거나 제거함 없이, 동시적으로 효력을 발휘한다. 아주 낮은 차원에서 그것이 어떤 귀결을 초래하는지는 굳이 따져보지 않아도 될 것이다. 민족을 놓고, 국가와 역사를 놓고, 종족과 문명의 운명을 제 한 몸에 걸머지고 격하게 혼자 떠드는 분열증적 장광설. 사나운 죽음 케레스/테네브라이****가 날뛰며 그의 정신을 압도한다. 그러나 그 측면을 허물지 않으면서 (놀라운 것은 사실 그 점이다), 오히려 그것을 모터 삼아 더 가열한 추진력을 얻으면서, 똑같은 생각은 제 뒤에 매

---

* 『외상 죽음』, 『셀린 소설집』 I권, 544쪽. "Le siècle dernier je peux en parler, je l'ai vu finir..."
** 셀린은 유년기를 파사주 쇼아쇨에서 보냈고, 그의 외할머니와 어머니는 레이스를 깁거나 태피스트리를 수선하며 골동품상을 꾸렸다.
*** 「마르크 앙레와의 대화(Dialogue avec Marc Hanrez)」(1959), 『셀린 연구지』 2권, 117쪽.
**** Keres, Tenebrae. 그리스인들이 케레스라 부른 것을 로마인들은 테네브라이(암흑)라 불렀다. 그리스신화에서 케레스는 사납고 난폭한 죽음의 망령들. 이 자매들 곁에서 그와 대조적으로, 자신의 쌍둥이 형제인 잠의 신 히프노스(Hypnos)와 짝을 이뤄 부드러운 잠 같은 종말을 주는 죽음의 신이 타나토스(Thanatos)이다.

몰된 시간을 깨우고 그것을 덮고 있는 망각과 기만을 걷어내 그 걷잡을 수 없는 흐름을 제 눈앞으로 돌려 세우려는 끈덕진 수고 또한 가동시킨다. 과거에 고착되고 과거로 회귀하려는 시간을 제 언어를 통해 눈앞에 도래하는 시간으로 전환시키고자 눈썹 끝에 맑게 갠 정신을 모은다. 초미의 시간이여, 시간의 불꽃 다발이여, 와서 터지라. 오라!* 그러기 위해 가늘고 예민하게 벼리는 나의 감각 나의 말 나의 수련(修鍊). 암흑 속에 조그만 빛의 점들을 뚫어가는 첨예하고 무심한 바늘처럼 원한도 증오도 없이. 셀린은 종종 자신이 세련된(raffiné) 인간이라고 일컬어 듣는 사람을 어처구니없게 했는데, 그때 그 세련이 의미하는 내용은 다만 그런 것들이다.** 그리고 그럴 때의 그는 다음 세 항의 질문을 자신의 몫으로 마련하려는 것 같다. 나와 세계의 진실은 무엇일까. 나는 죽음이라는 시간의 끝 얼굴을 바꿀 수 있을까. 나는 인간들의 편에서가 아니라 저 스스로에 의해 오는 순수한 죽음의 도래를 맞을 수 있을까.*** 올곧게 뻗는 직선의 형태로 떠오르는 근대의

---

* "Viens!" 「요한계시록」의 그 쩌렁쩌렁한 명령. 블랑쇼가, 이어 데리다가 천착한 그 기묘한 명령. 도래의 도래(la venue de "Viens!")를 부르고(당기고)-동시에-기다리는(그로부터 멀어지는) 기이한 시간의 생성. 이 사건에 대한 사유가 종말론(eschatologie)이라는 말로 할 수 있는 가장 심원한 사유일 것이다.
** 끝(fin)에 관련된, 끝내기(finir) 위한 이 노력들. 'raffiner'(정련하다, 정제하다), 'affiner'(예리하게 하다, 다듬다).
*** cf. 칸트의 저 아름다운 세 가지 질문들. 나는 무엇을 알 수 있는가. 나는 무엇을 할 수 있는가. 나는 무엇을 희망할 수 있는가.

정언명령이 둥글게 말릴 수도* 있을까. 별들이 머리 위로 무너져내리고 바야흐로 난파하는 시간이 너울로, 파랑으로, 목전으로 몰려들 때. 보이는 어두움 속에서(밀턴). 뜨겁게 타오르는 성흔(stigmata)처럼,** 암연 속 마법사***의 희게 빛나는 손처럼. 안으로 돌면서.

순수한 죽음의 도래…. 프루스트의 몇몇 편지들을 묶은 짧은 서한집****에 장이브 타디에(Jean-Ives Tadié)가 쓴 발문을 훑어보다가 "꽃들의 언어의 문학 전통"이란 표현을 봤다. 꽃들의 말이라, 새들의 언어도 있다. 프루스트에게서도 새의 말들이 점철되지만 셀린에겐 처음부터 끝까지 새들의 지저귐이 역력하다.***** 뿐인가, 셀린이 죽기 전날 완성한 『리고동』의 맨 끝 장면, 도피의 최종 목적지인 덴마크에 가까스로 다다랐되 남은 건 막다른 골목임을 깨닫고 숨겨 준비해온 청산가리가 잘 있나 숲 속 공터에서 남몰

---

* involution(들뢰즈).
** 나는 따라서 이것을, 또 심지어 라캉의 '증환(症幻, sinthome)' 개념마저도, 첼란이 말한 '타오르는 상처(brandmal—낭시를 따르면 의미/감각의 타오름[brûlure du sens)'와 묶어 생각해보는 것이다. 셀린을 생각하면서, 필연적으로, 또 역설적이게도 벤야민, 레비, 첼란을 불러오는 것이다.
*** 의사의 소명에 대해 말할 때에도, 좋아하는 작품 속 인물을 들어달라는 질문 앞에서도 셀린이 인용하는 대상과 역할은 같다. 마법사. 프로스페로(셰익스피어, 「템페스트」).
**** 마르셀 프루스트(Marcel Proust), 『이웃 여인에게 보낸 편지들(Lettres à sa voisine)』, 갈리마르, 2013.
***** 장필리프 라모(Jean-Philippe Rameau)가 작곡한 「새들의 모여듦(Le Rappel des oiseaux)」처럼. 아닌 게 아니라 셀린을 다룬 에세이 하나도 제목을 그것으로 삼고 있다. cf. 필리프 본느피스(Philippe Bonnefis), 『셀린. 새들의 모여듦(Céline. Le Rappel des oiseaux)』, 릴 대학교 출판부(Presse Universitaire de Lille), 1992.

래 더듬어보는 그의 눈앞으로, 갑자기 수많은 새들이 하나둘씩 날아들어온다. 새점(augure)을 치라는 거냐, 이 비현실적인 새들은 다 어디서 날아오는 것일까. 누가 본다면 행여나 그가 "새 부리는 사람(charmeur d'oiseaux), 새 홀리는 자가 아닐까 의심하리라".* 새들의 방언이 호리는 자의, 종말을 보는 자의 말을 짠다. 이쪽저쪽 바지런히 누비는 지빠귀들의 지저귐이 끝을 고하는 투명한 그물코 장막을 드리우는 과정, 마지막으로 그것을 한번 보자. 끝을 맞는 사람의 얼굴을 세상으로부터 분리해 덮어가는 레이스 수의(壽衣), 조용한 죽음과 교환되어야 할 하늘하늘한 이야기의 주렴이 나타나는 것을. 셀린이 늘 강조한 작은 음악으로서의 문체의 특징이 가장 잘 나타나는 예문 한 도막을 나는 어쩐지 원문 그대로 내걸고 싶었다.** 그것이 의미화되고 해석되기 이전에 하나의 형상으로서, 모티프 편물이나 레트린(lettrine)처럼 보는 이의 망막 앞에 너울너울 드리워지기를, 행의 진행을 따라 산 자와 떠나는 자를 가르는 절대적인 영역이 발생하고 있음을 눈꺼풀이 내려 감기듯 느끼기를 바라는 것이다.

---

* 『리고동』, 『셀린 소설집』 II권, 923쪽.
** 『다음번을 위한 몽환극』 1권, 『셀린 소설집』 IV권, 52쪽. 번역으로 제맛을 살리기 힘든, 또 여러 개의 주가 달려야 그 문맥이 비로소 이해될 전형적인 셀린의 후기 문체다. 다만 이 문체에 담긴 비상하는 벌새의 가벼움, 경쾌한 붕붕거림만은 느껴질 수 있기를.

—Oh, mais au fait ! vous évadez !

Ah pas du tout !... c'est la trame du Temps...
le Temps ! La broderie du Temps !... le sang, la
musique, et dentelles !... je vous l'étends, éploye,
déploye... Clamart !... Fulda ! voyez ! mirez !...
Le Temps, la trame !... vous connaîtriez le rouet,
l'endroit où deux et deux font trois... vous seriez
moins ébahi... et puis quatre ! et puis sept, se-
lon !... vous diriez oui... vous seriez aux dessins
du monde, broderies des ondes... peut-être ?...
et non !... plus un petit motif remarquez !... mo-
dulé... jamais un brin de Temps sans note !... la
broderie du Temps est musique... Sourde peut-
être... preste, et puis plus rien... petit coucou,
horloge qui bat, votre cœur, la vague au bord,
le môme qui pleure, l'harpe à Sieyès... minuit !
les douze coups !... douze balles !... le peloton !
l'aventure finie !... et alors ?... le ferrant qu'on
n'entend plus ? la chance !... le fer et le cheval sont
partis !... la rame des galères !... les bruits dispa-
rus et les spectres qu'osent plus rien hanter... plus
un « houhou ! »... les « moulins à eau » tenez !...
pflom !... pflom !... mérovingiens tous !... Ces
rythmes disparus ?... que vous foutent ?... vous
êtes pas mystique, ni chose !... ni Papussien ?... ni
Encaussique ?... vous avez pas connu Delâtre ?...
son atelier sente des Cloys ?... La « Presse Éso-
térique du Sâr » ?... l'endroit est plus rien... gra-
vats... ronces... Montmartre... vous entenderiez
le rossignol, le merle, les mouches, les joueurs de
boules, ça vous évoquerait rien du tout !...

« Gredin ! » vous vous écrieriez !... il nous enfle ! le fripon nous erre !...*

마침내 부리를 다물고 저녁의 나뭇가지에 앉아 저를 제 깃 속에 동그랗게 말아 오므리면, 새도 결국은 꽃인 것을. 새 떼가 잠잠해질 때 눈꺼풀 아래로 찾아드는 소리 없고 꿈 없는 깊은 잠. 시간의, 상처의 아픔. 타나토스 아니 저 지고의 '부인(Dame)'**이 주는 보상. 새들의 아우성이 끝

---

* "오, 하지만 본론은 어찌 되고! 당신 딴 길로 새잖아요!"
  "아 천만에…! 이건 시간의 실타래라오… 시간! 시간의 수(繡)…! 피, 음악, 그리고 레이스…! 나는 당신들 앞에 그걸 펼치고, 널고, 벌여놓소… 클라마르…! 풀다! 좀 봐요! 아른아른 비춰봐요…! 시간을, 이 실타래를! 당신들은 물레바퀴를, 둘에 둘을 합하면 셋이 되는 곳을 알게 될 거요… 당신들 그때 적당히 놀라야 되오… 그다음엔 넷이 되고! 그다음엔 일곱이 되는 곳, 때에 따라서…! 당신들은 그렇다고 끄덕이게 될 거요… 당신들은 세계의 도안 앞에, 일렁임이 놓는 수 앞에 있게 될 거요… 그렇지 않을까…? 에이 이런…! 더 이상 조그만 모티프 한 조각이 아니라니까, 잘 봐요…! 가락이 붙었소… 음 없는 시간의 올은 결코 없는 법! 시간이 놓는 수는 음악이라오… 아마도 들릴 듯 말 듯할… 조르르 빠르게, 그 후엔 아무것도 남지 않는… 작은 뻐꾹새, 울리는 괘종시계, 당신의 심장, 기슭의 파도, 우는 어린애, 시에예스의 하프… 자정이오! 열두 타! 열두 발…! 실꾸리 좀 보소! 모험이 끝났네…! 그러면…? 말굽 소리 이제 들리지 않는 건가? 다행이오…! 편자도 말도 떠나가버렸소…! 갤리선 노 젓는 소리…! 소리들이 사라지고 유령들은 이제 아무 데도 출몰하지 않으려 하네… '우~우!' 소리 이제 없어… 이런 이번엔 '물레방아' 도는 소리오…! 찰방! 찰방…! 모두 다 아득한 메로빙거왕조 시대의 일…! 사라져버린 이 리듬들이 어떻소…? 그러거나 말거나요…? 당신들은 신비주의자가 아니군, 사물엔 관심이 없군…! 파퓌스 파가 아니오…? 앙코스 파가 아닌 거요…? 당신들은 들라트르를 알지 못했소…? 상트 데 클로이에 있던 그 사람의 아틀리에를…? '르 사르의 비교(秘教)주의 언론'을…? 그곳엔 이제 아무것도 없다오… 잔해들… 가시덤불들… 몽마르트르… 당신들 귀에 나이팅게일, 티티새, 파리 떼, 페탕크 게임 하는 이들의 소리가 들려온다 한들, 그게 당신들에게 일깨우는 건 아무것도 없으리…!
  '거지새끼야!' 당신들이 소리 지르는구려…! 저게 우리한테 허풍을 치네! 사기꾼이 어디서 우릴 헤매게 하려고…!"
** 말년의 셀린이 종종 언급했던, 최후 순간에 찾아드는 흠결 없는 시간. 정면으로 가득히 도래하되 그 어떤 적대성도 띠지 않을, 얼굴 없이 펼쳐질 시간의 절대적 포용성.

의 임박을 고한다면 정말이지 꽃은 끝. 끝은 꽃. 이를테면
수련, 그 꽃봉오리 속의 수(睡).* 잔잔한 수면 꽃의 잠. 잠
잠. 너무 고요.

김예령

* 국어사전에 의하면 수련(睡蓮)의 '수(睡)'자는 눈 목(目)자와 드리울 수(垂)자가 합하여
만들어진 형성 문자로, 1. 졸음(졸다), 2. 잠(자다) 외에 3. '꽃이 오므려지는 모양'을
뜻한다.

루이페르디낭 셀린 연보*

1894년—5월 27일, 파리 북서쪽 근교의 쿠르브부아에서 루이페르디낭 오귀스트 데투슈(Louis-Ferdinand Auguste Destouches) 출생. 모친 마르그리트 기유(Marguerite Guillou)는 쿠르브부아에서 작은 양품점을 운영했고, 부친 페르낭 오귀스트 데투슈(Fernand Auguste Destouches)는 보험회사에서 근무함. 모친의 가계는 본디 브르타뉴 지방에 뿌리를 둔 소상인 및 장인 계급 사람들로 구성됨. 부친의 가계는 코탕탱 출신의 군소 귀족 데 투슈 드 랑틸리에르(Des Touches de Lentilière)로 거슬러 올라감. 르 아브르에 정착한 루이의 조부 오귀스트 데투슈는 교수 시험에 합격하고 강의와 문학 창작을 하는 등 재주가 있었으나 젊은 나이에 사망함.

1897년—생계가 어려워짐. 데투슈 일가는 쿠르브부아를 떠나 파리 7구 바빌론 가에 정착. 마르그리트는 가게를 청산하고 레이스와 골동품 등을 팔던 자신의 모친, 즉 루이의 외조모 셀린 기유(Céline Guillou)의 상점에서 점원으로 일함.

1899년—파리 2구 파사주 쇼아쇨로 이사. 마르그리트는 이곳에서 골동품점을 엶. 이 유년기의 체험(가족 간 관계, 외할머니의 죽음, 어머니의 가계, 아케이드 소상인들의 삶, 영국 체류와 수습 생활 등)은 20세기의 시작에서 1차 대전 발발로 인한 벨 에포크의 종말(제3공화정의 붕괴)까지를 시대적 배경으로 하는 두 번째 소설 『외상 죽

---

* 앙리 고다르가 작성한 갈리마르 플레이아드판 『셀린 소설집』 I권(1981)의 상세한 연보와 『르 몽드』지 호외 셀린 특집판(2014년 8~9월)에 수록된 간략한 최신 연보를 바탕으로 작성함. —옮긴이

음(Mort à credit)』(1936)에서 전면적으로 다루어질 뿐만 아니라 그의 세계관과 미학 형성에도 중요한 역할을 함.

1900년—스콰르 루부아 인근의 초등학교 입학.

1904년—가족이 (『외상 죽음』에도 묘사된 바 있는) 파사주 쇼아쇨 64번지의 아파트로 이사함. 12월 28일, 루이가 무척 따랐던 외조모 셀린 기유 사망.

1905년—2월, 루부아 가의 가톨릭계 초등학교로 전학. 학급에서 중간 정도의 학생. 5월 18일에 영성체를 받음.

1906년—가을에 다시 공립학교로 전학.

1907년—초등학교 졸업. 8월, 생계를 위해서는 외국어 습득이 필요하다는 부모의 판단에 따라 독일어를 배우기 위해 독일 디폴츠의 기숙학교로 떠남.

1908년—1년간의 연수를 마치고 여름방학에 프랑스로 귀국. 9월에 다시 4개월 예정으로 독일 카를스루에의 기숙학교로 떠남.

1909년—12월에 파리로 돌아온 후 이번에는 영국으로 출발함. 우선 로체스터의, 이어 브로드스테어스의 중학교에 등록함.

1910년—파리로 돌아옴. 열다섯 살 반. 포목상, 보석상 등을 전전하며 수습 생활 시작.

1912년—수습을 마치고 9월 28일, 3년 예정으로 랑부예에 주둔한 기갑부대 제12연대에 입대(열여덟 살 4개월). 이 기간에 훗날 『기갑부대 데투슈 병사의 수첩(Carnet du cuirassier Destouches)』('카이에 드 레른느[Cahiers de l'Herne]' 3호, 『루이페르디낭 셀린[Louis-Ferdinand Céline]』, 1963)으로 출판될 내면 심경의 기록을 남김.

1913년—8월, 기병으로 임명됨.

1914년—1차 대전 발발. 플랑드르 지방 전투에서 처음으로 포화를 맞음. 10월 25일, 벨기에 포엘카펠에서 위험스런 임무를 자원하여 오른팔에 부상. 골절 및 상박 근육 마비. 아즈브루크 병원으로 이송, 수술을 받음. 11월 24일, 이 공훈으로 무공훈장을 받음. 12월 1일에 파리 발드그라스 육군병원으로 이송됨. 여기서 또 다른 부상병 알베르 밀롱(Albert Milon)과 사귐. 그와의 친교는 밀롱이 사망하는 1947년까지 간헐적으로 이어짐. 12월 말에 다시 파리 근교 빌쥐프의 폴브루스 요양원으로 옮겨짐.

1915년—1월 19일, 오른팔에 한 차례 더 수술을 받음. 후방으로 재배치되어 런던 주재 파리 영사관의 여권과에서 일하게 됨. 뮤직홀과 댄서들의 세계를 발견하고 주로 프랑스 출신으로 이루어진 포주와 창녀들의 집단을 드나들게 됨. 1916년 초반까지 이어지는 런던 체류 생활은 셀린의 생애에서 매우 중요한 단계를 형성하고, 이 체험은 두 권의 미완작 『꼭두각시 밴드(Guignol's band)』 1, 2권('런던 다리[Pont de Londres]')에 반영됨. 12월에 전역하지만 런던에 계속 머무르며 부랑아 생활을 함. 이즈음에 처음으로 의학에 눈을 뜬 것으로 보임.

1916년—1월 19일, 영국 관할 관청을 통해 프랑스 출신의 술집 여급 쉬잔 느부(Suzanne Nebou)와 결혼. 그러나 프랑스 영사관에 정식 혼인 등록은 하지 않음. 3월에 혼자 파리로 돌아옴. 돈을 벌 생각에 카메룬 비코빔보(Bikobimbo)(『밤 끝으로의 여행[Voyage au bout de la nuit]』(1932)의 비코밈보[Bikomimbo])의 플랜테이션 회사인 콩파니 프랑세즈 상가 우방기(Compagnie Françaisee Sangha Oubangui)와 2년제 계약을 맺음. 비코빔보에 머무는 기간 어린 시절의 여자 친구인 시몬 생튀(Simone Saintu)에게 꾸준히 편지를 쓰는 한편 알베르 밀롱에게도 자신을 따라 카메룬으로 오라고 제안함.

1917년—4월, 병에 걸려 계약을 파기하고 귀국. 배를 타고 돌아오는 길에 첫 습작『파도(Des Vagues)』를 씀. 파리에서 이런저런 잡일을 하다 『유레카(Eurêka)』지에서 일하게 됨. 여기서 잡지의 편집 실무를 담당하던 발명가이자 다방면의 저자 라울 마르키(Raoul Marquis)와 조우. 앙리 드 그라피니(Henry de Graffigny)라는 필명으로 기사를 쓰던 이 라울 마르키로부터 이후 『외상 죽음』의 주요 인물인 로제마랭 쿠르티알(Roger-Marin Courtial)이 착상됨.

1918년—밀롱, 마르키와 함께 록펠러재단이 연 결핵 예방 캠페인을 위한 홍보원 모집에 지원하여 선발됨. 홍보 운동의 출발지인 렌에서 의대 교수 아타나즈 폴레(Athanase Follet) 및 그의 딸 에디트(Édith)를 알게 됨. 얼마 후 에디트와 약혼. 전역을 돌며 결핵 예방 홍보 운동.

1919년—7월, 보르도에서 바칼로레아(대학 입학 자격 국가고시) 통과. 퇴역 군인들에게 적용되는 특별법의 혜택을 받아 구두시험 및 일부 과목만으로 고시를 치름. 8월 19일, 에디트 폴레와 결혼, 렌의 장인 집 건물에 정착.

1920년—장인 폴레 교수가 이끄는 렌 의대에 등록. 역시 퇴역 군인들에게 적용되는 법령 덕분에 속성으로 의학박사 과정을 끝내게 됨. 6월 15일 외동딸 콜레트(Colette) 출생.

1924년—5월 1일, 박사 논문 『필리프 이그나즈 제멜바이스의 생애와 저서(La Vie et l'Œuvre de Philippe Ignace Semmelweis)』로 구두 심사 통과. 록펠러재단 소속이며 박사 논문 심사를 맡았던 미국인 건(Selskar Gunn) 교수를 통해 제네바 국제연맹(S. D. N.) 보건 분과장 라이히만(Ludowik Rajchmann) 박사를 알게 됨. 록펠러재단 보건과에 파견원으로 고용되어 제네바로 홀로 떠나게 됨은 물론, 바라던 대로 무수히 많은 여행으로 점철된 생활을 하게 됨. 유태계 폴란드인 라이히만과 국제연맹 의사단의 세계는 얼마 후 『밤 끝으로의 여행』의 전신이자 셀린이 시도한 첫 희곡 『교회(L'Église)』에 희화적으로 변용되어 등장, 라이히만의 당혹감을 초래함.

1925년—미국, 아프리카, 유럽 각지로 출장. 의학 관련 서적 『키니네 요법(La Quinine en thérapeutique)』(리브레리 두앵[Librairie Doin])을 (아마도) 자비로 출판함.

1926년—에디트 폴레와 이혼. 분방한 생활. 연말 무렵 제네바에 머무르던 24세의 미국 출신 무용수 엘리자베스 크레이그(Elisabeth Craig)와 알게 됨. 『교회』를 쓰기 시작. 『교회』와 『밤 끝으로의 여행』에는 크레이그의 흔적이 강하게 남아 있으며 특히 『밤 끝으로의 여행』은 그녀에게 헌정됨. 둘의 관계는 『밤 끝으로의 여행』 출판 직후인 1933년경까지 지속됨.

1927년—국제연맹과 계약 갱신하지 않음. 클리시 시의 알자스 가에 거처 겸 진료실 마련. 갈리마르에 『교회』 원고를 보냈으나 거절당함. 두 번째 희곡 습작 시작. 애초 '페리클레스(Périclès)'라 명명되었던 이 작품은 작가 사후 '진보(Progrès)'라는 제목으로 출판됨.

1928년—진료에 매진함. 파리 의사 협회에 등록하고 「포드 공장의 위생 업무에 관하여(À propos du service sanitaire des usines Ford)」라는 논문을 제출. 제멜바이스에 관한 박사 논문을 N. R. F.에 보냈으나 거절당함. 연말부터는 의약 연구소 '라 비오테라피(La Biothérapie)'에서 낮 시간 근무 시작. 근무는 1937년까지 계속됨.

1929년—막 개원한 클리시의 시립 보건원에서 자유계약직으로 일하게 됨. 보건원장 이촉(Ichok) 박사와 불화. 생투앙의 마르트 브랑데스(Marthe-Brandès) 보건원에서도 입회 의사로 일하는 등 진료와 학술 논문 발표로 점철된 낮 생활, 뮤직홀과 공연장을 전전하는 밤 생활을 영위. 8월, 자신과 동년배에 참전 용사이며 런던과 몽마르트르에서 포주 생활을 하던 조제프 가르생(Joseph Garcin)과 알게 됨. 같은 달 클리시를 떠나 몽마르트르 르피크 가 98번지로 이사. 9월, 가르생에게 보낸 편지를 통해 (『꼭두각시 밴드』에서 구체화될) 런던의 에피소드가 담긴 소설을 쓸 계획이 있음을 처음으로 밝힘. 이해 연말부터 『밤 끝으로의 여행』 초고 집필이 시작된 것으로 추정됨.

1930년—몽파르나스의 갈리에(Gallier) 연구소에 들어감. 의약품 '바세도윈(Basedowine)'을 완성하고 그에 대한 광고문 작성을 맡음. 앙리 바르뷔스(Henri Barbusse)가 이끌던 좌파 주간지 『몽드(Monde)』에 「프랑스의 공중 건강(La Santé publique en France)」이라는 강도 높은 비판 기사를 실음.

1932년—3월 14일, 부친 페르낭 데투슈가 뇌출혈로 사망함. 드노엘
에 스틸(Denoël et Steele) 출판사를 통해 『밤 끝으로의 여행』 출간
이 결정됨. 루이 데투슈는 외조모의 이름을 따 루이페르디낭 셀린이
라는 필명을 사용함. 10월 20일에 판매되기 시작한 소설은 국내외
적으로 화제가 되며 막대한 성공을 거둠. 공쿠르 수상에는 실패하나
대신 르노도상 획득.

1933년—엘리자베스 크레이그와 결별. 『외상 죽음』 집필 시작. 드
노엘 에 스틸을 통해 『교회』 출간. 예술사가 엘리 포르(Élie Faure)
와 처음으로 만남. 이후 약 2년간 그와 긴밀한 관계를 유지하며 정
치와 이데올로기 문제에 관련한 중요한 서신들을 주고받음. 10월
1일, 매년 메당에서 열리는 졸라 기념식에서 「졸라에게 바치는 헌사
(Hommage à Zola)」를 작성해 읽음. 그 내용이 언론에 커다란 반향
을 일으킴. 루이 아라공(Louis Aragon)과 냉랭한 글을 주고받음.

1934년—엘리자베스 크레이그와 결합 시도, 실패. 『밤 끝으로의 여
행』의 영화화 계획 실패. 이 무렵 배우 로베르 르 비강(Robert Le
Vigan)과 만나 우정을 쌓게 됨. 그는 이후 셀린의 만년 독일 3부작
에 라 비그(La Vigue)라는 이름으로 등장함.

1935년—『외상 죽음』의 집필에 매진함.

1936년—장차 두 번째 아내가 될 현역 출신 무용 교습가 뤼세트 알
망조(Lucette Almanzor)와 알게 됨. 뤼세트 알망조는 1945년 이
후의 저작들(『다음번을 위한 몽환극[Féerie pour une autre fois]』)
1, 2권(『노르망스[Normance]』), 독일 3부작(『성에서 성으로[D'un
chateau l'autre]』, 『북쪽[Nord]』, 『리고동[Rigodon]』)에 릴리(Lili)

365

라는 이름으로 등장. 한편, 사망 전까지 그의 원고 타자 및 교정 등의 중책을 맡게 될 마리 카나바지아(Marie Cannavaggia)를 비서로 맞음. 드노엘 에 스틸을 통해 5월에『외상 죽음』출간. 냉랭한 반응. 12월에 소련 방문 후의 비판 글인『메아 쿨파(Mea culpa)』와『제멜 바이스』를 묶어 출간.

1937년—이해 초에 내용상『외상 죽음』의 후속인『사격장(Casse-Pipe)』을 쓰기 시작함. 그러나 5월부터 집필을 중단하고 9월까지 그의 첫 번째 반유태주의 팸플릿『학살을 위한 바가텔(Bagatelles pour un massacre)』을 씀. 12월 28일『학살을 위한 바가텔』발표(드노엘).

1938년—예상 밖으로 대중적 성공을 거둔『학살을 위한 바가텔』에 힘입어 두 번째 팸플릿『시체들의 학교(L'École des cadavres)』출간(드노엘).『학살을 위한 바가텔』에서 주장한 평화주의, 반유태주의, 나치 독일과의 정치적, 군사적 결합 필요성 등을 더한층 강조함.

1939년—12월, 2차 대전 발발. 선상 의사 자격으로 셸라(Chella) 호 탑승.

1940년—지브랄타 해상에서의 충돌 사고로 셸라 호의 임무 중단. 사르트루빌의 보건소와 브종 보건소에서 진료 업무 개시. 프랑스 군의 패주 장면으로부터 시작하는 팸플릿『꼴불견(Les Beaux draps)』집필 시작.

1941년—2월,『꼴불견』출판(누벨 에디시옹 프랑세즈[Nouvelles Éditions Françaises]). 이즈음부터 대독 협력 성향의 언론들과 최초로 서신 교환 시작. 이는 프랑스 점령 기간 내내 이어짐. 몽마르트르 지라르동 가로 이사. 작가 마르셀 에메(Marcel Aymé), 화가 장 폴(Gen Paul), 배우 르 비강, 음악가 장 노스티(Jean Noceti) 등 이른바 '주노 가의 친구들'(에메)과 무리 지어 어울림. 5월, 라 보에티 가의 유태인 문제 연구소 개관식 참석.

1944년—3월, 『꼭두각시 밴드』 출간(드노엘). 6월 17일, 살해 협박과 돌아가는 정세를 피하고자 아내 뤼세트, 고양이 베베르와 함께 피난길에 오름. 독일을 거쳐 자신의 돈을 옮겨놓은 덴마크로 피신할 계획을 품음. 바덴바덴, 베를린, 울름 등을 지나 10월 말에 간신히 프랑스 비시 정권이 피난해 있는 독일 남부의 지그마린겐 도착. 이 피난기가 이후 대독 협력파와 비시정부의 말로를 그린 만년 3부작의 골간을 이루게 됨.

1945년—3월, 마침내 덴마크 입국 허가를 받음. 덴마크에서 모친의 사망(3월 6일) 및 출판인 로베르 드노엘(Robert Denoël)의 암살(12월 2일) 소식을 전해 들음. 4월 19일, 파리 법정이 셀린에게 반역죄 혐의를 적용(형법 75, 76조), 체포령을 내림. 5월에 장차 그의 변호 및 구명에 결정적인 역할을 담당하게 될 변호사 미켈센(Thorvald Mikkelsen)을 소개받음. 『꼭두각시 밴드』 2권 작업을 중단하고 '스틱스 강의 전투(La Bataille du Styx)'라는 가제로 『다음번을 위한 몽환극』의 전신이 되는 글 착수. 아울러 발레극 『벼락과 화살(Foudres et fleches)』 집필 시도. 그가 코펜하겐에 있다는 정보가 프랑스 당국에 들어감. 12월 17일, 덴마크 경찰에 의해 체포됨. 투옥. 뤼세트 알망조는 28일 석방. 셀린을 본국으로 송환하라는 프랑스 측 요구와 자국의 원칙에 입각해 그에 불응한 미켈센 측에 줄다리기 시작. 셀린은 총 14개월간 억류됨(11개월은 코펜하겐의 베스트레 펭셀[Vestre Fængsel] 감옥, 1946년 11월 8일부터 1947년 1월 24일까지는 건강 악화로 순뷔[Sundby] 병원). 이 투옥 기간에 『꼭두각시 밴드』 2권 완성. 그 3권 대신 『다음번을 위한 몽환극』의 최초 판본을 쓰기 시작함(1946년 9~10월경으로 추정).

1947년—6월 24일, 가석방. 코펜하겐 국립 병원에 입원. 한결 조건이 나아진 이 시기에, 지인들에게 방대한 양의 서신을 보냄. 그간 중단되었던 『벼락과 화살』 집필 재개. 6월부터 그의 열렬한 추종자 알베르 파라(Albert Paraz)와의 최초 서신 교환 시작. 11월 말, 파라를 통해, 사르트르가 자신을 비방한 사실(1945년 12월, 『레 탕 모데른 [Les Temps modernes]』지)을 뒤늦게 알고 격분, 그를 겨냥한 격렬한 항의문을 씀. 이 항의문은 '표본병 속의 미친놈에게(À l'agité du bocal)'라는 제목으로 파라의 팸플릿 『암소들의 갈라 쇼(Gala des vaches)』 부록으로 실림.

1948년—5월, 데투슈 부부는 발틱 해 연안 클라스코프가르트에 소재한 미켈센의 사유지 코르쇠르로 거처를 옮김. 11월, 장 폴랑(Jean Paulhan)은 『사격장』의 첫 장을 '카이에 드 라 플레이아드(Cahiers de la Pléiade)'(갈리마르)에 실기로 결정. 2월, 갓 첫 작품을 펴낸 젊은 소설가이자 훗날 갈리마르의 편집 자문 일을 맡아 셀린을 적극 지지할 로제 니미에(Roger Nimier)와 알게 됨.

1950년—2월 21일, 셀린의 결석재판. 프랑스 법정은 국가모독죄로 1년 형 및 5만 프랑의 벌금, 그 외 현재와 장래의 재산 일체를 몰수할 것을 선고함. 다른 선례에 비추어볼 때 지극히 가벼운 형량임에도 셀린은 반발함.

1951년—프랑스 측 담당 변호사 티시에비냥쿠르(Jean-Louis Tixier-Vignancour)의 간지(奸智)에 기대어 마침내 사면을 받아냄. 논란 속 프랑스 귀국 결정. 갈리마르와의 계약을 통해 팸플릿을 제외한 자신의 작품 전체 판권을 그에게 넘기기로 함. 10월, 파리 남쪽 근교 뫼동 시의 루트 데 가르드에 자리 잡음. 주민들의 항의. 부부는 자택에 각기 무용 교습실과 진료실을 열었으나 진료는 거의 이뤄지지 않음. N. R. F., 팸플릿을 제외한 셀린의 전 작품 재출간 시작.

1952년—간간이 친구들의 방문을 받는 것 외엔 은둔. 집필과 집안일, 동물을 돌보는 일에 주력함. 6월 20일, 신간으로 『다음번을 위한 몽환극』 1권 출간(갈리마르). 거의 반응 없음.

1954년—6월 1일, N. N. R. F. 지에 『Y 교수와의 인터뷰(Entretiens avec le professeur Y)』 초반부 발표. 원고 일정 문제로 잡지 편집인 장 폴랑과 불화. 같은 달 25일, 『다음번을 위한 몽환극』 2권인 『노르망스(Normance)』 출간. 역시 냉랭한 반응.

1955년—『Y 교수와의 인터뷰』 완성본이 N. N. R. F. 지에 앞서 갈리마르 판본으로 출간됨.

1957년—지그마린겐으로 피난한 비시정부의 말로를 그린 『성에서 성으로』 완성. 『다음번을 위한 몽환극』 3권으로 구상했던 원래의 기획과 달리, 이 작품은 추후 완성될 독일 3부작의 첫 권이 됨. 로제 니미에의 찬사는 물론 마침내 세간의 주목을 끌어모으는 데 성공하고, 각종 매체들과의 인터뷰들이 이어짐. 9월, 알베르 파라 사망.

1959년—『밤 끝으로의 여행』과 『외상 죽음』의 갈리마르 플레이아드 총서(Bibliothéque de la Pléiade) 수록이 결정됨.

1960년— 셀린 생전에 출판된 마지막 작품이자 독일 3부작 제2권에 해당하는 『북쪽』 출간. 이 작품으로 셀린은 작가로서 기량의 절정을 보여주었다는 평가를 받음.

1961년— 플레이아드 판본에 실을 예정으로, 1936년 출판시 외설성 문제로 검열에 걸려 삭제되었던 『외상 죽음』의 일부를 다시 쓰기로 함. 6월, 독일 3부작에 이어 나머지 덴마크 코펜하겐에 이르기까지의 과정을 담을 후속작을 쓰기로 계획. 6월 30일, 가스통 갈리마르와 로제 니미에에게 두 통의 편지를 보내어 완성한 원고를 곧 보낼 것이며 그 제목은 최종적으로 '리고동'으로 정했음을 알림. 7월 1일, 뇌출혈로 사망.

1962년— 『밤 끝으로의 여행』과 『외상 죽음』을 한데 묶은 플레이아드 판본(『셀린 소설집[Céline. Romans]』I권) 출간.

1964년— 로베트 풀레(Robert Poulet)의 책임하에 셀린 수고의 세 가지 판본 중 중간 것을 저본으로 한 『꼭두각시 밴드』 2권이 '런던 다리'라는 제목으로 출판됨. 이후 플레이아드판에는 앙리 고다르 (Henri Godard)의 고증을 거친 최종 판본이 다시 '꼭두각시 밴드 2' 라는 제명으로 수록됨.

1969년— 셀린의 유언 집행인이자 전기 집필가인 변호사 프랑수아 지보(François Gibault)의 검토를 거쳐 독일 3부작 최종 작품 『리고동』이 출간됨.

워크룸 문학 총서 '제안들'

일군의 작가들이 주머니 속에서 빚은 상상의 책들은 하양
책일 수도, 검정 책일 수도 있습니다. 이 덫들이 우리 시대의
취향인지는 확신하기 어렵습니다.

'제안들'은 계속됩니다.

제안들 13

루이페르디낭 셀린
제멜바이스 /
Y 교수와의 인터뷰

김예령 옮김

초판 1쇄 발행. 2015년 12월 31일

발행. 워크룸 프레스
편집. 김뉘연
인쇄 및 제책. 스크린그래픽

ISBN 978-89-94207-60-5 04800
978-89-94207-33-9 (세트)
13,000원

워크룸 프레스
출판 등록. 2007년 2월 9일
(제300-2007-31호)
03043 서울시 종로구
자하문로16길 4, 2층
전화. 02-6013-3246
팩스. 02-725-3248
이메일. workroom@wkrm.kr
www.workroompress.kr
www.workroom.kr

이 도서의 국립중앙도서관
출판시도서목록(CIP)은 서지정보유통
지원시스템 홈페이지(seoji.nl.go.kr)와
국가자료공동목록시스템(www.nl.go.kr/
kolisnet)에서 이용하실 수 있습니다.
CIP제어번호: CIP2015034120

옮긴이. 김예령—서울대학교 불어불문학과 및 동 대학원을 졸업하고
파리7대학에서 루이페르디낭 셀린 연구로 박사 학위를 받았다. 장프랑수아
리오타르 등의 『숭고에 대하여—경계의 미학, 미학의 경계』, 레몽 라디게의
『육체의 악마』, 알베르 카뮈의 『이방인』, 장뤽 낭시의 『코르푸스—몸, 가장
멀리서 오는 지금 여기』, 나탈리 레제의 『사뮈엘 베케트의 말 없는 삶』 등 다수의
이론서와 소설을 우리말로 옮겼다. 강의와 번역을 병행하고 있다.